फ़ादर

कुमार मनोज कश्यप

BlueRose ONE.com
Stories Matter
NewDelhi • London

BLUEROSE PUBLISHERS
India | U.K.

Copyright © Kr. Manoj Kashyp 2025

All rights reserved by author. No part of this publication may be reproduced, stored in a retrieval system or transmitted in any form or by any means, electronic, mechanical, photocopying, recording or otherwise, without the prior permission of the author. Although every precaution has been taken to verify the accuracy of the information contained herein, the publisher assumes no responsibility for any errors or omissions. No liability is assumed for damages that may result from the use of information contained within.

BlueRose Publishers takes no responsibility for any damages, losses, or liabilities that may arise from the use or misuse of the information, products, or services provided in this publication.

For permissions requests or inquiries regarding this publication, please contact:

BLUEROSE PUBLISHERS
www.BlueRoseONE.com
info@bluerosepublishers.com
+91 8882 898 898
+4407342408967

ISBN: 978-93-5819-708-2

Cover Design: Aman Sharma
Typesetting: Pooja Sharma

First Edition: April 2025

भाग 1

आज की रात काली होने के साथ–साथ तूफ़ानों से घिरी हुई थी। तेज़ हवाओं के साथ तड़तड़ाती हुई बिजली खिड़कियों, दरवाजों से घर के अंदर घुसने की कोशिश कर रही थी। बारिश और तूफ़ान ने जीव–जंतुओं के लिए चारों तरफ खामोशी का माहौल पैदा कर दिया था। सड़कों पर बारिश के पानी के अलावा कुछ भी दिखाई नहीं दे रहा था। परिंदे बारिश के रुकने के इंतज़ार में पंख फड़फड़ा रहे थे।

दक्षिणी गोवा में, शहर से थोड़ा बाहर हाईवे पर क्रिश्चिन शैली में एक बड़ी सी हवेली बनी हुई थी। जो हाईवे से थोड़ा अंदर एक छोटी सी सुनसान सड़क पर अकेली खड़ी हुई थी। वह दिखने में सदियों पुरानी लगती थी इस अंधेरी रात में चारों ओर जंगल से घिरी होने के कारण इस हवेली पर तरस आ रहा था। ऐसा लग रहा था जैसे यह काली रात आज इस हवेली को अपनी आगोश में समेट लेगी और सुबह तक इसका नामोनिशान मिट चुका होगा।

हवेली के एक बड़े से हॉल में, सोफे पर पड़ी लिली चैन की नींद सोई हुई थी। उसके पीछे वाली दीवार पर टंगी घड़ी दो बजे का समय दिखा रही थी। हॉल में हल्के लाल रंग का बल्ब जल रहा था, जिसकी रोशनी कड़कड़ाती हुई बिजली के कारण कभी–कभी दूधिया रंग में तब्दील हो जाती थी। तब ही अचानक लिली के सामने वाली दीवार से एक तेज़ चकाचौंध करने वाला प्रकाश फूटा, मानो दीवार में छोटा सूरज उग आया हो।

अचानक से हुई इस तेज़ रोशनी की वजह से लिली की आँखें खुल गईं जिससे कि उसकी आंखें जलने लगीं इसलिए उसने अपनी आंखों पर एक हाथ रख लिया ताकि वह उस रोशनी से बच सके। फ़िर कुछ देर बाद उसी दीवार की तरफ़ से एक लंबा सा आदमी निकलकर धीरे–धीरे लिली की ओर बढ़ने लगा। जिसने घुटनों तक का कोट, हाथों में दस्ताने और सिर पर गोल टोप लगा रखा था। उस अजीब और अजनबी इंसान को अपनी ओर आता देख, लिली सोफे

पर ही उठ कर बैठ गई और आंखें मलते हुए उसे पहचानने की कोशिश करने लगी। लेकिन उस आदमी के पीछे से आ रही रोशनी की वजह से उसका चेहरा साफ़ दिखाई नहीं दे रहा था। जब तक वह उसे और सही से देख पाती तब तक वह आदमी उसके नज़दीक आ गया और बड़े ही प्यार से बोला "हैप्पी बर्थ डे टू यू..."।

उसके बाद उस आदमी ने पीछे से अपना एक हाथ आगे बढ़ाया और लिली की गोद में एक गिफ्ट बॉक्स रख दिया। उसके बाद वह उल्टे पांव 'बाए' करते हुए उसी दीवार की ओर लौट गया। उसके दीवार में वापस समाते ही वहां से आ रही रोशनी एकदम से बंद हो गई।

लिली उस आदमी के जाने के बाद कुछ देर उसी ओर टकटकी लगाए देखती रही और उस आदमी को अंदाजे से पहचानने की कोशिश करती रही। लेकिन दिमाग पर लाख ज़ोर डालने के बाद भी उसके कुछ समझ में नहीं आया, कि आखिर वह कौन था? फिर उसने, उस आदमी का दिया हुआ गिफ्ट बॉक्स खोला और जैसे ही उसने बॉक्स में रखे गिफ्ट को देखा। उसको देख... उसके पैरों तले जमीं खिसक गई, मारे डर से उसका कलेजा मुंह में आ गया। और वह जोरों से चीख पड़ी।

उस बॉक्स में कागज़ का एक कार्ड रखा हुआ था, जिसकी लंबाई लगभग 1 फीट और चौड़ाई 5-6 इंच होती। जिस पर गाढ़े ख़ून से बड़े-बड़े अक्षरों में FATHER लिखा हुआ था। जिससे ख़ून की कुछ लकीरें कार्ड के नीचे की ओर बहकर आ रही थीं। जिस वजह से कार्ड और भी ज़्यादा डरावना लग रहा था। खून से लतपथ उस कार्ड को देख डर से किसी का भी कलेजा हलक में आ जाए।

इधर लिली के बुरी तरह से चीख़ने पर उसकी छोटी बहन 'बॉबी' ने उसे झकझोरते हुए पुकारा "दी... दी... क्या हुआ, बताओ ना ? दी क्या हुआ आपको"?

जब लिली को होश आया तो उसका चीख़ना बंद हो गया। वह, बॉबी को अपने पास देख व्याकुलता से चारों ओर देखने लगी। तब ही उसे आभास हुआ, 'कि वह तो सपना देख रही है, जो सही सलामत अपने कमरे में, अपने बिस्तर पर है। जहां उसकी छोटी बहन भी उसके साथ सोई हुई है'।

लेकिन जो भी हो लिली बुरी तरह से डर गई थी। वह पसीने से तरबदर हो चुकी थी। उसके दिल की धड़कनें और सांसें इतने तेज़ थीं, कि रुकने का नाम ही नहीं ले रहीं थीं। शरीर के साथ-साथ, उसके कोमल होंठ भी कंपकपा रहे थे, जिनसे धीरे-धीरे 'फादर... फादर...' शब्द निकल कर वहीं हवा में गुम हो रहा था।

लिली की ऐसी दशा देख हैरान बॉबी ने फिर पूछा "दी क्या हुआ, आप ठीक तो हो ना...?"

लिली कुछ कह पाती तब ही अचानक बाहर से किसी के दरवाज़ा खटखटाने के साथ एक आवाज आई "लिली... लिली... क्या हुआ बेटा? बॉबी... बेटा दरवाज़ा खोल"!

बॉबी ने दौड़ कर जल्दी से दरवाज़ा खोला तो एडेन दौड़ कर कमरे के अंदर आया। जैसे ही लिली की नज़र अपने पिता पर पड़ी वह रुआंसी होकर बोली "फादर...."।

लिली के बैड से उतरने से पहले ही उसके पिता ने दौड़ कर उसे गले से लगा लिया और सिर पर हाथ फिराते हुए उसे तसल्ली देने लगा। एडेन अपनी बेटी

के माथे को चूमते हुए बोला "क्या हुआ मेरी बेटी को, लिली बेटा क्या हुआ तुम्हें"?

लिली बिना कुछ जबाव दिए चुपचाप अपने डैड के सीने से लगी रही। उसने डर की वजह से एडेन को इस तरह जकड़ रखा था, जैसे चंदन पर सांप!

पास में खड़ी बॉबी ने कहा "फादर, लगता है दी ने कोई डरावना सपना देखा है, इसलिए यह एक दम से चीख पड़ीं"।

अपनी छोटी बेटी की बात सुन वह बोला "अरे यह क्या, हमारी बहादुर बेटी एक सपने से ही डर गई। अरे नहीं... यह तो बड़ी शर्म की बात है बेटा। सपना तो सपना होता है, बिलकुल एक धुंए की निर्जीव आकृति की तरह उससे क्या डरना"। कहते हुए एडेन अपनी बेटी की हिम्मत बड़ाने की कोशिश करने लगा।

अपने पिता की बाहों में पहुंचने के बाद अब लिली धीरे-धीरे नॉर्मल होने लगी और फिर कुछ देर बाद उसने अपनी आंखें खोलीं। फिर एडेन उसे अपने से दूर करते हुए उसका हाथ पकड़ कर उसके पास ही बैठ गया। और बॉबी के हाथ से पानी का ग्लास लेकर उसे पकड़ाते हुए बोला "क्या बेटा, कल तुम पूरी 18 की हो जाओगी और अपने सपनों को पूरा करने की उम्र में तुम सपनों से डर रही हो। तुम्हारा अभी भी बचपन की तरह छोटी-छोटी बातों से डरना गया नहीं। अरे तुम्हें कितनी बार समझाया है, थोड़ी हिम्मत रखा करो, थोड़ा डर का सामना किया करो, ऐसे कैसे काम चलेगा बताओ"।

एक ही सांस में ग्लास का पानी खत्म कर चुकी लिली, अपने पिता की बातें सुन बोली "फादर, वह बहुत डरावना था, वही खून से लिखा FATHER वाला कार्ड। वही तो मुझे परेशान करता है बस, बाकी तो मैं अब किसी से भी नहीं डरती! फादर, वह बिल्कुल भी सपने जैसा नहीं था। वह इतना रियलिस्टिक, इतना स्कैरी था कि मुझे अब भी वह रीयल इंसिडेंट सा लग रहा है। देखो उसे याद करते ही मेरे रोंगटे खड़े हो रहे हैं"!

एडेन को बताते हुए उसने जैसे ही सपने को याद किया तो वह फिर से परेशान होने लगी और घबराकर फिर अपने डैड के गले लग गई।

एडेन ने उसे सांत्वना देते हुए कहा "रहने दो बेटा, वह सब अब दोबारा से याद मत करो, उसे याद करने की कोई ज़रूरत नहीं। चलो अब बेकार की बातें मत सोचो और आराम करो अभी रात बहुत बाक़ी है"। कहते हुए एडेन दोनों लड़कियों को वापस बिस्तर पर लिटा कर अपने कमरे में चला गया।

सुबह के ठीक 9 बजने पर अलार्म की घंटी बजी और कुछ देर तक एक के बाद एक, कई घंटियां बजकर बंद हो गई। लेकिन, अपनी बाहों में तकिए को समेटे सिकुड़ी हुई पड़ी लिली पर अलार्म की घंटियों का कोई असर नहीं हुआ। वह अपनी आदत के मुताबिक उन्हें नजरंदाज करके सोती रही।

बॉबी, एडेन की छोटी बेटी है, जिसने अपना 16वां बर्थ डे इसी 10 जनवरी को मनाया था। अभी वह हाई स्कूल में है। वह पढ़ने के साथ खेल–कूद में भी बहुत आगे है। उसे अपनी बड़ी बहन के उलट सुबह जल्दी उठना, नहाना–धोना और समय से स्कूल जाना पसंद है। वह ज्यादातर अपना समय स्कूल में पढ़ने या कुछ न कुछ सीखने में बिताती है। यहां तक कि बीमार होने पर भी बॉबी कम से कम छुट्टी करना चाहती है, इसलिए वह अपनी क्लास में सबसे आगे है।

रात में उसे अपनी बड़ी बहन लिली के साथ सोना अच्छा लगता है। इधर लिली भी ज़्यादा डरने की वजह से अकेले सोने से अच्छा, उसके साथ सोना पसंद करती है। इसलिए दोनों बहनें एक ही बैड पर साथ सोती हैं।

कमरे का दरवाज़ा खुला हुआ था, बॉबी उठ कर जा चुकी थी। बाहर से एडेन के गुनगुनाने की आवाज़ आ रही थी।

गाना बंद करते हुए एडेन ने डाइनिंग रूम से आवाज़ लगाई "लिली... लिली..."।

जब लिली की तरफ से कोई जबाव नहीं गया, तो वह फ़िर से गुनगुनाते हुए उसके कमरे में आया। और गहरी नींद में सो रही लिली के प्यार से गाल खींचते हुए बोला "ओ बर्थ डे गर्ल, उठ जाओ अब 9 बज गए हैं। कॉलेज नहीं जाना क्या"? कहते हुए वह उसके पास बैड पर ही बैठ गया।

जैसे ही लिली को अपने पिता के पास होने का एहसास हुआ, वह सरक कर उनकी गोद में अपना चेहरा छिपा कर धीरे से बोली "गुड मॉर्निंग फादर..."!

एडेन भी अपनी बेटी के सिर पर हाथ फ़िराते हुए बोला "हैप्पी बर्थ डे बेटा, हैप्पी बर्थ डे...!"

"थैंक्यू फादर..." कहते हुए लिली ने अपने छिपे हुए चेहरे को और छिपा लिया।

"ओह इसका मतलब तुम्हें याद है, कि आज तुम्हारा बर्थ डे है! चलो अच्छा है अबकी बार एक एहसान तो किया तुमने हम पर, जो अपना बर्थ डे याद रख लिया। नहीं तो हर बार मुझे ही तुम्हें याद दिलाना पड़ता था। चलो अब जल्दी से उठो और नहा धोकर ब्रेक फास्ट करो। तुम्हारी पसंद का नाश्ता बाहर टेबल पर इंतेज़ार कर रहा है। और फ़िर जिसका बर्थ डे होता है, भला वह इतनी देर तक सोता है कोई"? कहते हुए उसने लिली को अपने से दूर किया, ताकि वह जल्दी से उठ सके। फिर वह उठकर जाने लगा।

एडेन से दूर होते ही उसने अंगड़ाई लेते हुए पूछा "क्या बॉबी स्कूल गई फादर"?

"हां वह तो कब की स्कूल चली गई, वह हर रोज़ की तरह आज भी तुमसे पहले उठ गई थी। और अब मैं भी ऑफिस के लिए निकल रहा हूं। तुम ना डेली सोती ही रह जाया करो"! कहते हुए एडेन गाड़ी की चाभी और चश्मा उठाकर चला गया।

'आप सब से कितनी बार कहूं फादर, 'कि सोना ही मेरी एकमात्र हॉबी है'। वह ख़ुद से बुदबुदाते हुए बाथरूम में घुस गई।

'एडेन वॉग' लिली और बॉबी का पिता है। जिसकी उम्र लगभग 50 के आसपास होगी। अच्छी लंबाई, गोरा रंग, छोटे सुनहरे बाल, कसा और गठीला शरीर कुल मिलाकर एडेन अभी काफी जवां लगता है। हालांकि, 'कंप्लीट हेट्रोक्रोमिया' नामक सिंड्रोम की वजह से उसकी एक आँख का रंग नॉर्मल तो दूसरी का 'साइट रेड' है। और उसकी इसी ग्रसित दाईं आंख के नीचे और ऊपर, एक लंबा सा कट का निशान लगा हुआ है। जैसे कि कभी उसकी आंख के ऊपर नीचे किसी कुल्हाड़ी नुमा हथियार से चोट लगी हो। जिसकी वजह से उसका चेहरा थोड़ा अनलुकिंग नज़र आता है। एडेन अपने इन्हीं दोषों को छिपाने के लिए बाहर ज़्यादातर डार्क ब्लैक रंग का चश्मा लगाया करता है। और उसकी दोनों बेटियां उसको 'फादर' कह कर पुकारा करती हैं।

लिली जल्दी से नहा-धोकर, नाश्ता खत्म कर कॉलेज के लिए भाग गई। इकोनॉमिक्स का पीरियड खत्म होने के बाद लिली क्लास रूम से बाहर आई और वहीं थोड़ी दूर लगी पत्थर की बैंच पर बैठ कर अपना लंच बॉक्स खोलने लगी।

तब ही वहां एक लड़का आया, जो दिखने में उसकी ही हम उम्र था। मुस्कराते हुए उसने एकदम से लिली का हाथ चूम लिया और बोला "हैप्पी बर्थ डे डियर..."!

उसके अचानक इस तरह हाथ चूमने से वह चौंकी और झूठी मुस्कान के साथ अपना हाथ पीछे खींचते हुए बोली "थैंक्स..."! शायद उसे उसका यह व्यवहार पसंद नहीं आया।

वह आगे बोली "अरे इतने दिन से तुम थे कहां? कितने दिनों से कॉलेज भी नहीं आ रहे हो और आज आए भी तो साथ में न बैग है, ना ही बुक्स...! वैसे बैग वगैरा है कहां तुम्हारा"? कहते हुए लिली ने अपना बैग और लंच बॉक्स समेटकर उसे बैंच पर बैठने के लिए जगह दी।

लव चारों ओर नज़रें घुमाते हुए बोला "क्या बात है आज रितु, रोज़ी, डेविड कोई दिखाई नहीं दे रहा"? कहते हुए वह खाली हो चुकी जगह पर बैठ गया।

"पता नहीं इकोनॉमिक्स की क्लास में तो कोई था नहीं। आ ही रहे होंगे थोड़ी–बहुत देर में" लिली ने जवाब दिया।

फिर लव आगे बोला "हां तुम मेरी पूछ रही थीं, मैं कहां था...? अरे कहीं नहीं, डैड का थोड़ा सा काम था बस इसी चक्कर में अचानक से बाहर जाना पड़ गया। और यह क्या, तुम केक की जगह ऑमलेट खिला रही हो"। उसने लिली के लंच बॉक्स से ऑमलेट निकाल कर खाते हुए कहा।

"अरे नहीं... यह तो मैं सुबह कॉलेज आने के लिए लेट हो रही थी! इसलिए जल्दी-जल्दी थोड़ा सा नाश्ता किया और बाकी का पैक कर लाई"। लिली ने बची कुची ऑमलेट खत्म कर लंच बॉक्स का ढक्कन लगाते हुए कहा।

"ओहो, तुमने बताया नहीं कि तुम्हारा बैग वगैरा कहां है" लिली ने उससे दोबारा पूछा?

"अरे आज तो मैं सिर्फ तुमसे मिलने, तुम्हें बर्थ डे विश करने आया हूं, ना कि क्लास करने...! इसलिए मेरे पास न बैग है और न ही बुक्स हैं। काफ़ी देर तक मैंने तुम्हारा उधर थियेटर न. 25 के बाहर खड़े होकर इंतज़ार किया। जब वहां क्लास छूटी तो पता चला कि अरे यहां तो मेडिकल वालों की क्लास लगती हैं। फिर अचानक याद आया, कि अपनी क्लास तो यहां इस खंडहर में चल रही होगी"। लव ने कॉलेज की पुरानी बिल्डिंग की ओर इशारा करते हुए कहा।

"डियर लव, इसलिए तो कहती हूं कि रोज़ क्लास आया करो। तुम सप्ताह में एक दिन और महीनें में चार दिन तो कॉलेज आते हो। उसमें भी तुम क्लास में तो कभी घुसते ही नहीं, बस फालतू में इधर–उधर की बातें और टाइम–पास

कर निकल जाते हो, तो तुम्हें पता क्या होगा खाक..."? उसने उसे तायने देते हुए कहा।

"देखो लिली मैं रोज़ क्लास करूं या ना करूं, लेकिन मेरे मार्क्स कभी किसी से कम नहीं आते। और रही बात कॉलेज आने की, वह तो मुझे आप लोगों की याद खींच लाती है, इसलिए आप से मिलने चला आता हूं"। लव ने मुस्कराकर उसके तायनों का जवाब देते हुए कहा।

"ठीक है, ठीक है तुमसे तो बातों में कोई नहीं जीत सकता। अच्छा तुम्हें एक बात बताऊं यह मेरा 18 वां बर्थ डे है और आज से मैं मेजर हो जाऊंगी। इसलिए इस बर्थ डे पर, कुछ स्पेशल होना चाहिए"! लिली ने टॉपिक बदलते हुए कहा।

"हां बिलकुल स्पेशल होगा...! मुझे भी यह पता था, कि तुम इस बर्थ डे पर 18 की हो रही हो। इसलिए मुझे भी इस दिन का इंतजार था, ताकि मैं तुम्हें टच कर सकूं" लव ने उसे हँसकर छेड़ते हुए कहा।

"ऐ मिस्टर ध्यान रखना, लेकिन तुम अभी 18 के पूरे नहीं हुए"! लिली ने भी उसे सावधान करते हुए कहा। उसकी इस बात पर लव कोई टिप्पणी नहीं कर सका।

और बोला "अच्छा सुनो, तुम्हारे इस बर्थ डे को स्पेशल बनाने के लिए मेरी तरफ़ से तुम्हारे लिए एक छोटा सा सरप्राइज है। शाम को मिलना, मैं तुम्हारा वेट..."!

"रुको, रुको, रुको... मेरी बात को इतना सीरियस लेने की ज़रूरत नहीं, मैं तो मज़ाक कर रही थी बस"। लिली उसकी बात बीच में ही काटते हुए बोली।

"मैं तो तुम्हें और तुम्हारी बातों को लेकर हमेशा से ही सीरियस रहता हूं, लेकिन तुमने कभी इधर ध्यान ही नहीं दिया। और हां, यह सब मैं तुम्हारे कहने पर नहीं कर रहा। इस सबका मैंने पहले से ही प्लान बना रखा था। बस शाम को तुम्हें

जेब्रा पार्क आना है। या तो तुम वहां तक खुद आ जाना नहीं तो मैं, तुम्हें, तुम्हारे घर से ही उठा लाऊंगा, बोलो..."? लव ने कहा!

"अच्छाजी अगर हम नहीं आयेंगे तो तुम हमें हमारे घर से उठा लाओगे..." लिली बोली!

"अरे नहीं यार, तुम लड़की तो हमेशा बस उल्टा-सीधा ही सोचती हो। मेरे कहने का मतलब था कि तुम अगर यहां तक नहीं आ पाओ तो मैं तुम्हें तुम्हारे घर से..."

"हां, हां ठीक है समझ गई, मैं तो बस मज़ाक कर रही थी। लेकिन तुम, मुझे कहीं पिक करने मत आना, इस सब की कोई ज़रूरत नहीं है। क्योंकि, मैं नहीं आ पाऊंगी। थैंक्स फॉर थिंकिंग ऑफ ऑल दिस..."! लिली ने फिर से उसकी बात काटते हुए कहा।

"और फिर पार्टी-वार्टी की तो मैंने सच में ही मज़ाक में कहा था..." लिली दोबारा बोली।

"फिर वही बात कि मैं तो मजाक कर रही थी। अरे जब मैं कह रहा हूं, कि तुम्हें सरप्राइज पार्टी देने के लिए, मैं कब से इंतजार कर रहा था। इसलिए बीच में मैं कई दिन से तुम्हें दिखाई नहीं दिया था क्योंकि मैं इस सब की तैयारी में जुटा हुआ था। अब जब सारा अरेंजमेंट हो गया तो तुम मना कर रही हो"। कहते हुए लव नाराज़ सा हो गया।

उसको नाराज़ होते देख लिली ने अपनी मजबूरी दिखाते हुए कहा "समझने की कोशिश करो लव! और क्या जरूरत थी वह सब अरेंज करने की, एक बार मुझसे पूछ तो लिया होता। शायद तुम्हें पता नहीं है यार, आज के दिन मैं अपनी फैमिली के साथ रहती हूँ। हमेशा हमारी पूरी फैमिली एक दूसरे के बर्थ डे या किसी प्रोग्राम को साथ मिलकर सेलिब्रेट करती है, सभी बहुत ख़ुश होते हैं।

आज तक घर में से कभी किसी ने अपना बर्थ डे बाहर सेलिब्रेट नहीं किया। फिर मैं ऐसा कैसे कर सकती हूं? हर बार की तरह इस बार भी मेरा घर पर होना ज़रूरी है न, नहीं तो सबको बुरा लगेगा। सॉरी लव, मैं नहीं आ सकती"। कहते हुए उसने आने के लिए साफ़ मना कर दिया।

उसकी बातों से हताश होकर लव ने एक और बार प्रयास करते हुए कहा "अच्छा ये बताओ तुम सब कितने टाइम केक वगैरा काटते हो? सब कुछ तैयार करने में या थोड़ा बहुत डैकरेट करने में 8-9 तो बज ही जाते होंगे"!

"हां लगभग इतना टाइम तो हो ही जाता है"। लिली ने अनमने मन से जबाव दिया।

"तो फिर... फिर क्या प्रॉब्लम है? मैं भी तो तुमसे, तुम्हारे शाम के 3–4 घंटे मांग रहा हूं बस। बाकी का तुम टाइम से अपने घर निकल जाना या फ़िर मैं ख़ुद, तुम्हें तुम्हारे घर तक ड्रॉप कर आऊंगा। देखो लिली... सच में ही मुझे आपका इससे ज्यादा टाइम नहीं चाहिए। और फ़िर अब तुम बड़ी हो गई हो कब तक बच्चों की तरह घर पर ही बर्थ डे सेलिब्रेट करती रहोगी" लव ने थोड़ा तंज कसते हुए कहा।

"लेकिन लव..."! हिचकिचाते हुए उसने कुछ कहना चाहा लेकिन लव बीच में ही बोल पड़ा।

"लेकिन, वेकिन कुछ नहीं यार सब हो जायेगा, तुम्हें शाम को आना होगा बस! मैं जेब्रा पार्क के गेट नंबर 4 पर तुम्हारा इंतज़ार करूंगा। और याद रखना अगर आज शाम को तुम नहीं आईं, तो इस बार मेरा बर्थ डे भी नहीं आयेगा"। कहते हुए लव बाए करते हुए चला गया।

लिली उससे कुछ और कहती इससे पहले ही वह दूर निकल गया। उसके जाने के बाद वह भी अपने घर जाने के लिए खड़ी हुई। तब ही उसे लव की कही हुई

बात याद आई 'कि अगर तुम शाम को नहीं आई तो इस बार मेरा बर्थ डे भी नहीं आयेगा'। उसने उसके बारे में गहराई से विचार किया और इसका मतलब निकाला तो उसे बुरा लगा। फिर वह गुस्से में मुड़ी और कुछ दूर तक जाकर उसको ढूंढने की कोशिश की ताकि वह उसे सुना सके। लेकिन तब तक वह उसकी आंखो से ओझल हो चुका था। फिर बड़बड़ाते हुए वह भी अपने घर की ओर चल दी।

शाम को लिली ने अपनी पसंद व्हाइट–पिंक कॉम्बिनेशन की सिंगल लॉन्ग ड्रेस पहनी। इस ड्रेस में वह एक दम परी जैसी दिख रही थी। हॉल में लगे एक बड़े से शीशे के सामने खड़ी होकर, वह ऐंगल बदल–बदल कर खुद को निहार रही थी और मन ही मन मुस्कुरा रही थी। वैसे भी वह न जाने आज कितने दिनों में संजी–संवरी होगी उसे खुद याद नहीं। क्योंकि, यह सब उसे थोड़ा कम ही पसंद था, उसकी वजह थी उसका बाहर पार्टियां बग़ैरह अटैंड न करना। लेकिन, आज जब उसने अपने आप को आईने में देखा तो उसकी नज़र खुद पर ही ठहर गई। वह इतनी ख़ूबसूरत दिख रही थी, कि उसे भी ख़ुद को देख यकीं नहीं हो रहा था। वह ख़ुद ही अपनी सुंदरता की कायल हुई जा रही थी।

काफी देर से चुपचाप यह नज़ारा देख रही बॉबी ने चुप्पी तोड़ते हुए कहा "बस करो दी, आईना शरमा जायेगा..."।

बॉबी की आवाज़ सुन ख़ुद में खोई लिली का ध्यान टूटा, वह चेहरे की शर्मीली मुस्कान छिपाते हुए बॉबी के पास आई। और अपने पिता पर नाराजगी दिखाते हुए बोली "देखना बॉबी, फादर आज अभी तक घर नहीं आए। और ना ही उन्होंने फ़ोन करके कुछ बताया, कि वह कब तक घर आयेंगे। मैंने ऑफिस फ़ोन किया तो पता चला, कि वो किसी काम से बाहर गए हुए हैं। वैसे घर में कभी कोई प्रोग्राम या फंक्शन वगैरा होता है, तो फादर हमेशा टाइम से आ जाते हैं। लेकिन इस बार उनका कुछ अता–पता ही नहीं है, जबकि उन्हें पता है कि

आज मेरा 18वां बर्थ डे है। इधर मुझे निकलना भी है सारे फ्रैंड्स मेरा इंतेज़ार कर रहे होंगे"। कहते हुए लिली बराबर में पड़े सोफे पर बैठ गई।

अपनी बड़ी बहन को परेशान होता देख बॉबी बोली "दी मेरी बात मानो तो एक काम करो, आप जहां जाना चाहती हो वहां चली जाओ। फादर के आने पर मैं उन्हें सब समझा दूँगी, कि इस बार दी अपनी बर्थ डे पार्टी अपने फ्रैंड्स के साथ सेलिब्रेट करने गई हैं; और शाम को सही समय तक घर भी वापस आ जायेंगी"।

उसकी की बात सुन लिली मना करते हुए बोली "नहीं बॉबी, मैं फादर से मिले बिना नहीं जा सकती, शाम को उन्हें पता चलेगा तो वो गुस्सा करेंगें। कहेंगे कि मेरे आने तक का इंतजार नहीं किया गया तुम पर"। कुछ सोचते हुए वह फिर बोली "अच्छा, तुम ही बताओ क्या मेरा इस तरह जाना सही रहेगा"?

इस बात का बॉबी कोई जवाब नहीं दे पाई।

उसे चुप देख वह फिर बोली "वैसे भी मैं लेट तो हो ही रही हूं, कुछ देर और इंतज़ार कर लेती हूं। क्या पता वो आ ही जाएं"।

उसकी बात सुन बॉबी "ओके दी..." कहती हुई अपने कमरे की ओर चली गई।

कुछ देर बाद लिली भी उठकर उसके पीछे–पीछे कमरे में पहुंच गई। और बुदबुदाते हुए बोली "मैं तो बेकार में ही फ्रेंड्स की बातों में फंस गई। मैंने सबसे मना किया था कि मैं नहीं आ पाऊंगी, लेकिन वो नहीं माने। इतना दिमाग़ ख़राब हो रहा है, कि समझ में नहीं आ रहा क्या करूं"?

इसी तरह कुछ देर और बड़बड़ाने के बाद वह अपना पर्स उठाते हुए बोली "चल ठीक है बाबू मैं जा रही हूं, कोशिश करूंगी कि जल्द से जल्द घर लौट

आऊं। तुम फादर को सब कुछ ठीक से समझा देना और कोई बात आए तो संभाल लेना, ठीक है..."!

"ठीक है दी आप बेफिक्र हो कर जाइए, फादर को मैं संभाल लूंगी। कह दूँगी, कि दी ने आपका बहुत देर तक इंतज़ार किया। लेकिन, आप आए ही नहीं, इसलिए उन्हें आपसे बिना मिले ही जाना पड़ा"। बताते हुए उसने लिली को चले जाने के लिए कहा। अपनी छोटी बहन की बातों से संतुष्ट होकर लिली जाने के लिए तैयार हो गई और बाए करते हुए आगे बढ़ गई।

घर के मैन दरवाज़े तक पहुंचते ही अचानक लिली रुकी, जैसे उसे कुछ याद आया हो। वह पलटी और पीछे की ओर वापस लौटी। दरवाज़े से कुछ कदम पहले एक अंधेरी गली थी, जिसमें अंदर की तरफ सामने ही एक दरवाजा था। लिली दबे पांव गली से होती हुई उस दरवाज़े तक पहुंची। और धीरे से दरवाज़े को धकेलते हुए कमरे में घुसी। दरवाज़ा अंदर से खुला होने के कारण आसानी से खुल गया। कमरे में चारों ओर घना अंधेरा था, लिली ने कमरे में घुसकर हाथ से टटोलते हुए एक रोशनी वाला बल्ब जलाया।

वह एक बड़ा सा कमरा था, जिसके दाईं ओर कोने में बिना डोर वाली एक बड़ी सी अलमारी खड़ी थी। जिसके निचले खाने में पुराने सूटकेस और बॉक्स रखे हुए थे और उससे ऊपर के खाने में कुछ फाइलें और पेपर्स पड़े हुए थे। जो दिखने में मेडिकल रिपोर्ट्स जैसी लग रही थीं। और सबसे ऊपर वाले खाने में दवाओं का ढेर लगा हुआ था। उसके बराबर में ही एक छोटी सी अलमारी और थी, जो बंद थी। अलमारियों के ठीक सामने दूसरी तरफ कोने में एक बैड पड़ा था, जिस पर बेसुध हालत में एक औरत लेटी हुई थी। जो टकटकी लगाए ठीक सामने टंगे एक पुराने कैलेंडर को ही देखे जा रही थी। लिली के कमरे में घुसने या बल्ब के जलने पर भी उसने कोई प्रतिक्रिया नहीं दी। वह अब भी

ठीक वैसे ही सामने दीवार पर टंगे कलेंडर की ही घूरे जा रही थी। उसके सिरहाने एक टेबल रखी थी जिस पर भी दवाओं का ढेर लगा हुआ था। ।

उस औरत का सूखा हुआ शरीर, अंदर धंसी हुई काली आँखें, मुरझाया हुआ चेहरा, छोटे–छोटे बाल जो कहीं–कहीं सफेद भी हो चुके थे। उसको देख कर लग रहा था, कि वह सालों से बीमार है। और उसकी इस हालत की वजह से उसकी उम्र का सही से अंदाजा भी नहीं लग पा रहा था।

लिली उस औरत के पास जाकर, उसके बिस्तर पर बैठ गई। और बड़े ही प्यार से उसके सिर पर हाथ फिराने लगी। लिली ने जैसे ही उसको छुआ उसके हाथ के स्पर्श से उसका ध्यान टूटा, फिर वह औरत उसकी तरफ देखने लगी।

उस औरत के अपनी ओर देखने पर, लिली खड़ी होकर अपनी ड्रेस दिखाते हुए बोली "मॉम, देखो ना आज मैं कितनी सुंदर लग रही हूं"।

अच्छा! तो यह औरत लिली की मां है। वह औरत बिना कुछ कहे चुपचाप उसकी तरफ देखती रही। निराश लिली फिर से अपनी मां के पास जा कर बैठ गई और उसके चेहरे के पास अपना चेहरा ले जाकर बोली "मॉम, पता है आज मेरा बर्थ डे है। मेरा 18वां बर्थ डे! लेकिन आज तक आपने मुझे मेरे किसी भी बर्थ डे पर विश नहीं किया"। कहते हुए लिली की आंखें नम हो गईं और उसने झुक कर अपनी मां के कंधे पर सिर टिका लिया।

तब ही उसने ध्यान दिया कि उसकी मां की आंखों में भी आंसू छलक आए हैं। अपनी बेटी की आंखें नम होता देख, शायद उसकी मां की भी आंखे भर आईं थीं।

यह सब देख लिली बहुत खुश हुई उसे लगा जैसे कि उसकी मां ने उसकी बात सुन ली है। क्योंकि, बीमारी के कारण वह कभी किसी बात का कोई जवाब कोई, प्रतिक्रिया नहीं देती थी। ज्यादातर वह सब बातों से बेफिक्र बेखबर ही

रहती, उसे इस दुनिया से कोई मतलब नहीं था। इस कमरे की चार दीवारी ही उसकी दुनिया थी। जिसका कारण था उसकी लंबे समय से चली आ रही बीमारी।

लिली अपनी मां के आंसुओ को पोंछते हुए बोली "नहीं मॉम, परेशान नहीं होते, सब ठीक हो जायेगा। आप बहुत जल्दी ठीक हो जाओगी। फिर आप मुझे मेरे हर बर्थ डे पर विश किया करोगी"।

इसी तरह कुछ और देर तक बात करने के बाद लिली अपनी मां के माथे को चूम कर जाने को हुई तो उसने देखा कि उसकी मां ने एक हाथ से उसकी ड्रेस पकड़ रखी है, जैसे वह उससे कुछ कहना चाह रही हो। लिली ने पलट कर अपनी मां से पूछा "क्या हुआ, मॉम"?

तब ही उसकी मां ने अपनी टी–शर्ट को थोड़ा सा ऊपर किया और पेट के नीचे बना एक टैटू दिखाया। जो उसके पेट के बाईं ओर नीचे की तरफ बना हुआ था। टैटू को देख लिली ने मुस्कुराते हुए कहा "हां मॉम आपका टैटू बहुत सुंदर है, बिलकुल आपकी तरह"।

लिली ने टैटू को एक नज़र देखा और उसकी तारीफ कर लाइट ऑफ करते हुए अपनी मां के कमरे से बाहर निकल गई। उसकी मां अक्सर इस टैटू को उसे दिखाया करती थी। लेकिन लिली हर बार उस टैटू की झूठी तारीफ कर उसे नज़रंदाज़ कर चली जाती। ध्यान से देखने पर उस टैटू में कुछ Z जैसा बना हुआ नज़र आता था।

लिली ने बेशक उसे नज़रंदाज़ कर दिया हो लेकिन मैं उसकी तह तक ज़रूर जाऊंगा और इस टैटू का राज़ जानकर रहूंगा...!

'एलिना ऐलेक्स' एडेन की पत्नी है। जो काफ़ी लंबे समय से एक मानसिक बीमारी से जूझ रही है, जिसके चलते उसकी याददाश्त काफी कमजोर हो चुकी

है। इसलिए उसे ना तो कुछ अतीत का याद है और ना ही कुछ आज की ख़बर है। वह काफ़ी लंबे समय से चली आ रही अपनी बीमारी की वजह से किसी को सही से नहीं पहचान पाती है। लेकिन हां, एलिना एडेन और लिली को अपने पास देखकर कुछ ना कुछ प्रतिक्रिया ज़रूर देती है। इससे सिद्ध होता है, कि वह दोनों को थोड़ा बहुत पहचानती है। उस बेचारी की ज़ुबान तो पता नहीं कितने सालों से बंद है। एडेन तो, उसके मुंह से एक लफ़्ज़ सुनने को तड़पता रहता है और वह है कि कुछ भी बोलने की कोशिश ही नहीं करती; बस गुमशुम सी अपने कमरे में पड़ी रहती है। जहां वह किसी न किसी चीज को टकटकी लगाए बस घूरती रहती है। कभी–कभी ऐसा भी लगता है, जैसे कि उसकी सेहत में सुधार आ रहा है। लेकिन अचानक एक पल में ही उसकी फिर से वही हालत हो जाती है। इसलिए, डॉक्टर भी कुछ साफ–साफ नहीं बता पाते कि एलिना को ठीक होने में कितना वक्त लगेगा या वह अब कभी ठीक होगी भी या नहीं।

एडेन, अपनी पत्नी से बहुत प्यार करता है। पूरे घर में उसका सबसे ज्यादा ध्यान वही रखता है उसका नहलाना—धुलाना, दवा–गोली सब एडेन ही तो करता है। हालांकि उसकी दोनों बेटियां भी एलिना का ख्याल रखने में अपने डैड का पूरा सहयोग करती हैं। और वो भी हर छोटी सी छोटी चीज़ के लिए अपनी मां का पूरा ध्यान रखने की कोशिश करती हैं। एलिना का खाना–पीना सब उसके रूम में ही पहुंचा कर खिला दिया जाता वैसे भी वह कई–कई दिनों तक कुछ नहीं खाती। फिर भी उसे सूप और जूस पिलाया जाता रहता है। एलिना की बीमारी दिन ब दिन बड़ती ही जा रही है, अब उसका जीवन दवाओं पर ही निर्भर था और कब तक? इसके बारे में भी कुछ नहीं कहा जा सकता!

जेब्रा पार्क के मैन गेट पर ड्राइवर ने टैक्सी रोकी। लिली ने पैसे दिए और उतरने के लिए जैसे ही गाड़ी की खिड़की खोली खिड़की खुलते ही उसे सामने लव खड़ा मिला। जो वहां घंटो से उसका इंतज़ार कर रहा था।

लिली के आ जाने से उसकी खुशी का ठिकाना ना रहा। उसके मुरझाए हुए चेहरे पर चमक लौट आई। वह मुस्कराते हुए बोला "थैंक्स फॉर कमिंग"।

लिली मुस्कराते हुए "इट्स ओके..." बोल कर गाड़ी से उतर गई। लव दौड़ते हुए गया और थोड़ी दूर खड़ी अपनी गाड़ी को उसके पास ले आया और जल्दी से डोर खोलते हुए बोला "वेलकम बर्थ डे गर्ल"!

सकुचाते हुए लिली बोली "इट्स ओके लव, मैं बैठ जाऊंगी! तुम गाड़ी संभालो"!

लव ने गाड़ी का डोर बंद किया और घूम कर ड्राइवर सीट पर जाकर बैठ गया। फिर गाड़ी स्टार्ट करते हुए बोला "लिली एक बात बोलूं"?

"हूं बोलो..." लिली ने कहा।

"तुम, आज न बहुत खूबसूरत लग रही हो..."!

"ओह रियली..."? शरमाते हुए लिली, नज़रें चुराने लगी।

"रियली...! लव ने कहा।

"थैंक यू..."!

फिर इसी तरह दोनों हंसते, बातें करते हुए आगे बढ़ते रहे। तब ही अचानक लिली पूछ बैठी "लव हम कहां जा रहे हैं"?

"हम कहां जा रहे हैं... बस तुम अभी यही मत पूछो! इतना जान लो, कि आज तुम्हारे लिए एक सरप्राइज़ है। इसलिए... तुम्हें थोड़ी देर और सब्र रखना होगा"। कहते हुए लव ने गाड़ी की रेस बढ़ा दी।

इसी तरह कुछ देर और ड्राइव करने के बाद लव ने गाड़ी एक बड़े से होटल की पार्किंग में मोड़ दी। पार्किंग एरिया में गाड़ी पार्क करके वह जल्दी से अपनी

सीट से उतर कर लिली की खिड़की खोल कर बोला "लिली जल्दी से अपनी आंखे बंद करो, प्लीज...!

"क्यों..."? लिली ने उतरते हुए हैरानी से पूछा!

"अरे बाबा करो तो सही, सरप्राइज..." लव के दोबारा कहने पर वह मान गई। लेकिन आंखे बंद करने से पहले उसने अपनी बड़ी-बड़ी आंखों को चारों ओर घुमा कर देखा, कि वह आखिर है कहां? लेकिन उसे चारों तरफ सिर्फ़ गाड़ियों के सिवाय कुछ दिखाई नहीं दिया।

इतनी ही देर में लव ने तुरंत उसकी आंखों पर एक कपड़ा लपेट कर उसकी आंखें बंद कर दीं। उसके बाद वह, उसका हाथ पकड़ कर अपने साथ ले जाने लगा। पार्किंग से दो—चार सीढ़ीयां चढ़ कर दोनों एक लिफ्ट में गए। उसके बाद लिफ्ट से वे सीधे लॉबी में निकले। जहां से निकलते हुए वे एक गलियारे की ओर बढ़े और उसी रास्ते से आगे की तरफ जाने लगे। गलियारे के दोनों तरफ कमरे थे। जैसे-जैसे दोनों आगे बढ़ते जा रहे थे वैसे—वैसे चारों तरफ से आने वाला शोर भी कम होता जा रहा था।

वहां के बदलते माहौल को देख लिली ने सकुचाते हुए पूछा "लव अभी और कितनी देर तक मेरी आंखे बंद रखोगे"?

"बस थोड़ी देर और..."। कहते हुए लव ने थोड़ी देर बाद एक बाईं तरफ टर्न लिया और फिर उसी दिशा में चलने लगा जहां आगे की ओर घना अंधेरा था। लिली खामोशी के साथ-साथ अंधेरे को भी अच्छे से महसूस कर पा रही थी। अब उसके बढ़ते हुए कदम धीमे हो चले थे, धड़कनें तेज़ और गला सूखने लगा था। वह घबराई हुई सोचने लगी कि 'लव पता नहीं उसे न जाने कहां लिए जा रहा है'?

वह वैसे भी बहुत जल्दी नेगेटिव सोचने लगती है। वह बार—बार लव से उसकी आंखों से पट्टी हटाने के लिए कह रही थी। कपड़े के साथ अब वह अपना हाथ भी उसकी आंखों पर रखे हुआ था, ताकि वह आंखों से कपड़ा ना हटा पाये।

लव उसे हर बार "बस थोड़ी देर और... या हां बस हो गया..."। कहकर टाले जा रहा था। इसी तरह चलते—चलते दोनों अब तक होटल के काफ़ी अंदर तक पहुंच गए थे। तब ही लव एक पल के लिए रुका और अंधेरे में दूसरे हाथ से कुछ टटोलने लगा। फिर उसने धीरे से एक दरवाज़ा खोला। जिसकी आवाज़ लिली को साफ सुनाई दी। फिर वह, लिली के पीछे कमर पर हाथ लगाकर उसके साथ कुछ कदम और आगे बढ़ा।

तब ही लिली ने महसूस किया कि किसी ने पीछे से दरवाज़ा बंद किया है। वह तुरंत वहीं रुक गई, चिंता और डर से उसके कान खड़े हो गए अब उसके सब्र का बांध टूट चुका था। वह घबराई हुई सी बोली "लव, बस करो! अब बहुत हो गया, मुझे डर लग रहा है! और अब मेरी आंखें भी दुखने लगीं हैं प्लीज! जल्दी से अपना हाथ हटाओ और यह पट्टी खोलो"। कहते हुए वह अपनी आंखों से उसका का हाथ हटाने का प्रयास करने लगी।

"ओके... ओके... ओके... बस हो गया..."। कहते हुए लव ने उसकी आंखो से अपना हाथ हटा लिया और धीरे—धीरे पट्टी खोल दी। पट्टी हटने के बाद भी लिली को वहां कुछ दिखाई नहीं दे रहा था। क्योंकि, वहां घनघोर अंधेरा था और साथ ही सन्नाटा भी। वहां इतनी खामोशी थी कि दोनों एक—दूसरे की सांसों को भी अच्छे से महसूस कर पा रहे थे।

लिली, लव को हाथ से टटोलते हुए उसके पास जाकर चिपक कर खड़ी हो गई और बोली "लव लाइट जलाओ न... प्लीज़! मुझे सच में ही बहुत डर लग रहा है"!

हालातों की वज़ह से ही सही लिली पहली बार उसके इतने करीब उसकी बांहों में थी। लव को उसका इस तरह ख़ुद से चिपक कर खड़ा होना अच्छा लग रहा था। वह, उसके अपने सीने से लगते ही सब कुछ भूल गया। जिस कारण उसने, लिली की बात का अनसुना कर दिया। हालांकि, उसका ऐसा कोई इरादा नहीं तो था शायद उसे लिली के बदन की खुशबू ने मदहोश कर दिया होगा।

लव को अपनी बात का अनसुना करते देख, लिली ने इस बार उसे झकझोरते हुए कहा "यार तुम्हें सुनाई नहीं देता क्या? कह रही हूं लाइट ऑन करो, यहां मेरा दम घुट रहा है"!

"ओ हां..." कहते हुए लव चौंका, जैसे कि अभी–अभी नींद से जागा हो। फिर जल्दी से उसने अपनी जेब से माचिस निकाल कर एक तिल्ली जलाई। उसके तिल्ली जलाते ही हॉल में एक साथ कई सारी तिल्लियां जलीं। अचानक से एक साथ इतनी सारी तिल्लियां जलते देख, लिली की तो डर से एक पल के लिए जैसे सांस ही अटक गई। उसने एक बार फिर लव को कसकर पकड़ लिया। लेकिन, उसे नोर्मल खड़ा देख उसमें थोड़ी सी हिम्मत आई और फिर वह भी शांत खड़ी रही।

उसे लव पर बहुत गुस्सा आ रहा था। वह मन ही मन सोच रही थी, 'कि आज यहां से निकलने के बाद फिर कभी इस लव के बच्चे की बातों में नहीं आऊंगी'।

सभी लोग जिनके हाथों में जली हुई तिल्लियां थीं, धीरे—धीरे आगे बढ़ने लगे। सबने अपने–अपने चेहरों पर मास्क लगा रखे थे। उन्हें अपनी ओर बढ़ते देख लिली सहमी सी लव से चिपकी जा रही थी। फिर सभी मास्कमैन थोड़ा सा आगे आकर रुक गए। वहीं बीच में एक बड़ी सी टेबल दिखाई दी, जिस पर एक बड़ा सा केक रखा हुआ था। फिर सबने अपनी तिल्लियां बुझने से पहले केक पर लगीं मोमबत्तियां जलाई और चुपचाप पीछे हट कर खड़े हो गए।

मास्क और अंधेरे की वजह से किसी का चेहरा साफ़ दिखाई नहीं दे रहा था। लिली ने उन्हें अपना दोस्त समझ रुंधे हुए गले से आवाज दी "रितु, रोज़ी, हेलेन, डेविड..."। लेकिन दूसरी ओर से कोई जवाब या प्रतिक्रिया नहीं आई।

लव ने जल्दी से लिली को चाकू पकड़ाते हुए कहा "लो केक काटो"। लिली ने चाकू हाथ में पकड़ कर जल्दी से मोमबत्तियां बुझाई ताकि उसकी समझ से बाहर चल रहा यह ड्रामा खत्म हो सके।

उसके मोमबत्तियां बुझाते ही सभी की एक साथ आवाज आई "हैप्पी बर्थ टू यू... हैप्पी बर्थ डे डियर लिली..."!

और फिर एक, एक करके हॉल की सारी लाइट ऑन हो गई। जिससे बाद पूरा हॉल रोशनी से जगमगा उठा। और फिर सबने एक साथ अपने—अपने चेहरे से मास्क हटा लिये। वे सब इन दोनों के ही दोस्त थे, उन्हें अपना दोस्त पाकर लिली की जान में जान आई। उसका चेहरा एक दम खुशी से खिल उठा, वह केक काटना भूल कर सब से जाकर चिपक गई और बोली "यू ऑल आर फ्रॉडस..."।

जवाब में सबने मिलकर कहा "सरप्राईज..."! यह सब दूर से खड़ा देख रहा, लव हंस रहा था। फिर उसने लिली को बुलाते हुए केक काटने को कहा।

केक कटने के बाद सभी बॉयज एंड गर्ल्स ड्रिंक वगैरा करते हुए इंजॉय करने लगे। पार्टी को लव ने काफी अच्छे से अरेंज किया था। कहीं, किसी भी चीज की कोई कमी नहीं थी।

पार्टी का इतने अच्छे से अरेंजमेंट देख लिली बोली "लव ये सब क्या है और इतना सब कुछ करने की क्या ज़रूरत थी"?

उसकी बात का जबाव न देकर लव ने बात बदलते हुए पूछा "कैसा लगा मेरा सरप्राइज"?

"हॉरर..."! लिली ने हंसते हुए जवाब दिया। तब ही रोज़ी दोनों के पास आई और लिली को वहां से एक तरफ ले गई जहां उसने लिली को ड्रिंक ऑफर की। लेकिन, लिली ने इसके लिए तुरंत 'सॉरी' बोल दिया।

कुछ देर बाद लिली के सारे दोस्त उसके पास आए और सबने एक साथ मिलकर उससे रिक्वेस्ट की "कि वह अपनी पसंद से जो चाहे और अपनी मरजी से जितनी चाहे ड्रिंक ले सकती है, किसी की कोई जबरदस्ती नहीं होगी"!

लेकिन, लिली पर किसी के कहने से या किसी की रिक्वेस्ट से कोई फर्क नहीं पड़ा, उसने इस सब के लिए माफी मांगते हुए साफ मना कर दिया। सब अपना—अपना सा मुंह लेकर वहां से चले गए। बस रितु उसके पास रही जो थोड़ी देर बाद लव के आने पर साइड हो गई।

लव के हाथ में दो बीयर से भरे ग्लास थे, उसने बीयर का एक ग्लास उसके सामने पेश किया। लेकिन, लिली ने उससे भी मना करते हुए कहा "आपको पता है ना, यह सब मुझे बिल्कुल पसंद नहीं है"।

"हां मुझे पता है, आप ड्रिंक वगैरा से कोसों दूर रहती हो। लेकिन, डियर यह तो बीयर है... सॉफ्ट ड्रिंक की तरह! इससे कुछ नहीं होता"।

"जो भी हो लव, कुछ होता हो या नहीं! लेकिन मैं यह सब नहीं ले सकती, फादर को पता चल गया तो... सॉरी। तुम इंजॉय करो, खां में खां मेरे चक्कर तुम सब अपना क्यों मूड बिगाड़ रहे हो? और वैसे भी आज तुमने मेरी होप से बहुत ज्यादा कर दिया। अब इस वक्त को यूं ही बेकार में जाया मत जाने दो! प्लीज इंजॉय दा पार्टी। और हां अगर आप चाहो तो मुझे कोल्ड ड्रिंक ऑफर कर सकते हो"। कहते हुए लिली मुस्कराते हुए आगे बढ़ गई।

"इट्स ओके..."। कहते हुए लव भी मुस्करा दिया और लिली के जाने के बाद उसने दोनों ग्लास बीयर एक ही झटके में खत्म कर दिए। फिर आगे बढ़ कर उसने अपने एक दोस्त को आवाज़ दी और उससे ड्रिंक्स लाने को कहा! वह जल्द ही एक ट्रे में तीन, चार पैग बना लाया। लव जोश–जोश में उसमें से तीन पैग खींच गया और डांस फ्लोर पर जाकर झूमने लगा। डांस फ्लोर की डिम लाइट में लगभग सभी लड़के, लड़कियां मस्ती से झूम रहे थे।

लिली, अकेली एक सोफे पर बैठी सबको डांस करते देख ख़ुद भी दूर से इंजॉय कर रही थी। सब के लाख कहने पर भी उसने ड्रिंक के लिए हां नहीं की थी। वह अपने उसूलों की पक्की थी उसे फ़र्क नहीं पड़ता फिर चाहे किसी को उसकी बातें अच्छी लगे या बुरी! कौन उससे नाराज़ है कौन खुश उसे इस बात की परवाह नहीं थी। उसके हिसाब से जो गलत है सो गलत है वह उसका किसी भी हालत में समर्थन नहीं करती थी।

तब ही रोज़ी उसके पास आई और उसका हाथ पकड़ कर खींचने लगी। लिली के लाख मना करने बाद भी वह नहीं मानी और उसे खींचते हुए डांस फ्लोर पर ले गई। फिर फ्लोर पर कुछ उसे रोज़ी और बाकी फ्रेंड्स का भी सपोर्ट मिल गया। इस तरह ना चाहते हुए भी लिली डांस फ्लोर पर थिरकने के लिए मजबूर हो गई।

कुछ देर तक रोज़ी और रितु उसके साथ थिरकती रहीं, फिर कुछ देर बाद उनकी जगह लव ने लेली। अब वह उसके साथ डांस करने लगा। डांस करते समय वह, लिली को बीच—बीच में यहां वहां छू लेता या फिर उसके यहां—वहां हाथ लगा देता। लिली चुपचाप उसका हाथ हटा देती उसे पता था कि लव होश में नहीं है। एक दो—बार उसने फ्लोर से भी हटने की कोशिश की, लेकिन भीड़ की वजह से वह हट नहीं पाई। इधर लव भी दूसरों की सपोर्ट से उसे फ्लोर से जाने नहीं दे रहा था। इधर अब रात भी काफी होती जा रही थी, उसे समय

से घर भी पहुंचना था। वादे के मुताबिक़ वह, लव को समय दे चुकी थी यही सब वह उससे बोलना चाह रही थी। लेकिन लव तो उसकी सुन ही नहीं रहा था। ड्रिंक के बाद वह अपने होश में नहीं था वह भी औरों की तरह ही हरकतें कर रहा था। सब थोड़े बहुत नशे में ज़रूर थे कोई भी लिली की बातों पर ध्यान नहीं दे रहा था। इसलिए उसकी आवाज़ म्यूजिक और नशे से भरी भीड़ में दबकर रह जा रही थी। धीरे—धीरे अब वह अपने आप को सबसे अलग और असहज़ महसूस करने लगी थी।

सब के साथ लव भी नशे और म्यूजिक की धुन में खोया हुआ था। उस पर उसकी जवानी, शराब और लिली के बदन की खुशबू का असर चढ़ता जा रहा था। इसी मदहोशी के नशे में उसने एक बार हद पार कर दी, उसने लिली को अपनी बाहों में खींच कर मजबूती से जकड़ लिया और उसे चूमने लगा।

उसके स्पर्श से लिली के बदन में एक सिहरन सी पैदा हो गई। लव की गर्म और नशीली सांसे उसकी सांसों से टकराने लगीं, लेकिन उनका लिली पर कोई असर नहीं हुआ। वह उसे मदहोश करने में नाकामयाब रहीं। लिली को लव के मुंह से आ रही शराब की महक से चक्कर आने लगे, उसे लगा कि अब बस वह यहीं चक्कर खाकर गिर जायेगी।

यह सब उसके बर्दास्त से बाहर होता जा रहा था। लव से छुटकारा पाने के लिए उसने पूरी ताकत लगाई ताकि वह उसे पीछे धकेल सके, लेकिन उसकी मजबूत पकड़ से वह पार न पा सकी। लिली उसकी गिरफ्त से आज़ाद होने के लिए छटपटाने लगी। लव की मजबूत बाहों में उसका दम घुटने लगा था। उसने फूलती हुई सांसों से एक बार फिर ज़ोर लगाया, इस बार वह उसकी गिरफ्त से निकलने में कामयाब रही। लव नशे में होने की वजह से थोड़ा कमज़ोर पड़ गया उसके पैर लड़खड़ा गए, इस बार वह, लिली को संभाल नहीं पाया जिसकी वज़ह से वह उसे लेकर गिर पड़ा।

लिली ने फुर्ती से लव को झटकते हुए ख़ुद को दूर किया। उसके दूर होते ही लिली झट से खड़ी हो गई उधर लव भी साथियों की बदौलत तुरंत उठ खड़ा हो गया। उसके खड़े होते ही लिली ने लव के गाल पर एक जोरदार थप्पड़ जड़ दिया। थप्पड़ की गूंज के साथ ही पार्टी का म्यूजिक बन्द हो गया।

लिली चीखते हुए बोली "मैंने कितनी बार कहा है, कि ये चीप हरकतें मुझे बिल्कुल पसंद नहीं हैं; फिर भी तुम्हारे समझ में नहीं आता क्या? मुझे कोई टच करे यह मुझे बिल्कुल बर्दास्त नहीं, तुम भी नहीं समझे"!

उसका गुस्सा सातवें आसमान पर था। यह नज़ारा देख पार्टी में मौजूद सभी लोग सन्न रह गए। लव के थप्पड़ पड़ते ही एकदम से सबका नशा छूमंतर हो गया। किसी को इस सब की उम्मीद नहीं थी। सभी स्तब्ध थे किसी ने कुछ भी कहने की हिम्मत नहीं की, लव भी ज़मीन में निगाहें गड़ाए चुपचाप खड़ा रहा।

वह फिर बोली "तुम मुझे इसीलिए यहां लाए थे, क्या यही तुम्हारा सरप्राइज़ है...? मैं तुम्हारी चाल तो तब ही समझ गई थी, जब तुम कभी इसके हाथों कभी उसके हाथों मेरे लिए ड्रिंक भेज रहे थे। ताकि मेरे नशे में होने पर तुम मेरा फ़ायदा उठा सको। लेकिन ध्यान रखना मिस्टर... लिली इतनी सस्ती नहीं है कि तुमने पैसे के दम पर एक पार्टी अरेंज की और बाकी की लड़कियों की तरह बस लिली तुम्हारी"! यह सब बोलकर लिली वहां से रोते हुए बाहर निकल गई।

उसकी बातें सुन लव निगाहें नहीं उठा पा रहा था। हालांकि बाद में उसके एकाद दोस्त ने आगे आकर कुछ कहना चाहा, लेकिन लव ने सभी को कुछ भी कहने से मना कर दिया और इसे आपस का मामला बता कर सबको चुप रहने के लिए कहा।

लिली के इन तीखे शब्दों ने उसे अंदर तक झकझोर कर रख दिया था। वह सोचने लगा, 'कि मैंने तो ये सब सोच कर पार्टी नहीं रखी थी और ना ही मेरा

ऐसा कोई इरादा था, जिसके बारे में लिली बोल रही थी। मुझे तो पता भी नहीं है कि मुझसे पहले किसी और ने भी उसे ड्रिंक ऑफर की थी'। हां उससे गलती तो हुई है यह उसे भी दिख रहा था। लेकिन, उसका इसके लिए कोई प्री—प्लान नहीं था उसे जानबूझ दुःख पहुंचाना उसका मक़सद नहीं था।

लिली की बातों से टूट कर वह वहीं बैठ गया उसकी आंखों में आंसू थे। उसको परेशान देख उसके फ्रेंड्स उसे रिलैक्स करने की कोशिश करने लगे। तब ही उसे एहसास हुआ, 'कि रात बहुत हो चुकी है और लिली गुस्से में अकेली ही बाहर गई है'। वह उसको चिल्लाता हुआ तेज़ी से बाहर की ओर दौड़ा। डेविड ने उसे, बाहर जाने से रोकने की कोशिश की। लेकिन वह गुस्से से उसका हाथ झटक कर बाहर की ओर निकल गया। कुछ लोग उसको इस तरह लिली के पीछे भागते देख टेंशन में आ गए।

रोजी बोली "उसे जो भी कहना था यहीं कहना था, इस तरह लिली के पीछे जाना सही नहीं है"!

सभी अलग—अलग तरह की बातें कर रहे थे। तब ही उनका एक मजाकिया फ्रेंड हंसते हुए बोला "लगता है वह, गर्लफ्रेंड की जगह सिस्टर को उठा लाया था..."!

हालांकि उसकी ये बेतुकी बात किसी को पसंद नहीं आई और सब बोले 'यार तुझे इतने टेंशन वाले माहौल में भी मज़ाक सूझ रहा है'!

इधर लव जैसे ही होटल से निकलकर बाहर आया, तो उसने देखा कि लिली उसके सामने ही टैक्सी पकड़ कर जा रही है। उसे अपने सामने टैक्सी में बैठते देख वह चिल्लाते हुए उसकी गाड़ी की ओर दौड़ा। लेकिन लिली ने उसे नजरंदाज करते हुए गाड़ी का डोर झटके से बंद किया और टैक्सी ड्राईवर से बोली "भईया मुझे 10 मिनट में घर पहुंचना है"।

"ओके मैम... बस आप रास्ता बताईए"। कहते हुए ड्राइवर ने गाड़ी स्टार्ट कर जगह से ही उखाड़ दी। लव के लाख चिल्लाने के बाद भी उसने एक बार भी उसकी तरफ़ पलट कर नहीं देखा। लव रूआंसा सा वहीं खड़ा रह गया। फिर वह पार्किंग की तरफ दौड़ा उसने तुरंत अपनी गाड़ी निकाली और टैक्सी के पीछे लगा दी। और कुछ ही देर में उसने अपनी बड़ी गाड़ी से टैक्सी को पकड़ लिया। फिर वह अपनी गाड़ी से कुछ देर तक उसका पीछा करता रहा।

इधर कुछ देर तक मैन हाईवे पर चलने के बाद टैक्सी ने एक टी प्वाइंट पर अपनी ही साइड में टर्न लिया। और टैक्सी हाईवे से उतर कर एक लोकल रास्ते पर आ गई। टैक्सी के नीचे उतरते ही लव ने अपनी गाड़ी रोकी और कुछ दूर तक टैक्सी को जाते देखता रहा। जब उसे टैक्सी दिखना बंद हो गई तब उसने अपनी गाड़ी से यू टर्न लिया और वापस चला गया।

इधर कुछ ही देर में, टैक्सी लिली के घर के पास पहुंच गई। गाड़ी से उतरकर लिली ने ड्राइवर को पैसे दिए और 'थैंक्स' बोलकर चारदीवारी वाला बड़ा सा दरवाज़ा खोल कर अंदर चली गई। जो अंदर—बाहर दोनों तरफ से खुल जाता था। अब वह घर के मैन गेट के सामने खड़ी होकर अपने आप को नॉर्मल करने की कोशिश करने लगी।

थोड़ी रिलैक्स होने के बाद उसने डोर वैल बजाने के लिए हाथ स्विच पर रखा। लेकिन वैल बजाने से पहले उसने एक बार दरवाज़े को धकेल कर देखा 'क्या पता दरवाज़ा अंदर से खुला हो'। और ऐसा ही हुआ उसके धीरे से धक्का लगाते ही दरवाज़ा खुल गया। वह जल्दी से घर के अंदर घुसी और दरवाज़ा लॉक कर राहत की सांस ली। उसके बाद लिली अपनी मां एलिना के कमरे में गई, जो अब तक सो चुकी थी। उसने तेज गति से चल रहे पंखे की स्पीड को कम किया और मां को चादर ओढ़ा कर कमरे से बाहर आ गयी। फिर वह दवे

पांव अपने कमरे की ओर बढ़ी जहां उसने खिड़की से झांक कर देखा, कि उसकी बहन भी सो चुकी है।

इसके बाद वह तेज़ी से डाइनिंग रूम की ओर बढ़ी जहां उसे दूर से ही पूरा हॉल गुब्बारों व जगमगाती हुई लाइट से सजा हुआ दिखा। हॉल की सामने वाली दीवार पर उसकी सबसे पसंदीदा और यादगार बड़ी—बड़ी तस्वीरें लगी हुई थीं। उसी दीवार के थोड़े से नीचे बड़े–बड़े अक्षरों में **'HAPPY BIRTH DAY LILY'** लिखा हुआ था। वहीं बीच हॉल में पड़ी एक टेबल पर केक रखी हुई थी जो किसी का बेसब्री से इंतज़ार कर रही थी। जिसके बराबर में पड़ा चाकू उसे काटने के लिए बेचैन नज़र आ रहा था। वहीं एक चेयर पर बड़ा सा पिंक कलर का टैडी रखा हुआ था। शायद, वह उसके पिता की तरफ़ से बर्थ डे गिफ्ट होगा। वहीं थोड़ा हटकर दूसरी तरफ डाइनिंग टेबल पर ढेर सारा खाना सजा रखा था। जिसे देख कर अंदाज़ा लगाया जा सकता था कि खाना अभी तक किसी ने चखा भी नहीं होगा।

यह सब देख लिली की आंखों में आंसू आ गये। क्योंकि, इतना सब कुछ सेटअप उसके पिता ने अकेले और उसके लिए ही तो किया था। इसलिए ही तो वह अपने फादर को महान मानती है। क्योंकि, वो उसकी हर छोटी से छोटी खुशियों का ध्यान रखते हैं। तब ही उसकी नज़र दूसरी तरफ़ अपने पिता पर पड़ी जो एक कुर्सी पर गर्दन झुकाए बैठे हुए थे, ऐसा लग रहा था कि उनकी आँख लग चुकी है। लिली जल्दी से अपने पिता के पास गई उनके पास पड़े ढेर सारे सिगरेट के ठूठों से अंदाज़ा लगाया जा सकता था कि वो कितनी देर से बैठे उसका इंतजार कर रहे होंगे। एक जली हुई सिगरेट जो एडेन के हाथ में लगी हुई थी, सुलगते–सुलगते उसकी उंगलियों तक पहुंच चुकी थी इसका मतलब कि उसकी अभी जल्दी में ही आंख लगी होगी।

लिली ने लपकर अपने पिता की उंगलियों से सिगरेट निकाल कर बुझाई। लिली के सिगरेट छीनने से एडेन की आंख खुल गई।

वह लिली को एकदम अपने पास देख कर चौंकते हुए बोला "अरे आगई बेटा तुम...! हम कब से तुम्हारा इंतजार कर रहे थे? बॉबी तो गुस्से में जाकर सो भी गई"। कहते हुए एडेन ने घड़ी की तरफ देखा जिसमें कुछ ही देर में 12:00 बजने वाले थे।

यह देख वह लिली से बोला "ओ माय गॉड! बेटा यह लो चाकू और जल्दी से केक काटो, मैं अभी बॉबी को उठा कर लाता हूं नहीं तो टाइम अप हो जायेगा"। कहते हुए वह बॉबी के कमरे की तरफ भागा और उस को सोते हुए ही गोद में उठा लाया।

लिली को एक फिर एहसास हुआ 'कि उसके फादर उसे सच में ही कितना प्यार करते हैं, लेकिन वह इतनी लापरवाह निकली कि उनसे पूछे बिना ही बाहर चली गई'। इस बात के लिए वह अपने पिता से माफ़ी मांगते हुए बोली "एम सॉरी फादर..."! और भावुक होकर उनके गले लग गई।

"कोई बात नहीं बेटा! तुम टाइम से आ गई न बस... फ़िर इसमें परेशान होने की क्या बात है। मुझे पता है कॉलेज के दोस्तों के साथ टाइम पता ही नहीं चलता। वो तो तुम जबरदस्ती चली आई होंगी नहीं तो वो तुम्हें अब नहीं आने देते..."!

अपने पिता की बात सुन लिली ने 'हां' में सिर हिलाया जैसे सच में ही ऐसा हुआ था। जो भी हो लेकिन इस बात ने लिली के दिल को काफ़ी सुकून दिया।

"चलो केक काटो नहीं तो दूसरा दिन लग जायेगा"। कहते हुए उसने लिली को दोबारा से चाकू पकड़ाया।

लिली ने चाकू हाथ में लिया और मोमबत्तियां बुझते ही केक पर चला दिया। नींद में अपने पिता की गोद में बैठी बॉबी ने भी आंखे मलते हुए उसे बर्थ डे विश किया। और फिर सब खाने के लिए टेबल पर बैठ गए।

तब ही खाना खाते हुए एडेन बोला "कैसी रही बाहर की पार्टी, खूब इंजॉय किया होगा"?

"हां फादर, इंजॉय तो सभी ने बहुत किया था। मैं ही फर्स्ट टाइम किसी पार्टी में गई थी, इसलिए शुरुआत में थोड़ा अनकंफ्लेबल महसूस कर रही थी, लेकिन थोड़ी देर बाद धीरे—धीरे सब नोरमल हो गया था। इसी चक्कर में मुझे टाइम का पता नहीं चला। फिर जैसे ही मैं घर आने के लिए तैयार हुई तो सब रास्ता रोक कर खड़े हो गए। कोई मुझे आने ही नहीं दे रहा था लेकिन मैंने भी रट लगा दी, कि मुझे हरहाल में घर पहुंचना है बस! तब कहीं जाकर मैं आ पाई"।

"जो लड़का तुम्हें घर तक ड्रॉप करने आया था उसे भी बुला लेते केक में दोबारा शामिल हो जाता" एडेन ने अंदाजे से कहा।

"कौन सा लड़का..."? लिली ने पूछा। लिली का जबाव सुन सामने की कुर्सी पर बैठे एडेन ने उसकी तरफ़ इस तरह देखा जैसे उसे सब पता है और वह उससे झूठ नहीं बोल सकती।

"अच्छा, अच्छा...! वह लड़का जो मुझे ड्रॉप करने आया था, वह चला गया...! क्योंकि गाड़ी में वह अकेला नहीं था, साथ में मेरी और भी फ्रैंड्स थीं। जिनका घर उस लड़के के घर की तरफ ही पड़ता है, इसलिए वह उन्हें भी ड्रॉप करता हुआ अपने घर चला जायेगा। क्योंकि, जैसे ही मैं घर आने लगी तो बाकी के लोग भी वहां नहीं रुके। फिर सब अपने—अपने घर जाने के लिए तैयार हो गए"। लिली ने लड़खड़ाते हुए बात बनाने की कोशिश की।

"ठीक है! तुम लोग खाओ मैं एलिना को देख कर आता हूं, थोड़ा—बहुत कुछ खा लेगी तो ठीक है। क्योंकि, आज शाम भी वह जल्दी सो गई थी"। एडेन ने कुर्सी से उठते हुए कहा।

"लेकिन फादर, मैं मॉम के पास से ही होती आ रही हूं सबसे पहले मैं उनके रूम में ही गई थी, वो अब तक सो चुकी हैं। अगर आप फिर भी देखना चाहते हो तो देख आओ, क्या पता जाग गई हों"। कहते हुए लिली ने बॉबी को चम्मच से खिलाना शुरू किया।

"कोई नहीं देख लेता हूं"। कहते हुए एडेन उठ कर चला गया।

उसके जाने के बाद बॉबी ने फुसफुसाते हुए कहा "क्या बात है दी! आपके आने का इरादा नहीं था क्या..."?

"नहीं बाबू ऐसी बात नहीं है शायद तुम्हें पता नहीं है स्कूल, कॉलेज के फ्रेंड्स कैसे होते हैं; उनसे छुटकारा पाना इतना आसान थोड़ी होता है। पता है वह तो मुझे अब भी नहीं आने दे रहे थे, बड़ी मुश्किल से निकल कर आ पाई हूं। लेकिन, सब बेकार है अपने घर जैसा सुकून कहीं नहीं है। अच्छा एक बात बताओ, जब फादर ने घर पर आकर देखा और उन्हें पता चला कि मैं घर पर नहीं हूं तो वो नाराज़ हो रहे थे क्या..."?

दोनों बहनें अभी यह सब बातें कर ही रहीं थीं कि तब तक एडेन आ गया।

"बेटा सही कहा तुमने तुम्हारी मॉम तो सो रही हैं इस बार की दवा ठीक है। इस दवा के असर से वो चैन की नींद तो सो पाती हैं"। कहते हुए एडेन भी डिनर टेबल पर बैठ गया और फिर तीनों ने खुशी–खुशी बातें करते हुए खाना खाया।

खाने के बाद सभी अपने—अपने कमरे में चले गए। लिली अपने बिस्तर पर पड़ी—पड़ी पार्टी वाली घटना को याद करने लगी। उसे लव के लिए अब थोड़ा बुरा लग रहा था, कि कैसे उसने भरी महफिल सबके सामने उसको थप्पड़ मार

दिया; उसे ऐसा नहीं करना चाहिए था! उसकी गलती ही क्या थी? बस इतनी सी न कि उसने मुझे छुआ था, इतना तो चलता है यार! और फ़िर अगर इन सब चीजों से मुझे प्रॉब्लम है तो मुझे उससे और ऐसे माहौल से दूर रहना चाहिए। पता नहीं सब लोग क्या सोच रहे होंगे मेरे बारे में। अगर ऐसा ही रहा था तो मेरा एक भी फ्रैंड नहीं रहेगा। और वैसे भी लड़कों की लिस्ट में लव मेरा अकेला ही फ्रैंड तो है! उसने इतनी शानदार पार्टी मेरे लिए ही तो दी थी और मैंने क्या किया उसके साथ...? नहीं, मुझे ऐसा नहीं करना चाहिए था। अब मुझे उससे माफ़ी मांगनी होगी वह भी सब के सामने। और दूसरा मेरे इतना सब कुछ कहने के बाद भी बंदे ने पलट कर कुछ नहीं कहा।'।

लिली यह सब सोच-सोच कर परेशान हो रही थी। वह अपने आप को गिल्टी फील कर रही थी और बेचैन सी होकर इधर-उधर करवटें बदल रही थी।

तब ही एकाएक उसकी सोच बदली और वह कठोरता से ख़ुद से बोली 'उसे भी तो सोचना चाहिए था ना, कि यह सब मुझे बिल्कुल पसंद नहीं है। फिर क्यों उसने मेरे साथ ऐसा गलत व्यवहार किया? वह हद पार करता जा रहा था और किसी ने उसे रोकने की हिम्मत तक नहीं की। इसमें उसकी ही नहीं बाकी के लोगों की भी गलती है। बाद में भी कोई मेरे बीच में नहीं आया किसी ने यह तक नहीं कहा, कि लव यह गलत है तुझे ऐसा नहीं करना चाहिए था। सब के सब मिले हुए थे इसलिए सब मुझे ड्रिंक पिलाने पर जोर दे रहे थे। नहीं है ज़रूरत मुझे ऐसे फ्रॉड दोस्तों की, इससे अच्छा तो मैं अकेली ही ठीक हूं'। अब ये सोच उसका चेहरा गुस्से और नफरत से कठोर होता चला गया।

अगले दिन कॉलेज के लिए तैयार बैठी लिली इसी उधेड़बुन में थी, कि आज कॉलेज जाना सही रहेगा या नहीं! या फिर एक—दो दिन बाद जाऊं, इसी हां ना के बीच वह सब कुछ भुलाकर उठी और अपना बैग उठा कर कॉलेज के लिए निकल पड़ी।

कॉलेज पहुंच कर लिली क्लास में काफी देर तक चुपचाप अपनी किताब में आंखे गाड़े बैठी रही। कुछ देर बाद उसने इधर–उधर नज़र घुमा कर देखा तो उसे पार्टी में मौजूद लगभग सभी लोग नज़र आए, सिवाय लव के। फिर उसने यह सोच कर उसे नज़रंदाज़ कर दिया, कि वैसे भी वह क्लास आता कब है? और फिर सामने प्रोफेसर की तरफ ध्यान लगाने करने की कोशिश करने लगी।

लैक्चर खत्म होने के बाद स्टूडेंट्स क्लास से बाहर जाने लगे। लिली ने भी अपनी किताबें वगैरा समेटी और चुपचाप क्लास से बाहर चल दी। तब ही रितु, रोज़ी और उसके कई दोस्त आवाज़ देते हुए उसके पास आए "हाए लिली... कैसी हो"?

"मैं ठीक हूं...! तुम सब अपना बताओ"? लिली ने हल्की मुस्कान के साथ जवाब दिया।

"हम भी ठीक हैं! देखो यार कल जो भी हुआ इसमें हमारा कोई दोष नहीं है। तुम दोनों के बीच क्या है क्या नहीं और लव ने कल अचानक ऐसा क्यों किया, इसके बारे में भी हमें कुछ पता नहीं है"। रितु ने सफाई देते हुए कहा।

"हां, उसने हम सब से कहा था, कि कल लिली का बर्थ डे है। इसलिए मेरी तरफ़ से तुम सब के लिए पार्टी है और यह उसके लिए एक सरप्राइजल है। इसलिए इस प्लान के बारे में लिली को कोई कुछ नहीं बतायेगा और ना ही कोई उससे इसके बारे में बात करेगा। पार्टी कहां होगी, कैसी होगी और वहां कौन–कौन होगा, इस सब के बारे में भी कोई किसी से बात नहीं करेगा। बस सभी को बताई हुई जगह पर और दिए हुए टाइम पर टाइम पर पहुंचना है"। रोज़ी ने बताया।

"इट्स ओके... अब जो हुआ सो हुआ तुम सब परेशान मत हो, मैं ठीक हूं..."! कहते हुए लिली आगे बढ़ गई। उसके जाते ही बाकी के लोग भी अपने–अपने रास्ते हो लिए।

लेकिन आगे चल कर रितु ने उसे आवाज़ देते हुए अकेले में रोका और बोली "अगर तुम्हें बुरा ना लगे तो एक बात कहूं"?

"हूं... कहो" लिली ने सहमति जताते हुए कहा।

"कुछ नहीं...! बस मैं यही कहना चाहती हूं, कि अगर तुम्हें लव पसंद नहीं है तो तुम उससे साफ–साफ मना क्यों नहीं कर देती। ताकि वह तुम्हारा पीछा छोड़ दे। जब तुम ही उसे चांस दोगी तो, दूसरा तो ट्राई करेगा ही ना..."!

लिली, उसकी बातें चुपचाप लेकिन अगंभीरता से सुन रही थी जैसे कि उसे पता हो, कि वह उससे क्या बात कहने वाली है।

वह आगे बोली "उसे कॉलेज—वोलेज में तो कोई इंटरेस्ट है नहीं, वह यहां आता है तो सिर्फ तुम्हारे लिए। क्या तुमने कभी नोटिस किया इस बात को? देखो मेरा कहने का मतलब यह बिल्कुल नहीं है, कि वह एक बुरा लड़का है। लेकिन फिर भी, तुम्हारे बीच जो भी है क्लीयर करना सही रहता है"।

"ओके, अब ध्यान दूंगी"। कहते हुए वह उसकी बात बीच में ही अधसुनी छोड़ आगे बढ़ गई।

जो भी हो लेकिन लिली को आज उससे एक नई बात पता चली थी, 'कि लव उसे चाहता है यह बात उसके सिवाय पूरा कॉलेज जानता है'। वह मन ही मन सोचने लगी, 'कि गलती मेरी ही थी जो मैंने उसे इतना भाव दिया और उसे अपना सबसे अच्छा फ्रेंड समझा, लेकिन उसने मुझे कुछ और...'!

लेकिन मैं यहां, लिली की सोच से थोड़ा खफा हूं। 'क्योंकि, वह भी अच्छी तरह से जानती थी कि लव उसे चाहता है और उसके दिल में भी कहीं न कहीं उसके लिए जगह ज़रूर है। क्योंकि, कॉलेज में बाकी के लड़कों से तो उसका दूर का ही वास्ता था। वह नज़दीक थी तो सिर्फ़ लव के, तो इसका भी कुछ ना कुछ मतलब तो होगा ही'।

'मैं तो उसे सबसे अलग समझती थी लेकिन वह भी बाकी के लड़कों की तरह सोच रखता है इसकी उम्मीद नहीं थी मुझे। उसने मेरे विश्वास और अपने भरोसे को चोट पहुंचाई है। वह मेरा दोस्त कहलाने के लायक नहीं है'! वह यह सब सोचती हुई जा ही रही थी। कि तब ही अचानक रास्ते में उसे लव खड़ा मिला।

शायद, वह उसी का ही इंतज़ार कर रहा था। उसे रास्ते में खड़ा देख वह चुपचाप अपने रास्ते पर चलती रही। उसको आगे निकलते देख, लव आवाज देता हुआ उसके पीछे आने लगा। लेकिन वह, उसकी आवाज़ को नजरंदाज कर आगे बढ़ती गई।

फिर लव तेज दौड़ता हुआ उसके पास आया और बोला "लिली प्लीज एक मिनट रुक जाओ...! बस एक बार मेरी बात सुन लो, फिर चली जाना प्लीज..."। वह गिड़गिड़ाता हुआ उससे विनती करने लगा।

लेकिन, लिली पर उसकी किसी बात का कोई असर नहीं हुआ वह उसे नज़रंदाज़ कर चुपचाप चलती रही और लाइब्रेरी में जाकर बैठ गई।

वह भी जानता था कि कल की घटना के लिए वह मुझे इतनी जल्दी और आसानी से माफ़ नहीं करेगी। और फिर वह भी उसके पीछे-पीछे लाइब्रेरी पहुंच गया। जहां वह उसके ही सामने खाली पड़ी कुर्सी पर बैठ गया।

लिली चुपचाप अपनी किताब में निगाहें गड़ाये बैठी रही। लव ने उससे फिर से कुछ कहना चाहा। लेकिन तब ही उसने महसूस किया कि वह, उसकी वजह से ख़ुद को असहज महसूस कर रही है। इसलिए उससे कुछ कहना या बात करने के लिए दबाव डालना सही नहीं है। यही सोचकर उसने वहां से उठ जाना ही बेहतर समझा और बिना कुछ कहे चुपचाप उठ कर चला गया।

कुछ देर बाद फिर लिली भी घर चली आई। घर में घुसते हुए उसने देखा कि उसकी मां के रूम से उसके पिता की आवाजें आ रही हैं। वो, उसकी मां से

दवा खाने के लिए कह रहे थे जो आज कोई नई बात नहीं थी। लिली कुछ देर वहां रूकी और फिर आगे बढ़ गई। अपना बैग एक टेबल पर रख हॉल में पड़े सोफे पर लेट गई। कुछ देर लेटने के बाद वह डाइनिंग रूम में जाकर पानी पीने लगी।

तब ही वहां एलिना के नाम की दुआं सी पढ़ते हुए एडेन पहुंचा। पानी का गिलास रख लिली अपने डैड के पास आई और उनके कुछ बोलने से पहले ही वह उनके सीने से लग गई।

लिली की परेशानी को एडेन अच्छी तरह से समझ गया। वह अपनी बेटी को तसल्ली देते हुए बोला "सब ठीक हो जायेगा बेटा, हिम्मत नहीं हारते। मैं हर रोज़ गॉड से प्रेयर करता हूं कि, वह मेरी एलिना को जल्द से जल्द ठीक कर दे"।

"फादर हमने तो मॉम को हमेशा से ही बिस्तर पर देखा है और तब से लेकर आज तक एक ही आस लगाए हुए हैं; कि कब मॉम ठीक होंगी, कब हमें प्यार करेंगी? हालांकि आपने, हम दोनों बहनों को कभी किसी भी चीज़ की कमी महसूस नहीं होने दी। हमें कभी नहीं लगा कि आपका प्यार हमारे लिए कभी कम हुआ हो। बाहर की ड्यूटी के साथ-साथ आपने घर की ज़िम्मेदारी को भी बेहतर ढंग से निभाया है। लेकिन, फिर भी अगर मॉम भी ठीक होती तो घर में कितनी खुशियां होती"!

"सही कहा बेटा, अगर एलिना सही होती तो पूरा घर एक साथ बाहर का टूर करता। लेकिन अभी तो सब कुछ ठीक होते हुए भी ठीक नहीं हैं। देखते हैं गॉड अभी कितने दिन और इंतज़ार करवाएगा...? एडेन बोला।

"फादर! आप कितने अच्छे हो। मैं कभी-कभी सोचती हूं, कि यदि आप नहीं होते तो हमारा क्या होता"। लिली ने परेशान होते हुए कहा।

"अरे बेटा कैसी बात करती हो तुम, अपने बच्चों को प्यार करना, उन्हे खुश रखना हर बाप की जिम्मेदारी होती है। तो फिर मैं क्या कुछ नया कर रहा हूं अपना फर्ज़ ही तो अदा कर रहा हूं बस। और फिर मेरा भी तो तुम्हारे सिवाय इस दुनिया में कोई नहीं है। मेरी दुनिया, मेरी खुशियां, मेरा सब कुछ तुम लोग ही तो हो"। इतनी ही देर में बातें करते हुए एडेन ने चाय बनाकर तैयार कर ली। फिर दोनों ने बातें करते हुए उसे ख़त्म किया।

अगली सुबह, लिली की जब आंख खुली तो उसने देखा कि घड़ी में समय तो हर रोज़ से ज्यादा हो रहा है। लेकिन फिर आज उसे कोई जगाने क्यों नहीं आया? फिर उसे लगा, जैसे कि उसकी ही आज जल्दी आंख खुल गई होगी। यही सोच उसने फ़िर से घड़ी की ओर देखा, 'लेकिन घड़ी... घड़ी का क्या? घड़ी भी खराब हो गई है क्या? जो अभी से 9 से ऊपर का समय दिखा रही है। फिर उसने कमरे से बाहर देखना चाहा।।

उसके बाद वह अंगड़ाई लेते हुए बिस्तर से उठी और दरवाज़ा खोलते हुए कमरे से बाहर निकली। तो उसे घर में चारों तरफ़ सन्नाटा सा पसरा दिखाई दिया। 'बॉबी तो स्कूल जा चुकी होगी और फादर, उनकी तो गुनगुनाने की आवाज हमेशा पूरे घर में गूंजती रहती है। वह भी कहीं दिखाई नहीं दे रहे। तो क्या फादर, आज मुझे बिना उठाए ही ऑफिस चले गए, लेकिन आज तक तो कभी ऐसा हुआ नहीं'। लिली बड़बड़ाते हुए अपने पिता के कमरे तक पहुंच गई।

एडेन अपने बैड पर दीवार की ओर मुंह करे एक सफेद चादर ओढ़े सो रहा था।

लिली सधे हुए कदमों के साथ उसके बैड के पास आकर खड़ी हो गई। और फिर उसने आव देखा न ताव एक दम उछलते हुए एडेन को पीछे से कसकर पकड़ लिया और बोली "गुड मोर्निंग फादर..."!

उसने एडेन को पीछे से ऐसे दबोचा जैसे, बच्चे खेल में अपने साथी को कसकर दबोच लेते हैं।

लिली के द्वारा अचानक ख़ुद को इस तरह दबोचे जाने से एडेन की एकदम से आंख खुल गई, वह चादर से मुंह निकाल कर बोला "अरे बेटा तुम"?

"देखा न फादर, मैंने क्या कहा था, कि एक न एक दिन मैं तुम्हें जगाकर दिखाऊंगी"। लिली ने खुश होते हुए कहा। उसकी जीत की खुशी उसके चहरे पर साफ झलक रही थी।

अपनी बेटी को खुश होते देख एडेन भी खुश हुआ। तब ही उसने अपनी नज़र पीछे दीवार की तरफ घुमाई। क्योंकि आज वह उल्टी दिशा में सिर करके सोया था। उसने देखा कि घड़ी में 9:40 का समय हो रहा है। वह चौंकते हुए बोला "ओ माई गॉड! आज तो ऑफिस के लिए लेट हो गया"!

कहते हुए वह, लिली सहित बमुस्किल से बिस्तर से उठ कर बैठ गया। लेकिन लिली, अपने फादर की गर्दन में हाथों से रस्सी की तरह फंदा डाले पीठ पर लटकी रही।

और बोली "फादर आप हमेशा ही ऑफिस जल्दी पहुंच जाते हो, अगर आज थोड़ा सा लेट हो गए तो क्या हो जायेगा..."? कहते हुए वह एडेन की पीठ से उतर गई।

"वो सब तो ठीक है बेटा! लेकिन ऑफिस में आज काम कुछ ज्यादा है; इसलिए मैंने ही आज पूरी टीम को जल्दी आने के लिए कहा था और मैं ही लेट जाऊं ये भी तो ठीक नहीं है" एडेन ने बताया।

"इट्स ओके फादर, आप नहा धोकर तैयार हो! तब तक मैं फटाफट ब्रेकफास्ट तैयार कर दूंगी"। कहते हुए लिली फौरन किचन मे घुस गई।

"अरे नहीं बेटा तुम परेशान मत हो, मैं बाहर ही कुछ खा लूंगा। तुम बाद में अपने लिए जो चाहो सो बना लेना। बॉबी भी स्कूल से भूखी आ रही होगी।

तुम्हें तो पता ही है वह स्कूल कैंटीन से कुछ भी खाना पसंद नहीं करती है"। कहते हुए एडेन जल्दी से बाथरूम में घुस गया।

"ऐसे कैसे बाहर खा लोगे, मैं अभी पांच मिनट में नाश्ता तैयार कर के देती हूं" लिली ने जल्दी—जल्दी अंडे तोड़ते हुए कहा। और फिर उसने किए हुए वादे के मुताबिक जल्दी से नाश्ता बना कर टेबल पर लगा दिया।

इतनी देर में एडेन भी जल्दी-जल्दी नहा धोकर कपड़े पहनते हुए बाहर आ गया। और टेबल पर लगे नाश्ते को देख कर बोला "अरे वाह बेटा... तुमने तो सचमुच मुझसे भी फास्ट नाश्ता रेडी कर दिया"!

लिली ने अपनी तारीफ़ पर ध्यान न देते हुए, फटाफट ग्लास में दूध डाला और ब्रैड लिये जो सेकने की वजह से थोड़े जल गए थे, उन पर बटर लगाया। उसके बाद दो ब्रैड के बीच एक तरफ से जलकर काली हो चुकी ऑमलेट को रखा और फटाफट सैंडविच बनाकर अपने फादर को पकड़ा दी। एडेन अपनी बेटी के हाथ से बनी सैंडविच देख बड़ा खुश हुआ।

इधर वह मन ही मन सोचने लगी कि, 'पता नहीं फादर को नाश्ता पसंद आयेगा भी या नहीं।

एडेन ने जैसे ही सैंडविच को मुंह से काट कर चबाया तो जले हुए ब्रैड और ऑमलेट की वजह से उसका मुंह कसैला हो गया। फिर उसने जल्दी से दूध का ग्लास उठा कर घूंट भरा तो पता चला कि दूध भी शहद जैसा मीठा है। लेकिन किसी तरह एडेन चुपचाप मुस्कराते हुए अपनी प्लेट का सारा नाश्ता खत्म कर गया। फिर बोला "वाह बेटा नाश्ता तो काफ़ी टेस्टी था बस दूध थोड़ा ज्यादा मीठा ज्यादा था"।

कहते हुए वह गाड़ी की चाभी और बैग उठा कर ऑफिस के लिए निकल गया।

लिली भी अपने डैड से नाश्ते की तारीफ सुन काफ़ी खुश हुई। उनके ऑफिस जाने के बाद उसने भी खुशी–खुशी नाश्ते को चखा। जैसे ही उसने ब्रैड और ऑमलेट को चखा तो उसका मुंह भी कसैला हो गया। उसने जल्दी–जल्दी दूध का घूंट भरा जिसके सहारे मुंह के नाश्ते को मुश्किल से निगला। इतना बुरा नाश्ता देख वह अपने फादर पर बुदबुदाते हुए उसे फेंकने चली गई।

और कुछ देर बाद तैयार होकर कॉलेज के लिए निकल गई। घर से कुछ ही दूरी पर एक टी पॉइंट था, जो सीधे उसके घर से मैन हाईवे को जोड़ता था। उसके घर से टैक्सी या अन्य वाहन की सुविधा के लिए यह टी पॉइंट ही पहला स्टॉप था वहां तक उन्हें पैदल ही चलकर जाना पड़ता था। स्टॉप पर पहुंच कर लिली को ज़्यादा देर इंतज़ार नहीं करना पड़ा, जल्द ही उसे एक टैक्सी आती नज़र आई। उसने टैक्सी को हाथ दिया और वह उसके पास आकर रूक गई और फिर वह जल्दी से गाड़ी में बैठ गई।

गाड़ी में बैठने के कुछ देर बाद अचानक उसे याद आया, 'कि न तो मैंने टैक्सी ड्राइवर को बताया कि मुझे कहां जाना है? और ना ही उसने, मुझसे कुछ पूछा है कि मैं कहां जाऊंगी! तो फिर ये ड्राइवर बिना कुछ कहे–सुने मुझे लिए कहां जा रहा है'? लिली ने शीशे में से बाहर झांक कर देखा तो पता चला कि टैक्सी तो अभी तक सही रास्ते पर ही चल रही है; जैसे ड्राइवर को उसकी मंज़िल के बारे में पता हो।

लिली को फ़िक्र हुई उसने टैक्सी ड्राइवर को आवाज दी "हैलो... हैलो मिस्टर...! गाड़ी कहां लिए जा रहे हो? चलो गाड़ी साइड में रोको..."!

ड्राइवर ने कैप लगा रखी थी जिससे लिली को उसका चेहरा दिखाई नहीं दे रहा था। लिली की बात सुन ड्राइवर ने गाड़ी की स्पीड और बढ़ा दी।

गाड़ी को तेज़ होता देख लिली घबराते हुए चिल्लाई "अरे, अरे, अरे... सुनाई नहीं देता क्या? जब मैं कह रही हूं कि गाड़ी यहीं रोको तो रोक क्यों नहीं रहे, समझ में नहीं आ रहा क्या? मुझे यहीं उतरना है तुरंत गाड़ी रोको..."!

उसकी बात सुन ड्राइवर ने न तो गाड़ी रोकी और ना ही उसकी स्पीड कम की। वह उसी स्पीड में गाड़ी आगे बढ़ाता रहा। यह देख डरती हुई लिली फिर से चीखी "स्टॉप द कार प्लीज! स्टॉप द कार... अगर तुमने अभी गाड़ी नहीं रोकी तो मैं शोर मचा दूंगी"। कहते हुए वह खिड़की वाला शीशा पीटने लगी!

तब ही गाड़ी की स्पीड कम हुई और ड्राइवर वाली सीट से एक दिल के आकार का गुब्बारा लिली की तरफ आया, जिस पर 'SORRY' लिखा हुआ था। गुब्बारे को देख लिली सोच में पड़ गई। फिर उसने अपनी सीट से थोड़ा उठकर आगे ड्राइवर को दाईं—बाईं ओर से देखना चाहा। लेकिन ड्राइवर के कैप लगे होने की वजह से वह उसका चेहरा देखने में असमर्थ रही।

लिली ने फिर गुस्से में झल्लाते हुए पूछा "कौन हो तुम...? अपना फेस मेरी तरफ़ करो, जल्दी से"!

ड्राइवर ने अपना चेहरा तो उसकी तरफ़ नहीं घुमाया, लेकिन उसने दोबारा से वैसा ही एक और गुब्बारा उसकी तरफ बढ़ा दिया। जिस पर भी 'SORRY LILY...' लिखा हुआ था। गाड़ी लिली की कॉलेज की दिशा में ही चल रही थी, इस वजह से वह थोड़ी रिलैक्स थी। लेकिन, अब उसे समझते देर न लगी कि ड्राइवर सीट पर बैठा आदमी कोई और नहीं, बल्कि लव है।

लिली ने उसे आवाज़ दी "लव... इधर देखो, मेरी तरफ"! लव ने बड़ी मासूमियत से उसकी तरफ चेहरा घुमाया। उसने चौंकते हुए कहा "तुम और यह टैक्सी..."?

"लिली प्लीज... बस एक बार मेरी बात सुन लो। उसके बाद तुम जो कहोगी मैं वैसा ही करूंगा" वह गिड़गिड़ाते हुए बोला।

"पहले तो तुम गाड़ी रोको, अभी के अभी"। लव ने इस बार गाड़ी साइड में रोक दी।

गाड़ी से उतरकर लिली बोली "हां... अब बताओ क्या बात है"?

"मुझे पता है लिली तुम मुझसे बहुत नाराज़ हो, मैंने गलती ही ऐसी की है, कि जिसकी माफी मांगना तो दूर; मुझे तो तुम्हारे सामने भी नहीं आना चाहिए था। लेकिन फिर यह सोच कर चला आया कि गलती सुधारी भी तो जा सकती है"।

"नहीं मिस्टर लव, जो हो चुका होता है, उसे ठीक नहीं किया जा सकता। एक दो बार सॉरी बोलने से चीज़ें सही नहीं हो जाती। आपने इतने लोगों के सामने मेरे साथ जो चीप हरकत की थी, क्या तुम उसे वापस जाकर सुधार सकते हो? नहीं न...! तुम मेरी नज़रों में जो पहले थे अब कभी नहीं हो सकते" लिली ने भड़कते हुए कहा।

"लेकिन मेरी नज़रों में तुम जो पहले थीं, अब उससे भी ज़्यादा हो"। लव की यह बात सुन वह उसके चेहरे की तरफ देखने लगी शायद यह बात उसके समझ में नहीं आई।

लव उसके थोड़ा और करीब आकर बोला "हां लिली... मैंने तुम्हारे साथ जो किया, अगर तुम भी उसमें मेरा सहयोग करतीं, तब भी मैं खुश रहता और तुम्हें चाहता, लेकिन तब तुम मेरे लिए एक नॉर्मल लड़की रहती, जैसे कि बाकी की लड़कियां होती हैं। मेरा मतलब कि तुम्हारे बर्थ डे वाले दिन मैंने तुम्हारे लिए इतना सब किया, अगर इतना कुछ मैंने किसी और लड़की के लिए किया होता तो वह मुझ पर अपनी जां तक कुर्बान कर देती। लेकिन जब मैंने तुम्हारे पास

आना चाहा तो तुमने उसका विरोध किया क्योंकि, उसमें तुम्हारी सहमति नहीं थी। और मेरे भी ख्याल से वह सही नहीं था बस मैं थोड़ा बहक गया था। यही अंतर है बाकी की लड़कियों में और तुम में। इसलिए उस दिन से मेरे दिल में तुम्हारे लिए और ज़्यादा इज्ज़त बढ़ गई है"। कहते हुए लव लिली के सामने घुटनों पर आ गया।

और फिर आगे बोला "मैं मानता हूं लिली, जो मैंने किया है, उसे सही नहीं किया जा सकता। लेकिन, किसी गलती को फिर कभी न दोहराना भी उस गलती को सही करने जैसा ही होता है"।

"सॉरी लव...! अब मैं अपने आप को तुम्हारे साथ एडजस्ट नहीं कर सकती। क्योंकि, मैं तुम्हारी इच्छाओं को पूरा नहीं कर सकती। बेहतर होगा कि आप अपने लिए किसी और को ढूंढ लो" कहते हुए लिली आगे बढ़ गई।

लव उसकी बात सुन वहीं घुटनों पर बैठे गया और गिड़गिड़ाते हुए बोला "लिली... लिली प्लीज...! मुझे ऐसे छोड़ कर मत जाओ! मुझे इतनी बड़ी सज़ा मत दो। मैं तुम्हारे बिना नहीं रह सकता! मैं वादा करता हूं, फिर कभी ऐसा कोई काम नहीं करूंगा जिससे तुम्हें हर्ट हो। मुझे इस बार माफ़ कर दो... प्लीज..." कहते हुए वह रोने लगा।

लिली उसकी बात सुन थोड़ी सी आगे चल कर रुक गई, फिर लौट कर वापस उसके पास आई। और उसे उठाते हुए एक आखिरी चांस देते हुए कहा "कि वह आगे से कभी ऐसा काम ना करे जो उसे पसंद नहीं है"। लिली ने लव के आंसू साफ करते हुए उसे गले से लगा लिया। लव ने उसे कसकर इस तरह से पकड़ लिया जैसे वह उसे जन्मों से मिली हो।

तब ही अचानक वह उस पर फिर से झल्लाते हुए बोली "तुम्हें पता नहीं है क्या कि मैं कितनी जल्दी डर जाती हूं। फिर भी तुम मुझे कभी सरप्राईज के बहाने पार्टी में डरात तो अब टैक्सी ड्राइवर बन कर यहां। यार मुझे सरप्राईज वगैरा

पसंद नहीं हैं। नहीं तो मेरी किसी दिन इसी तरह डर–डर के किस्तों में ही जान चली जायेगी"!

"इस सब के लिए सॉरी, वादा करता हूं आगे से ऐसा कुछ नहीं करूंगा। वह तो मैं तुम्हें इंप्रेस करने के चक्कर में सरप्राईज देता था। लेकिन, मुझे अब पता चल गया कि तुम्हें इस सब की कोई ज़रूरत नहीं"। फिर दोनों हंसते हुए कॉलेज के लिए निकल पड़े।

कॉलेज आने से पहले वह लिली से बोला "मैं तो इन कपड़ों में क्लास जा नहीं सकता"!

"तो फिर तुम घर जाओ मैं क्लास चली जाती हूं" लिली ने कहा।

"हां ठीक है उससे पहले एक—एक कप कॉफी हो जाए...? चलो" कहते हुए लव ने सड़क किनारे एक कॉफी शॉप देख कर गाड़ी रोक दी। वहां से उनका कॉलेज भी ज्यादा दूर नहीं था। दोनों कॉफी शॉप में जाकर बैठ गए, वहां लव ने कॉफी ऑर्डर की। कुछ देर तक दोनों एक दूसरे के सामने चुपचाप बैठे रहे।

फिर लिली ने चुप्पी तोड़ते हुए कहा "यह टैक्सी ड्राइवर वाला आइडिया किसका था"? लव कुछ कह पाता उससे पहले ही कॉफी उनकी टेबल पर आ गई। लव ने एक कॉफी मग उठाकर लिली की तरफ़ सरकाया।

और उसे बताने लगा "अरे कल रात मैं घर में पड़ा—पड़ा यही दिमाग लगा रहा था कि तुम्हें कैसे मनाया जाए। और तुम तो मेरी बात सुनने के लिए भी तैयार नहीं थीं। तब ही अचानक मुझे याद आया कि तुम कॉलेज टैक्सी से आती हो; बस फिर क्या था मैंने प्लान बना लिया कि कल मैं ही टैक्सी ड्राइवर बन कर तुम्हें पिक करने जाऊंगा। इससे मैं तुमसे बात भी आसानी से कर पाऊंगा। और मुझे तुम्हारे इस स्टॉप के बारे में पता चल ही गया था फ़िर क्या था...!"

इधर लिली उसकी बातें सुन मुस्कराते हुए कॉफी में सिप लगाने लगी। अचानक उसकी नज़र कॉफी शॉप की खिड़की से बाहर जंगल की तरफ गई। जिसे देखकर लिली के हाथ पैर कंपन्न करने लगे। नोर्मल मौसम में भी उसे पसीना आने लगा, वह डरी-डरी सी उसी ओर घूरे जा रही थी।

लव भी एक तरफ नज़र गड़ाए लिली को ये सब बता रहा था।

कि तब ही मारे घबराहट के लिली के हाथ से कॉफी मग छूट गया। अचानक लव का ध्यान उसकी ओर गया, उसने देखा कि अब तक तो लिली की हालत खराब हो चुकी है। उसने लिली से पूछा "लिली... क्या हुआ? सब ठीक तो है"?

तब ही हड़बड़ाते हुए वह एकदम अपनी कुर्सी से उठ खड़ी हुई। वह, लव को बिना कुछ बताए जल्दी-जल्दी कॉफी शॉप से बाहर जाने लगी।

लव ने उसे रोकते हुए पूछा "लिली क्या हुआ, आखिर बात क्या है? कुछ बताओगी मुझे..."!

वह उस पर चीखी "मुझे घर जाना है, प्लीज़ मुझे जाने दो! मेरे रास्ते से हट जाओ प्लीज़..."! कॉफी शॉप में और भी लोग थे जो यह दृश्य देख रहे थे। लव को मजबूरन उसके रास्ते से हटना पड़ा। लिली वहां से घबराते हुए भाग खड़ी हुई। लव काफ़ी देर तक उसे जाता देखता रहा।

फिर कॉफी शॉप में वापस आकर अपनी उसी कुर्सी पर बैठ गया। वह, उसके इस अजीब से व्यवहार को लेकर हैरान और परेशान था। वह सोचने लगा कि 'कहीं मुझसे तो कोई गलती नहीं हो गई। नहीं... नहीं अभी तो मैंने उसे उंगली तक टच नहीं की थी'। फिर उसने चारों ओर नज़र घूमा कर देखा शायद उसने ही किसी ऐसे इंसान को देख लिया हो, जिससे वह डरती हो। लेकिन यहां तो शॉप का स्टाफ और स्टूडेंट्स के अलावा ऐसा और कोई नहीं था, जिससे वह

डर कर भागे। तब ही उसकी नज़र खिड़की पर गई, वह उठ कर वहां गया। उसने खिड़की के बाहर झांक कर देखा तो पता चला कि चारों ओर जंगल ही जंगल है। उसे समझते देर न लगी कि ज़रूर लिली ने यहां कुछ ऐसा देखा होगा जिससे वह डर कर भाग गई है'।

इधर लिली घर में घुसते ही "फादर... फादर..." चिल्लाने लगी। उसने बैग को इधर—उधर फेंका और कमरों में झांकते हुए अपने डैड को चिल्लाने लगी। तब ही उसकी नज़र दीवार पर टंगी घड़ी पर गई जिसमें अभी 1:40 का समय हो रहा था। घड़ी का समय देखकर वह मायूस हो गई क्योंकि उसे पता था कि अभी तो दोपहर हुआ है और उसके डैड तो शाम तक ही घर पहुंचेंगे। उसके बाद वह चुपचाप अपने कमरे में जाकर सो गई।

और फ़िर शाम को किसी के शोर शराबे से अचानक उसकी आंख खुल गई। उसने घड़ी की ओर देखा, जिसमें अब 6:00 से ऊपर का समय हो रहा था। वह अंगड़ाई लेते हुए कमरे से बाहर निकली। जहां उसने ध्यान दिया तो पता चला कि यह आवाज़ें तो उसकी मां के कमरे से आ रही हैं, जो आज बाकी के दिनों से कुछ ज्यादा थी। वह अपने बालों को संभालती हुई धीरे—धीरे उसी ओर आगे बढ़ने लगी।

इधर एडेन और बॉबी दोनों बाप—बेटी मिलकर एलिना को दवा खिलाने की कोशिश कर रहे थे। लेकिन, एलिना दवा निगलने की जगह बार—बार थूक दे रही थी।

एडेन के साथ—साथ बॉबी भी अपनी मां को समझा रही थी "कि मॉम... अगर आप दवा नहीं खाओगी तो ठीक कैसे होओगी! पता नहीं किसी—किसी दिन तो न जाने आपको क्या हो जाता है? सारी की सारी दवाएं फेंक देती हो या थूक देती हो, एक भी दवा नहीं खाती"।

इतनी ही देर में एडेन ने एलिना का मुंह थोड़ा सख्ती से पकड़ कर एक ढक्कन दवा उसके मुंह में उड़ेल दी। और कुछ देर तक उसका मुंह ऊपर उठाए रखा जिससे दवा गले से नीचे उतर जाए। बॉबी ने भी इस सब में अपने पिता की सपोर्ट की, मज़बूरन उसकी मां को वह खुराक निगलनी पड़ी। थोड़ी देर बाद जैसे ही दोनों ने एलिना को छोड़ा, वैसे ही उसने पास में रखे पानी के ग्लास को उठाकर एडेन की ओर दे मारा, जो सीधा उसके माथे पर जाकर बैठा। एडेन आह करते हुए वहीं सिर पकड़ कर बैठ गया।

संयोग से उसी वक्त लिली कमरे में दाखिल हुई, उसने देखा कि उसके डैड सिर पकड़े बैठे हैं। उसने इसके बारे में उनसे पुछा "क्या हुआ फादर..."?

"कुछ नहीं बेटा बस एकदम चक्कर से महसूस होने लगे थे इसलिए बैठ गया"! उसने जबाव देते हुए कहा। फिर आगे बोला "चलो अब सब बाहर चलो, एलिना ने दवा खा ली है; अब उसे आराम करने दो"। कहते हुए एडेन फुर्ती में उठ कर कमरे से बाहर जाने लगा ताकि लिली को शक न हो। वह उसे ग्लास वाली बात नहीं बताना चाह रहा था।

लेकिन, लिली ने अपने डैड को रोकते हुए उनका हाथ माथे से हटाकर देखा तो पता चला कि चोट की वजह से माथा सूजकर लाल हो आया है। वहीं कोने में हिलता हुआ ग्लास इस बात की गवाही दे रहा था, कि उसे उठाकर फेंका गया है। यह सब देख लिली को समझते देर न लगी, कि यहां अभी क्या हुआ है।

उसे अपनी मां पर बहुत गुस्सा आया वह उस पर भड़कते हुए बोली "मॉम, तुम पागल हो गई हो क्या! आखिर फादर आपसे कह क्या रहे थे...? तुम्हें दवा ही खिला रहे थे ना, वो भी तुम्हारी भलाई के लिए और तुमने क्या किया उनके साथ! आखिर तुम्हें फादर को देखते ही, हो क्या जाता है? मैं जब भी देखती हूं तुम उन पर हमेशा सवार ही रहती हो। कभी तुम गुस्से में उनके सामान फेंककर

मारती हो; तो कभी उनसे हाथापाई करने लगती हो। आखिर तुम, उनसे इतनी नफ़रत करती क्यों हो? वह आपको दवा इसलिए खिलाते हैं, ताकि आप जल्द से जल्द ठीक हो सको! और एक बात बताऊं आपको... फादर तुम्हारे लिए जितना करते हैं ना आज की दुनिया में कोई किसी के लिए उतना करता भी नहीं होगा। फिर चाहे वह शख्स उसके लिए कितना भी स्पेशल या इंपोर्टेंट क्यों ना हो! लेकिन तुम उन्हें कभी एक आंख नहीं देख सकतीं...”! वह इतना सब अपनी मां से एक ही सांस में बोल गई।

और फिर अपने पिता से बोली "फादर तुम चल कर आराम करो मैं अभी आ रही हूं। बॉबी चलो... तुम भी फादर के साथ जाओ और चलकर अपनी पढ़ाई करो या किचेन में खाने की तैयारी करो"।

यह देख एडेन बोला "बेटा अब तुम भी चलो यहां से, एलिना को तुमने बहुत कुछ सुना लिया; अब उससे और कुछ मत कहो। वह बेचारी भी क्या करे, यह सब वह जान बूझ कर थोड़ी करती है। कितने साल हो गए उसे दवाएं खाते– खाते, उसकी जगह कोई भी होता तो वह भी इसी तरह चिड़चिड़ा और गुस्सैल हो जाता"। कहते हुए एडेन कमरे से बाहर निकल गया उसके पीछे—पीछे बॉबी भी चली गई।

इधर लिली के चिल्लाने पर एलिना अब शांत हो गई थी। इसलिए वह अब अपनी मां के पास बैठते हुए बोली "मुझे पता है मॉम, आप फादर को देखते ही गुस्सा क्यों करने लगती हो। क्योंकि, वो जब भी तुम्हारे पास आते हैं तब ही वो तुम्हें, यह बुरी सी दवाएं खिला देते हैं। इसलिए तुम उन पर हमेशा गुस्सा करती हो, है ना...! लेकिन मॉम क्या करें दवाएं तो आपको खानी पड़ेंगी... भला बिना दवाओं के तुम ठीक कैसे होगी? इसलिए ज़रूरी है कि फादर आपको जब भी दवा खिलाएं चुपचाप खा लिया करो और उन पर गुस्सा मत किया करो। वो तुम्हें ना बहुत प्यार करते हैं मॉम"।

उसकी बात सुन एलिना ने अपना मुंह दूसरी तरफ फेर लिया जैसे उसे, अपनी बेटी की बातें पसंद ना आई हों और अपनी आंखों में आंसू भर लाई।

अपनी मां को परेशान देख लिली की भी आंखे भर आई "मॉम मैं आपको दुख नहीं पहुंचाना चाहती। लेकिन आप ने अभी फादर के साथ जो किया वह सही नहीं था। पता है उस ग्लास से उन्हें काफी चोट आई है फिर भी वह चुपचाप चले गए"। लिली ने अपनी मां का चेहरा अपनी तरफ घुमाकर उनके आंसू पोंछते हुए कहा।

वह आगे बोली "अच्छा मॉम यह बताओ, अभी आप कौन–कौन सी दवाएं खा चुकी हो"? लिली ने पास में रखी दवाएं चेक करते हुए पूछा । फिर उसने एक टैबलेट निकाल कर एलिना को दी, जिसे खाने से उसने मना कर दिया।

और फिर हर बार की तरह, एलिना ने एक बार फिर अपनी टी–शर्ट ऊपर करते हुए उसे टैटू दिखाया। लेकिन लिली ने आज फिर उसे हमेशा की तरह अनदेखा सा कर दिया और अपनी मां को लिटाते हुए उनके माथे को चूमकर कमरे से बाहर निकल गई।

वह जल्दी से एडेन के पास पहुंची जो किचेन में कुछ पका रहा था। वह बोली "फादर काम–बाम बाद में करना पहले इधर आओ"।

"क्या हुआ बेटा"? कहते हुए एडेन किचेन से बाहर आया।

"पहले माथे से दवा लगवाओ" कहते हुए लिली ने उसे बराबर में पड़ी चेयर पर बैठने का इशारा किया। ऐडेन बिना कुछ कहे—सुने चुपचाप कुर्सी पर बैठ गया। और लिली उसके माथे पर चोट की क्रीम लगाते हुए बोली "आप कह रहे थे, कुछ नहीं है। पता है, चोट से पूरा माथा सूज कर लाल हो गया है"!

एडेन चुपचाप बैठा उसकी सुनता रहा। कुछ देर बाद उसे दर्द से राहत मिली तो खुश हो कर बोला "अरे वा बेटा तुमने तो कमाल कर दिया"।

"कमाल तुम्हारी इस बेटी ने नहीं, कमाल दवा ने किया है, फादर" कहते हुए दोनों बाप बेटी हंसने लगे।

लिली हंसते—हंसते अचानक से गंभीर हो गई। मानो उसे कुछ परेशान करने वाला वाक्या याद आ गया हो और इसी तरह एकदम से उसके चेहरे का रंग उड़ गया।

उसे अचानक इस तरह परेशान होता देख एडेन बोला "क्या हुआ बेटा... क्या बात है? अभी तो तुम ठीक थे फिर एकदम से परेशान क्यों हो गए"?

"क्या बताऊं फादर और कितनी बार बताऊं...! आपको पहले से पता नहीं है क्या"? कहते हुए लिली ने अपना मुंह दूसरी ओर घुमा लिया। जैसे वह अपने डैड से नाराज़ हो, उसकी आंखों में आंसू भी छलक आए थे।

उसकी बात सुन एडेन एकदम से चुप हो गया। वह विचार करने लगा कि 'उसकी बेटी ने ऐसी कौन सी बात बताई या ऐसा क्या कहा था जिस पर मैंने ध्यान नहीं दिया'। जब उसके दिमाग दौड़ाने के बाद भी उसे कुछ समझ नहीं आया तो उसने बेटी को अपने गले से लगाया। और फिर उसके सिर पर हाथ फिराते हुए बोला "अरे ऐसा क्या मांग लिया मेरी बेटी ने जिस पर मैंने अब तक ध्यान नहीं दिया। चलो कोई बात नहीं, अब तुम ही बता दो कि आखिर वह क्या चीज है जो आपको चाहिए। इस बार हम उस चीज को जल्द से जल्द आपके लिए उपलब्ध कराएंगे"!

"फादर, कुछ चाहिए नहीं मुझे" वह थोड़ा झल्लाते हुए बोली।

"तो फिर... बेटा कुछ बताओ तो सही मुझे? कुछ हिंट तो दो ताकि मैं दिमाग़ लगा सकूं। अभी तो मेरे कुछ समझ में ही नहीं आ रहा कि तुम किस बारे में बात कर रही हो"? एडेन ने कहा।

“आपको सब पता है फादर, मैंने कितनी बार बताया है आपको। लेकिन, आप कभी ध्यान ही नहीं देना चाहते”। लिली ने और गुस्सा करते हुए कहा।

“ठीक है बेटा, अब बता दो आखिर क्या बात है। वादा करता हूं आगे से पक्का ध्यान रखा करूंगा”। एडेन ने इस बार उसे पुचकारते हुए कहा।

“वही ब्लडी कार्ड...! कितनी बार बताऊं उसके बारे में...”! कहते वह झल्लाई।

उसकी यह बात सुन एडेन एकदम से चुप हो गया और बगलें झांकने लगा।

अपने डैड को चुप देख लिली ने कॉलेज का वाक्या बताना शुरू किया “आज मैं अपने दोस्तों के साथ एक कॉफी शॉप में बैठी हुई थी। अचानक, मेरी नज़र कॉफी शॉप की एक विंडो पर गई, जिससे बाहर का नज़ारा साफ़ दिखाई दे रहा था। बाहर की तरफ़ पेड़–पौधे और जंगल था, तब ही अचानक मेरी नज़र एक पेड़ पर गई। मैंने देखा कि उस पेड़ पर वही फादर वाला कार्ड लटका हुआ था। जिसे देखते ही मैं डर से कांपने लगी। मारे घबराहट के मेरी जान निकलकर हलक में आ गई। मेरी ऐसी हालत देख मेरे फ्रेंडस मुझसे पूछते रह गये, कि मुझे क्या हुआ है? लेकिन मैं उन्हें कुछ भी नहीं बता पाई और वहां से चुपचाप भागकर घर आ गई। आपको तो पता ही है, जिस टाइम मुझे वह कार्ड दिखाई देता है, उस टाइम मुझे आपके सिवाय कोई और तसल्ली नहीं दे सकता। उस समय कोई और मेरे डर को काबू नहीं कर सकता। फादर कुछ करो नहीं तो ये कार्ड किसी दिन मेरी जान ले लेगा”।

“अच्छा तो यह बात थी”!

“हां यह बात थी। इसके बारे में मैंने आपको कितनी बार बताया है। और आप भी अच्छी तरह से जानते हैं, कि उस कार्ड से मैं बचपन में किस तरह से डर जाया करती थी। और अब भी वह कार्ड मेरी जान सी निकाल देता है। मेरे इतनी

बार कहने पर भी आपने आज तक इसका कोई इंतज़ाम नहीं किया। बस आप हर बार अबकी बार... अबकी बार... कह कर टालते रहते हो। लेकिन आज तक आपने कोई ऐक्शन नहीं लिया। आपको बोला था, कि आप से अकेले नहीं हो रहा तो पुलिस की हेल्प लेलो। लेकिन नहीं... आप इस सब को लेकर कभी सीरियस नहीं हुए"। वह रुआंसी सी हो एक ही सांस में सब कुछ बोल गई और दूर जा कर खड़ी होकर रोने लगी।

एडेन अपनी बेटी का दर्द उसकी पीड़ा समझ सकता था। वह उसके पास गया और उसके आंसू पोंछते हुए बोला "इसके लिए सॉरी बेटा, जो मैंने आज तक इस कार्ड का कोई इंतज़ाम नहीं किया। क्योंकि, बात यह है कि मैंने कभी उसे इतना सीरियस लिया ही नहीं। इसका भी एक रीज़न है मैं चाहता हूं कि तुम अपने इस डर से ख़ुद लड़ो। मेरा मतलब कि वह एक कागज़ का टुकड़ा ही तो होता है जिस पर ख़ून से फादर लिखा रहता है बस... तो फिर तुम्हें उससे डरने की क्या ज़रूरत है। वह चल कर कोई तुम्हारे पास थोड़े आता है या तुम्हें कोई नुकसान थोड़े पहुंचाता है जो उससे इतना डरा जाए। चलो बचपन की तो बात समझ आती है लेकिन अब तो तुम बड़ी हो गई हो और उसका सामना कर सकती हो। और यही मैं चाहता हूं कि दूर भागने से अच्छा तुम उसका मुक़ाबला करो बाद में जो होगा सो देखा जायेगा। और फिर आज तो तुम्हें मार्केट से वैसे भी नहीं भागना चाहिए था। क्योंकि वहां पर तुम अकेली थोड़े थीं, जो डर कर भाग आईं, कम से कम भीड़—भाड़ में तो थोड़ी हिम्मत दिखाया करो। हां अगर तुम अकेली हो या फिर रात हो तो समझ में भी आता है, कि तुम घबरा जाती हो और उसका सामना नहीं कर पाती। बेटा ज़रा सोचो... आखिर तुम कब तक इस तरह मेरे भरोसे रहोगी, जिंदगी भर तो मैं तुम्हारे साथ नहीं रहूंगा ना...! आज नहीं तो कल तुम्हें मुझसे दूर होना ही पड़ेगा, फिर तुम इस तरह कैसे रह पाओगी"!

"फादर... इस सब के बारे में मुझे कुछ नहीं सुनना। मैंने कितनी बार कह चुकी हूं... नहीं है मुझमें इतनी हिम्मत कि मैं उसका सामना कर सकूं। फादर आप पुलिस की हेल्प लेकर उसकी इन्वेस्टिगेशन करवाओगे या नहीं...? पोलिस सब पता लगा लेगी यह सब कौन करता है और क्यों करता है"?

"ठीक है, ठीक है बेटा... तुम परेशान मत हो मैं जल्द से जल्द इसका समाधान करने की कोशिश करता हूं"! इस तरह एडेन ने अपनी बेटी को एक बार फिर तसल्ली दी।

बचपन से ही लिली हर छोटी—छोटी चीज़ों से डरा करती थी और उन्हीं में से एक था FATHER वाला कार्ड। जिसे देखते ही वह इतनी डर जाती थी, कि सीधे अपने पिता के पास दौड़ी आती। तब एडेन उसे अपने सीने से चिपका कर तसल्ली देता था। और इसी तरह लिली को हर डर में अपने पिता के साथ की आदत पड़ गई।

शाम के खाने के बाद जब सब अपने–अपने कमरे में सो रहे थे। रात का लगभग एक बजा हुआ था तब ही अचानक बॉबी घबराते हुए लिली को जगाने लगी। वह उसे झकझोरते हुए चिल्लाते हुए बोली "दी... दी... उठो दी...! दी देखो बाहर से कैसी आवाजें आ रही हैं! दी... मुझे बहुत डर लग रहा है! दी देखो तो..."।

उसके झकझोरने से लिली एकदम हड़बड़ाते हुए उठी, उसने देखा कि उसकी छोटी बहन काफी घबराई हुई है डर से उसकी घिग्गी बंधी हुई थी।

अपनी छोटी बहन की ऐसी हालत देख वह भी घबरा गई और एकदम सतर्कता से बोली "कि... क्या हुआ बॉबी..."?

उसने इतना पूछा ही था कि तब ही बाहर किसी के धड़ाम से गिरने की आवाज़ आई। तुरंत दोनों बहनों का ध्यान उस ओर गया। दोनों एक दूसरे के मुंह की

तरफ देखने लगीं। आवाज़ शायद उनके पिता के कमरे की तरफ़ से आई थी। लिली देर ना करते हुए उठकर तेज़ी से उसी ओर भागी उसके पीछे–पीछे बॉबी ने भी दौड़ लगाई। आवाज़ का पीछा करते हुए वह दोनों अपने पिता के कमरे के पास जा पहुंची।

लेकिन उन्हें बाहर से कुछ दिखाई नहीं दिया। फिर लिली ने धीरे से अपने पिता के कमरे का दरवाज़ा खोला... जिसे देखकर उसका मुंह खुला का खुला रह गया। पीछे से बॉबी भी आ गई कमरे के अंदर का नज़ारा देख कर तो दोनों बहनों के होश उड़ गए, बॉबी की तो चीख निकल पड़ी। कमरे का सारा सामान इधर—उधर बिखरा पड़ा था। अलमारी, सोफे, मेज सब उल्टे सीधे पड़े हुए थे, जिसमें छोटा–मोटा सामान टूट—फूट भी चुका था। वहीं दूसरी ओर खून से लतपथ एडेन औंधे मुंह कुर्सी पर बेहोश पड़ा था। उसके औंधे मुंह कुर्सी पर गिरने से कुर्सी भी टूट चुकी थी। कमरे की हालत देख कर ऐसा लग रहा था जैसे किसी ने इस कमरे में आकर जमकर तोड़–फोड़ की है। दोनों लड़कियों ने दौड़ कर बड़ी मुश्किल से अपने डैड को उठाकर बैड पर सीधा लिटाया।

बॉबी को अपने पिता के पास छोड़कर लिली मैन हॉल की तरफ दौड़ी। उसने जल्दी–जल्दी कंपकपाते हाथों से डॉ० आनंद के पास फोन घुमाया जो फिलहाल उसकी मां का इलाज कर रहे थे। ज्यादा रात होने की वज़ह से फोन देर में उठा... उधर डॉक्टर आनंद का नौकर था। लिली ने उसे अपने डैड की हालत के बारे में बताया और डॉक्टर को जल्दी घर भेजने के लिए कहा। लेकिन दूसरी तरफ से नौकर ने कहा, "कि डॉक्टर साब तो घर पर नहीं हैं वो किसी काम से कुछ दिनों के लिए विदेश गए हुए हैं"।

उसकी बात सुन लिली ने तुरंत फ़ोन काट दिया। फिर कुछ सोचते हुए उसने फ़ौरन पोलिस स्टेशन फोन लगा दिया। और दूसरी ओर से फ़ोन उठते ही उसने रोते हुए घर के एड्रेस के साथ सारी स्थिति बयां कर दी।

तब ही उसके दिमाग में कुछ और आया, वह भागते हुए मैन गेट तक पहुंची। जहां उसने देखा 'कि गेट तो अंदर से लॉक है और इसके अलावा घर में अंदर घुसने की कोई दूसरी जगह भी नहीं है, तो फिर फादर को चोट पहुंचाने वाला कहां से घुसा और कहां से निकला'?

यही सोचते हुए वह 'फर्स्ट ऐड बॉक्स' लेकर अपने डैड के रूम की तरफ भागी। जहां बॉबी रोते हुए अभी तक अपने फादर को होश में लाने की कोशिश कर रही थी। लिली फर्स्ट ऐड से डिटॉल निकाल कर अपने डैड के बहते हुए खून को साफ करने लगी। एडेन के ज्यादा गहरी चोट तो नहीं थी, पर वह जगह— जगह जैसे मुंह, भोंह, कोहनी और घुटनों आदि जगह बुरी तरह से छिल गया था। जिनसे रिसते हुए खून से उसके सारे कपड़े लाल हो गए थे। डिटॉल से साफ करने के बाद लिली ने जख्मों पर क्रीम लगा दी।

तब ही फ़ोन की घंटी बजी, लिली दौड़कर फिर से हॉल की तरफ़ भागी, जहां उसने झटके के साथ फ़ोन उठाया। फ़ोन कान पर लगा कर उसने तीन, चार बार हैलो... हैलो... कहा लेकिन दूसरी तरफ से कोई आवाज नहीं आई। फ़ोन उसके कान पर ही लगा था कि, अचानक किसी ने डोर वैल बजाने के साथ—साथ दरवाज़ा भी जोर—जोर से खटखटाया। लिली एक दम से डर गई और फ़ोन छोड़ कर गेट की तरफ़ भागी। दरवाज़े पर पहुंचकर उसने अंदर से ही आवाज़ दी "कौन..."?

दूसरी तरफ से आवाज आई "पुलिस..."! पुलिस का नाम सुन लिली ने जल्दी से दरवाजा खोला। सामने लेडी इंस्पेक्टर नमिता राय अपने दो कांस्टेबल के साथ खड़ी थीं। पुलिस को देख लिली की जान में जान आई। तब ही इंस्पेक्टर ने पूछा "क्या पो० स्टेशन फ़ोन आप ही ने किया था"?

"जी हां मैम, मैंने ही फोन किया था। आओ... जल्दी आओ मैम"। कहते हुए लिली उन्हे जल्दी से घर के अंदर की ओर ले गई। और फिर वहां से वह उन्हें सीधे अपने डैड के रूम में ले गई।

इंस्पेक्टर ने जैसे ही वहां का नज़ारा देखा तो आश्चर्य चकित रह गई। पूरे कमरे और एडेन की हालत देख उसने पुछा "यह आपके डैड हैं क्या..."?

"जी हां मैम! और यह मेरी छोटी बहन 'बॉबी' है"।

"हरिदास जी" इंस्पेक्टर मैडम ने आवाज़ दी!

कॉन्स्टेबल हरिदास मैडम के पीछे से आवाज़ देते हुए बोला "जी मैडम"?

"एंबुलेंस को फ़ोन करो, फटाफट"!

"जी मैडम" कहते हुए वह कमरे से बाहर निकल गया।

"इनकी और इस कमरे की ऐसी हालत किसने की है, कौन आया था यहां..."? इंस्पेक्टर ने पूछा।

लेडी इंस्पेक्टर की इस बात पर दोनों लड़कियां एक दूसरे का मुंह ताकने लगीं।

"...डरो मत मैं हूं ना, सब कुछ साफ–साफ बताओ, तुम्हारे डैड की ऐसी हालत करने वाला कौन है। किसकी इतनी हिम्मत हो गई जो घर में घुस कर इस तरह की तोड़ फोड़ और मार पीट करके गया है"? इंस्पैक्टर राय ने बॉबी के सिर पर हाथ फिराते हुए पूछा।

"मैम यहां तो कोई नहीं आया था" बॉबी ने बताना चाहा।

लेकिन, उसकी बात पूरी होने से पहले ही बीच में लिली बोल पड़ी "मैम यहां कोई नहीं आया और ना ही किसी ने यहां मारपीट की है। हम ख़ुद इसी बात से टेंशन में हैं..."।

"कौन सी बात, कैसी टेंशन? साफ–साफ बताओ आखिर यहां हुआ क्या है"? इंस्पेक्टर ने फिर पूछा!

"मैम, रोज की तरह हम तो आज भी सब एक साथ खाना खाकर अपने–अपने रूम में सोए थे। मैं और बॉबी एक ही रूम में सोते हैं, जहां मैं तो हमेशा जल्दी ही सो जाती हूं। लेकिन, यह देर रात तक पढ़ती रहती है। और आज भी ऐसा ही हुआ इसी ने मुझे घबराते हुए जगाया था। और जब हम दोनों ने एक साथ यहां आकर देखा तो यहां का नज़ारा देख हमारे तो होश ही उड़ गए। फादर उधर उस कुर्सी पर उल्टे सीधे पड़े हुए थे हमने ही उन्हें उठाकर बैड पर लिटाया है। बाकी के रूम की हालत तो आप देख ही रही हो..."!

"बेटा क्या तुम अभी तक जाग रहीं थीं"? एक कांस्टेबल ने बीच में ही बॉबी से पूछा?

"हां अंकल मैं वैसे तो 11:00 बजे तक पढ़ती हूं, लेकिन कल मंथली टेस्ट होने की वजह से आज मैं कुछ लेट तक पढ़ती रही, लगभग 12:00 या उससे अधिक। उसके बाद मैं लेट गई। मेरी आंख लगी ही थी, कि बाहर से किसी के हू... हू... और गुर्राने जैसी आवाजें आने लगीं"।

"एक मिनट, वो जो गुर्राने की आवाज थी वह किसी और की थी या आपके डैड की, सही से याद करके बताओ"? इंस्पेक्टर ने उसे बीच में रोकते हुए कहा।

"मैम वह आवाज़ें किस की थीं यह तो मैं कन्फर्म नहीं बता सकती। क्योंकि, जब इस तरह की आवाज़ें आ रही थीं तब मैं थोड़ी–थोड़ी नींद में थी। फिर अचानक, तेजी से तोड़–फोड़ की आवाज़ें आने लगी। तब मैं एकदम चौंकते हुए उठी। जब मैंने सही से ध्यान दिया तो उस समय किसी के घुर्राने की नहीं सिर्फ तोड़–फोड़ की आवाज़ें ही आ रही थीं। ऐसा लग रहा था जैसे कोई किसी को उठा–उठाकर पटक रहा है। वैसे वह फादर की आवाज़ ही हो सकती है। क्योंकि, हमारे घर में और तो कोई है ही नहीं, जिसकी वो आवाज़ें होंगी और

बाहर से भी कोई अंदर आ नहीं सकता। तब मैंने एकदम से घबराते हुए दी को जगाया फिर हम..."

"हां उसके बाद हम दोनों यहां दौड़कर आए। यहां की हालात देख मैंने पुलिस स्टेशन फ़ोन किया। फिर सबसे पहले मैंने मेन गेट देखा तो, मैं हैरान रह गई वह अंदर से लॉक था। फिर मैंने जल्दी–जल्दी दौड़ते हुए सारे रूम चेक किए। लेकिन मुझे कहीं कोई दिखाई नहीं दिया। और ना ही कोई गेट या विंडो खुला दिखा जहां से कोई अंदर–बाहर हो सके। वैसे फिलहाल घर में आने–जाने का गेट ही एक मात्र रास्ता है, बाकी सभी विंडो और डोर तो सील हो रखे हैं"। बॉबी के बाद अब लिली ने आगे की बात बताई।

"अच्छा तो तुम्हारे कहने का मतलब है, कि तुम्हारे डैड का ना किसी से झगड़ा हुआ है और ना ही इन्हे किसी ने पीटा है। और यह इनके इतनी सारी चोट अपने आप से लग गई" इंस्पेक्टर ने थोड़ा झल्लाते हुए कहा।

"क्या पता बेटा तुम आज रात गेट लॉक करना भूल गईं हों और कोई आकर मार पीट करके चला गया होगा" दूसरे कॉन्स्टेबल ने कहा।

"नहीं सर, जैसे कि मैं पहले ही बता चुकी हूं कि सबसे पहले मैंने मेन गेट ही चैक किया था जो अंदर से बिल्कुल लॉक था। और सर हमारा डेली का रूटीन है, जिसमें हम सोने से पहले डेली यूज में खुलने वाली खिड़की और दरवाजे चैक करके और उन्हें क्लोज करके ही सोते हैं"! लिली ने बताया।

"चलो ठीक है" कहते हुए इंस्पेक्टर राय ने दोनों कांस्टेबल से पुरे घर को जाकर चैक करने के लिए कहा।

दोनों कॉन्स्टेबल घर में इधर–उधर जांच करने लगे। काफ़ी देर तक खोज़बीन करने के बाद भी, उन्हें पूरे घर में ऐसा कोई रास्ता या सुराग नहीं मिला जिससे कोई अंदर—बाहर हो सके। हालांकि, उस हवेली नुमा घर के बड़े होने के

कारण उसमें कई सारे रास्ते और हर मंजिल पर बहुत सारी खिड़कियां और बालकानी थी। लेकिन वह सब के सब लॉक और सील थीं। उन पर लगे मकड़ी के जालों से अंदाज़ा लगाया जा सकता था कि जैसे उन्हें सालों से खोला भी नहीं गया होगा।

कांस्टेबल हरिदास ने आकर बताया “मैम, घर तो हमने पूरा छान मारा लेकिन हमें सबूत के तौर पर कुछ भी नहीं मिला और ना ही ऐसा कोई रास्ता मिला, जिससे कोई अंदर–बाहर हो सके”।

“ठीक है, आपने एम्बुलेंस को फ़ोन किया, अभी तक तो आई नहीं” इंस्पेक्टर ने उनकी बात टालते हुए पूछा।

दूसरे सिपाही ने कहा “जी मैम बस थोड़ी बहुत देर में एंबुलेंस पहुंचने ही वाली है”।

इधर काफी देर से बेहोश पड़े एडेन को होश आने लगा, दर्द से कराहते हुए उसने अपनी आंखे खोलीं। सबसे पहले उसकी नज़र अपने सिरहाने बैठी दोनों बेटियों पर पड़ी जो कब से उसके होश में आने का इंतज़ार कर रहीं थीं। अपने पिता के होश में आते ही दोनों लड़कियां के चेहरे पर खुशी आ गई और उनकी आंखों से आंसू छलक आए।

एडेन अपनी बेटियों को परेशान होता देख, साथ ही अपने शरीर में हो रहे दर्द के बारे में उनसे पूछने ही वाला था। कि तब ही उसकी नज़र बैड को घेरे खड़े पुलिस वालों पर पड़ी। जिन्हें देख वह चौंक गया और घबराते हुए बोला “आप लोग और यहां, सब ठीक तो है ना”?

“कहां ठीक है मिस्टर? अगर सब ठीक होता तो हम यहां क्यों होते! हरिदास जी इनका बयान नोट करो”! स्पैक्टर नमिता राय बोली।

“जी मैम...! आपका क्या नाम है मिस्टर?” कॉन्स्टेबल हरिदास जी ने पूछा!

"मम्म... मेरा नाम? 'एडेन' है! क्यों, क्या हुआ और किस बयान की बात कर रही हैं मैडम आप"? उसने कराहते हुए बैड पर थोड़ा ऊपर सरक कर बैठते हुए पूछा।

फिर किसी के बोलने से पहले वह दोबारा बोला। "आखिर यहां हो क्या रहा है, कोई बताएगा मुझे? और यह मेरे इतनी सारी चोट कैसे आई है"? उसने चौंकते हुए पूछा!

लिली ने परेशान और कन्फ्यूज हो रहे अपने डैड को संभालते हुए कहा "फादर यह इंस्पेक्टर नमिता मैम हैं। इन्हे मैंने ही यहां बुलाया है"।

"तुमने, लेकिन क्यों"? एडेन ने हैरानी से पूछा।

"ये बेचारी लड़कियां क्या बता पाएंगी मिस्टर! यह तो तुम्हें ही पता होगा, कि तुम्हारी यह हालत किसने और क्यों की है"? मैडम ने कहा।

"लेकिन मैं क्या बताऊं, मुझे खुद कुछ नहीं पता कि मेरी यह हालत कैसे हुई है। मुझे तो अभी—अभी तुम सबके सामने होश आया है। इंस्पेक्टर सच में ही मुझे कुछ नहीं पता। मुझे बस इतना याद है कि डिनर करने के बाद मैं अपने रूम में चला आया और कुछ देर तक किताब पढ़ने के बाद सो गया। तब से लेकर मेरी अब तुम सब के सामने आँख खुली है"। एडेन ने घबराकर सफ़ाई देते हुए कहा।

"हां मैम, मैंने बताया था ना कि जब मैं और बॉबी कमरे में आए थे तब फादर एक तरफ बेहोश पड़े हुए थे"। लिली ने अपने पिता की बात सिद्ध करते हुए कहा।

"मैं तुम्हारे इस कमरे में आने के बाद की नहीं तुम्हारे इस कमरे में पहुंचने से पहले की बात कर रही हूं... लिली। मैं जानना चाहती हूं कि तुम सब के पहुंचने से पहले इस रूम में क्या—क्या हुआ था"। इंस्पेक्टर ने सख्ती दिखाते हुए कहा।

तब ही सायरन बजाती हुई एंबुलेंस घर के बाहर आकर खड़ी हो गई। "चलो छोड़ो, पहले मेडिकल के लिए आप एम्बुलेंस में बैठो बाकी की बातें बाद में हो जायेंगी, पहले मेडिकल होना ज़रूरी है"। कहते हुए इंस्पेक्टर ने अपनी टोपी संभाली और एडेन को इशारा करते हुए एंबुलेंस में बैठने के लिए कहा।

इंस्पेक्टर की बात सुन एडेन बोला "मैडम मैं कहीं नहीं जा रहा एंबुलेंस से! मेरे इतनी चोट नहीं है कि इस टाइम मैं हॉस्पिटल जाऊं, मैं ठीक हूं बस। और वैसे भी मैं इतनी रात में अपने बच्चों को अकेला छोड़ कर कहीं नहीं जा सकता। आप हमारी हेल्प के लिए आई उसके लिए थैंक्स, अब यहां की स्थिति ठीक है। आप जा सकती हैं"। उसने उसकी बातों का दो टूक में जवाब देते हुए कहा।

"देखिए मिस्टर! आपको मेडिकल के लिए तो जाना ही पड़ेगा क्योंकि अब ये पुलिस केस है इसलिए आपका मेडिकल होना बहुत ज़रूरी है। मेडिकल के बाद ही आपके बयान लिए जायेंगे"। इंस्पेक्टर ने उसे दोबारा से कहा।

"लेकिन मैडम में हॉस्पिटल क्यों जाऊं? जब मैं कह रहा हूं कि मैं ठीक हूं और ना ही मेरे इतनी ज्यादा चोट है, जिसके लिए मुझे डॉक्टर की जरूरत पड़े। मेरी आपसे हाथ जोड़कर रिक्वेस्ट है इस समय मैं हॉस्पिटल नहीं जा सकता प्लीज़"!

"ठीक है आप अगर हॉस्पिटल नहीं जाना चाहते तो मत जाओ। लेकिन, आपको हमारे साथ पूछताछ के लिए पुलिस स्टेशन तो चलना होगा" मैडम ने कहा।

"पोलिस स्टेशन, और अब? सॉरी मैडम मैं पहले ही कह चुका हूं कि इतनी रात में, मैं अपने बच्चों को अकेला छोड़कर कहीं नहीं जा सकता। और रही पूछताछ की बात वह आप मुझसे यहीं कर सकती हो। वैसे भी जो कुछ मुझे पता था वह सब मैंने आपको बता दिया"।

"क्या बता दिया आपने, खाक? कमाल है कोई आपके घर में घुस कर इतनी तोड़-फोड़ और आपको इतनी बुरी तरह से पीट कर चला गया। लेकिन आपको तो कुछ पता ही नहीं। ऐसा सलूक अगर किसी मुर्दे के साथ किया जाता तो साला वह भी बोलने लगता। लेकिन आप तो ऐसा नशा करके सोए हुए थे कि आपको तो कुछ पता ही नहीं चला"। लेडी इंस्पेक्टर की झल्लाहट अब गुस्से में बदल गई थी।

"देखिए मैं सच कह रहा हूं मुझे कुछ नहीं पता, मैं खुद हैरान हूं कि मेरी इतनी बुरी हालत हो गई और मुझे एक बाल उखड़ने के बराबर भी दर्द महसूस नहीं हुआ। लिली बेटा... सबसे पहले तुम मेरे पास आई तो तुमने मेरे अलावा यहां किसको देखा था..."?

"बकवास बंद करो! घण्टे भर से बाप-बेटी एक ही बात दोहराये जा रहे हैं! पागल समझ रखा दूसरे को। कल टाइम से पोलिस स्टेशन आ जाना और साथ में दोनों लड़कियों को भी लेते आना"! कहते हुए इंस्पैक्टर नमिता रॉय अपने कांस्टेबल के साथ वहां से निकल गई।

पुलिस के जाने के बाद लिली अपने पिता के गले से चिपक गई। फिर एडेन ने, पास में ही बैठी बॉबी को भी अपने गले से लगा लिया और बोला "बेटा सच में ही मुझे इस सब के बारे में कुछ नहीं पता, मैं तो शाम को ठीक-ठाक ही सोया था। लेकिन तुमने पुलिस को क्यों बुला लिया? शायद तुम्हें पता नहीं है कि ये लोग रस्सी का भी सांप बना देते हैं। ये लोग जितनी हेल्प नहीं करते उससे ज्यादा मुसीबत खड़ी करके चले जाते हैं। अभी तुमने अपनी आंखों से देखा बिना मतलब में हज़ार सवाल कर रही थी। कल मुझे पोलिस स्टेशन जाना होगा। वहां पता नहीं ये कितने और किस तरह के सवाल-जवाब करेंगें"?

"सॉरी फादर, हम आपकी ऐसी हालत देख कर डर गए थे इसलिए मुझे पोलिस को फ़ोन करना पड़ा" लिली ने कहा।

"तो क्या फादर हमें भी आपके साथ पोलिस स्टेशन जाना होगा"? बॉबी ने डरते हुए पूछा।

"नहीं बेटा, अभी तुम्हारा बाप ज़िंदा है, यह सब संभाल लेगा। तुम्हें फिक्र करने की ज़रूरत नहीं है"। उसने दोनों लड़कियों को तसल्ली देते हुए कहा।

"फादर हमारे घर में इस तरह की घटना आज से पहले कभी नहीं हुई। इसलिए थोड़ी टेंशन हो रही है" लिली बोली।

"हां बेटा यह तो तुम सही कह रही हो। लेकिन सब ठीक हो जाएगा तुम फ़िक्र मत करो। अच्छा लिली बेटा, शाम कोई दरवाज़ा वगैरा खुला तो नहीं रह गया था? अरे दरवाज़ा कहां से खुला रह गया वह तो शाम को तुमने मेरे सामने ही लॉक किया था" एडेन ने कहा।

"हां फादर... सभी विंडो वगैरा और मेन गेट तो मैंने आपके सामने ही लॉक किये थे" लिली ने कहा।

"अच्छा बेटा, पुलिस वालों को तुमने अपनी मॉम के बारे में कुछ बताया"? एडेन ने पूछा।

"नहीं फादर, मॉम के बारे में हमने उन्हें कुछ नहीं बताया और ना ही उन्हें मॉम के बारे में कुछ पता चला" बॉबी बोली।

"चलो ठीक है बेटा, इसके बारे में कल बात करेंगे, अब तुम दोनों चल कर आराम करो"। एडेन ने दोनों लड़कियों से अपने कमरे में जाने के लिए कहा।

दोनों बहन उठकर अपने कमरे में चली गई। लड़कियों के जाने के बाद एडेन इसी बारे में सोचता रहा, कि आखिर यह सब हुआ तो हुआ कैसे'? और इसी सवाल का जबाव ढूंढते–ढूंढते कब उसकी आंख लग गई उसे पता ही नहीं चला।

अगली सुबह सोती हुई लिली के कानों में किसी के चीखने की भारी सी आवाज़ पड़ी। आवाज़ इतनी तेज़ थी कि वह एकदम से हड़बड़ा कर उठ गई। उठते ही उसने घड़ी की ओर देखा, जिसमें 11:30 का समय हो रहा था। उसने गौर किया तो पता चला कि यह आवाज़ बाहर किसी कमरे से गूंजती हुई आई थी। वह जल्दी—जल्दी उठी और बाहर की तरफ़ लपकी, उसके कमरे से बाहर निकलते ही तेज़ी से एक और आवाज़ आई। अब वह इस आवाज़ को भलीभांति पहचान गई, यह आवाज़ किसी और की नहीं बल्कि उसके डैड की थी। जो किसी कारण बुरी तरह से चिल्ला रहे थे। यही देखने के लिए वह देर न करते हुए, उनके कमरे की ओर "फादर... फादर..." करती हुई भागी। और जल्द ही वह अपने डैड के कमरे तक पहुंच गई। वहां जाकर उसने कमरे के अंदर का जो दृश्य देखा उसे देख उसके होश उड़ गए, मारे डर से उसके रौंगटे खड़े हो गए।

उसने देखा कि उसके पिता एक कोने में अपने बैड के ऊपर डरे–सहमे से खड़े हैं। उनकी कनपटी और बाजू पर किसी तेज धारदार चीज से वार किया गया था। जिससे हुए ज़ख्म से लगातार खून बह रहा था। वहीं दूसरी ओर उसकी मां हाथ में चाकू लिए एडेन को गुस्से से घूर रही हैं। गुस्से में उसकी आंखें चाकू की नोक पर लगे खून जैसी लाल थीं।

अपनी बेटी को पास देख एडेन की आंखो में आंसू आ गए। बेचारा रूआंसा सा हो दूसरी तरफ मुंह फेर अपनी चोट देखने लगा। वह, लिली से कुछ नहीं कह पा रहा था। क्योंकि, वह खुद एलिना की पक्ष लेता था... अब वह कैसे कहे कि यह सब उसकी मां ने किया है।

लेकिन लिली को भी समझते देर न लगी कि माज़रा क्या है। वह एलिना पर भड़कते हुए चिल्लाई "आज तुम यहां तक भी पहुंच गईं मॉम! तुमसे ये उम्मीद तो नहीं थी। अरे इससे पहले तो मेरा रूम पड़ता है, पहले वहां जाकर तुम मुझे

खत्म करतीं उसके बाद यहां आतीं। और वैसे तो आपसे बिस्तर से उठा तक नहीं जाता और आज... आज आप इस सब के लिए यहां तक चली आईं। मुझे तो पहले से ही शक था, कि तुम्हारे दिमाग में फादर के लिए कुछ ना कुछ गलत चलता रहता है। जब भी तुम उन्हें देखती तब ही उन पर सवार हो जाती, तुरंत फादर के लिए तुम्हारी आंखों में खून उतर आता। उनके इतने करने के बावजूद तुम कभी इन्हें एक आंख नहीं देख सकती। तुम्हें इतना भी दिखाई नहीं दे रहा, कि उनके ऑलरेडी कितनी चोट लगी हुई है। ओहो... एक मिनट अब समझ आया...! कल रात आपने ही फादर को सोते हुए ज़ख्मी किया होगा। तुम पागल के साथ—साथ अब खूनी भी होती जा रही हो। देख लो फादर, आपने अपनी पूरी जिंदगी इनकी सेवा में निकाल दी। और उसके बदले यह सिला मिल रहा है आपको"।

अपनी बेटी के मुंह से इस तरह की बातें सुन एलिना के हाथ से चाकू छूट गया और वह उस चाकू से डर कर पीछे हटने लगी।

यह देख लिली को और भी ज्यादा गुस्सा आ गया वह उससे खिसियाते बोली "अब तुम यह ड्रामा करके मत दिखाओ, चलो यहां से..."! कहते हुए वह अपनी मां का हाथ पकड़ कर जबरदस्ती खींचते हुए, उसके कमरे की ओर ले गई।

एलिना ने कई बार रास्ते में अपनी बेटी की ओर देखा, जैसे वह सफाई में उससे कुछ कहना चाह रही हो। लेकिन लिली ने अपनी मां की सुनना तो दूर... उसकी तरफ़ एक बार मुंह तक नहीं किया। और फिर उसने अपनी मां को उसके कमरे में धकेल कर बाहर से कुंडी लगा दी। एलिना, लिली के धक्के से जैसे–तेसे गिरते—गिरते बची। उसकी आंखें आंसुओं से भर आईं, शायद वह अपनी बेटी के इस बर्ताव से काफ़ी दुखी थी।

उसके बाद लिली दौड़ते हुए अपने पिता के पास वापस पहुंची। जहां उसने जल्दी—जल्दी उनकी चोट पर दवा लगा कर पट्टी बांधी। और कहा "फादर आप मानो या ना मानो कल रात तुम्हारी वैसी हालत, मॉम ने ही की होगी! शायद आपने एक बात नोटिस नहीं की, जब इंस्पेक्टर के कहने पर दोनों कॉन्स्टेबल घर की तलाशी ले रहे थे; तब उन्होंने घर का लगभग सारा हिस्सा छान मारा था। तो इसका मतलब यह तो नहीं है कि वह मॉम के रूम में नहीं गए होंगे? लेकिन, फिर भी मॉम उन्हें दिखाई नहीं दीं। इसका मतलब क्या है... इसका मतलब मॉम कहीं छिप गईं थीं। जिससे वो उन पुलिस वालों को भी नज़र नहीं आईं। फादर आप मॉम को समझने में भूल कर रहे हो। मेरे हिसाब से उनका दिमाग़ काफ़ी शातिर है आपको उनसे सावधान रहना होगा।"!

अपनी बेटी की बात सुन एडेन भी सोच में पड़ गया। और बोला "वह सब तो ठीक है बेटा, लेकिन..."!

"लेकिन— वेकिन कुछ नहीं फादर यही सच है। कल मॉम ने ही तुम पर हमला किया था"। लिली ने उसकी बात काटते हुए कहा।

"ज़रा सोचो बेटा, एलिना मुझे कैसे चोट पहुंचा सकती है, वह मेरे साथ इतने भारी सामान की कैसे उठा पटक कर सकती है? और चलो ठीक है, तुम्हारी यह बात भी मान लेते हैं, लेकिन यह भी तो सोचो कि अगर किसी सोते हुए इंसान पर इस तरह जानलेवा हमला किया जाए तो क्या उसकी आंख नहीं खुलेगी? लेकिन, मैं तो फिर भी ऐसी स्थिति में नहीं जागा! मुझे तो कितनी देर बाद होश आया था"। उसने अपनी बात पूरी करते हुए कहा।

"फादर ऐसा भी तो हो सकता है, कि मॉम ने सबसे पहले आपके सिर पर वार किया हो और आपको बेहोश कर दिया हो। फिर बाद में इधर—उधर सामान की तोड़ फोड़ की हो! और क्या पता... मॉम सच में बीमार हैं भी या वह बीमार होने का नाटक कर रही हैं" लिली गुस्से में बोली!

"नहीं... नहीं... ऐसा नहीं... है। वह जबरदस्ती दवा खिलाने की वज़ह से मुझसे नाराज़ ज़रूर रहती है, लेकिन इसका मतलब ये नहीं कि वह मुझे इस तरह नुकसान पहुंचाना चाहती है। और यह देखो यह जो मेरे कनपटी पर अभी चोट लगी है इसके अलावा तुम्हें मेरे सिर पर रात की कहीं चोट नज़र आ रही है, नहीं ना...! तो फिर उसने मुझे रात बेहोश कैसे कर दिया होगा"। अपने सिर को दिखाकर एडेन ने अपनी बेटी की बेहोशी वाली बात को ख़ारिज करते हुए कहा।

"आप कहना क्या चाहते हो फादर? तो क्या यह काम घर में घुसकर किसी आत्मा—वात्मा ने कर दिया या फिर आपने ख़ुद से अपने को घायल कर लिया"। और इस तरह नाराज़ होते हुए लिली अपने डैड से उन्हे आराम करने की बोल कर कमरे से बाहर चली गई।

उसके जाने के बाद एडेन भी सोचते हुए परेशान हो रहा था। क्योंकि, उसकी बेटी अब अपनी मां पर शक कर रही थी। लेकिन एडेन अच्छी तरह जानता था कि वह ऐसा नहीं कर सकती और ना ही यह सब उसके बस की बात है। लेकिन यह सब उसके साथ अचानक हुआ कैसे ये भी तो सोचने वाली बात थी।

टेंशन और गुस्से से सोने के बाद शाम को लिली की जब आंख खुली तो उसे किचेन से किसी के काम करने की आवाज़ आई। उसने उठ कर देखा तो पता चला कि उसके डैड और छोटी बहन खाना बनाने में लगे हुए थे।

वह उनके पास गई और बोली "फादर आपने कल शाम डिनर करते समय क्या कहा था कि कल मेरी छुट्टी है और कल हम सब डिनर के लिए बाहर चलेंगे। फिर यह खाना किसके लिए बनाया जा रहा है? जबकि, ऊपर से आपको इतनी चोट लगी हुई है फिर भी"।

"ओहो, बेटा गुस्सा नहीं करते! आज मैंने तुम्हारी पसंद की सारी फेवरेट डिशेज घर पर ही बना दीं हैं। यूं समझो पूरा का पूरा रेस्टोरेंट तैयार कर दिया है। बस आप ऑर्डर करो जनाब! आपको क्या चाहिए"? एडेन ने कहा।

"ओहो फादर, मुझे बाहर जाकर खाने का शौक नहीं है। मैं तो बस आपकी वजह से कह रही थी कि चोट और दर्द से एक तो आप वैसे ही इतने परेशान हैं ऊपर से आपने इतना ढेर सारा खाना बनाया है। अरे इसी बहाने थोड़ा बाहर घूमने चलते तो आपका भी मूड फ्रेश हो जाता"। लिली ने अपने डैड के गले लगते हुए कहा।

"कोई बात नहीं बेटा वैसे भी मैंने आज पूरे दिन आराम ही तो किया है, खाना तो बस अभी थोड़ी देर पहले ही बनाना शुरू किया है। और फिर बॉबी ने भी तो खाना बनाने में पूरा सहयोग किया है। सच में बॉबी ने आज बहुत हेल्प की है"। एडेन बोला।

"इसीलिए तो मुझे आप पर गुस्सा आ रहा है। अरे जब ऐसा ही था तो फिर मुझे भी जगा लिया होता, आप बैठे–बैठे बताते रहते मैं और बॉबी करते जाते" लिली ने कहा।

"कोई बात नहीं बेटा जब तक तुम्हारे डैड हैं तब तक तुम्हें किसी चीज की फिक्र करने की जरूरत नहीं है। और फिर बॉबी तुम्हें जगाने गई भी थी लेकिन तुम शायद गहरी नींद की वजह से जागी नहीं। चलो बॉबी बेटा खाना टेबल पर लगाओ। असल में बेटा बात यह थी कि हम तो बाहर चले जाते लेकिन तुम्हारी मॉम, वह तो घर पर बिल्कुल अकेली ही रह जाती ना, उसे घर पर अकेले छोड़ कर जाना भी तो सही नहीं था। ऑफिस जाना तो मेरी मजबूरी है, वरना मैं एलिना को अकेला छोड़ कर कभी बाहर न जाऊं। और इसलिये मैंने सालों से ना किसी रेस्टोरेंट में लंच, डिनर किया है और ना ही वर्षो से कोई पार्टी अटेंड की है। लास्ट पार्टी मैंने, तुम्हारी मॉम के साथ ही, न जाने कब अटैंड की थी,

मुझे तो कुछ याद भी नहीं है। कुल मिलाकर एलिना के बिना मुझे किसी पार्टी वगैरा में जाना अच्छा नहीं लगता"! एडेन ने दुखी होते हुए कहा।

"फादर मुझे पता है आप मॉम को बहुत प्यार करते हो, इतना प्यार कोई किसी को नहीं करता होगा। फिर भी मॉम आपके प्यार को नहीं समझती। लेकिन, देख लेना एक दिन आपकी मेहनत ज़रूर रंग लायेगी, मॉम जरूर ठीक हो जाएंगी" लिली ने अपने पिता से कहा।

तब ही बॉबी ने आवाज दी "फादर खाना टेबल पर लग चुका है, जब तक आप दोनों शुरू करो। मैं मॉम को खिलाने जा रही हूं, थोड़ा बहुत खा लेंगी तो ठीक है"। कहते हुए वह थोड़ा सा खाना अपनी मॉम को लेकर चली गई।

"हां ठीक है बेटा, लेकिन ज्यादा ज़ोर जबरदस्ती मत करना वह अपनी मर्जी से जितना खाए उतना ठीक है" एडेन ने कहा।

"ओके फादर..." कहते हुए बॉबी आगे बढ़ गई।

"फादर, मैं भी बॉबी के साथ जाऊं मॉम के पास" लिली ने आज्ञा मांगते हुए कहा।

"नहीं बेटा अभी तुम वहां मत जाओ, क्या पता एलिना तुम्हें देख कर भड़क जाए और खाना–वाना सब फैंक दे। इसलिए पहले बॉबी को जाने दो जब वह थोड़ा बहुत खा ले तब तुम चली जाना"। एडेन ने उसे समझाया!

"ठीक है फादर, पर मॉम के लिए मुझे बहुत बुरा लग रहा है। मुझे, उनके साथ इतना बुरा व्यवहार नहीं करना चाहिए था" लिली ने अफ़सोस जताते हुए कहा।

"इसलिए तो मैं तुमसे कहता हूं बेटा कि तुम अपनी मॉम पर गुस्सा मत किया करो। वह बेचारी वैसे ही अपनी बीमारी से परेशान रहती है। अपनी दिमागी हालत की वज़ह से उसे खुद कुछ पता नहीं है कि वह क्या सही है क्या नहीं!

इसलिए अब फिर कभी तुम उसके साथ ऐसा व्यवहार मत करना जो सुबह किया था"! एडेन ने कहा।

पिता की बात से लिली को धक्का सा लगा जैसे उसने बहुत बड़ा पाप कर दिया हो। वह परेशान सी होती हुई बोली "फादर, मैं भी मॉम को बहुत प्यार करती हूं। लेकिन सुबह का दृश्य देखकर मैं अपना—आपा खो बैठी और इसलिए मैं उन पर हाइपर हो गई। फादर सुबह जो हुआ वह बहुत खतरनाक था। सोचो, आप तो सो ही रहे थे न, जो चाकू आपकी कनपटी और हाथ पर लगा वह कहीं और भी तो लग सकता था"।

तब ही बॉबी अपनी मां के कमरे से वापस आ गई। एडेन ने पूछा "कुछ खाया तुम्हारी मॉम ने"?

"हां बस थोड़ा सा सूप पिया है मॉम ने" बॉबी ने बताया।

"चलो ठीक है, अब तुम भी खाना खाओ" कहते हुए लिली ने बॉबी की प्लेट भी लगा दी।

खाना खाते हुए बॉबी बोली "कल मेरे साथ मेरे स्कूल कौन चलेगा? उसने दोनों की तरफ देखते हुए कहा।

"कल...? कल तो संडे है"! लिली ने चौंकते हुए कहा।

"हां कल संडे है। लेकिन परसों मेरे स्कूल में जो स्पोर्ट्स कंप्टीशन हुआ था कल उसका पॉइंट्स और रैंक के हिसाब से प्राइज मिलेगा" बॉबी बोली।

"लेकिन बेटा यह सब प्राइज वगैरा तो कंप्टीशन ख़त्म होते ही उसी दिन बांट दिए जाते हैं" एडेन ने कहा।

"हां फादर, पर कंप्टीशन में कई तरह के गेम होने के कारण उस दिन शाम हो गई। और अगर उसी दिन प्राइज देने बैठ जाते तो रात हो जाती। इसलिए

प्रिंसिपल मैम ने कहा था कि प्राइज वगैरा संडे को दिए जायेंगे और कहा कि हो सके तो सभी स्टूडेंट्स अपने पेरेंट्स को साथ लेकर आयें" बॉबी ने बताया।

उसकी बात सुन लिली ने कहा कि "ठीक है अभी फादर की तो तबियत सही नहीं है। कोशिश करूंगी कि कल, मैं ही तुम्हारे साथ चलूं"।

डिनर ख़त्म करने के बाद सब अपने–अपने कमरे में चले गए। लेकिन, लिली उठकर अपनी मां के कमरे की ओर चल दी। वहां पहुंचकर उसने धीरे से दरवाजा खोला तो पाया कि उसकी मां सो चुकी है। वह उसके पास जाकर बैठ गई और कुछ देर तक अपनी सोती हुई मां को टकटकी लगाए देखती रही। वह सुबह अपनी मां के साथ किए उस दुर्व्यवहार के लिए खुद को कोसने लगी। और दुःखी मन से अपने कमरे में आ गई।

अगले दिन जब एडेन की आंख खुली तो, उसने लिली को अपने बिस्तर पर बैठा पाया। वह उसे अपने पास देखकर एकदम चौंक गया, कि क्या बात हो गई, क्या मैं आज फिर लेट हो गया'? फिर उसने घड़ी की ओर नज़र घुमाई, लेकिन घड़ी में अभी 8:40 का ही समय हुआ था। जिसे देख उसने राहत की सांस ली।

तब तक उसकी बेटी बोल पड़ी "गुड मॉर्निंग फादर..."!

"गुड मॉर्निंग बेटा"! कहते हुए एडेन आंखे मलते हुए दोबारा घड़ी की ओर देखने लगा कि शायद कहीं उसने नींद में गलत टाइम तो नहीं देख लिया। और फिर तसल्ली हो जाने पर बोला "थैंक्यू बेटा! अच्छा हुआ जो तुमने मुझे टाइम से जगा दिया, नहीं तो मैं आज फिर लेट हो जाता और फिर मैं ऑफिस भी नहीं जा पाता"।

एडेन के मुंह से ऑफिस जाने की बात सुन, लिली तपाक से बोली "क्या कहा... क्या कहा... फादर आपने? ऑफिस के लिए लेट हो जाता, अच्छा तो

आप काम पर जाने के बारे में सोच रहे हो। लेकिन आप एक बात ध्यान से सुन लो... कि आप जब तक ऑफिस नहीं जाओगे तब तक कि आपकी तबियत पूरी तरह से ठीक नहीं हो जाती, समझे"।

"लेकिन बेटा..."!

"लेकिन–वेकिन कुछ नहीं फादर...! कितनी चोट लगी है आपको पूरा शरीर ज़ख्मी हो रखा है फिर भी...! चोट की वजह से पूरा शरीर दर्द कर रहा होगा और ऊपर से आपका दिमाग भी ठिकाने नहीं है, ऐसी हालत में काम करोगे आप! कल ही बोला था कि डॉक्टर से जाकर दवा लेलो लेकिन आपने सुनी ही नहीं। चलो अब जल्दी से उठो, नाश्ता करो और डॉक्टर के पास जाओ। इस बार डॉक्टर से पट्टी करवा आना और बाकी का पट्टी करने का सामान लेते आना जिससे घर पर ही पट्टी होती रहे। फर्स्ट—ऐड बॉक्स खाली हो चुका है और हां ज़ख्म सुखाने के कैप्सूल लाना मत भूलना। उससे ज़ख्म जल्दी से भर जाते हैं। अगर आप क्लीनिक नहीं जा सकते तो बताओ? मैं डॉक्टर को भेज दूंगी। डॉक्टर आनंद तो अभी कुछ दिनों के लिए बाहर गए हुए हैं। लेकिन मेहरा क्लीनिक मेरे कॉलेज वाले रास्ते पर ही पड़ता है, वहीं से किसी न किसी डॉक्टर को भेज दूंगी"। लिली ने सख्ती से कहा।

"ठीक है बॉस, जैसी आपकी आज्ञा"! कहते हुए एडेन ने हां में उत्तर दिया।

"और हां... जब आपका ऑफिस ओपन हो जाए तो फोन करके कम से कम तीन—चार दिन की लीव ले लेना। कुछ दिन घर पर रह कर ही आराम करो" कहते हुए लिली किचेन मे घुस गई।

उसके थोड़ी देर बाद एडेन भी कराहते हुए उठा और हॉल में बैठकर न्यूज देखने लगा। कुछ देर बाद लिली ने नाश्ता तैयार करके उसके पास रख दिया। एडेन नाश्ता करते हुए बोला "बेटा तुम सीधे कॉलेज चले जाना, मैं खुद ही जाकर डॉक्टर से दवा ले आऊंगा। वैसे तुमने चोट पर जो दवा लगाई थी उसने भी

अच्छा फायदा पहुंचाया है, लेकिन फिर भी मैं डॉक्टर से दवा ले आऊंगा। क्योंकि, वैसे भी घर में अकेले पड़े–पड़े मेरा मन नहीं लगेगा। अरे हां... याद आया अभी मुझे पोलिस स्टेशन भी तो जाना है। यह मुसीबत और मेरे गले पड़ गई, मुझे ना यह कोर्ट कचहरी, थाने–वाने के चक्कर लगाना बिल्कुल पसंद नहीं है"। ये बात उसने बुरा सा मुंह बनाते हुए कही।

पुलिस स्टेशन वाली बात पर अपने पिता का बुरा सा मुंह बनते देख लिली चुप रही। और बात बदलते हुए बोली "ठीक है फादर अब मैं तैयार होने जा रही हूं, आज मैं कॉलेज के लिए जल्दी निकलुंगी। क्योंकि मुझे कुछ नोट्स तैयार करने हैं"।

"हां ठीक है बेटा तुम जाओ, अपना काम करो"। एडेन ने कॉफी का घूंट भरते हुए कहा।

इधर कॉलेज गार्डन में मुंह लटकाए बैठा लव किसी की बाट देख रहा था। तब ही उसके पास रितु आई और बोली "हेलो लव"!

"हाए..." वह बेदम आवाज़ में बोला।

"क्या हुआ लिली का कुछ पता चला, कि वह कॉलेज क्यों नहीं आ रही"? रितु ने पूछा।

उसके पूछने पर लव ने सिर्फ ना में सिर हिलाया। लिली के कॉफी शॉप वाले दिन से कॉलेज न आने के कारण वह काफी परेशान था। "तो क्या किसी के पास उसका फ़ोन या उसके घर का एड्रेस नहीं है? कैसी फ्रैंड हो तुम सब यार"! उसने सब को कोसते हुए कहा।

"तुम क्या उसके फ्रैंड हो, बल्कि तुम तो उसके सबसे ज्यादा नजदीक हो। तुम आज तक उसके घर तक नहीं पहुंच पाए, उसका फ़ोन नंबर नहीं ले पाए तो औरों को क्यों कोस रहे हो"? रितु ने उल्टा उसको तायने देते हुए चुप कराया।

रितु की बात सुन लव इधर-उधर बगलें झांकते हुए बोला "अरे यार उससे कुछ भी पता कर पाना इतना आसान थोड़ी है! उसके बर्थ डे वाली रात में उसके पीछे गया तो था लेकिन उसके घर तक नहीं पहुंच पाया, बीच रास्ते से ही लौट आया था। वह कॉलेज आने के लिए जिस स्टॉप से टैक्सी पकड़ती है वह स्टॉप भी देखा है मैंने लेकिन आगे का रास्ता नहीं पता"!

रितु उससे फिर बोली "परेशान मत हो, प्रिंसिपल ऑफिस से उसका एड्रेस मिल सकता है"।

उसकी यह बात सुन लव खुशी से उछल पड़ा। उसके मुरझाए हुए चेहरे पर एक चमक सी आ गई और उसका बेजान शरीर एक नई ऊर्जा से भर आया। वह बोला "हां यार तुम सही कह रही हो, इस बात पर तो मेरा बिल्कुल भी ध्यान नहीं गया। अब किसी तरह प्रिंसिपल के ऑफिस से उसके घर का एड्रेस या फ़ोन नंबर मिल जाए तो मज़ा आ जाएगा"!

फिर वह कुछ सोचकर उससे ही गिड़गिड़ाते हुए बोला "रितु यार प्लीज, यह काम तुम बेहतर ढंग से कर सकती हो। क्योंकि, तुम दोनों को प्रिंसिपल ने एक साथ घूमते-फिरते देखा है। इसलिए तुम्हें आसानी से उसका एड्रेस मिल जायेगा"।

"वह सब तो ठीक है लव काम तो मैं कर दुंगी, लेकिन एक प्रॉब्लम है"! रितु ने कहा।

"क्या प्रॉब्लम है"? बोलो!

"मैंने अगर तुम्हें लिली का एड्रेस दे दिया और तुम उससे मिलने उसके घर गए। और यह सब उसको पसंद नहीं आया तो वह तुम्हारे साथ मेरी भी जम कर क्लास लगायेगी। और हो सकता है वह इस सब की कंप्लेंट प्रिंसिपल ऑफिस में भी कर दे"।

"अरे तुम उसकी फिक्र मत करो, वह सब मैं अपने तरीके से मैनेज कर लुंगा। वादा करता हूं तुम्हारे ऊपर कोई बात नहीं आयेगी। बस तुम जल्दी से मेरा यह काम कर दो बस"। लव ने रितु को भरोसा दिलाते हुए कहा।

अभी वह दोनों बैठे–बैठे बातें कर ही रहे थे कि उन्हें दूर कुछ लिली जैसी आवाज़ सुनाई दी। लव ने उठकर गार्डन से बाहर नज़र दौड़ाई, तो उसे पेड़ो की कतार से बाहर लिली दिखाई दी जो किसी से बातें कर रही थी। उसे देख लव के चेहरे पर मुस्कान आ गई। तब ही रितु ने भी खड़े होकर उस ओर झांका। तब तक लिली उस लड़की से बात करके आगे बढ़ गई।

लिली को आगे जाते देख रितु ने तेजी से आवाज़ लगाई "लिली..." और नीचे बैठ गई।

लिली ने जैसे ही पीछे मुड़कर देखा तो उसे गार्डन में लव खड़ा दिखा, जो उसी की ओर देख रहा था। फिर वह गार्डन में उसी की ओर आने लगी। उसको मुस्कराते हुए अपनी ओर आता देख लव को यह तो कन्फर्म हो गया, 'कि वह उससे नाराज़ नहीं है। लेकिन फिर वह उस दिन एकदम अचानक से क्यों भाग गई थी...? इसके बारे में तो वही बता सकती है'!

"हेल्लो लव कैसे हो"? लिली ने उसका हाल पूछा!

तब ही "हाए लिली..."! कहते हुए रितु एक पेड़ से निकल कर आई।

"ओह, रितु तुम भी यहीं थीं। अच्छा तो वह आवाज़ तुम्हीं ने दी थी। मैं तब ही सोच रही थी कि आज लव की आवाज़ को क्या हो गया है"।

फिर तीनों ठहाके लगाकर हंसने लगे।

लिली ने फिर पूछा "और लव कैसे हो तुम"?

"अब ठीक हूं"। लव ने एक सुकून भरी सांस लेते हुए कहा।

"चलो ठीक है तुम बातें करो, मैं घर जा रही हूं"। रितु ने अपना बैग संभालते हुए कहा।

"घर... क्यों" लिली ने हैरानी से पूछा?

"बता देना लव इसे, मैं तो जा रही हूं। ओके बाए, कल मिलते हैं"। कहते हुए रितु वहां से जाने लगी।

"अरे आखिर तुम घर क्यों जा रही हो, यह तो बताती जाओ"? लिली ने उसको आवाज़ देते हुए पूछा। लेकिन तब तक रितु वहां से आगे निकल चुकी थी।

"अरे, यह भी दो—तीन दिन बाद कॉलेज आई है। इसलिए इसे भी नहीं पता चला कि परसों से हमारी क्लास दोपहर की शिफ्ट में लगने लगीं हैं"। लव ने बताया।

"क्या, अब हमारी क्लास दोपहर में लगने लगीं हैं"? वह चौंकते हुए बोली।

"हां इसलिए ही तो वह घर चली गई, अब कल से टाइम से आयेगी" लव ने कहा।

"तो क्या तुम्हें भी पता नहीं था"? लिली ने लव से पूछा।

"नहीं... मुझे तो पता था" लव ने जवाब दिया!

"पता था तो फिर क्यों सुबह से आकर बैठ गए यहां" वह बोली?

"तुम्हारे लिए,..."! लव ने तुरंत उसकी आंखों में आंखें डाल कर कहा। लिली उसके मुंह की ओर देखती रही। वह फिर बोला "सच में...! पता है जिस दिन तुम कॉफी शॉप से भाग कर गई हो, उस दिन से मैं डेली सुबह आ रहा हूं और फिर शाम को घर जाता हूं। क्योंकि मुझे पता था तुम सुबह ही आओगी"।

"तुम्हें इस तरह हर रोज़ परेशान होने की क्या ज़रूरत थी, एक दिन मैं भी थोड़ा परेशान होकर घर वापस चली जाती" लिली बोली।

उसकी यह बात सुन लव बोला "हां चलो ठीक है, हम तो यहां किसी के लिए बेकार ही परेशान हुए। अच्छा यह सब छोड़ो! और यह बताओ कि उस दिन कॉफी शॉप से तुम बिना बताए इस तरह क्यों भाग गई थीं"?

"अरे मेरे कहने का मतलब ये नहीं है। मैं कह रही थी कि तुम मेरे लिए तीन—चार दिन परेशान हुए। अगर मैं पहले दिन आती तो रितु की तरफ सिर्फ़ एक दिन ही परेशान होती न..."। उसने अपनी बात क्लीयर करते हुए कहा।

"हां ठीक है, अब बताने की कृपा करोगी कि उस दिन आखिर ऐसा क्या हुआ था जो तुम घबराकर मुझे बिना कुछ बताए वहां से भाग गई थीं"? लव ने वही बात फिर से दोहराई।

"क्या बताऊं लव, उस दिन मेरी अचानक तबीयत बिगड़ गई थी एकदम अजीब सी बेचैनी और घबराहट होने लगी थी! और फिर तुम्हें बताकर क्या परेशान करती, इसलिए मैं घर चली गई थी"। लिली ने उसकी बात का जवाब देते हुए कहा।

"यार इसमें परेशान करने वाली क्या बात थी। ऐसी प्रॉब्लम में भी मैं तुम्हारा साथ नहीं दे सकता तो...! अच्छा समझ गया मुझसे गलती जो हो गई है इसलिए तुम मुझ पर भरोसा नहीं करतीं" लव ने कहा।

"नहीं लव ऐसी कोई बात नहीं है, वह तो जो हुआ सो हुआ। मैंने तो उसके लिए तुम्हें उसी दिन माफ़ कर दिया था। इसलिए मेरे मन में तब ऐसा कोई ख्याल नहीं था। लेकिन हां मैं उस दिन के लिए सॉरी बोलती हूं मुझे इस तरह बिना बताए नहीं जाना चाहिए था। बट आगे से ऐसा नहीं होगा..."! लिली ने उसे प्रॉमिस करते हुए कहा।

"अच्छा तो फिर उस दिन से तुम कॉलेज क्यों नहीं आ रहीं"? इस बार लव ने एक और नया सवाल पूछा!

"अरे यार क्या बताऊं... इधर आजकल मेरे फादर की भी तबीयत ठीक नहीं चल रही। इसलिए मुझे उनकी देखभाल के लिए घर पर ही रुकना पड़ा"। लिली ने थोड़ा चिंतित होते हुए कहा।

"ओह अच्छा! तो अब कैसे हैं तुम्हारे डैड"? लव ने पूछा!

"हां देखो... अब तो आराम है" लिली ने जवाब दिया।

"अच्छा तो आज तुम्हारा क्लास करने का इरादा है या नहीं! मेरे हिसाब से तुम आज क्लास कर लो क्योंकि, कल से तीन—चार दिन के लिए कॉलेज बंद रहने वाला है" लव ने कहा।

"ओह ऐसी बात है, फिर तो क्लास तक रुकना होगा। क्योंकि, रोज़ी से मुझे इकनॉमिक के नोट्स लेने हैं। आज कॉलेज आयेगी ना वो...? क्योंकि उसके बने हुए नोट्स मुझे बहुत पसंद आते हैं"। लिली ने कहा।

"वह तो कल भी कॉलेज आई थी और शायद आज भी आ ही रही होगी। क्योंकि, तुम्हें तो पता है वह वैसे भी ज्यादा छुट्टियां नहीं करती" लव ने कहा।

इसी तरह दोनों ने कुछ देर और बातें की। फिर टाइम होने पर दोनों क्लास में चले गए। और क्लास खत्म होने के बाद लिली रोज़ी से नोट्स लेकर घर आ गई।

इधर एडेन अपनी दवा—गोली लेने के बाद पुलिस स्टेशन पहुंचा। जहां इंस्पेक्टर नमिता राय ने उससे काफी सवाल—जवाब किए। उसकी इंस्पेक्टर से काफ़ी बहस हुई अंत में एडेन नाराज़ होकर सब रफा—दफा कर घर लौट आया।

शाम को लिली कॉलेज से लौटते समय टैक्सी से उतर अपने स्टॉप से पैदल घर जा रही थी। तो उसे दूर से ही घर के बाहर वाले दरवाजे पर बॉबी चहल—कदमी करती नज़र आई। मानो वह किसी की बाट देख रही हो। अपनी छोटी

बहन को इस तरह बाहर खड़ा देख उसके मन में शंका हुई, उसने घर की ओर जल्दी–जल्दी कदम बढ़ाए।

तब ही बॉबी की भी नज़र दूर से आ रही अपनी बड़ी बहन पर पड़ी, उसने मुस्कराते हुए हवा में हाथ हिलाया। अपनी बहन को मुस्कराते देख लिली ने चैन की सांस ली। फिर उसके पास जाकर बोली "क्या हुआ बाबू बाहर कैसे खड़ी हो और फादर कहां हैं"?

"फादर...? दी वो तो खाना बना रहे हैं" बॉबी ने बताया।

"बहुत अच्छा, फादर खाना बना रहे हैं और तुम यहां घूम रही हो"। कहते हुए लिली उसे लेकर घर में घुस गई।

"नहीं दी मैं घूम नहीं रही, मुझे फादर ने ही बाहर भेजा था। तुम्हें देखने के लिए..."!

"मुझे देखने के लिए"?

"हां तुम्हें देखने के लिए। टाइम देखना क्या हो रहा है! वैसे तुम कॉलेज से दोपहर तक घर वापस आ जाती हो और आज शाम हो गई। इसलिए फादर चिंतित हो रहे थे"। बातें करते हुए दोनों बहनें किचन में काम कर रहे अपने पिता के पास पहुंच गईं।

फिर दौड़ कर लिली ने अपने डैड को पीछे से पकड़ते हुए कहा "आई लव यू फादर..."!

एडेन ने हंसते हुए कहा "आ गई बेटा, लेकिन आज इतना लेट कैसे हो गई"?

"फादर अब हमारी क्लास दोपहर की शिफ्ट में लगने लगीं हैं, मुझे पता ही नहीं था इसलिए मैं सुबह ही पहुंच गई थी। मैं चाहती तो जैसे ही मुझे पता चला तब ही कॉलेज से वापस लौट आती, कल से क्लास कर लेती, लेकिन मुझे फ्रैंड्स

से नोट्स वगैरा चाहिए थे इसलिए रुक गई। और फ़िर कॉलेज तीन, चार दिन के लिए बंद रहने वाला है" उसने बताया।

"यही मैं सोच रहा था, कि ज़रूर कोई ना कोई काम आ गया होगा। नहीं तो लिली आज तक कभी इतना लेट नहीं हुई फिर आज क्यों? चलो कोई बात नहीं खाना तैयार है, अब खाना खाओ"। कहते हुए एडेन प्लेट लगाने लगा।

"फादर आपकी ये बात मुझे बिलकुल अच्छी नहीं लगती" लिली ने कहा।

लिली की बात सुन एडेन उसकी तरफ देख मन ही मन सोचने लगा, कि मुझसे क्या गलती हो गई?

"पता नहीं आपको खाना बनाने की कितनी जल्दी रहती है, हजार बार मना किया है फिर भी नहीं मानते। कितनी बार कहा है, कि आप बैठे रहा करो खाना हम तैयार कर लिया करेंगें"। कहते हुए वह फिर से अपने डैड से गुस्सा हो गई।

"ओह अच्छा यह बात है, मुझे लगा कि न जाने मुझसे क्या गलती हो गई जिसके लिए तुम गुस्सा कर रही हो। लेकिन बेटा, आज मैंने कुछ नहीं किया सब बॉबी ने ही किया है" एडेन ने कहा।

"क्या लेकिन बेटा... लेकिन बेटा... करते रहते हो इतनी चोट लगी है फिर भी समझ नहीं आता"। कहकर नाराज हो लिली वहां से चली गई।

एडेन उसके पास गया उसके सिर पर हाथ फिराते हुए बोला "सॉरी बेटा... पर क्या करूं...? तुम्हारे लिए करना, तुम्हारा ध्यान रखना अच्छा लगता है। और सच में ही आज तो आधे से ज्यादा काम बॉबी ने ही किया है। जब मैंने उसे बाहर भेजा था तब तक सारा काम निपट चुका था। रही बात चोट की... तो उसमें आराम है मुझे। क्योंकि, मैं दवा ले आया ये देखो नई पट्टियां"। उसने शर्ट की बाजू ऊपर कर दिखाते हुए कहा।

"और मैंने कहा था कि जख्म सुखाने की दवाऐं..."?

"हां वो कैप्सूल भी ले आया बेटा, जो तुमने बताए थे। वो देखो टेबल पर दवाओं का बैग रखा है"। एडेन ने उसकी बात काटते हुए कहा।

"चलो ये सब तो आपने अच्छा किया जो डॉक्टर से मिल आए। फादर मैं इसलिए गुस्सा करती हूं कि आप कब तक घर का काम करते रहोगे। ऑफिस में काम करना फिर घर में भी देखना, कम से कम घर का छोटा—मोटा काम तो करने दिया करो हमें" लिली ने कहा।

"हां ठीक है बेटा! जैसा तुम कहो वैसा ठीक है आगे से ऐसा ही होगा। चलो अब गुस्सा छोड़ो और यह लो खाना खाओ"। कहते हुए वह लिली को अपने हाथों से खिलाने लगा। फिर उसने बॉबी को भी वहीं पास बिठाया। फिर तीनों मिल कर खाना खाने लगे।

तब ही एडेन बोला "अरे एक बात तो मैं तुम्हें बताना ही भूल गया कि डॉक्टर से मिलने के बाद में पुलिस स्टेशन गया। जहां उस इंस्पेक्टर से मेरी खूब बहस हुई। कह रही थी कि आपको अगले दिन बुलाया था और आप आज तीसरे दिन आ रहे हैं और साथ में लड़कियों को भी नहीं लाए। अरे बड़ी मुश्किल से उससे पीछा छुड़ा पाया। मैंने पहले ही बताया था कि बेटा यह पुलिस—वुलिस का चक्कर बहुत बुरा है"।

"अच्छा तो आप पुलिस स्टेशन भी गए थे"? लिली ने पूछा।

"जाना तो पड़ता ही बेटा"!

"चलो अच्छा किया फादर आपने जो वहां की टेंशन ख़त्म कर दी। लेकिन सॉरी फादर मैं भी आगे से ध्यान रखूंगी और कोई भी ऐसा काम नहीं करूंगी जिससे कि पुलिस—वुलिस का झंझट पड़े"। लिली ने अपने पिता से माफ़ी मांगते हुए कहा।

फिर सबने मिलकर शाम का खाना ख़त्म किया।

अगली सुबह एडेन किसी से फ़ोन पर बात कर रहा था। दूसरी तरफ से आवाज़ आई "हैलो सर... मैं राजीव 'जैक कंस्ट्रक्शन कंपनी' का मैनेजर कहिए आपकी क्या सहायता कर सकता हूं"?

"हां मिस्टर राजीव, मैं 'एडेन' बोल रहा हूं! अभी कुछ दिन पहले मैं आपकी ऑफिस आया था। मैंने बताया था ना कि मुझे घर पर कुछ काम कराना है प्लंबर और फर्नीचर से रिलेटेड"!

"हां सर मुझे याद है, आपने आज की डेट तय की थी" दूसरी तरफ से राजीव ने कहा।

"जी हां मैंने आज ही की डेट दी थी। लेकिन अभी तक ना आपकी टीम का कुछ अता–पता है और ना ही आपकी तरफ़ से कोई फ़ोन वगैरा आया। तो मैंने सोचा कि मैं ही आपको एक बार याद दिला दूं"। एडेन ने कहा।

"अरे नहीं सर, हम अपना सर्विस टाइम कैसे भूल सकते हैं। हमें, आपका डेट–टाइम, एड्रेस सब याद है, सब रिकॉर्ड है सर हमारे पास आपका और रही बात टीम की सो अभी निकलने के लिए तैयार बैठी है! जो बस कुछ ही देर में आपके घर पर होगी" उसने कहा।

"अच्छा, ठीक है! मैं यह कह रहा था कि मुझे बड़ी टीम चाहिए, ताकी काम एक ही दिन में खत्म हो सके" एडेन ने कहा।

"ठीक है सर, आप निश्चिन्त रहें, आपका काम एक ही दिन में कंप्लीट हो जायेगा। बस वर्कर अपने टूल–किट वगैरा लेकर निकल ही रहे हैं। अच्छा सर... अपना एड्रेस एक बार और दोहरा दीजिए प्लीज़ ताकि एड्रेस कन्फर्म हो जाए और वर्कर इधर—उधर भटकते ना रहें"। दूसरी तरफ से मैनेजर ने कहा।

उसके बाद एडेन ने अपने घर का एड्रेस कन्फर्म कराया और बोला "हां एक और जरूरी बात..."।

राजीव बीच में ही "हां बताइए सर"?

"...मैं यह कहना चाह रहा था कि मेरे घर के आस–पास कोई मार्केट या होटल वगैरा नहीं हैं। इसलिए या तो वर्कर्स अपना लंच साथ लाएं या फिर एक रसोइया"!

"ओके सर..."। हंसते हुए दूसरी तरफ से फ़ोन कट हो जाता है।

काफ़ी देर से अपने डैड की बातें ध्यान लगा कर सुन रही बॉबी बोली "फादर आज हमारे घर पर कौन आ रहा है"?

"बेटा, अपने घर के खिड़की, दरवाज़े, टोंटी वगैरा सब खराब हो गए हैं, बस उन्ही को ठीक करने के लिए कारपेंटर और प्लंबर टीम आ रही है"।

"ओह गॉड... फिर तो आज पूरे दिन घर पर खट–पट रहेगी"। बॉबी ने मुंह बनाते हुए कहा।

"हां सो तो है, लेकिन यह काम भी तो ज़रूरी है बेटा! पाइपों से पानी–वानी भी टपकता है। ऐसा करो तुम सब घूमने चले जाओ, वीकेंड मनाओ जाओ। यहां तो मैं सब देख ही लूंगा"। कहते हुए एडेन ने बॉबी को गाड़ी की चाबी पकड़ाई।

"फादर क्या हम अपने साथ मॉम को भी ले जा सकते हैं, यहां शोर–शराबे से तो उन्हें भी प्रॉब्लम होगी" बॉबी ने उत्सुकता से पूछा?

"हां... हां... ज़रूर, एलिना को भी साथ ले जाओ और लिली से कह देना कि ज्यादा लंबी ड्राइव पर न निकले" एडेन ने कहा।

अपने पिता की बात खत्म होने से पहले ही लिली रूम से बाहर निकली और बोली "क्या हुआ फादर, यह बॉबी इतनी क्यों खुश हो रही है"?

"अरे वही बेटा उस दिन जो मैंने तुम्हें बताया था कि घर पर कुछ काम करवाना है। तो उसी को लेकर बॉबी से कह रहा हूं कि तुम सब कहीं घूमने निकल जाओ। शाम तक लौट आना तब तक काम भी पूरा हो जायेगा" वह बोला।

"नहीं फादर, कोई कहीं नहीं जा रहा"!

"क्यों..." बॉबी चौंकते हुए बोली?

"क्योंकि, घर में काम इतना फैल जायेगा कि फादर अकेले संभाल नहीं पायेंगे। ऊपर से फादर के इतनी सारी चोट लगी हुई है कैसे देख पायेंगे वो इतना काम। इसलिए कह रही हूं फादर को हम अकेला नहीं छोड़ सकते। बॉबी ही अपनी किसी फ्रेंड के यहां घूमने चली जायेगी" लिली ने साफ़ शब्दों में कहा।

"अरे बेटा तुम काम की फ़िक्र क्यों कर रही हो? उसके लिए मैंने अलग से दो वर्कर मंगाये हैं। जो सिर्फ़ घर की साफ़–सफ़ाई और सामान की उठा–धराई करेंगे, तो बताओ फिर क्या काम रहा घर में। बस मुझे तो कुर्सी पर बैठे–बैठे सबको काम बताना है। और फिर ज़रा सोचो बेटा, एलिना यहां इतने शोर–शराबे में कैसे रह पाएगी। तुम्हें तो पता ही है कि डॉक्टर के कहने पर ही तुम्हारी मॉम को इतनी अंदर कोने में कमरा दिया गया है, ताकि वह किसी भी तरह के डिस्टर्बेंस से दूर रह सके। और आज तो इतनी खटपट होगी कि जिसे वह सहन ही नहीं कर पाएगी। इसलिए मैं नहीं चाहता कि उसकी तबियत और ज्यादा बिगड़े"। एडेन ने उसे समझाते हुए कहा।

इस बात पर लिली कुछ नहीं बोली। क्योंकि, उसे पता था कि उसके डैड यह बात तो सही कह रहे हैं। और फ़िर वह भी अपनी मां के साथ जाने को तैयार हो गई। फिर दोनों लड़कियों ने अपनी मां को जल्दी–जल्दी नहला–धुला कर तैयार कर घर से बाहर निकाला।

एलिना ने आज, न जाने कितने सालों में उस अंधेरे कमरे से निकल कर, बाहर की रोशनी देखी। जिस कारण वह सूरज की सुनहरी किरणों का सामना नहीं कर पा रही थी। उसने फ़ौरन अपनी जलती आंखों पर हाथ रख लिया।

लिली ने यह देख तुरंत बॉबी की आंखों से उसका धूप का चश्मा उतार कर अपनी मां को पहना दिया और उनको ले जाकर तुरंत गाड़ी में बिठा दिया। चश्मे पहनने के बाद अब एलिना ने सही से आंखें खोली और इधर–उधर झाँक कर देखने लगी। गाड़ी से ही उसने घर की ओर नज़र घुमाई, घर को देख उसकी निगाहें वहीं टिक गई। जैसे घर को देखने के बाद वह उसे पहचानने की कोशिश कर रही हो। तब ही लिली घूमकर ड्राइवर सीट पर बैठी और गाड़ी स्टार्ट कर एडेन से बाए करते हुए विदा लेकर निकल गई।

इधर कुछ देर बाद मैन डोर नॉक हुआ। एडेन ने चल कर गेट खोला तो सामने 'जैक कम्पनी' के वर्कर्स खड़े थे।

"हेलो सर, मेरा नाम अमित है। मैं टीम लीडर हूं, देरी से आने के लिए माफ़ी चाहता हूं। दरअसल, आपका घर आउट साइड होने की वजह से एड्रेस ढूंढने में थोड़ा ज्यादा वक्त लग गया। ऊपर से इधर दूर–दूर तक कोई दिखाई भी नहीं दिया, जिससे रास्ता पूछा जा सकता" टीम सुपरवाइजर ने कहा।

"कोई बात नहीं, आओ अंदर आओ! हां इधर वही लोग रहना पसंद करते हैं जिन्हे शांति और नेचर से लगाव होता है"। एडेन ने सबको अंदर बुलाते हुए कहा।

"सर हमने अपनी गाड़ी सामने खाली पड़े फील्ड में पार्क कर दी है, कोई दिक्कत तो नहीं" एक दूसरे वर्कर ने पूछा?

"नहीं यहां कोई प्रॉब्लम नहीं है, गाड़ी कहीं भी खड़ी रहने दो" एडेन ने कहा।

“अरे गाड़ी से सभी ने अपने—अपने टूल किट वगैरा निकाल लिए”? अमित ने वर्करों से पूछा!

सभी ने एक साथ “हां...” में जवाब दिया।

फिर अमित बोला “सर आपको जो भी काम करवाना है इन्हें एक बार बता दीजिए? टीम सब अपना–अपना काम देख लो और काम पर लग जाओ”। सुपरवाइजर ने टीम को आदेश देते हुए कहा।

अमित के कहने पर एडेन ने वर्करों को घर में होने वाला सारा काम बता दिया। उसके बाद सभी अपने–अपने काम में जुट गए। पूरी टीम काम कर रही थी। लेकिन, फ़ज़ल नाम का एक आदमी हॉल में टीवी का रिमोट हाथ में लिए बैठा चैनल पर चैनल बदले जा रहा था।

काफ़ी देर से यह सब चुपचाप देख रहे एडेन ने उसके पास आकर पूछा “क्या बात है तुम इस टीम का हिस्सा नहीं हो? बाकी के सब लोग काम कर रहे हैं और तुम टीवी देखने में लगे हो”!

मुस्कराते हुए फ़ज़ल खड़ा हो गया और बोला “साहब जी, मैं ड्राईवर हूं! मेरा काम इस बोझ को सिर्फ़ इधर से उधर ढोने का है”।

“अच्छा ठीक है, बैठ जाओ”। बोलकर जैसे ही एडेन आगे बढ़ा तो फ़ज़ल ने उसे रोकते हुए पूछा “साहब क्या इधर की सब लड़कियां पागल हैं?

“क्यों क्या हुआ” एडेन ने पलटते हुए पूछा?

“अरे साहब जैसे ही हम हाईवे से यह जो आपका ‘टी पॉइंट’ है, इस पर पहुंचे। तो हमने अपनी गाड़ी रोक ली। अब हम कन्फ्यूज हो गए, क्योंकि इसी तरह के हाईवे पर और भी कई ‘टी पॉइंट’ पड़े थे। अब वहां दूर–दूर तक कोई दिखाई भी नहीं दे रहा था। तब ही हमें इधर से एक ‘मारुति स्टीम’ कार जाते हुए दिखी। उसमें दो लड़कियां थीं, शायद तीन, मुझे ठीक से याद नहीं। लेकिन गाड़ी

लड़की ही ड्राइव कर रही थी, मैंने उससे रास्ता पूछा तो अंग्रेज की औलाद बिना रास्ता बताए ही चली गई। अच्छा, सारा काम इस काली ने बिगाड़ा था। जैसे ही वह लड़की गाड़ी रोक कर कुछ बताने वाली थी तभी इसने उसकी तरफ हाथों से गन्दे-गन्दे इशारे कर दिए। जिससे वह भड़क गई और अंग्रेजी में गाली देती हुई चली गई। इस पर दो मिनट नहीं रुका गया, पहले रास्ता तो बताने देता"।

तब ही दरवाज़े के पीछे काम कर रहा काली लार सी टपकाते हुए बाहर आया "अरे भईया, उस मैडम की खूबसूरती तो देखन लायक थी, एक दम आइसक्रीम जैसी गोरी और रसीली थी। उसके और हमारे रंग में तो ससुरा कौआ और हंसन जैसा फरक था"। कहकर दोनों हंसने लगे। एडेन दोनों को इसी तरह वहशी बातें करते छोड़ वहां से चला गया।

अगली सुबह लिली आंख मलते हुए अपने कमरे से बाहर निकली। मैन हॉल में पहुंच कर उसने एक लंबी सी अंगड़ाई ली फिर वहां से किचन की तरफ चली गई। वहां उसने जैसे ही फ्रिज के गेट को खोल कर पानी की बोतल निकाली। तब ही उसके कानों में किसी के बतलाने की आवाज़ पड़ी। उसने एक-दो घूंट पानी पीकर खुद को रिफ्रेश किया और कानों पर जोर डालते हुए ध्यान दिया कि यह आवाज तो उसके डैड के कमरे से आ रही है, जो उससे ज्यादा दूरी पर नहीं था। दवे पांव वह उसी कमरे की तरफ बढ़ी, जहां उसने अपने डैड को किसी के साथ बातें करते सुना। लिली कमरे के बाहर खिड़की के सहारे खड़े होकर उनकी बातें सुनने लगी।

"डॉक्टर, मुझे बस इतना पता है कि जब मेरी आंख खुलती है, तो मैं घर में तोड़-फोड़ करके खुद को चोट पहुंचा चुका होता हूं। ना मुझे कोई सपना आता है और ना ही यह सब करने के बाद मुझे कुछ याद रहता है, कि यह मैंने कब, क्यों और कैसे किया? यह सब मेरे सोने के बाद ही होता है और जागने पर मुझे

कुछ भी याद नहीं रहता। यह मेरे साथ काफी दिनों से हो रहा है लेकिन अब 10–15 दिनों से ज्यादा होने लगा है। इसी डर से आजकल मैं ढंग से सो भी नहीं पा रहा हूं!

...डॉक्टर मेरा बहुत दिमाग खराब है, मेरे घर में जवान बेटियां हैं। जब से मुझे इस तरह की प्रॉब्लम हुई है, मुझे अपनी बेटियों की बहुत चिंता सताने लगी है"। एडेन ने चिंता जताते हुए कहा।

डॉक्टर ने चाय की सिप लेकर कुछ सोचते हुए कहा "हूं... मामला तो गंभीर है! देखो मिस्टर एडेन, जब तक रिपोर्ट नहीं आ जाती तब तक कुछ कहा नहीं जा सकता। थोड़ा धैर्य रखो रिपोर्ट आने का इंतज़ार करो उसके बाद देखते हैं क्या करना है"।

एडेन ने फिर गंभीरता से पूछा "क्या डॉक्टर साहब, सच में ही ऐसी कोई बीमारी होती है"?

"मिस्टर एडेन एक बीमारी है, जो आपके लक्षणों से थोड़ी—बहुत मिलती जुलती है... 'स्लीपिंग वॉकिंग' जिसे मेडिकल की भाषा में 'सोनमबुलिस्म' कहा जाता है। इसके बारे में तो आम तौर पर आपने भी सुना होगा। इस बीमारी में पेसेंट रात में नॉर्मली उठकर चलने लगता है या फिर ज्यादा से ज्यादा डेली रूटीन के काम करने लगता है। आज तक इस बीमारी के इसी तरह के नॉर्मल केस ही आए हैं। लेकिन आप जो बता रहे हो, इसके सिमटम्स थोड़े डिफरेंट हैं। हां याद आया... इस तरह की भी एक मानसिक बीमारी होती है, जो बहुत ही डेंजर्स होती है। तुम्हारे सिम्टम्स सेम उस बीमारी से मिलते—जुलते हैं। उस बीमारी का नाम याद नहीं आ रहा मुझे। उसका सबसे पहला केस यूरोप में 1965 में आया था। लेकिन उस बीमारी का आज तक मैंने, अपने यहां कोई केस नहीं सुना। मेरे विचार से उसके लक्षण आपकी प्रॉब्लम से मिलते—जुलते

हैं। क्या नाम था उसका...? हां याद आया, उस डिसीज का नाम था 'एलियन माइंड सिंड्रोम'! यह डॉक्टर ने उससे थोड़ा धीरे से कहा।

लिली जो खिड़की पर कान लगाए खड़ी थी उसे कुछ समझ नहीं आया।

डॉक्टर फिर बोला "जिसमें पेसेंट का नींद में उठ कर तोड़-फोड़ करना, खुद या किसी दूसरे को भारी चोट पहुंचाना और फिर होश आने पर उसे कुछ याद न रहना"।

"हां, हां, यही सेम मेरे साथ हो रहा है डॉक्टर, सेम...! तो क्या डॉक्टर इसमें पेसेंट किसी की जान भी ले सकता है जैसे कि किसी का मर्डर..."? उसने डरते हुए पूछा।

"नहीं मिस्टर एडेन, ऐसा लगता नहीं है इतना कुछ तो नहीं होना चाहिए। यदि हां पेसेंट द्वारा दूसरे व्यक्ति को गंभीर चोट पहुंचा दी गई हो, तो उस कारण उसकी मौत हो जाए वह एक अलग बात है; उसके बारे में कुछ कहा नहीं जा सकता। बट, यू डॉन्ट वरी... मैंने सैंपल ले लिया है, बस दो-तीन दिन में रिपोर्ट आ जायेगी। और गॉड पर भरोसा रखो सब ठीक हो जायेगा"।

"डॉक्टर यदि मैं पॉजिटिव हुआ तो"? एडेन ने घबराते हुए पूछा।

"अरे भाई इतना नेगेटिव क्यों सोच रहे हो...? अगर ऐसा कुछ हुआ तो इसके बारे में तब की तब देखेंगे, अभी तुम आराम करो और दिमाग़ में फालतू का वहम मत पालो"। कहते हुए डॉक्टर जाने के लिए चेयर से खड़ा हो गया। डॉक्टर के कमरे से बाहर निकलने से पहले लिली वहां से हट कर अपने कमरे में चली गई।

जाने से पहले डॉक्टर फिर बोला "देखो मिस्टर एडेन इस सैंपल रिपोर्ट के अलावा आपको लैब आकार कुछ और लाइव टैस्ट देने पड़ेंगे..."!

"ठीक है डॉक्टर! और ये बाकी के टैस्ट जब मैं रिपोर्ट लेने आऊंगा तब हो जायेंगे..."? एडेन ने पूछा।

"हां देखते हैं अगर पॉसिबल होगा तो ये लाइव टैस्ट उसी दिन कर लेंगे..."। डॉक्टर कहते हुए चला गया।

एडेन कुछ और बातें करते हुए डॉक्टर को बाहर उसकी गाड़ी तक छोड़ने आया।

इधर लिली ने डॉक्टर और एडेन के बीच हुई लगभग सारी बातें सुन लीं थीं। अब वह भी अपने डैड की तबीयत को लेकर चिंतित होने लगी। वह सोचने लगी 'कि इसका मतलब सच में ही मॉम ने यह सब नहीं किया था और मैं बेकार में ही उन्हें दोषी समझ रही थी। और जब फादर के साथ यह सब हो रहा था तो उन्होंने मुझसे इसका जिक्र क्यों नहीं किया'?

तब ही अचानक एडेन उसके कमरे में दाखिल हुआ "लिली..."?

"हां फादर..." वह एकदम हड़बड़ाते हुए बोली!

"बेटा उठ गए तुम..." कहते हुए एडेन ने कमरे में प्रवेश किया?

"हां, हां फादर..." लिली ने जबाव दिया।

"तो चलो, फ्रेश होकर नाश्ता करो!

"...फादर एक बात पूछनी थी"?

"हां बोलो बेटा, क्या बात है"?

"फादर अभी अपने घर पर कौन आया था" लिली ने पूछा?

एडेन कुछ सोचते हुए बोला "बेटा वह डॉक्टर 'एल्सा द कोस्टा' थे, यह भी काफ़ी अच्छे साइकेट्रिस्ट हैं। मैंने ही इन्हें बुलाया था"।

"साइकेट्रिस्ट, लेकिन क्यों...? क्या आप मॉम का डॉक्टर चेंज कर रहे हो फादर"? लिली ने अनजान बन कर चौंकते हुए पूछा!

"नहीं बेटा, तुम्हारी मॉम का डॉक्टर चेंज नहीं किया जा रहा। वैसे भी अब उनका डॉक्टर चेंज करने से कोई फायदा नहीं है। क्योंकि, काफ़ी दिनों में तो वह एलिना और उसकी बीमारी को ही समझ पाएगा, फिर इलाज क्या करेगा। वह डॉक्टर मैंने अपने लिए बुलाया था" एडेन ने बताया।

"आपने अपने लिए, लेकिन क्यों? आपको साइकेट्रिस्ट की क्या ज़रूरत पड़ गई"? लिली ने दबाव बनाते हुए पूछा।

"हां बेटा फ़िलहाल मुझे भी एक साइकेट्रिस्ट की ज़रूरत है। क्योंकि, मुझे लगता है मेरे सोने के बाद घर में जो तोड़ फोड़ होती है, उस सब का जिम्मेदार मैं ही हूं" एडेन ने कहा।

"क्या..." लिली चौंकी?

"हां मुझे ऐसी कोई प्रॉब्लम है, जिसके कारण सोने के बाद मेरा दिमाग और शरीर कन्ट्रोल में नहीं रहते और फिर यह सब मैं ख़ुद ही कर बैठता हूं। और फिर जब मेरी आंख खुलती है तब मुझे कुछ याद नहीं रहता कि मैंने वह तोड़–फोड़ कब और क्यों की"? उसने जबाव दिया।

"फादर जब आपको रात का कुछ याद ही नहीं रहता, तो फिर कैसे कह सकते हो कि, यह सब आप ही करते हो? कहीं आप मॉम को बचाने की कोशिश तो नहीं कर रहे"? लिली ने फिर से पूछा!

"अरे कैसी बात करती हो बेटा, ज़रा सोचो तुम्हारी मॉम छोटी–छोटी चीज़ें तो सही से संभाल नहीं पाती, तो फिर वह इतना भारी–भरकम सामान कैसे उठा पायेगी? वह तो उस दिन इत्तफाक से न जाने कैसे चाकू लेकर मेरे कमरे में घुस गई थी वरना यह सब करना उसके बस की बात नहीं। और मुझे खुद पर इसलिए

शक हो रहा है क्योंकि, एक तो रात को मुझे नींद नहीं आती एक अजीब सी बेचैनी और घबराहट सी रहती है। अगर जबरदस्ती करके किसी तरह आंख लग भी जाए तो अचानक, एक झटके के साथ नींद टूट जाती है, ऐसा लगता जैसे मैं किसी गहराई में गिरने वाला हूं। और कभी–कभी एहसास होता है जैसे कोई शक्ति मुझे दबोचे हुए है। जिससे मेरा दम घुटने लगता है मेरी सांसें उखड़ने लगती हैं मैं एकदम तड़पने लगता हूं। लेकिन जब मुझे होश आता है तो बड़ी मुश्किल से खुद को संभाल पाता हूं। और अगर इसी सिचुएशन में मेरी आंख नहीं खुली और मैं किसी तरह सो गया तब तो तबाही जैसा मंजर हो ही जाता है।

इसलिए मुझे लगता है कि मैं किसी बीमारी से इनफेक्टेड हूं। इसलिए मैंने डॉक्टर एल्सा दी कोस्टा को बुलाया था। वह अभी मेरा सैंपल लेकर गए हैं और ये रिपोर्ट आने के बाद वह मेरी क्लीनिक में कुछ जांचें और करेंगे। उसके बाद ही पता चलेगा कि मुझे कौन सी बीमारी है या नहीं...”।

"फादर हो सकता है यह सब सिम्टम्स आपके दिमाग पर ज्यादा काम के लोड, थकान या सही से नींद पूरी ना होने के कारण हो रहे हों। जरूरी नहीं है कि इसके पीछे कोई गंभीर बीमारी ही हो। किसी नॉर्मल डॉक्टर से दवा लेकर कुछ दिन घर पर आराम करोगे तो सब कुछ पहले जैसा ठीक हो जायेगा" लिली ने कहा। वह नहीं चाहती थी कि उसके पिता के दिमाग में किसी बड़ी बीमारी के नाम का वहम बैठे और वो बीमारी से ज्यादा उस वहम से ही खोखले हो जाएं।

"बेटा तुम जो कह रही हो, वह भी ठीक है हां ऐसा भी हो सकता है; कि दवा लेने से और घर पर रेस्ट करने से मुझे आराम मिलेगा और इससे मुझे नींद भी अच्छी आयेगी। लेकिन मेन प्रॉब्लम तो, मेरे सोने के बाद ही शुरू होती है। जब तक मुझे नींद नहीं आती तब तक तो कोई प्रॉब्लम है ही नहीं, प्रॉब्लम तो मेरे

सोने के बाद शुरू होती है ना और यह प्रॉब्लम दिन ब दिन बढ़ती ही जा रही है"। एडेन ने उसे कहते हुए समझाने की कोशिश की।

"ठीक है फादर! आपको जो उचित लगे वो करो, किसी से भी दवा लो लेकिन बस ठीक रहो। आपको ज़रा सा भी कुछ होता है तो हम बहुत डर जाते हैं"। लिली कहते हुए अपने डैड के गले लग गई।

फिर दोनों बाप—बेटी नहा धो कर तैयार हो गए। एडेन ने जूते पहनते हुए कहा "चलो लिली बेटा..! तुम्हें तुम्हारी कॉलेज तक ड्रॉप करता जाऊंगा"!

"फादर मैंने कल आपको बताया तो था कि मेरी क्लास अब दोपहर की शिफ्ट में लगने लगी हैं। और वैसे भी दो तीन दिन कॉलेज बंद रहेगा! अब तो मैं सीधा मंडे को ही कॉलेज जाऊंगी"! लिली ने उसे याद दिलाते हुए कहा।

"ओह हां, कल तुमने बताया तो था। चलो ठीक है मैं ऑफिस में लीव का एप्लिकेशन लगा कर जल्द ही घर वापस लौट जाऊंगा" एडेन ने कहा।

"फादर देख लेना, मैं आपको ऑफिस सिर्फ़ एप्लिकेशन देने के लिए और छोटा मोटा काम कंपलीट करने के लिए जाने दे रही हूं पूरी ड्यूटी के लिए नहीं! दोपहर तक वापस आ जाना" लिली ने कहा।

"ठीक है बेटा..."! कहते हुए ऐडेन घर से निकल गया।

"मैंने कहा था कि ऑफिस फ़ोन कर दो लेकिन नहीं, इन्हे तो पूरे रूल फॉलो करने है। एप्लिकेशन दे कर ही लीव ली जाएगी फ़ोन से लीव नहीं लगा सकते थे"। लिली ख़ुद से बुदबुदाते हुए बोली।

आज तीन—चार दिन बाद कॉलेज खुलने के कारण लिली के साथ उसके सारे दोस्त कॉलेज आए थे। क्लास में ही उसकी सब से मुलाक़ात हो गई। आज लव और लिली एक साथ ही एक ही बेंच पर बैठे थे। दोनों काफ़ी खुश नज़र

आ रहे थे। दोनों को साथ देख सबकी निगाहें उन्हीं पर टिकी हुईं थीं। क्योंकि, ज़्यादातर लोग लिली के बर्थ डे पार्टी के बाद आज ही उन्हें साथ देख रहे थे।

क्लास ख़त्म होने के बाद घर जाने के लिए दोनों कॉलेज के सामने वाले रोड़ पर बातें करते हुए चल रहे थे। "मुझे ना जब से ये ईवनिंग शिफ्ट में क्लासें लगना शुरू हुई हैं, तब से कॉलेज लाइफ बोरिंग सी लगने लगी है"। लव ने बुरा सा मुंह बनाते हुए कहा।

"हां जैसे कि तुम्हें पहले क्लास करने में बहुत मज़ा आता था। पढ़ने वाले के लिए क्या सुबह क्या शाम सब सामान है" लिली ने कहा।

"हां, हां तुम्हें तो यह शिफ्ट पसंद आयेगी ही, सुबह-सुबह तुम्हारा उठने का मन जो नहीं करता। अब क्या दोपहर की शिफ्ट में क्लास हैं, आराम से 12 बजे सो कर उठती होंगी, एक घंटे में नहाना धोना, एक घंटे में कॉलेज"। कह कर लव ठहाके लगा कर हंसा।

लिली उसकी बात से थोड़ी चिढ़ गई और बोली "ऐसा कुछ भी नहीं है ठीक है! अब मैं टाइम से उठती हूं और घर के काम के साथ-साथ खाना भी तैयार करती हूं"! आगे अभी वह अपनी सफ़ाई में लव को यह सब बता ही रही थी, कि तब ही एक कार उनके पास आकर रूकी।

गाड़ी को देख कर लिली एक दम से चुप हो गई। तब ही, ड्राइवर सीट पर बैठे आदमी ने लिली की साइड वाला डोर खोल दिया। लिली ने लव की तरफ देखा और धीरे से कहा "माय डैड..."! और जाकर गाड़ी में बैठ गई।

लव हल्की सी मुस्कान के साथ वहीं खड़ा उसे विदाई देता रह गया। वह गाड़ी में चुपचाप बैठी थी, एडेन भी बिना कुछ बोले गाड़ी चला रहा था। शहर पार करने के बाद वह चुप्पी तोड़ते हुए बोला "वह तुम्हारा..."?

"...फ्रेंड है"! लिली ने बीच में ही जवाब देते हुए बात खत्म की।

"अच्छा तो इसीलिए दोनों दूर–दूर चल रहे थे"। एडेन ने मजाकिया अंदाज में कहा।

लिली अपने पिता की इस बात पर शरमा गई, जिस कारण वह इस बात पर कोई प्रतिक्रिया नहीं दे पाई।

एडेन ने टॉपिक चेंज करते हुए पूछा "अच्छा तुम्हारी कॉलेज के सामने से पहले सेंट मैरी चर्च वाली बस जाती थी, अब उसका रूट चेंज हो गया है क्या"?

"हां कॉलेज के सामने थोड़े ट्रैफिक होने की वजह से अब वह बस कॉलेज के बाईपास होकर निकल जाती है। अच्छा फादर, आप डॉक्टर के पास गए थे? आज तो चौथा दिन है आज तो रिपोर्ट मिल गई होगी"! एडेन की बात का जवाब देते हुए लिली भी उल्टा उससे एक सवाल कर बैठी।

"हां बेटा मैं डॉक्टर के पास से ही होता हुआ आ रहा हूं, तब ही तो मुझे तुम्हारा कॉलेज रास्ते में पड़ा! सोचा तुम्हें भी पिक करता चलूं"।

"सच में ही फादर आप डॉक्टर के पास से आ रहे हैं..."? लिली ने उत्साहित होते हुए पूछा!

"हां, हां मैं डॉक्टर के पास से ही होता हुआ आ रहा हूं। आज मैं ऑफिस तो बस एक—दो घंटे के लिए ही गया था। फिर वहां से सीधा डॉक्टर के क्लीनिक निकल गया! वहां उन्होंने मेरे और भी बहुत सारे चेकअप किए। कम से कम तीन—चार घंटे मेरी टेस्टिंग चलती रही। थैंक्स गॉड... कि मेरी सारी रिपोर्ट्स नेगेटिव आई। लेकिन डॉक्टर ने मुझे टाइम टू टाइम मैडिसन और आराम करने की सलाह दी है। और साथ में ही दिमाग पर ज्यादा स्ट्रेस न डालने की चेतावनी भी दी है"! कहते हुए एडेन ने सबूत के तौर पर लिली को दवाओं से भरी थैली दिखाई।

दवाओं से भरे बैग को देख कर लिली को तसल्ली हुई और "लव यू फादर"। कहते हुए वह अपने डैड से चिपक गई। वह अपने डैड की नॉर्मल रिपोर्ट वाली ख़बर को सुन कर बहुत खुश हुई। और फिर अपने पिता से बातें करते—करते उनके कंधे पर ही सिर रख कर सो गई।

एडेन ने एक हाथ से उसे संभाला और दूसरे हाथ से गाड़ी को। और वह इस तरह एक हाथ से ड्राइविंग करते हुए कुछ ही देर में घर पहुंच गया। उसने गाड़ी पार्क की और लिली को बिना जगाए गोद में उठा कर हॉल में पड़े सोफे पर लिटा दिया।

यह सब देख बॉबी दौड़ती हुई आई और बोली "क्या हुआ फादर, दी को"?

एडेन ने अपने मुंह पर उंगली रखते हुए धीरे से कहा "श...श...श... कुछ नहीं हुआ तुम्हारी दी को! तुम्हें तो पता ही है इनका, इन्हें तो कहीं भी थोड़ा सा सुकून मिल जाए बस, वहीं सपनों में खो जाती हैं"। यह बात सुन बॉबी भी हंस दी।

तब ही अंगड़ाई लेते हुए लिली ने आंख खोली और मुस्कराई; जैसे वह दोनों की बातें सुन रही हो।

उसके आंखें खोलते ही बॉबी ने पूछा "दी आप इतना क्यों सोती हो, सुबह भी आप इतना लेट उठती हो फिर भी आपकी नींद पूरी नहीं होती क्या"?

"तू इतना क्यों पढ़ती है"?

"क्योंकि पढ़ना मुझे अच्छा लगता है, वह मेरी हॉबी है"।

"और सोना मुझे, वह मेरी हॉबी है समझी"!

"लेकिन सोना किसी की हॉबी कैसे हो सकती है? भला ऐसी भी किसी की हॉबी होती है क्या? ये तो मैं पहली बार सुन रही हूं। जब आप कभी जॉब के

लिए इंटरव्यू देने जाओगी, तो क्या वहां अपनी हॉबी सोना ही बताओगी"? बॉबी ने हंसते हुए कहा।

जिससे लिली थोड़ी चिढ़ गई। उसने पास में रखे तकिए को उठा कर बॉबी के फेंककर मारा। फिर दोनों बहनों में एक दूसरे की तरफ़ से तकियों से वार होने लगे। एडेन दोनों बेटियों की हंसी—मजाक वाली तीखी नोक—झोंक देख बहुत खुश हो रहा था।

अचानक उसे कुछ याद आया उसने अपनी छोटी बेटी से कहा "अरे बेटा! गाड़ी में मेरा बैग और दवाओं की थैली रह गई है, जाओ जाकर दोनों बैग उठा लाओ"।

बॉबी जैसे ही जाने के लिए तैयार हुई तब ही एडेन ने उसे रोकते हुए कहा "रुको तुम रहने दो, मैं ही जा रहा हूं। गाड़ी का लॉक थोड़ा गड़बड़ कर रहा है, बेकार में तुम परेशान हो जाओगी"।

यह कहते वह खुद ही अपना बैग लेने चला गया। जब एडेन बाहर से सामान लेकर आया तो बॉबी ने उसका ड्यूटी वाला बैग उससे लेकर रोज वाली जगह पर टांग दिया। और जिस पॉलिथिन में दवाऐं थीं वह एडेन ने वहीं पर पड़ी एक टेबल पर रख दीं। दूसरी पॉलिथिन जिसमें सिर्फ पेपर और फाईल वगैरा थीं, उसे लेकर वह अपने कमरे में चला गया।

यह सब लिली चुपचाप लेटी—लेटी नोटिस कर रही थी। उसे यह सब नॉर्मल तो नहीं लग रहा था। डैड के अंदर जाने के बाद उसने बॉबी से कहा "किचन में कुछ खाने को हो तो लाकर दे, मुझे तेजी से भूख लगी है"।

"ठीक है दी" कहते हुए बॉबी किचेन में घुस गई।

उसके किचेन में जाते ही लिली ने उठकर खिड़की से एडेन के कमरे में झांक कर देखा; कि उसके फादर वह पेपर वाली थैली कहां रख रहे हैं। अगर उसमें

कोई राज़ छिपा है तो ज़रूर फादर उसे छिपाने की कोशिश करेंगे। और ऐसा ही हुआ, एडेन ने वह थैली एक अलमारी में बहुत सी फाइलों के बीच छिपा कर रख दी और कपड़े बदलते हुए बाहर आ गया।

अपने डैड के बाहर आने से पहले ही लिली अपनी जगह पर आकर लेट गई। “फादर अब आप कहां जा रहे हो, जबकि डॉक्टर ने तो आपको आराम करने के लिए बोला है। आप चल कर आराम करो और रही शाम के खाने की बात वो मैं और बॉबी मिलकर बना लेंगे”।

“नहीं बेटा, मैं बाहर कहीं नहीं जा रहा, बस मैं दवा खाकर आराम करूंगा। और अगर आप दोनों से खाना न बन पाए तो मुझे बता देना, ऐसी कोई बात नहीं है थोड़ी बहुत हेल्प करवा दूंगा”। कहते हुए एडेन दवा के साथ एक पानी की बॉटल लेकर अपने कमरे में जाने लगा।

“नहीं फादर हम मिलकर खाना बना लेंगे आप उसकी फ़िक्र न करो। आप दवा खाओ और आराम करो” लिली ने कहा!

“ओके बेटा...” बोलते हुए एडेन अपने कमरे में घुस गया।

शाम को किचेन में खाना बनाते समय लिली का दिमाग़ इसी उधेड़—बुन में था, कि यदि फादर की रिपोर्ट्स नॉर्मल हैं तो वह इतनी ढेर सारी दवाऐं क्यों लाए हैं? और दूसरा उस पॉलिथिन में किस चीज़ के पेपर्स और फाइलें हैं, जिसे फादर छिपाए–छिपाए घूम रहे हैं।

तब ही उसे डॉक्टर की बात याद आई जिसने उसके पिता से कहा था; ‘कि मैंने तुम्हारा सैंपल ले लिया है तुम्हें क्या प्रॉब्लम है यह तो रिपोर्ट आने के बाद ही पता चलेगा’। इसका मतलब उस पॉलिथिन में जो पेपर हैं वह सब फादर की मेडिकल रिपोर्ट हैं। और उन्होंने अपनी रिपोर्टस भी नहीं दिखाईं बस यूं ही कह दिया कि मेरी सारी रिपोर्ट्स नेगेटिव हैं और सब कुछ नॉर्मल आया है। पहले

बॉबी से कह दिया गाड़ी से सामान ले आओ फिर, बोले रहने दो मैं ही ले आता हूं। अगर सब कुछ ठीक—ठाक है तो फिर क्यूं फादर ने उन रिपोर्ट्स को इतना छिपा कर रखा है? कहीं कोई गड़बड़ तो नहीं है और वो जब से आए हैं परेशान से दिख रहे हैं। ऐसा लग रहा है जैसे कि वह एक बनावटी हंसी हंस रहे हों। कहीं वो उस बीमारी से इंफेक्टेड तो नहीं हैं, जिसके बारे में डॉक्टर ने बताया था। नहीं... नहीं... ऐसा नहीं हो सकता वह तो बहुत ही खतरनाक बीमारी है'। और यह सब सोच कर ही लिली को पसीना आने लगा।

वहीं दूसरी ओर बॉबी उससे बात किए जा रही थी लेकिन उसका ध्यान तो कहीं और ही था। बॉबी की बातों पर बस वह 'हूं... हूं...' किए जा थी। लिली ने इस सब के बारे में जानने की सोची, जिसके लिए उसे रिपोर्ट्स देखनी होगी। उसने प्लान बनाया कि मौका मिलने पर रात में वह उन पेपर्स को चेक करेगी। लेकिन इस सब के लिए उसे सबसे पहले घर के लोगों को सुलाना होगा, तब ही यह संभव हो पायेगा।

रात के खाने के बाद लिली बिस्तर पर पड़ी–पड़ी करवटें बदल रही थी। कहां वह रात के खाने के बाद घंटे भर में ही सो जाती थी लेकिन, आज वह सबके सोने का इंतज़ार कर रही थी। उसे पता था कि अभी तो बॉबी घंटों तक पढ़ाई करेगी और उसके फादर काफी देर तक न्यूज देखेंगे। और अगर ऐसा ही रहा तो इन दोनों के सोने से पहले मैं ही सो जाऊंगी। लेकिन तब ही उसने ध्यान दिया कि हॉल से टीवी की आवाज़ नहीं आ रही है जबकि रात में कितनी भी कम आवाज़ में टी.वी. क्यों न चले फिर भी उसको महसूस किया जा सकता था। इसका मतलब आज फादर टी. वी. नहीं अपने कमरे में पड़े—पड़े कोई बुक पढ़ रहे होंगे। फिर उसने सोचा कि फादर को तो मैं आराम करने के वास्ते जल्दी सुला दुंगी। यही सोचकर वह अपने कमरे से बाहर निकली और हॉल की तरफ़ बढ़ी तो सच में ही वहां आज एडेन टी.वी. नहीं देख रहा था। फिर वह

उसके कमरे की ओर बढ़ी तो हैरान रह गई। उसने दूर से ही देखा कि आज उसके डैड के कमरे की लाइट भी बंद थीं।

'आखिर बात क्या है, आज फादर समय से पहले ही सो गए क्या'? वह ख़ुद से बुदबुदाते हुए एडेन के कमरे की ओर बढ़ी। वहां पहुंच कर उसने देखा कि उसके डैड के कमरे का दरवाज़ा खुला हुआ है; जिससे हॉल की रोशनी अंदर कमरे तक जा रही है। ये देख लिली चुपचाप कमरे में घुस गई, जहां उसने देखा कि उसके पिता चादर ओढ़े दीवार की तरफ़ करवट लिए सो रहे हैं। काफी देर तक वह उनके पास सांस थामे इसी कशमकश में खड़ी रही कि फादर को जगा कर उनसे उनकी तबियत के बारे में पूछा जाए या नहीं। लेकिन उसे यह भी डर था कि अगर फादर को कच्ची नींद जगा दिया तो फिर वह घंटो नहीं सोएंगे। इस तरह उसने, उन्हे न जगाना ही बेहतर समझा।

और वह सधे कदमों से हॉल की हल्की रोशनी में रिपोर्ट्स वाली अलमारी की ओर बढ़ी। कमरे में रोशनी सही से ना होने के कारण वह अलमारी से पहले रखे एक टेबलफैन से टकरा गई, जहां उसने जल्दी से खुद के साथ पंखे को भी संभाला। जिससे पंखे के साथ ख़ुद भी गिरने से बच गई। लेकिन उसकी इस हड़बड़ाहट में एडेन की आंख खुल गई और वह बिस्तर से अपनी गर्दन उठाकर इधर—उधर देखने लगा। लेकिन उसे कमरे में कुछ दिखाई नहीं दिया। क्योंकि, जब तक लिली सोफे के पीछे सरक चुकी थी जहां वह सांसें टांगे छम से बैठी रही। इसलिए एडेन बिल्ली समझ कर एक—दो बार 'हट... हट...' करके सो गया।

लिली को पता था कि यदि फादर ने उसे अपने कमरे में इस तरह चोरी–छिपे खोज–बीन करते देख लिया तो वो बहुत नाराज़ होंगे। इसलिए उसने चुपचाप उठ कर जाने की सोची। लेकिन जब एडेन ने काफी देर तक कोई प्रतिक्रिया नहीं दी, तो उसने दोबारा कोशिश करने की सोची और वह धीरे–धीरे उठी।

तब ही एडेन ने अचानक से करवट ली और अंगड़ाई लेते हुए बिस्तर से उठा। फिर हॉल से आ रही रोशनी में उसने हाथ से टटोलते हुए लाइट का स्विच ऑन किया। लिली मारे घबराहट के फिर से सोफे के पीछे छिप गई। तब ही एडेन कमरे से बाहर निकल गया। लिली और ज्यादा घबरा गई उसने सोचा कहीं फादर उसके कमरे में न चले जाएं। वह जल्दी से सोफे के पीछे से निकल कर कमरे के बाहर आई जहां उसने देखा कि उसके डैड तो बाथरूम में घुसे हैं। तब उसकी जान में जान आई और वह दौड़ कर जल्दी से अपने कमरे की ओर चली गई।

जहां बॉबी अभी तक पढ़ाई जारी रखे हुए थी। वह, लिली को हड़बड़ाते देख बोली "क्या हुआ दी"?

"कुछ नहीं..." लिली ने कहा।

"क्या बात है आज आपको नींद नहीं आ रही"? बॉबी ने फिर पूछा!

"नहीं ऐसी कोई बात नहीं है मैं अभी तक फादर के सोने का इंतजार कर रही थी। क्योंकि, काम के प्रेसर की वजह से उनकी थोड़ी तबियत ठीक नहीं है इसलिए डॉक्टर ने उन्हें आराम करने की सलाह दी है। और वह हैं कि बुक पढ़ने में लगे हुए थे। इसलिए उन्हें सुला कर आई हूं और चल अब तू भी सो जा रात बहुत हो गई है, बचा हुआ काम कल कर लेना"। लिली ने थोड़ा सख्ती से कहा!

"नहीं दी मेरे जल्द ही एग्जाम शुरू होने वाले हैं, इसलिए मुझे स्टडी देर रात तक कंटीन्यू रखनी होगी। क्योंकि इस बार भी मुझे फर्स्ट आना है"। कहते हुए उसने अपनी बड़ी बहन की बात को ख़ारिज कर दिया।

"हां ठीक है, ठीक है..."। बुदबुदाते हुए लिली खुद ही लेट गई। धीरे धीरे उसकी आंखों में नींद भरने लगी, लेकिन वह नींद को हावी नहीं होने देना चाह रही

थी। उसके लिए वह कभी नोवेल पढ़ती, कभी मुंह धोती तो कभी कुछ तो कभी कुछ। आज उसे हारहाल में वह रिपोर्ट देखनी थी यह ठान लिया था उसने। 'क्योंकि, क्या पता कल तक उसके पिता उसे कहीं और छिपा दें या उसका कुछ और कर दें यही उसके दिमाग़ में चल रहा था'। लेकिन इतने सारे जतन करने के बाबजूद भी वह अपनी नींद से ज्यादा देर तक नहीं लड़ सकी और आखिर में उसकी आंख लग गई।

तब ही अचानक लिली की नींद टूटी। वह हड़बड़ा कर उठी घबराते हुए उसने चारों ओर देखा उसे लगा जैसे सुबह हो गई हो। सबसे पहले उसने सिरहाने रखी पानी की बोतल से अपने सूखे हुए गले को तर किया। ऐसा लग रहा था जैसे कि वह सोते समय भी सिर्फ रिपोर्ट के बारे में ही सोच रही थी। उसने बराबर में पड़ी बॉबी की ओर देखा जो भराभर नींद में सोई हुई थी। वह समझ गई, कि रात अभी बाकी है। फिर उसने उठकर अलार्म घड़ी को चेक किया, जिसमें अभी चार बजे हुए थे जिसे देख उसकी आँखों में चमक आ गई। फिर वह टॉर्च लेकर धीरे से दरवाज़ा खोलते हुए अपने कमरे से बाहर निकली।

उसने देखा कि उसके पिता के कमरे का दरवाजा अभी भी खुला हुआ है और वह गहरी नींद सो रहे हैं। वह दवे पांव उनके कमरे में घुसी उसने अलमारी के पास जाकर टॉर्च जलाई और सावधानी से अलमारी खोल कर उस पॉलिथिन बैग को ढूंढने लगी। इसके लिए उसे ज्यादा मेहनत नहीं करनी पड़ी, उसे कागजों वाला बैग जल्द ही मिल गया।

बैग लेकर वह सीधे अपनी मां के कमरे की तरफ बढ़ी, रिपोर्ट्स देखने के लिए उसे वही स्थान उचित लगा। वह दरवाज़े को धकेलते हुए कमरे में घुसी, अंदर हल्की रोशनी वाली लाइट जल रही थी। एलिना गहरी नींद में थी। लिली ने उसे डिस्टर्ब न करते हुए एक तेज़ रोशनी वाला बल्ब जलाया, जिससे पूरे कमरे में तेज़ प्रकाश हो गया। लिली ने एक नज़र अपनी मां को देखा जो अभी भी

सोई हुई थी। फिर बैग में रखे पेपर्स को निकाल कर देखने लगी। उसे पता चला कि वह सब उसके डैड की मेडिकल रिपोर्ट्स हैं। और उन्हें ध्यान से पढ़ने पर पता चला कि उसके डैड एक 'एलियन माइंड सिंड्रोम' नाम की बीमारी से इंफेक्टेड हैं। रिपोर्ट के अनुसार उनकी यह सेकंड स्टेज है।

रिपोर्ट देखते ही लिली के होश उड़ गए, उसके पैरों तले से जमींन खिसक गई। मारे घबराहट के उसे पसीना आने लगा। हालांकि, आज से पहले उसने कभी इस बीमारी के बारे में नहीं सुना था। लेकिन, उसके घर पर जो डॉक्टर आया था वह भी कुछ इसी तरह की बीमारी की बात कर रहा था। उसने बताया था कि यह बहुत ही खतरनाक बीमारी है। अब उसके समझ में आ गया कि उसके डैड पिछले कुछ दिनों से परेशान क्यों थे। वह रुआंसी हो सभी पेपरों को इधर—उधर पलट रही थी। सभी पेपर उसके डैड की बीमारी से ही जुड़े हुए थे। लिली ने कमरे की लाइट ऑफ की और उठ कर सीधे स्टडी रूम में आ गई।

जहां उसने सिस्टम ऑन करके 'एलियन माइंड सिंड्रोम' के बारे में सर्च किया। कुछ ही देर में रिजल्ट उसके सामने था। यह वही बीमारी थी जिसके बारे में डॉक्टर ने बताया था। ये देख लिली की आंखों में आंसू आ गए वह सोचने लगी कि 'अब क्या होगा'? मॉम पहले से ही बीमार हैं और अब फादर भी एक ऐसी बीमारी के शिकार हो गए जिसका इलाज इतना आसान नहीं है'। वह सुबकते हुए स्टडी रूम से उठकर एडेन के कमरे में आई। जहां वह अपने डैड से चिपकी लेटी रही उसका रोना अभी तक बंद नहीं हुआ था।

कुछ देर बाद एडेन ने महसूस किया कि कोई उसके पास है झट से उसकी आंख खुल गई। उसने बिना लाइट ऑन किए ही हाथों से टटोलते हुए कहा "लिली..."?

वह चुप थी बस सिसके जा रही थी।

"बेटा क्या हुआ" एडेन ने दोबारा पूछा?

"हां..." लिली ने खुद को कंट्रोल करते हुए आवाज दी।

"क्या बात है बेटा परेशान लग रही हो"?

"कुछ नहीं फादर नींद नहीं आ रही और हल्का सा सिर दर्द हो रहा है"। वह हल्की भर्राती हुई आवाज़ में बोली।

"अच्छा! कोई बात नहीं तुम सोने की कोशिश करो और लाओ मैं तुम्हारा सिर दबाए देता हूं"। कहते हुए एडेन अपनी बेटी के सिर पर हाथ फिराने लगा। जिसके असर से थोड़ी ही देर में लिली गहरी नींद में सो गई।

सुबह एडेन अपने घर के बगीचे में पानी दे रहा था। उसका गार्डन ज्यादा बड़ा तो नहीं था, लेकिन उसके गार्डन में काफी अच्छी तरह के पेड़-पौधों का भंडार था। और वह आए दिन उसमें नए-नए पौधे लाकर जोड़ता रहता था। वह चाहता था कि उसके गार्डन के पेड़-पौधे हमेशा हरे-भरे रहें। इसलिए वह उनकी अच्छे से देख भाल करता।

लिली, उसे पुकारती हुई घर के दरवाजे तक आ पहुंची "फादर आप मेरे जागने का इंतजार कर रहे थे क्या? आपने अभी तक ब्रेकफास्ट भी नहीं किया"।

"अरे नहीं बेटा ऐसी बात नहीं है। आज मैं ऑफिस तो जा नहीं रहा तो सोचा क्यों ना साथ में ब्रेकफास्ट कर लेंगे"।

"ठीक है, अब काम बंद करो और जल्दी से नाश्ते के लिए टेबल पर आओ"!

"हां बस अभी आया बेटा"। कहते हुए एडेन ने पानी का जार एक तरफ़ रखा और हाथ धोकर लिली के पीछे-पीछे घर के अन्दर चला गया। आज सब रविवार की छुट्टी पर थे, सबने एक साथ नाश्ता किया। नाश्ता खत्म करने के बाद बॉबी अपनी साइकिल उठाकर बाहर निकल गई।

तब ही मौका पाकर लिली ने एडेन से पूछा "फादर आपने मुझसे झूठ क्यों बोला कि सब कुछ नोर्मल है"?

"झूठ... कैसा झूठ! मैं कुछ समझा नहीं बेटा"?

"आप सब जानते हो फादर, मैं किस बारे में बात कर रही हूं"!

"सच में ही लिली बेटा मुझे कुछ नहीं पता, कि तुम किस झूठ की बात कर रही हो"। एडेन हैरानी से बोला।

"अच्छा... अभी पता चल जायेगा"। कहते हुए लिली स्टडी रूम की ओर गई। और उधर से वह हाथ में वही फाइल लेकर लौटी। जिसे उसने एडेन के रूम से छिप कर निकाला था। लिली ने फाइल लाकर अपने डैड के सामने टेबल पर पटकते हुए कहा "यह देखो इसके बारे में बात कर रही थी मैं, अब समझ में आया कुछ"!

एडेन ने जैसे ही फाइल को देखा कि ये तो मेरी मेडिकल रिपोर्ट्स हैं और यह इसके पास! उसे समझते देर न लगी कि ज़रूर लिली ने मेरे सोने के बाद इसे निकाला होगा। यह देख वह अपना आपा खो बैठा और आग बबूला होते हुए चीखा "तुम पागल हो गई हो क्या? तुम्हारी हिम्मत कैसे हुई मेरे रूम में घुसकर इस फाइल को छूने की, इसे निकलाने की! मैंने आज तक तुम्हें कभी अपने रूम में घुसकर किसी चीज को छूने से रोका नहीं तो इसका मतलब यह नहीं कि तुम सबकुछ भूल जाओ, कि किसी की पर्सनल चीजें उसकी गैर मौजूदगी में या उससे बिना पूछे नहीं छूनी चाहिए"! कहते हुए वह गुस्से में फाइल उठाकर अपने कमरे में चला गया और अंदर से दरवाजा बंद कर लिया।

लिली अपने डैड के इस बर्ताव को देख दंग रह गई, उसे एकदम झटका सा लगा। उसे तो यकीन ही नहीं हो था कि उसके डैड उसके साथ कभी इस तरह का बर्ताव बरत सकते हैं। एडेन ने कभी उसे बड़े से बड़े नुकसान के लिए डांटा

तक नहीं था, लेकिन आज...! आज इस छोटी सी बात के लिए अपने पिता का यह रूप देख वह सन्न रह गई। इसलिए वह अपने साथ हुए इस बर्ताव को सहन नहीं कर पा रही थी। वह काफ़ी देर वहीं ज़मीन पर एक पुतले के समान खड़ी रही। फिर वह ब–मुश्किल से पास में पड़ी कुर्सी पर बैठ पाई। और कुछ देर बाद वह एकदम से दहाड़ मारती हुई रोई और फ़िर काफ़ी देर तक बैठी रोती रही।

लेकिन, एडेन फिर भी अपने कमरे से निकल कर बाहर नहीं आया। कहां वह कभी अपनी बेटी की एक छोटी सी परेशानी पर धरती—आसमान एक कर देता था। लेकिन, आज तो वह इस तरह अपने कमरे में बंद था जैसे उसे अपनी बेटी की आवाज़ ही सुनाई नहीं दे रही हो। कुछ देर बाद लिली ही अपने आंसुओ पर काबू पाकर, अपने पिता के कमरे की ओर गई। वहां जाकर उसने बाहर से दरवाजा खटखटाया। लेकिन काफी देर तक ना तो दरवाजा खुला और ना ही कोई आवाज आई। उसने दोबारा से दरवाज़ा खट—खटाकर रोते हुए कहा “एम सॉरी फादर, मुझे माफ कर दो! अब मैं ऐसा कभी नहीं करूंगी, आपकी किसी भी चीज को कभी भी बिना पूछे हाथ नहीं लगाऊंगी। प्लीज फादर, इस बार मुझे माफ़ कर दो”! इस तरह रोते हुए वह दरवाज़े से सिर लगाकर बैठ गई।

कुछ देर बाद कमरे का दरवाज़ा खुला। लिली तेज़ी से उठकर बिलखते हुए अपने डैड से लिपट गई। अब एडेन को भी अपनी बेटी पर तरस आ रहा था, उसे खुद के बर्ताव पर अफसोस हो रहा था। वह भी सोचने लगा, ‘कि आज तक मैंने अपनी बेटी से चिल्लाना तो दूर तेज स्वर में बात तक नहीं की और आज मैंने उसके साथ इतना बुरा बर्ताव किया। हालांकि, अपने इस व्यवहार को लेकर उसकी आंखों में भी पश्चाताप के आंसू थे। उसने प्यार से लिली के सिर पर हाथ फिराते हुए कहा “सॉरी बेटा मुझे माफ कर दो, मुझे बहुत बुरा लग रहा है। मुझे तुम पर इस तरह गुस्सा नहीं करनी चाहिए था। लेकिन क्या करूं,

मैं बहुत डर गया था, बात ही कुछ ऐसी है। मैं क्या, कोई भी बाप नहीं चाहेगा कि वह अपने बच्चों को छोड़ कर दूर जाए"!

अपने पिता के स्नेह और पश्चाताप के आंसुओ के बाद लिली को थोड़ी तसल्ली मिली। वह सिसकते हुए बोली "आपको अपनी बेटी पर भरोसा करना चाहिए था ना फादर! आप अपनी प्रॉब्लम मुझसे खुल कर शेयर कर सकते हो। ऐसा क्या सोचा था आपने जो इतनी बड़ी बात छिपाने की कोशिश कर रहे थे। आपके साथ पूरा परिवार है फादर, आप एक बार अपनी प्रॉब्लम बताओ तो सही। मैं भी अब बच्ची नहीं रही फादर! मैं भी परिवार की प्रॉब्लम समझ सकती हूं..."!

सुबकती हुई लिली की बात सुन एडेन ने उसके आंसू पोंछे और उसे अपने बैड पर बिठाया और कहा "बेटा वैसे तो तुमने मेरी सारी रिपोर्टस देख कर पता कर ही लिया होगा कि मुझे कौन सी बीमारी है। और अब यह मेरी सेकंड स्टेज है। फिर भी मैं तुम्हें बता दूं कि इस देश का मैं इकलौता इंसान हूं जिसे यह प्रॉब्लम है। क्योंकि हमारे पूरे इस देश में इस बीमारी का आज तक एक भी केस नहीं आया है। और यह कोई नॉर्मल बीमारी नहीं है यह काफी डेंजर्स बीमारी है। यह इतनी खतरनाक बीमारी है इसका आप इसी बात से अंदाजा लगा सकती हो कि..."!

बीच में ही लिली बोल पड़ी "हां फादर, मुझे पता है कि यह कितनी खतरनाक बीमारी है मैंने इसके बारे में इंटरनेट पर सर्च किया था। लेकिन मेरे एक बात समझ में नहीं आ रही; कि आप इसका ढंग से इलाज कराने की बजाय बीमारी को छिपा क्यों रहे हो"?

एडेन ने एक गहरी सांस लेते हुए कहा "बेटा रात में उठ–उठ कर मैं जो तोड़ फोड़ करता हूं, जिसमें मेरे खुद के भी चोट लगती है, यह सब इसी बीमारी की वजह से होता है। इसमें सोने के बाद पेसेंट का माइंड बीमारी के कंट्रोल में चला

जाता है। फिर वह सोने के बाद क्या कर रहा है क्या नहीं, उसे कुछ पता नहीं रहता और ना ही जागने पर उसे कुछ याद रहता है। हमारे देश में आज तक इसका एक भी केस नहीं आया। शायद, इसलिए हमारे यहां इसका कोई इलाज नहीं है। मेरा, तुम सबसे रिपोर्ट छिपाने का कारण था इसका ट्रीटमेंट"!

"ट्रीटमेंट..." लिली ने हैरानी से पूछा?

"हां इसके मेरे पास दो रास्ते हैं, एक तो इलाज़ के लिए मुझे लंदन जाना होगा। डॉक्टर एल्सा द कोस्टा अपने रिफ्रेंस से मुझे यू.के. के एक हॉस्पिटल में भेज देंगे। जहां सिर्फ स्पेशल इसी बीमारी का इलाज होता है। लेकिन, उस हॉस्पिटल का एक बड़ा ही चुनौतीपूर्ण और भयाभय रूल है, जिससे मैं सब से ज्यादा डरा हुआ हूं"! कहते हुए वह रुक गया।

"क्या हुआ फादर रुक क्यों गए! और ऐसा कौन सा रूल है उस हॉस्पिटल का जिससे आप डरे हुए हो"?

एडेन ने गहरी सांस लेते हुए कहा "उस हॉस्पिटल का सख़्त क़ानून है, कि कोई भी पेसेंट वहां से जब तक बाहर नहीं आ सकता तब तक कि वह प्रॉपर ठीक नहीं हो जाता। मतलब आप पेसेन्ट को अपनी मर्ज़ी से जब चाहे अंदर बाहर नहीं कर सकते। उस हॉस्पिटल में एडमिट होने के बाद पेसेंट दो ही कंडीशन में बाहर आता है, पहला जब वह ठीक हो जाए, दूसरा जब वह डेथ कर जाए। यानी या तो पेसेंट ठीक होता है या फिर उसकी हॉस्पिटल में ही कब्र बन जाती है"! कहते हुए एडेन का हलक सूख गया।

हॉस्पिटल का इतना सख्त और भयाभय नियम सुन कर लिली के भी होश उड़ गए। उसकी आंखों में फिर से आंसू भर आए।

एडेन आगे बोला "क्योंकि डॉक्टर्स का मानना है, कि इस तरह के पेसेंट का समाज में रहना उचित नहीं है वह समाज के लिए खतरा हो सकते हैं। इसलिए

वहां की सरकार ने भी इस नियम को मान्यता दी है। मैं भी सही समय देख कर उस हॉस्पिटल में एडमिट हो जाना चाहता हूं, सोचा तब तक के लिए तुम्हें ये सब न बताऊं। इसलिए तुम सब से इसके बारे में छिपाया था"!

अपने डैड से बाहर जाने वाली बात सुन लिली घबराते हुए बोली "लेकिन फादर आप हमें छोड़ कर इतनी खतरनाक जगह कैसे जा सकते हो? गॉड न करे कि आपकी बीमारी कॉन्ट्रल न हो लेकिन फिर भी हम आपको ऐसी जगह भेजने का रिस्क नहीं ले सकते। सोचो मॉम का क्या होगा...? और बॉबी वह तो काफ़ी छोटी है उसे तो अभी तक दुनियादारी की समझ ही नहीं है! और फिर मैं... मैं तो आपसे एक दिन भी दूर नहीं रह सकती। आपके बिन सब जीते जी मर जायेंगे फादर! नहीं फादर, आप वहां नहीं जाओगे"! वह गिड़गिड़ाते हुए बोली।

फिर वह सुबकते हुए आगे बोली "आप दूसरा रास्ता भी तो बता रहे थे फादर! वह क्या है..."?

"दूसरा रास्ता... उसके लिए मुझे यहीं रह कर चुपके से इलाज़ कराना होगा। जिसके लिए डॉक्टर उसी हॉस्पिटल से मेरे लिए ज़रूरी दवाएं मगाया करेगा। लेकिन ऐसा तब ही संभव है जब यह बात बाहर किसी को पता न चले! क्योंकि हो सकता यह हमारे देश का पहला केस होने की वजह से सुर्खियों में आ जाए। और इसके लिए हमारी सरकार को भी कोई कठोर कदम उठाना पड़ जाए। और ऐसा होना मुश्किल है कि बाहर किसी को पता न चले। क्योंकि, डॉक्टर ने बताया है कि कभी—कभी बीमारी का असर इतना बढ़ सकता है कि मैं पागलपन की सारी हदें पार कर सकता हूं। तो फिर ऐसी स्थिती में तो यह बात घर से बाहर जायेगी ही"!

"क्यों? बाहर क्यों जायेगी यह बात? क्या हम आपके किए इतना भी नहीं कर सकते" लिली ने कहा!

"नहीं बेटा तुम ये सब नहीं संभाल पाओगी! क्योंकि उस रात ही तुमने ज़रा सी बात के लिए पुलिस को फ़ोन कर, बुला लिया था। उस इंस्पैक्टर ने यहां के अलावा पुलिस स्टेशन में भी हजारों सवाल—जवाब किए थे। बड़ी मुश्किल से उससे पीछा छुड़ा पाया मैं; अब फिर नहीं" एडेन ने कहा!

"उस सब के लिए सॉरी फादर! लेकिन अब ऐसा नहीं होगा। मैंने बताया था न कि उस दिन पहली बार आपको ऐसी हालत में देखा था; इसलिए हम बहुत डर गए थे लेकिन अब ऐसा कभी नहीं होगा। बिलीव मी फादर! अब पुलिस तो क्या मैं किसी को भी कानों कान खबर नहीं होने दूंगी"। लिली ने भरोसा दिलाते हुए कहा।

"और बॉबी का क्या? उसे तो एक न एक दिन पता चल ही जायेगा! और अभी वह नादान है उस पर हम भरोसा भी नहीं कर सकते। और क्या पता बाहर कभी खेल—खेल में ही उसके मुंह से यह बात निकल जाए और धीरे—धीरे फैल जाए तो" एडेन ने कहा।

"फादर आप फ़िक्र न करो! मैं उसे भी कुछ नहीं बताऊंगी और ना ही कभी उसे पता चलने दूँगी"! वह बोली।

"बेटा मैं यह सब इसलिए कह रहा हूं, कि जैसे ही यह बात बाहर गई और किसी ने इसकी कंप्लेन कर दी तो हो सकता है बाकी कंट्रीज की तरह हमारी गवर्नमेंट भी मुझे किसी ऐसी ही जगह शिफ्ट कर दे या फिर लंदन उसी हॉस्पिटल में पहुंचा दे"! उसने समझाते हुए कहा!

"आप फिक्र न करो फादर! मैं गलती से भी किसी से इसके बारे में जिक्र नहीं करूंगी। मुझे पता है आपके दूर होते ही सब कुछ तिनके की तरह बिखर जायेगा और मेरा तो बचना ही मुश्किल हो जायेगा। इसलिए फादर प्लीज! आप बाहर कहीं मत जाओ और उस हॉस्पिटल का तो मन से खयाल ही निकाल दो। मैं आपको हर तरह से सपोर्ट करूंगी, आपका हर तरह से ख्याल रखूंगी। आप

अपना ट्रीटमेंट यहीं से चलने दो! वह भावुक होते हुए बोली और अपने पिता के गले लग गई।

"हां बेटा मैं भी तुम लोगों को छोड़ कर कहीं नहीं जाना चाहता। कोई भी इंसान नहीं चाहेगा कि वह अपनी फैमिली से दूर एक ऐसी जगह जाए जहां से उसके वापस लौट कर आने की संभावना ही ना के बराबर हो"! कहते हुए वह भी भावुक हो गया।

वह फिर बोला "बेटा भले ही मुझे यहां धीरे–धीरे आराम मिलेगा या हो सकता है कि मुझे अब आराम मिले ही ना। क्योंकि, यह मेरी सेकंड स्टेज है, लेकिन मैं यहां कम से कम अपनी जिंदगी के आखिरी पल तो अपने परिवार के साथ जी पाऊंगा। वहां घुट—घुट कर मरने से तो अच्छा है कि मैं यहां तुम सब की बाहों में दम तोड़ूं"!

"नहीं फादर ऐसा बोलकर दिल छोटा मत करो, आप ऐसा सोचोगे तो हमारा क्या होगा? थोड़ा धैर्य रखो सब ठीक हो जाएगा! मैं वादा करती हूं आपका हर तरह से ध्यान रखूंगी कभी किसी चीज़ के लिए दिक्कत नहीं होने दूंगी। भले ही धीरे—धीरे ही सही कोई बात नहीं, लेकिन आप ठीक तो ज़रूर हो ही जाओगे फादर"। कहते हुए वह एडेन से चिपक गई।

अपनी बेटी को इस तरह परेशान देख एडेन ने उसे समझाते हुए उसके आंसू पोंछे। और कहा "कोई बात नहीं बेटा अब जो होगा सो देखा जायेगा। इस बीमारी से मैं आखिर तक लड़ूंगा। और हां... अब इस बात को लेकर घर में कभी कोई बात नहीं होगी, सब पहले की तरह नॉर्मल रहेंगे"!

"ओके फादर...!" कहते हुए लिली ने अपने आसूं पौंछ लिए।

शाम को एडेन चाय की चुस्कियां लेते हुए हॉल में टीवी के आगे बैठा न्यूज देख रहा था। तब ही टीवी पर एक खबर आई, कि 'जैक कंस्ट्रक्शन कंपनी' के

दो वर्कर पिछले साथ, आठ दिन से गायब चल रहे हैं। और पुलिस को अभी तक उनका कोई सुराग हाथ नहीं लगा है। न्यूज में दोनों वर्कर के फोटो भी दिखाए जा रहे थे। फोटो देखने से पता चल रहा था कि ये तो 'फ़ज़ल' और 'काली' हैं। जो पिछले सप्ताह एडेन के घर पर काम करने आए थे।

तब ही आंखें मलते हुए लिली वहां आई और अपने डैड की गोद में सिर रख कर सोफे पर लेट गई। उसके वहां आते ही एडेन ने टीवी पर चल रही न्यूज को बंद कर दिया और बोला "हो गई नींद पूरी बेटा"?

"हां फादर! आज तो मैं खाना के बाद से ही सो रही हूं! बहुत अच्छी नींद आई आज"!

और फिर दोनों बाप—बेटी बातें करते रहे।

इसी तरह दिन गुजरते रहे। और साथ ही एडेन का घर से ही इलाज़ चलता रहा। बस कभी—कभी वह डॉक्टर के क्लीनिक पर जाकर अपने चेकअप वगैरा करवा लेता। उसकी बीमारी घटती—बढ़ती रही। लेकिन, बीमारी के असर में एडेन का तोड़–फोड़ करना और ख़ुद को चोट पहुंचाना ज़ारी रहा। इतनी दवा गोली और देखभाल के बाद भी महीने—पन्द्रह दिन में उस पर बीमारी का असर दिख ही जाता। अब उसकी ऑफिस से भी छुट्टियां ज्यादा होने लगीं, जिस कारण उस पर काम का भी दबाव रहने लगा।

अपनी बढ़ती बीमारी की वजह से एक दिन एडेन ने लिली से कहा "बेटा तुम अपने रूम का गेट तो अंदर से लॉक करके सोती हो! अगर नहीं, तो प्लीज आज से ही गेट अंदर से लॉक करके सोया करो"!

"क्यों फादर..."? उसने हैरानी से पूछा।

"हां बेटा इस बीमारी की वजह से कहीं किसी दिन मैं तुम—दोनों को कोई नुकसान ना पहुंचा दूं। इसलिए मैं चाहता हूं आप सब सावधान रहें"! उसने परेशान होते हुए कहा।

"फादर! आप ये कैसी बातें कर रहे हो। हम आपके साथ गैरों सा सलूक कैसे कर सकते हैं। फ़िलहाल हमें आपका साथ देना चाहिए न कि आपसे दूर भागना चाहिए"! कहते हुए वह अपने डैड से नाराज़ हो गई।

"समझा करो बेटी, इसमें नाराज़ होने वाली बात नहीं है, बीमारी किसी की सगी नहीं होती। बेशक मैं तुम्हारा डैड हूं लेकिन फिर भी आप को रात में सतर्क रहना चाहिए। और फिर इस सब के बारे में बॉबी को तो कुछ पता नहीं है और तुम्हारी मॉम! उन्हें तो पता होना ना होना एक जैसा है। वो दोनों तो मेरी इस बीमारी से बिलकुल अनजान और बेफिक्र है ना। इसलिए उनकी जिम्मेदारी भी तुम्हारे ऊपर ही है"। एडेन ने लिली को समझाते हुए कहा।

"हां फादर यह तो आप सही कह रहे हो! उन्हें इस सब के बारे में क्या पता। लेकिन आप फिक्र न करें मैं वैसे भी अब सबका ख्याल रखने की कोशिश करती हूं, आगे से और ध्यान दूंगी। लेकिन, आप अपने मन में इस तरह के ख्याल मत लाया करो। जिससे हमें भी लगे कि हम आपकी बीमारी या आपसे बचने की कोशिश कर रहे हैं, अच्छा नहीं लगता" लिली ने कहा!

उसके बाद वह हर रोज़ अपने कमरे के दरवाज़े को अंदर से अच्छी तरह लॉक करके सोया करती।

इसी तरह दिन बीतते रहे ऐडेन और उसकी बीमारी में जंग ज़ारी रही। दोनों में से कोई भी हार मानने को तैयार नहीं था। पर इतनी दवा–गोली और देखभाल के कारण बीमारी को कभी—कभी पीछे हटना पड़ता। लेकिन, जैसे ही बीमारी से एडेन का जरा सा ध्यान चूकता बीमारी उस पर फिर से हावी हो जाती।

और एक दिन वही हुआ जिसका डर था। आधी रात का समय था बाहर बारिश और तूफान जोरों पर थे। तेज़ आंधी के कारण लाइट भी जा चुकी थी, चारों ओर घना अंधेरा छाया हुआ था।

तब ही अचानक कड़कती हुई आसमानी बिजली की रोशनी में एडेन अपनी बेटियों के कमरे में दिखाई दिया। वह लड़कियों के पैरों की तरफ़ खड़ा होकर उन्हें घूरे जा रहा था। न जाने कैसे वह, लड़कियों के कमरे में घुस गया या फिर आज, लिली ही अंदर से दरवाज़ा लॉक करना भूल गई थी।

इतनी तेज आंधी-तूफान में दोनों लड़कियां बेसुध सोई हुईं थीं। लिली जल्दी सोने की वजह से ज्यादातर दीवार की तरफ ही सोया करती थी, जबकि बॉबी देर रात तक पढ़ने की वजह से दूसरी तरफ। एडेन शायद बीमारी के असर में था। क्योंकि उसकी गर्दन एक दम सीधी और सख़्त थी, शरीर अकड़ से भरा हुआ और मुट्ठियां भिंची हुई थीं। वह बड़ी और लाल आंखों से बिना पलकें झपकाए, दोनों को घूरे जा रहा था। भारी सांस लेने के कारण उसके नथुने फूले हुए थे। उसकी आंखों की पुतली पत्थर की तरह स्थिर थी जो बिल्कुल भी हिल डुल नहीं रहीं थीं।

लड़कियों को इसी तरह काफी देर तक घूरने के बाद वह धीरे-धीरे उनकी ओर बढ़ा। और उनके पैरों के पास जाकर खड़ा हो गया। पता नहीं उसके दिमाग में क्या चल रहा था। लिली सीधी लेटी हुई थी जबकि बॉबी अपनी दाईं करवट से सो रही थी। एडेन घूमकर सोती हुई लिली की ओर पहुंच गया। बाहर वाले तूफान की तो पता नहीं, लेकिन लिली आने वाले तूफान से ज़रूर अनजान थी। फिर वह उसके बदन को पागलों की तरह सूंघने लगा और जिस तरह हेरोइन सूंघने के बाद उसका गंध नशा इंसान को पागल कर देता है, उसी तरह लिली के कसे हुए बदन की गंध को महसूस करके एडेन का हाल हो रहा था। और फिर अगले ही पल वह उस पर टूट पड़ा, उसने अपने मजबूत हाथों से उसे

कसकर दबोच लिया। और उसे यहां—वहां चूमते हुए अपना मुंह उसके बदन पर रगड़ने लगा। वह सांप की तरह उसके जिस्म से लिपटा जा रहा था। जल्द ही लिली को किसी के अपने ऊपर होने का अहसास हुआ वह चीखती हुई जागी। एक पल तो उसे लगा कि वह एक सपना देख रही है लेकिन उसे जल्द ही एहसास हो गया कि यह कोई सपना नहीं बल्कि हकीकत है। एक ऐसी हकीकत जिसेसे उसकी रूह तक कांपने वाली थीं। अंधेरे में उसे कुछ भी दिखाई नहीं दे रहा था, उसे समझ नहीं आ रहा था कि उससे जानवरों की तरह चिपकने वाला इंसान आखिर है कौन?

वह अपने डैड को आवाज़ देने ही वाली थी कि तब ही आसमानी बिजली कड़की, जिसकी रोशनी में उसे अपने डैड का चेहरा चमका जिन्हें वह अभी अपनी सुरक्षा के लिए बुलाने वाली थी। अपने डैड को देख उसकी एकदम घिग्गी बंध गई वह समझ ही नहीं पा रही थी कि आखिर वह क्या करे? हैरान लिली को तो यकीन ही नहीं हो रहा था कि यह उसके डैड हैं। फिर उसने अपनी आवाज को घोंटते हुए एडेन को अपने ऊपर से धकेलने की कोशिश की। लेकिन एडेन के हाथों की पकड़ इतनी मजबूत थी कि वह लाख कोशिशों के बावजूद भी उसकी गिरफ्त से आज़ाद नहीं हो सकी। एडेन ने उसे एक जंगली जानवर की तरह दबोच रखा था।

इतनी ही देर में एडेन ने उसके कपड़े खींचना शुरू कर दिया। लिली के कपड़े खिंचते ही वह बुरी तरह से छटपटाने लगी। और चीखते हुए बोली "फादर नहीं... फादर नहीं...! फादर आप ऐसा नहीं कर सकते, मैं आपकी लिली हूं फादर! ...कन्ट्रोल योर सेल्फ फादर! नहीं..."!

वह इसी तरह चीखती रही लेकिन, एडेन पर उसकी किसी बात का कोई असर नहीं हुआ। जैसे उसके कानों तक लिली की आवाज ही नहीं जा रही हो, वह निरंतरता से उसके शरीर को चूमता रहा और उसके बदन से कपड़े नोंचता रहा।

तब ही लिली का ध्यान बराबर में पड़ी बॉबी पर गया, जो अभी तक अपनी करवट लिए आराम से सो रही थी। उसे कुछ भी पता नहीं था कि बराबर में पड़ी उसकी बहन के साथ क्या होने जा रहा है और इस समय उसको उसकी कितनी ज़रूरत है। लिली ने बॉबी को कई सारी आवाजें दीं, लेकिन यह क्या उसके कान पर तो जूं तक नहीं रेंगी। फिर उसने किसी तरह एडेन से अपना एक हाथ छुड़ा कर बॉबी को पकड़ कर खींचा। उसके मुंह—गाल—गर्दन के साथ जहां–जहां उसका हाथ पहुंचा थप्पड़ लगाए, बाल खींचे, उसको नोचा, तेजी से चुटकी काटी लेकिन बॉबी टस से मस नहीं हुई। यह देख लिली घबरा गई उसे पता था बॉबी इतनी गैरहोश कभी नहीं सोती। वह तो एक छोटी सी आहट से ही उठ जाया करती है। ज़रूर फादर ने उससे पहले उसके साथ कुछ कर दिया है। लिली अपनी फिक्र छोड़ एडेन पर चीखते हुए टूट पड़ी "फादर बॉबी को क्या हुआ है, बताओ क्या किया तुमने उसके साथ…"?

लेकिन एडेन पर तो आज भूत सवार था। उसको न तो आज लिली की चीखें सुनाई दे रही थीं और न ही वह बिलखती हुई नज़र आ रही थी। अब तक वह लिली के बाकी के बचे कपड़े भी उसके बदन से अलग कर चुका था। इससे पहले बेबस लिली कुछ कर पाती, तब तक एडेन ने अपने मुकाम को अंजाम दे दिया। और फिर इसी तरह लिली की एक जोरदार चीख से कमरे की दीवारें हिल गईं।

थोड़ी देर बाद एडेन पर सवार भूत शांत हो गया। उसकी हैवानियत के साथ ही अब बाहर का तूफ़ान भी शांत हो चुका था। वह सिसकती लिली को छोड़ कमरे से बाहर चला गया। कंपकपाती हुई लिली छत पर आंखे गाड़े पड़ी रही। उसका शरीर दर्द से अकड़े जा रहा था, आंखों से निरंतर आंसूओ की धारा बह रही थी। कुछ देर इसी हालत में सिसकने के बाद, धीरे–धीरे उसकी आंखे बंद हो गईं और उसका हिलना—डुलना भी बंद हो गया, जैसे उसमें सांस भी बाकी

न रही हो। जिसे वह अपना मसीहा समझती थी, आज उसी ने उसके शरीर को छिन्न भिन्न कर दिया था।

सुबह ठीक अपने समय पर अलार्म की घंटी बजी और एक—दो बार घंटी के बजने पर ही लिली की आंख खुल गई। आज पहली बार अलार्म की घंटी लिली को जगाने में कामयाब हुई थी। आंखें खुलते ही उसने अंगड़ाई लेनी चाही तो उसके शरीर ने एक असहनीय पीड़ा को महसूस किया जिसको शायद वह भूल चुकी थी। तब ही उसे रात वाली घटना याद आई, उसने झट से बराबर में नज़र घुमाई, लेकिन बॉबी वहां नहीं थी। वह समझ गई कि ज़रूर उसकी बहन के साथ कोई अनहोनी हो गई है। वह चीखने ही वाली थी कि तब ही बाहर से एडेन के गुनगुनाने की आवाज़ आने लगी।

और फिर एडेन ने हर रोज़ की तरह गुनगुनाते हुए उसके कमरे में प्रवेश किया और बोला "गुड मॉर्निंग बेटा..."!

"बॉबी कहां है"? लिली चिल्लाई।

"बॉबी... वह तो स्कूल गई और हमेशा की तरह तुम सोती रह गई। वैसे आज वह भी लेट उठी थी, देर रात तक पढ़ती रही होगी ना"।

एडेन की बातें सुन वह उसके मुंह की ओर ताकने लगी। वह सोचने लगी 'कि इतना सब कुछ होने के बावजूद भी फादर तो एकदम नॉर्मल हैं? ये तो इस तरह बात कर रहे हैं जैसे रात कुछ हुआ ही न हो...!

तब ही वह आगे बोला "लेकिन तुम्हें क्या हुआ... तुम क्यों चिल्ला रही हो"? कहते हुए एडेन उसके नज़दीक गया।

लिली के पास जाकर उसने देखा कि उसके शरीर से उसकी चादर हट गई है, जिससे उसका निर्वस्त्र शरीर साफ़ दिखाई दे रहा है। एडेन ने इधर—उधर नज़र

हटाते हुए कहा "लिली यह सब क्या बकवास है? तुम अपने शरीर का भी ध्यान नहीं रख सकती, कि तुम्हारे कपड़े कहां जा रहे हैं"?

उसकी बात सुन लिली ने तुरंत अपने आप को संभाला और शरीर पर चादर डाल ली।

वह पीछे हटते हुए फ़िर बोला "अब तुम बड़ी हो चुकी हो, तुम्हें इस तरह अपने सारे कपड़े उतार कर नहीं सोना चाहिए! और अगर कोई प्रॉब्लम थी भी तो कोई बात नहीं, लेकिन सुबह उठने पर तो कपड़े पहन ही सकती थीं ना! तुम्हें पता होना चाहिए तुम्हारे साथ तुम्हारी छोटी बहन भी सोती है, इस सब से उस पर कितना बुरा असर पड़ेगा। चलो अब जल्दी से उठो और नाश्ता कर लो, मैं तो ऑफिस के लिए निकल रहा हूं"। कहते हुए एडेन कमरे से बाहर चला गया।

लिली अपने डैड की बातों से हैरान भी थी और परेशान भी। वह सबसे ज्यादा अचंभित तो बॉबी के स्कूल जाने वाली बात को लेकर थी। उसके दिमाग में बार—बार यही सवाल टकरा रहा था 'कि बॉबी कैसे स्कूल जा सकती? अगर वह स्कूल में है, तो इसका मतलब वह एकदम ठीक है। लेकिन अगर वह ठीक है, तो रात वह मेरे इतने चीखने-चिल्लाने पर भी क्यों नहीं उठी? उठना तो दूर उसने तो मेरी किसी बात का कोई रिस्पॉन्स तक नहीं दिया था। जबकि वह एक छोटी सी आहट पर ही जाग उठती है। और यह दरवाज़ा... यह कैसे खुल गया? जबकि इसे तो मेरे सामने ही बॉबी ने लॉक किया था। और फिर फादर... वो अंदर कैसे आये'? यही सब सोच—सोच कर उसका दिमाग़ ख़राब हो रहा था। उसके कुछ समझ में ही नहीं आ रहा था कि आखिर यह सब चल क्या रहा है।

इसी तरह कुछ देर और सोचने के बाद वह ख़ुद से ही बोली 'हो सकता है बॉबी देर रात बाथरूम गई हो और तब यह दरवाज़ा उससे खुला रह गया हो। चलो यह बात तो समझ में आती है। लेकिन सबसे ज्यादा हैरान करने वाली बात तो यह है, कि अगर बॉबी ठीक है तो फिर उसने मेरे साथ ऐसा क्यों किया... रात

उसने मेरी हेल्प क्यों नहीं की? मैंने उसका क्या बिगाड़ा था जो उसने मेरे से उस चीज़ का बदला लिया। मैंने तो आज तक उसे कभी सताया तक नहीं और ना ही कभी उसके छोटे होने का फायदा उठाया है। और फिर हमारे बीच तो आज तक कभी ऐसा हुआ ही नहीं जिसके लिए वह मुझसे इतनी नफरत करे, कि ऐसे वक्त पर भी मेरा साथ न दे। नहीं... बॉबी मेरे साथ ऐसा नहीं कर सकती! फादर झूठ बोल रहे हैं, मुझे नहीं लगता कि वह स्कूल गई हुई है। वह मुसीबत में हो सकती है, मुझे कुछ करना पड़ेगा और क्या पता वह ज़िंदा है भी या नहीं! फादर का क्या वह जानबूझ कर ऐसे व्यवहार कर रहे हैं जैसे कुछ हुआ ही न हो, उन्हें कुछ पता ही न हो। कोई बात नहीं, जब पुलिस पूछेगी तब सब याद आ जायेगा'! तब ही उसे लगा कि उसके डैड ऑफिस जा चुके हैं।

वह शरीर पर चादर लपेट कर दर्द से कराहती हुई धीरे–धीरे उठी। दर्द इतनी तेज था कि उस पर ठीक से चला भी नहीं जा रहा था। वह आवाज़ दबाए कराहते हुए दीवार के सहारे कमरे से बाहर निकली और किसी तरह हॉल में लगे टेलीफोन के पास पहुंच गई। उसने पास में रखी डायरी उठाई और उससे एक नंबर निकाल कर डायल किया। कुछ देर घंटी जाने के बाद दूसरी तरफ से आवाज आई "हैलो..."!

"है... हैलो... गुड मॉर्निंग मैम! मेरा नाम लिली है मुझे अपनी छोटी सिस्टर बॉबी से बात करनी है"।

दूसरी तरफ से आवाज़ आई "ओके आप उनका पूरा नाम बता दीजिए और दो मिनट लाइन पर रहिए"!

"जी उसका पूरा नाम 'बॉबी वॉग' है। वह टेंथ स्टैंडर्ड क्लासरूम 'ऐ6' में बैठती है"।

"ओके आप लाइन पर रहिए..."! कहते हुए दूसरी तरफ से फ़ोन होल्ड पर रख दिया गया।

थोड़ी ही देर में दूसरी तरफ से आवाज़ आई "हैलो कौन..."?

"बॉबी... बेटा मैं तेरी दी बोल रही हूं! तू... तू... ठीक तो है न"। लिली एकदम भावुक हो बोली!

अपनी बड़ी बहन को हड़बड़ाते देख बॉबी को भी कुछ अनहोनी का संदेह हुआ। उसने भी थोड़ी गंभीरता से पूछा "हां दी, मैं तो ठीक हूं! आप ठीक हो ना? और क्या हुआ... आज आपने स्कूल फोन कैसे किया? घर पर सब ठीक तो हैं, और मॉम–डैड कहां हैं"?

"हां... हां... हां..! यहां सब ठीक हैं बाबू, मॉम अपने रूम में हैं और फादर ऑफिस गए हुए हैं। फ़ोन... फ़ोन तो मैंने इसलिए किया था, क्योंकि अभी मैंने एक डरावना सपना देखा था, तो थोड़ा मूड अपसेट हो रहा था; मन किया कि तुमसे बात कर लूं"!

"ओहो दी, फोन किया अच्छी बात है, पर सभी ने आपको कितनी बार समझाया है कि छोटी–छोटी चीजों से मत डरा करो! मैं ठीक हूं, मेरी फ़िक्र मत करो तुम अपना ध्यान रखो! ठीक है अब मैं रखती हूं, शाम को मिलते हैं, बाए दी..."। कहते हुए बॉबी ने फ़ोन रखने की इजाज़त मांगी।

"ओके! बाए बाबू" कहते हुए लिली ने फ़ोन रख दिया।

अपनी बहन से बात कर, उसे सही सलामत देख लिली को तसल्ली तो मिल गई। लेकिन उसको ठीक देख कर वह जितनी खुश थी उससे कहीं ज़्यादा परेशान! 'क्योंकि, जब बॉबी बिल्कुल ठीक है तो फिर उसने रात मेरी हेल्प क्यों नहीं की थी? जबकि वह एकदम नॉर्मल बात कर रही है। उसकी बातों से तो ऐसा लग रहा है जैसे उसके साथ कुछ हुआ ही न हो और न ही रात के बारे में उसे कुछ पता हो। लेकिन ऐसे कैसे हो सकता है... उसे पता क्यों नहीं होगा? वह मेरे बराबर में ही तो सो रही थी और वह कभी इतनी गैरहोश भी नहीं सोती।

वह तो एक छोटी सी आहट से ही उठ कर बैठ जाती है! और चलो मान लिया कि रात वह गहरी नींद में सो भी रही थी, तो फिर मैंने भी तो उसे जगाने की पूरी कोशिश की थी। मैं रात कितनी बुरी तरह से चीख—चिल्ला रही थी उसे नोच—खचोट रही थी, लेकिन फिर भी तो वह टस से मस नहीं हुई थी। तो क्या उसने जानबूझ कर मेरी हेल्प नहीं की... लेकिन क्यों'?

अब उसे यह सवाल बेचैन किए जा रहा था। उसे उसका एक ही सॉल्यूशन नज़र आ रहा था और वह था... पोलिस! लेकिन इसके लिए वह अभी जल्दबाजी नहीं करना चाहती थी। क्योंकि, उसे पता था कि लास्ट टाइम जब मैंने पुलिस बुला ली थी, तो उसने कितने सवाल—जवाब किए थे और फादर भी कितने नाराज़ हुए थे। लेकिन अब जब तक क्लियर नहीं हो जाता कि दोषी कौन है तब तक मैं पुलिस नहीं बुला सकती। कहीं इस बार भी पुलिस खाली हाथ चली गई तो मेरी आफ़त आ जाएगी। यही सोचती हुई वह अपने कमरे में गई और कपड़े पहन दोबारा से बिस्तर पर लेट गई।

दोपहर में बॉबी के स्कूल से घर आ जाने पर लिली ने उसे समझाते हुए कहा "कि वह फादर के सामने उसकी फ़ोन वाली बात न करे। नहीं तो फादर मुझ पर नाराज़ होंगे, कहेंगे कि इतने समझाने के बावजूद भी मैं बिना मतलब में डरती हूं"।

"ओके दी...! नहीं कहूंगी" बॉबी ने मुस्कराते हुए कहा।

शाम के खाने के लिए एडेन ने दोनों लड़कियों को आवाज़ दी। बॉबी अपनी बड़ी बहन के पास आई और खाने के लिए कहने लगी। लेकिन लिली ने भूख न होने के कारण उसके साथ जाने से मना कर दिया। उसके मना करने के बावजूद भी बॉबी नहीं मानी और जबरदस्ती उसे बिस्तर से उठा कर डिनर टेबल पर ले गई। बॉबी ने ऐसा ही किया शाम को डिनर करते समय उसने लिली के स्कूल फ़ोन करने वाली बात का ज़िक्र भी नहीं किया।

इधर एडेन ने काफ़ी देर से चुपचाप बैठी लिली की चुप्पी का कारण पूछा तो उसने थोड़ी तबियत खराब होने का बहाना लगा दिया। एडेन ने भी मासिक—पीड़ा समझ उससे ज्यादा सवाल—जवाब नहीं किए। सबने खाना खत्म किया और अपने—अपने कमरे में चले गए।

रात काफ़ी हो चुकी थी। बॉबी भी आज अपनी पढ़ाई खत्म करके कब की सो चुकी थी। लेकिन लिली की आंखों से नींद गायब थी। वह सोने की कोशिश कर रही थी, ताकि उसके दिमाग को थोड़ा आराम मिल सके। लेकिन उसको, उसके साथ हुए हादसे से ज्यादा बॉबी और फादर का अजीबो—गरीब व्यवहार परेशान कर रहा था। उसे लग रहा था कि मेरे साथ हुई रात वाली घटना को लेकर दोनों जानबूझ कर अनजान बन रहे हैं। इसी कारण ज्यादा सोचने और जागने से उसकी आँखें और सिर दर्द से फटे जा रहे थे। दर्द से परेशान लिली ने सोचा, क्यों ना नींद की टैबलेट ले ली जाए, ताकि उसे आसानी से नींद आ जाए।

यही सोच कर वह उठी और नींद की दवा लेने के लिए अपनी मां के कमरे में पहुंच गई। जहां उसने अपनी मां की दवाओं से दो—तीन नींद की गोलियां निकाल लीं और उन्हें लेकर किचेन की तरफ आ गई। किचेन में पहुंचकर उसने जैसे ही दवा खाने के लिए ग्लास में पानी निकाला। तब ही अचानक उसे ऊपर वाली मंज़िल से कोई आवाज़ आने लगी। लिली एक हाथ में टैबलेट दूसरे हाथ में पानी का ग्लास लिए खड़ी उस आवाज़ को ध्यान से सुनने लगी, तो पता चला कि वह किसी मशीन के चलने जैसी आवाज है। वह कुछ सोचते हुए खुद से बोली 'ऊपर वाले फ्लोर पर तो कोई मशीन नहीं है, फिर यह आवाज़ कैसी? और फिर इतनी रात में ऊपर कौन हो सकता है'? वह पानी का गिलास और नींद की गोली वहीं छोड़ कर, आवाज का पीछा करते हुए ऊपर की मंजिल पर पहुंच गई। अब उसे आवाज पहले से तेज और साफ सुनाई दे रही थी। लेकिन वह आवाज़ आ कहां से रही है इसका उसे सही से अंदाज़ा नहीं

लग पा रहा था। इधर ऊपर की मंज़िल पर सालों से बंद पड़े दर्जनों अंधेरे कमरे थे, जिनमें वह आवाज़ गूंज रही थी जिस वजह से लिली और कन्फ्यूज हो रही थी।

इसी तरह परेशान हो आखिर में लिली वहीं एक जगह खड़ी हो गई और आंखे बंद कर कानों पर ज़ोर डाल ध्यान लगाने की कोशिश करने लगी, कि आखिर यह आवाज आ किस ओर से रही है। लेकिन फिर भी उसे कुछ समझ में नहीं आया। अब उसने आवाज़ तक पहुंचने के लिए सभी कमरों की खिड़कियों से अंदर झांकना शुरू किया। लगभग सभी कमरों में झांकने के बाद भी उसे कुछ दिखाई नहीं दिया। इधर अब वह आवाज रुक–रुक कर आने लगी थी और फिर कुछ देर बाद आवाज़ का आना बंद हो गया था। लिली को अभी तक कुछ समझ नहीं आया था, कि वह आवाज़ किस चीज़ की थी और कहां से आ रही थी। अब उसे वहां डर भी लगने लगा था इसलिए वह अपने पिता को चिल्लाने ही वाली थी; कि तब ही उसकी नज़र अपने सामने स्टोर रूम की ओर गया। उसने दूर से ही ध्यान से देखा कि स्टोर रूम का बड़ा सा दरवाज़ा थोड़ा सा खुला हुआ है। जो उसने अपने होश में तो कभी भी खुलते हुए नहीं देखा था। लिली हिम्मत करके धीरे–धीरे स्टोर रूम की तरफ बढ़ी। स्टोर रूम के पास जाकर उसने खिड़की से अंदर झांक कर देखा तो अंदर एक हल्की सी लाइट जलती हुई नज़र आई। फ़िर उसने थोड़ा और गौर करके अंदर देखना चाहा लेकिन रोशनी कम होने की वजह से उसे कुछ दिखाई नहीं दिया। वह सोचने लगी 'कि अंदर कौन हो सकता है? क्योंकि इससे पहले उसने इस रूम में कभी लाइट जलती हुई नहीं देखी थी।

अब तक आवाज़ का आना पूरी तरह से बंद हो चुका था। लेकिन लिली फिर भी जिज्ञासावसु उस स्टोर रूम के बड़े से गेट को धकेलते हुए अंदर घुस गई। अंदर जाकर उसने कम रोशनी में हाथ से टटोलते हुए स्विच ऑन किया और जिससे एक तेज़ लाइट जली। जिससे चारों तरफ रोशनी हो गई। वह एक बड़ा

सा हॉल था जो ठीक उसके नीचे वाली मंज़िल के जैसा ही था। जहां उसने चारों ओर नज़र घुमा कर देखा तो चारों ओर पुराने सामान का भण्डार लगा हुआ था। वह हिम्मत करके चारों ओर देखते हुए अंदर घुसती चली गई।

तब ही उसकी नज़र दूर एक कोने में गई, वह चीज़ क्या है दूर से उसे साफ दिखाई तो नहीं दी लेकिन उसे देख वह सहम सी गई। उसने गहरी सांस ली और हिम्मत करके आगे बढ़ी। वहां पहुंच कर उसने जो देखा उसे देख उसके पैरों तले ज़मीन खिसक गई। स्टूल पर उसके डैड बेहोशी की हालत में औंधे मुंह बैठे हुए थे। एडेन का सिर एक इलेक्ट्रॉनिक सिलाई मशीन के ऊपर वाले हिस्से पर टिका हुआ था और कपड़े की जगह उसका एक हाथ सिलाई मशीन में फंसा हुआ था। मशीन की सुई से हाथ बुरी तरह घायल हो चुका था। हालांकि मशीन में धागा नहीं लगा था, लेकिन फिर भी हाथ की बुरी दशा हो चुकी थी। जिससे बहता हुआ खून मशीन से नीचे टपक रहा था। अपने डैड की ऐसी हालत देख उसकी चीख निकलने ही वाली थी, लेकिन उसने अपनी चीख को दबाते हुए एडेन को संभालने लगी।

उसने बॉबी को बुलाना सही नहीं समझा। क्योंकि, वह अभी बच्ची है, वह यह सब नहीं देख सकेगी। और अगर कहीं स्कूल में उसके मुंह से ये सब निकल गया तो... नहीं, नहीं उसे आवाज़ देना सही नहीं है। फिर उसने खुद ही हिम्मत करके एडेन का हाथ मशीन से बाहर निकाला, हाथ सुई से बुरी तरह कपड़े की तरह सिल चुका था। हाथ के बाहर निकलते ही उससे ख़ून की फुहार चलने लगी। एडेन के हाथ की ये दशा देख उसे चक्कर आने लगे, इतना खून खराबा तो वह टी.वी. पर भी नहीं देख पाती थी, लेकिन यहां उसके डैड थे; उसे यह सब तो करना ही था। लिली ने जल्दी से उनके हाथ को ऊपर करके उस पर कपड़ा लपेट दिया और उसके बाद अपने डैड को सावधानीपूर्वक स्टूल से नीचे उतार कर वहीं जमीन पर लिटा दिया। और घायल हाथ को थोड़ा ऊंचा करके बराबर में पड़े एक लकड़ी के बॉक्स पर रख दिया; जिससे कि खून ज्यादा ना

बहे। और खुद दौड़ते हुए फर्स्ट–एड बॉक्स लेने चली गई, लिली ने वापस आकर देखा कि इतनी ही देर में पूरा कपड़ा खून से लथपथ हो चुका है। उसने जल्दी–जल्दी हाथ से कपड़ा हटा कर उस पर एक लिक्विड डाला, जिससे थोड़ा ख़ून का बहना बंद हुआ। उसके बाद उसने एडेन के हाथ पर पट्टी बांधी। लिली ने एडेन को नीचे ले जाने की कोशिश की लेकिन वह उसके भारी— भरकम शरीर के साथ ऐसा करने में असमर्थ रही। उसके बाद वह भाग कर दोबारा नीचे गई और पानी की बोतल लेकर आई। फिर उसने एडेन के मुंह पर कुछ पानी के छींटे मारे। जिससे कुछ ही देर में उसको होश आ गया।

अपने डैड के होश में आते ही लिली उनसे लिपट कर रोने लगी और बार–बार माफ़ी मांगने लगी। ऐसा लग रहा था जैसे वह अपने साथ हुई उस घटना के बाद से अपने डैड से, जो नफरत कर रही थी अब उसे उस बात का अफ़सोस हो रहा था। क्योंकि, उसे अब एहसास हो चुका था कि जो कुछ उसके डैड से हुआ उसमें उनका कोई दोष नहीं था। बेशक, एडेन ने अपनी बीमारी की वजह से उसका सब कुछ बरबाद कर दिया था। लेकिन वह फ़िर भी उसे इस हाल में अकेला नहीं छोड़ सकती थी।

इधर रोती हुई लिली को चुप कराते हुए एडेन ने चारों तरफ देखा और फिर अचानक उसका ध्यान अपने हाथ पर गया जो ज़ख्मी होने के कारण बहुत दर्द कर रहा था। अपने हाथ की बुरी दशा देख उसने बराबर में खून से लतपथ मशीन को देखा। जिसे देख उसे समझते देर न लगी कि आखिर वह यहां क्यों है और यहां क्या हुआ होगा! यह सब देख एडेन की आंखों से आंसू आ गए और वह फूट—फुट रोने लगा। वह अपनी इस बीमारी से तंग आ चुका था। लिली ने अपने डैड को समझाते हुए उन्हें संभाला और उसे चुप कराया। उसने याद दिलाते हुए कहा "कि फादर नीचे बॉबी सो रही है, उसके जागने से प्रॉब्लम और बढ़ सकती है, इसलिए प्लीज़ शांत हो जाइए"!

लिली ख़ुद इतने दर्द में थी कि उसका पूरा शरीर दर्द कराह रहा था, लेकिन फिर भी वह अपने डैड को सहारा देते हुए उनके कमरे तक ले गई। वहां बिस्तर पर उनको लिटा कर उसने उन्हें दर्द निवारक दवाएं दीं। जिससे कि उसके डैड को दर्द में थोड़ा आराम मिल जाए और वह चैन की नींद सो सकें। लिली ने भी उसमें से एक चुपके से टैबलेट खा ली जिससे कि उसे भी आराम मिल सके।

दवा खाने के बाद एडेन बोला "बेटा इस सब के बारे में बॉबी को तो पता नहीं चला होगा ना"?

"नहीं फादर, मैंने बॉबी को तो आवाज़ भी नहीं दी थी! क्योंकि, मुझे पता था कि उसे जगाने से प्रॉब्लम बड़ सकती है इसलिए उसे इस सबसे दूर रखा जाए"। लिली ने कहा।

"यह तो तुम ठीक कह रही हो बेटा, वह अभी नादान है उसको कुछ न बता कर तुमने ठीक किया। लेकिन मेरे एक बात समझ में नहीं आ रही, कि आखिर यह सब तुमने अकेले कर कैसे कर लिया और इतने अंधेरे में भी तुम ऊपर पहुंच कैसे गई? क्या तुम्हें वहां डर नहीं लगा था? वैसे इतना ख़ून खराबा तो तुम कभी फिल्मों में भी नहीं देख पाती थीं, फिर यह सब तुम कैसे संभाल पाई"? उसने उससे हैरान होते हुए पूछा।

"पता नहीं फादर! यह सब मैं कैसे कर पाई। आपको इस हाल में देख मेरे अंदर से डर–वर सब गायब हो गया। और फ़िर ऐसी हालत में मैं आपको अकेला भी तो नहीं छोड़ सकती थी"।

वह आगे बोली "फादर एक बात कहूं"?

"हां बोलो बेटा"!

"फादर आप पता नहीं कैसे डॉक्टर से इलाज करा रहे हो? बीमारी कम होने की बजाय बढ़ और रही है। उस डॉक्टर की दवा से चार दिन आराम दिखता है

और फिर से वही हाल हो जाता है। मुझे तो इस डॉक्टर की दवाएं कुछ ठीक नहीं लग रहीं। आप डॉक्टर चेंज करके देखिए ना फादर"!

"क्या करूं बेटा, मेरा ख़ुद मूड़ खराब रहता है, लेकिन मैं ऐसा भी तो नहीं कर सकता। अगर मैं इसी तरह हर रोज़ डॉक्टर बदलता रहूंगा तो धीरे—धीरे मेरी इस बीमारी की ख़बर चारों तरफ फैल जायेगी। मैंने डॉक्टर से कहा तो था वह कह रहा था कि अगली बार दवाओं में कुछ बदलाव करूंगा। और उसने बताया कि वह मुझे इससे ज़्यादा हैवी दवाएं भी नहीं दे सकता, क्योंकि उससे मैं पूरे के पूरे दिन सोता रहूंगा या उनका कोई और भी साइड इफेक्ट्स हो सकता है। जिससे बेटा मेरी जॉब तो डिस्टर्ब होगी ही साथ में परेशानी भी बढ़ेगी। वह ये दवाएं तो बड़ी चोरी—छिपे से मंगाता है। क्या करूं उस पर भरोसा तो करना ही पड़ेगा क्योंकि हमारे पास कोई दूसरा ऑप्शन नहीं है"! एडेन ने मजबूर होते हुए कहा।

अपने डैड की बात सुन वह भी चुप हो गई। एडेन उससे फिर बोला "अच्छा एक बात बताओ मेरे होश में आने पर जब तुम मेरे गले से लगीं थीं तो सॉरी फादर, सॉरी फादर क्यों कर रही थीं, तुम मुझ से किस बात के लिए सॉरी बोल रहीं थीं"?

लिली कुछ देर तक सोच कर बोली "फादर उस समय मुझे लगा कि इस सब की जिम्मेदार मैं ही हूं। क्योंकि मैंने ही तो आपको इलाज़ के लिए बाहर जाने से रोका था। अगर आप बाहर इलाज़ कराते तो शायद आज आपकी यह हालत नहीं होती। आपकी चोट, आपके जख्म और आपका यह दर्द मुझसे देखा नहीं जाता"। कहते हुए लिली की आंखें नम हो गईं और वह अपने डैड के गले से लग गई।

एडेन ने उसे समझाते हुए कहा "कोई बात नहीं बेटा! इसमें तुम्हारा कोई दोष नहीं है इसके लिए तुम अपने आप को ज़िम्मेदार मत ठहराओ। जाओ अब तुम चल कर आराम करो रात बहुत हो गई है"।

"ओके, अब आप भी आराम करिए! गुड नाइट फादर!" बोल कर लिली वहां से निकल कर अपने कमरे की ओर मुड़ी। तब ही उसका ध्यान किचेन की तरफ गया जहां उसने नींद की टैबलेट रखी थीं। वहां जाकर उसने वह टैबलेट उठाई और अपने रूम में आ गई।

बिस्तर पर लेटी लिली अपने दर्द को अच्छे से महसूस कर पा रही थी दवा खाने के बावजूद भी उसे कोई आराम नहीं मिला था। इधर वह बेशक अपने डैड से नफ़रत नहीं कर पा रही थी, लेकिन उनकी बीमारी ने उसका सब कुछ बरबाद कर दिया था यह वह अच्छे से जानती थी। अब उसे जीना तो पड़ेगा अपनी मां के लिए अपनी बहन के लिए अपने बीमार बाप के लिए। यही सब सोचते—सोचते उसकी आंख लग गई।

भाग 2

लिली के साथ हुए इस दर्दनाक हादसे ने उसे अंदर तक तोड़ कर रख दिया था। वह अपने इस दर्द को किसी से वह बयां भी नहीं कर सकती थी, इसलिए वह मानसिक तौर पर भी बुरी तरह टूट चुकी थी। इस सब का जिम्मेदार वह अपने डैड और छोटी बहन को मानती थी, लेकिन वह चाह कर भी उनका कुछ नहीं कर सकती थी। क्योंकि, वह यह भी मानती थी, कि जो कुछ भी उसके साथ हुआ है वह महज़ एक हादसा है; जिसमें उन दोनों का कोई दोष नहीं है। जहां एक तरफ़ उसके डैड हैं जिन्हें पता तक नहीं है, कि वह अपनी बीमारी की वजह से अपनी बेटी की ज़िंदगी बर्बाद कर चुके हैं। और वहीं दूसरी तरफ उसकी छोटी बहन है जिस पर वह बिना किसी सबूत के इल्ज़ाम नहीं लगा सकती, कि वह जानबूझ उसकी हेल्प नहीं करती। क्योंकि, जब बॉबी को फादर की बीमारी के बारे में कुछ पता ही नहीं है, तो वह कैसे उनकी रात में गेट खोलने जैसी छोटी—छोटी मदद कर सकती है या वह कैसे उनकी बीमारी का फायदा उठा सकती है? इसलिए, उसे इस बात का भी डर लगा रहता, कि कहीं मेरी ग़लतफहमी की वजह से बॉबी भी फादर की बीमारी का शिकार न हो जाए'।

इसलिए, फ़िलहाल वह अपने साथ हुए इस हादसे और उससे जुड़ी बातों को नज़रंदाज कर सतर्क रहती ताकि वह अपने पिता की इस खतरनाक बीमारी से अपनी फैमिली को बचा सके। वह बॉबी पर सबसे ज़्यादा नज़र रखती थी। क्योंकि, एक तो वह उससे बहुत ज़्यादा प्यार करती थी, इसलिए वह नहीं चाहती कि उसके साथ कुछ बुरा हो और दूसरा कि यदि वह फादर की सपोर्ट करती होगी तो पकड़ी जायेगी। इधर वह अपने पिता की निरंतर बढ़ती जा रही बीमारी से भी काफ़ी चिंतित और परेशान रहती।

चारों तरफ से दुःखी लिली ने अब कॉलेज जाना, घूमना—फिरना यहां तक कि घर से बाहर निकलना भी पूरी तरह बंद कर दिया था। क्योंकि, अब उसका किसी भी चीज में मन नहीं लगता था। वह घर में ही बीमारों की तरह इधर—उधर पड़ी रहती या फ़िर टाइम पास करने के लिए कभी–कभी किताबें पढ़

लिया करती। घर में उसने पहले की तरह खुलकर हंसना, बोलना, मटरगश्ती करना सब बंद कर दिया था; अब बस वह जितनी ज़रूरत होती उतना ही बोलती।

इधर एडेन अपनी बेटी के इस बदले हुए स्वभाव को लेकर काफ़ी चिंतित रहता। वह जब भी उससे बात करने की कोशिश करता या उसके इस तरह रहने का कारण पूछता, तो वह "बस थोड़ी सी तबीयत खराब है" कह कर बात टाल देती। हर बार वह बस इतना ही बोलकर उस जगह से उठकर चली जाती या किसी काम में लग जाती। दूसरी तरफ बॉबी भी अपनी बहन के अचानक से बदले हुए स्वभाव से हैरान थी। उसने भी कई बार अपनी बड़ी बहन के मन की जानने की कोशिश की। लेकिन वह उससे भी तबियत खराब होने का बहाना बना कर उससे दूर चली जाती।

इसी तरह दिन गुज़रते रहे और काफ़ी समय बीत गया, लेकिन लिली के व्यवहार में कोई बदलाब नहीं आया। उसे पता था कि वह अपने दिल की बात किसी से नहीं कह सकती, इसलिए वह ख़ुद अंदर ही अंदर घुलती जा रही थी। भला वह कैसे अपने पिता से कहती 'कि फादर आपने अपनी इस बीमारी की वज़ह से, कैसे उसकी जिंदगी बर्बाद कर दी है। ये सच जानकर उसके फादर पर क्या बीतेगी, वो क्या सोचेंगे...? वो तो अपनी नज़रों में ही गिर जायेंगे और कहीं इसी गम में उन्होंने सुसाइड कर ली तो...! नहीं, वह ऐसा कुछ नहीं करेगी वह किसी को कुछ नहीं बताएगी। उसके इस बारे में, बात करने मात्र से ही थोड़ी–बहुत ठीक–ठाक चल रही परिवार की ज़िंदगी में भूचाल आ जायेगा। जिसे संभालना शायद फिर नामुमकिन होगा!

लेकिन वह अपने पिता और बहन के रोज–रोज के सवालों से तंग आ चुकी थी। वह हर रोज, उनको जवाब देते–देते परेशान हो गई थी। वह अब और कितने बहाने बनाए कितने झूठ बोले...? अब तो उसके डैड हमेशा उसका

हाल जानने के लिए उसके पीछे लगे रहते। वह समझ गई, 'कि अगर मैं इसी तरह कुछ दिन और घर में पड़ी रही तो घर वाले और ज्यादा परेशान होंगे। और फिर कहीं ऐसा न हो, कि भावनाओ में बहकर मेरे मुंह से सब कुछ सच निकल जाए। इसलिए, भले ही झूठ-मूठ का सही मुझे न चाहते हुए भी खुश रहना होगा, पहले की तरह हंसकर ज़िंदगी जीनी पड़ेगी। और अपने इस दर्द को हमेशा के लिए अपने सीने में ही दफ़न करना पड़ेगा।

इसी सोच के साथ लिली एक दिन अच्छी तरह बनठन कर कॉलेज जाती है। उसके दोस्त उसे इतने दिनों बाद कॉलेज में देख कर बहुत खुश होते हैं, खासकर लव! उसकी तो खुशी का ठिकाना ही नहीं रहा पर वह अपनी ख़ुशी दबाए चुपचाप खड़ा रहा। सभी ने, उससे इतने दिनों तक कॉलेज न आने का कारण पूछा? तो उसने सबको प्यार से बताया, "कि इतने दिनों से उसकी तबियत बिगड़ी हुई थी, लेकिन अब वह बिल्कुल ठीक है और आज से वह कंटिन्यू कॉलेज आयेगी"।

सबसे ठीक तरह से मिलने के बाद लिली, लव के पास गई और जाते ही उसके गले लग गई। उसके यूं अचानक से गले लगते ही लव हैरान रह गया। क्योंकि, यह पहली बार था जब वह उसके गले लगी हो। कुछ देर उसके गले लगने के बाद वह उससे दूर हो गई और वहीं एक बैंच पर बैठकर बातें करने लगी। उसने इतने दिन बिना बताए गायब रहने के लिए लव से माफ़ी मांगी। और बोली "इस बार मैं बहुत बीमार रही हूं, यूं समझ लो कि मैं मरते—मरते बची हूं! नहीं तो शायद आप मुझे कभी न देख पाते"।

लव उसके इस सच्चे और साधारण से व्यवहार को देख हैरान था। क्योंकि, पहले उसकी कितनी भी बड़ी ग़लती क्यों न होती, पर वह कभी माफ़ी नहीं मांगती थी। गलती होने पर वह हमेशा कोई न कोई बहाना बना दिया करती या उसका जिम्मेदार किसी और को ठहरा देती। लव आज पहली बार उसकी

बातों से संतुष्ट नज़र आया वह समझ गया कि लिली सच बोल रही है और वास्तव में ही उसकी तबियत बिगड़ गई होगी। क्योंकि, लिली की आंखों के नीचे काले घेरे सच्चाई साफ़ बयां कर रहे थे। अबकी बार लव ने उससे बिना कोई सवाल—जबाव किए उसे गले से लगा लिया।

लिली ने अब अपने आप को अपने व्यवहार के विपरीत बहुत बदल लिया था। भले ही झूठ-मूठ का सही पर अब वह पहले से ज्यादा खुश रहने लगी। अब वह सबसे मिलती, बातें करती और खुल कर हंसती। शायद उसे डर था, कि कहीं उसके शांत स्वभाव या उसकी खामोशी पर किसी को शक न हो जाए। और कहीं कोई सोचने न लगे, 'कि वह किसी प्रॉब्लम में तो नहीं है या उसके साथ कुछ गलत तो नहीं हो रहा है'। इसलिए वह घर से बाहर निकलते समय अपनी सभी समस्याओं, परेशानियों को घर पर ही छोड़ जाती।

और इसी तरह दिन गुज़रते रहे लिली के साथ वह दरिंदगी भरा हादसा महीने दो महीने में कभी न कभी हो ही जाता।

एक दिन बातों ही बातों में लव ने लिली से हिचकते हुए कहा "कल मेरा बर्थ डे है..."!

"ओ रियली..."? उसने चौंकते हुए पूछा!

"हां, सच में! क्या तुम्हें याद नहीं"? लव ने कहा।

"नहीं...! हैप्पी बर्थ डे... फिर थोड़ा इतराते हुए बोली "...मुझे भी याद था ठीक है"।

"ओह थैंक्यू, लेकिन यह तो बताओ, कल का क्या प्लान है" लव ने पूछा?

"प्लान क्या, जैसी लव की मरजी वैसी लिली की मरजी"। लिली ने भी ताल ठोक कर कहा।

"तो क्या तुम कल मेरी पार्टी में शामिल होगी" लव ने पूछा?

"क्यों नहीं, मैं शामिल क्यों नहीं हुंगी"? उसने भौंहे चढ़ाते हुए कहा।

"मेरा मतलब... मैं कहना चाह रहा था, कि कल मैं तुम्हें कहां से पिक करूं"? लव बात बदलते हुए बोला।

"कहां से क्या, मुझे लेने तुम्हें मेरे घर आना होगा! तब ही आऊंगी मैं, समझे..."! लिली ने कहा।

"तुम्हारे घर, लेकिन..."!

लव ने सकुचाते हुए कुछ कहना चाहा, तब तक लिली बीच में ही उसकी बात काटते हुए बोली "लेकिन–वेकिन क्या? डरते हो प्यार नहीं करते मुझे"!

पहली बार उसके मुंह से प्यार वाली बात सुन लव का दिल धक—धक करने लगा। उसके मन में खुशी के लड्डू फूटने लगे, लेकिन उसने अपनी खुशी जाहिर नहीं होने दी। और मुस्कराते हुए लिली को उसके घर से पिक करने के लिए हां बोल दिया। वह भी इस बात से खुश था कि चलो इसी बहाने उसके घर पता भी चल जायेगा।

तब ही लिली बोली "लेकिन ध्यान रहे मिस्टर! घर आना... पर घर मत आना ओके..."! कह कर लिली ठहाके लगाकर हंसी। फिर बोली "नहीं समझे...? ओके मैं बताती हूं...! कल तुम मेरे घर तो आओगे, लेकिन मेरे घर के अंदर नहीं आओगे। तुम मेरा इंतज़ार घर से बाहर खड़े होकर सड़क पर करोगे ओके"! कहते हुए वह, उसे अपने घर का पता बताती है।

"ओके..."! कहते हुए लव मन ही मन सोचने लगा, कि वह पार्टी के लिए इतनी जल्दी और इतनी आसानी से हां कर देगी इसकी तो उसे उम्मीद ही नहीं थी।

अगले दिन लव किए हुए वादे के मुताबिक लिली के घर पहुंच गया। वह उसके घर के पास एक खाली जगह में गाड़ी खड़ी कर उसी में बैठा रहा। क्योंकि, वादे के मुताबिक उसे घर के बाहर ही इंतजार करना था। फिर उसने दो-तीन बार हॉर्न बजा कर लिली को अपने आने की सूचना दी। इधर हॉर्न की आवाज़ सुन लिली समझ गई कि वह आ चुका है। उसने खिड़की से झांक कर देखा कि मैन गेट तो खुला हुआ है, लेकिन लव ने घर में अंदर घुसने की हिम्मत नहीं की। लिली ने जल्दी-जल्दी अपने मेकअप को फाइनल-टच दिया और पर्स उठा कर घर से बाहर निकल आई।

अब तक लव भी गाड़ी से निकलकर बाहर खड़ा हो चुका था। लिली को दूर से ही आता देख उसका मुंह खुला का खुला रह गया। वह, उसे टकटकी लगाए देखता रहा। आज, लिली ने पहली बार 'फैंसी सिंगल ड्रेस' पहनी, ऊपर से वह काफ़ी अच्छे से सजी-संवरी थी।

लिली उसके पास आकर, उसे अपनी ओर घूरते देख बोली "ऐ मिस्टर, कहां खोए! चलना नहीं है क्या"?

लव का एकदम से ध्यान टूटा, वह सिटपिटाते हुए बोला "कहीं नहीं..., हां... हां... चलो! आओ तुम गाड़ी में बैठो"। कहते हुए झटपट से उसने खिड़की खोल दी।

लव को नजरें चुराते देख वह मुस्कराते हुए गाड़ी में बैठ गई। लिली आज गजब की खूबसूरत लग रही थी। लव, उससे अपनी नज़र ही नहीं हटा पा रहा था। वह, गाड़ी में ही उसके साथ कुछ देर और वक्त गुजारना चाहता था, लेकिन उसे पता था बाकी के लोग उसका इंतज़ार कर रहे होंगे। इसलिए उसे, लिली के साथ समय से पार्टी वाली जगह पहुंचना होगा। उसके बाद उसने गाड़ी की स्पीड बढ़ाई और जल्द ही दोनों बातें करते हुए तय स्थान पर पहुंच गए।

दोनों के वहां पहुंचते ही सबकी निगाहें लिली पर टिक गईं, वह आज बला की खूबसूरत लग रही थी। वह अपनी सिंगल फैंसी ड्रेस से सबको दीवाना बना रही थी। लिली को आज नए लुक में देख सभी आश्चर्य चकित थे। लिली भी सब से हंसते हुए अलग ही अंदाज में मिल रही थी।

तब ही एक वेटर ड्रिंक से भरी हुई ट्रे लेकर उनके पास आया उसने उसको ड्रिंक ऑफर की। ये देख लव ने वेटर से ड्रिंक आगे ले जाने के लिए कहा, लेकिन लिली ने उसे निराश नहीं जाने दिया। उसने उसकी ट्रे से एक ग्लास उठाया और लव से दूसरा ग्लास उठाने के लिए इशारा किया। लव ने उसके मुंह की तरफ देखते हुए ग्लास उठा लिया। वह कुछ सोच पाता, कि उससे पहले ही लिली ने सबके सामने उसके ग्लास से अपना ग्लास टकराते हुए चीयर्स किया और थोड़ा मुंह बनाते हुए उससे पहले ही अपना ग्लास खाली कर दिया। यह सब देख लव के साथ बाकी के लोग भी हैरान रह गए, जो लिली को काफ़ी पहले से जानते थे। उन्हें तो अपनी आंखों पर यकीन नहीं हो रहा था, कि लिली और ड्रिंक! वे सब सोच में पड़ गए, कि क्या यह वही लिली है जो शराब की महक से ही कोसों दूर भागती थी।

रितु ने लव को बर्थ डे विश करने के बहाने कान में फुसफुसाते हुए कहा ''कौन सी घुट्टी पिला दी आज मेहरबां को''!

उसकी बात पर लव सिर्फ़ मुस्करा कर रह गया, यह सब देख वह खुद अचंभित था। वह, लिली को ड्रिंक करते देख ख़ुद अपनी आंखों पर यकीन नहीं कर पा रहा था। क्योंकि, उसने एक नहीं तीन, चार पैग उठाकर पी लिए थे। कुछ देर बाद केक काटी गई जिसका पहला टुकड़ा लिली के मुंह में गया। फिर सब ने मिलकर खूब इंजॉय किया। इधर पहली बार ड्रिंक करने की वजह से लिली पर नशा तो हावी था ही, फिर भी उसने किसी भी चीज के लिए बस... या ना...

नहीं कहा। काफी देर तक डांस और मस्ती करने के बाद वह लड़खड़ाती हुई आवाज़ में बोली "यार गोलू, मुझे बहुत तेजी से भूख लग रही है"।

उसके मुंह से ख़ुद को गोलू कहते सुन, लव तिरछी नजर से उसकी ओर देखने लगा। हालांकि इस नाम से उसने उसे आज पहली बार पुकारा था, फिर वह इस बात पर काफ़ी तेज़ी से ठहाका लगाकर कर हँसा। फिर दोनों खाने के लिए एक टेबल पर बैठ गए। लव ने देखा कि लिली नशे में है वह ख़ुद से नहीं खा पायेगी, तो उसने अपनी चेयर उसके पास की। और एक हाथ उसकी पीठ के पीछे कर उसे सहारा देते हुए दूसरे हाथ से खिलाने लगा। खाना खाने के बाद लिली पर अब ड्रिंक के साथ-साथ खाने का नशा भी हावी होने लगा अब वह कुर्सी पर ही बैठे-बैठे लव के कन्धे से सट कर सो गई।

लव ने जल्दी से अपने हाथ साफ़ किए और लिली को गोद में उठा कर एक कमरे में ले गया। जहां उसने, उसे आराम से बिस्तर पर लिटाया और डरते हुए उसके सैंडल उतार कर पैर सीधे किए, वहीं ख़ुद बराबर में एक सीमित दूरी पर लेट गया और दूर से ही उसे निहारने लगा। लिली ने आज उसे अपनी अदाओं से बहकाने की भरपूर कोशिश की थी, लेकिन वह पूरे नियंत्रण में रहा। वह आज उसके कितने भी नज़दीक होने पर भी उत्तेजित नहीं हुआ। उसने एक भी ऐसा काम नहीं किया जिससे लिली को बुरा लगे। सही कहते हैं दूध का जला छाछ को भी फूक-फूक कर पीता है यही हाल लव का था। फ़िर कुछ देर बाद वह बैड से उठ कर जाने लगा।

लव अभी बिस्तर से उतर भी नहीं पाया था, कि पीछे से किसी ने उसका सूट पकड़ लिया। उसने पीछे मुड़कर देखा तो वह लिली थी, जो अभी भी आंखें बंद किए पड़ी थी। ये देख वह बिना कुछ बोले उसकी तरफ सरक कर उसके नज़दीक चला गया और उसके बालों को संवारने लगा। कुछ देर बाद लिली उसके और करीब आई और उससे लिपट गई। लव अभी इस सब के लिए

तैयार नहीं था। क्योंकि, लिली से उसे तो इस सब की उम्मीद ही नहीं थी। लेकिन लिली की तरफ़ से सिग्नल मिलने पर वह भी ख़ुद को रोक नहीं पाया और उसका साथ देते हुए उससे चिपक गया। तब ही लिली ने टेबल लैंप को बंद कर दिया जिससे पूरे कमरे में अंधेरा हो गया। उसके बाद दोनों ने एक दूसरे को चूमना शुरू किया और दोनों एक–दूसरे की आगोश में समा गए। धीरे–धीरे दोनों के जिस्म से एक–एक करके सारे कपड़े अलग होते गए और कुछ ही देर में दोनों 'एक जिस्म दो जान' हो गए। अभी तक दोनों में से किसी ने एक शब्द भी नहीं बोला था, दोनों आंखों ही आंखों में बातें कर रहे थे। दोनों की सांसे एक दूसरे से टकरा रहीं थीं। और कुछ ही देर में उनके बीच वह सब कुछ हो गया जो एक जोड़े के बीच हो सकता था।

लव बहुत खुश था। क्योंकि, आज तक वह लिली से जिस प्यार की भीख सी मांगता रहा, वह आज बिन मांगे उसको मिल गया। क्योंकि वह भी बाकी के प्रेमी जोड़ों की तरह उसके साथ घूमना—फिरना, उसके साथ समय बिताना चाहता था, लेकिन वह लिली के बर्थ डे पर उसकी गुस्सा देख चुका था। इसलिए उससे डर से कुछ भी नहीं कह पाता था, लेकिन आज लिली का प्यार उस पर मेहरबान था और वह उसकी बाहों में थी।

काफी देर तक एक दूसरे से चिपके रहने के बाद दोनों अलग हो गए और ज़ोर–ज़ोर से हांफने लगे। लिली जिसने अब अपने बदन पर हल्की सी चादर लपेट रखी थी चुप्पी तोड़ते हुए उसके कान में बोली "मज़ा आया"?

लिली की बात सुन लव मुस्कराते हुए उससे दोबारा लिपट गया और उसे फिर से अपनी बाहों में लेकर प्यार करने लगा। और कुछ ही देर में दोनों फिर से एक हो गए, इस बार भी लिली ने उसका साथ दिया। इसी प्रकार दोनों एक बार फिर से एक दूसरे में खो गए और कुछ देर बाद एक दूसरे से अलग हो कर लम्बी—लम्बी सांसे लेने लगे। और एक दूसरे से हंसी मज़ाक करते हुए बातें करने लगे।

कुछ देर तक बातें करने के बाद लव बोला "अगर माइंड न करो तो एक बात पूछूं"?

इस पर सहमति जताते हुए लिली ने हां में उत्तर दिया। लेकिन, उसकी सहमति मिलने पर भी लव चुप रहा।

वह फिर बोली "पूछो ना क्या पूछ रहे थे"!

"रहने दो तुम नाराज हो जाओगी और आज के दिन मैं तुम्हें बिल्कुल भी नाराज़ नहीं देखना चाहता" लव उसको चूमते हुए बोला।

"नहीं यार, तुम्हें जो पूछना है पूछो मैं पक्का बुरा नहीं मानूँगी"।

"अरे कुछ नहीं, वह सब छोड़ो। बस आज मैं, तुम्हे ऐसे ही पूरी रात अपनी बाहों में समेटे रखना चाहता हूं"। वह बात बदलते हुए बोला।

"ठीक है तो मैं कहां जा रही हूं, आज पूरी रात मैं तुम्हारे पास ही तो हूं। चलो अब तुम मुझसे जो कुछ पूछना चाह रहे थे वो पूछो... जल्दी"? वह फ़िर बोली।

उसके ज़िद करने पर लव हिचकिचाते हुए जैसे ही कुछ बोलने को हुआ तब ही अचानक लिली को न जाने क्या हुआ, कि वह एकदम उसको झटका देते हुए दूर हटी और लाइट जलाते हुए अपने कपड़े ढूंढने लगी और फ़िर बोली "लव चलो मुझे फटाफट घर पहुंचा कर आओ"।

उसके मुंह से अचानक घर जाने वाली बात सुन लव दंग रह गया। वह उसके एकदम बदले हुए व्यवहार को देख हैरान रह गया। हालांकि लिली का एकदम से व्यवहार बदल लेना उसके लिए कोई नया नहीं था। वह जल्दी से उठा और कपड़े पहनती हुई लिली को पकड़ कर पूछने लगा "क्या हुआ लिली नाराज़ हो क्या, कोई गलती हो गई क्या मुझसे"?

"नहीं यार ऐसी कोई बात नहीं है, सब कुछ ओके है। बस तुम कपड़े पहनो और मुझे घर छोड़ कर आओ मेरा अभी घर पहुंचना बहुत जरूरी है" उसने कहा।

"लेकिन अब, सुबह होने में टाइम ही कितना बचा है, एक दो घंटे की तो बात है। जब तक यहीं आराम करो सुबह होते ही मैं तुम्हें तुम्हारे घर पहुंचा आऊंगा"। लव ने समझाते हुए कहा।

"सुबह नहीं यार समझा करो, इसी वक़्त मेरा घर पहुंचना बहुत ज़रूरी है। प्लीज जल्दी करो, लो अपने कपड़े पहनो"! उसने लव को उसके कपड़े देते हुए कहा।

"देखो लिली आज जो भी हुआ है वह सब दोनों की सहमति से हुआ है और पहल भी तुमने ही की थी, मैंने तो तुम्हें हाथ भी नहीं लगाया था"।

"पहल मैंने की थी, तो क्या अब ढिंढोरा पीटोगे इस बात का, जब कह रही हूं कि तुमसे कोई गलती नहीं हुई फिर भी हल्ला मचाए जा रहे हो। बस किसी ज़रूरी काम की वजह से मुझे घर जाना पड़ रहा है, तुम जल्दी करो"। कहते हुए लिली ने उसको दोबारा से उसके कपड़े समेटते हुए दिए।

लव घड़ी की ओर देखते हुए बोला "यार 2 तो बज ही रहे है, और 2–3 घण्टे की बात थी"।

"ठीक है आप मत आओ, मैं अकेले ही चली जाऊंगी"। कहते हुए उसने अपनी सैंडिल पहने और खड़ी हो गई। लिली को नाराज़ होता देख लव ने जल्दी से अपने कपड़े पहने और गाड़ी की चाभी उठाकर उसके साथ चल दिया। बाहर आकर उन्होंने देखा कि, सब इधर–उधर फैले पड़े हैं कोई चेयर पर, कोई सोफे पर जिसका जहां मन हुआ वह वहीं लेटा हुआ था। उसने डेविड जो थोड़ा होश में दिखाई पड़ रहा था उसे जगाते हुए कहा "कमीनो सब के सब यहां हॉल में पड़े हो रूम में नहीं जा सकते, रूम किस लिए हैं"?

"अबे रूम में बंद हो कर तो डेली सोते हैं, इसलिए आज कुछ नया एक्सपीरियंस कर रहे हैं और फिर जिनके पास रूम पार्टनर हैं वे रूम में पड़े हुए हैं। हमारी क्या हम तो सिंगल हैं हमें तो इस खुले आसमान के नीचे मज़ा आ रहा है! अच्छा और तू इतनी रात में कहां जा रहा है"? उसने लड़खड़ाती आवाज में पूछा?

"लॉन्ग ड्राइव पर"। लव उसे मजाकिया अंदाज में जबाव देते हुए आगे बढ़ गया। और फ़िर लिली को लेकर सीधे उसके घर की ओर गाड़ी डाल दी। लव चुपचाप गाड़ी चला रहा था। वह, लिली से थोड़ा नाराज़ होने के साथ परेशान भी था। उसके दिमाग में एक ही बात चल रही थी 'कि अचानक से उसे हो क्या गया, आखिर बात क्या हुई है? एक तो इससे कुछ पूछो तो यह कुछ भी बताती नहीं है और यह इसका हर बार का ड्रामा है हर बार यह ऐसे ही कुछ ना कुछ ड्रामा करती है'। तब ही चलती हुई गाड़ी में ही लिली पीछे वाली सीट से उठकर आगे उसके पास आ गई। और परेशान हो रहे लव से बात करते हुए उसका मूड ठीक करने की कोशिश करने लगी। कुछ देर बाद गाड़ी उसके घर के आगे रुकी।

लिली जल्दबाजी में लव को किस करके बाए करते हुए गाड़ी से उतर कर चली गई। उसने घर में घुसने से पहले एक बार भी उसकी तरफ मुड़ कर नहीं देखा। कुछ देर तक लव वहीं रुका रहा और उसके बारे में सोचता रहा 'कि आखिर यह लड़की है क्या चीज़, मेरे तो आज तक कुछ समझ में ही नहीं आया'? फिर कुछ देर बाद गाड़ी मोड़ कर अपने घर की तरफ चला गया।

इधर लिली ने घर में घुसते ही अपना बैग एक टेबल पर पटका और अपने कमरे की ओर भागी। जहां पहुंच कर उसने बाहर से देखा तो पता चला कि कमरे में एक हल्की लाइट जल जल रही है और दरवाज़ा अंदर से लॉक है। 'बॉबी सो रही होगी...'! सोचते हुए उसने गेट नहीं खटखटाया उसके बाद वह अपने पिता के कमरे की तरफ गई। जहां उसने दूर से ही कमरे के खुले हुए दरवाजे से आ

रही रोशनी को देखा, वह थोड़ी चिंतित होती हुई जल्दी से आगे बढ़ी और लपकते पैरों से एडेन के कमरे तक पहुंची। उसने अंदर झांक कर देखा तो उसके डैड कुर्सी पर बैठे सिगरेट में कश लगा रहे थे। उन्हें अभी तक जागता हुआ देख वह उनके पास जाकर बोली "क्या बात है फादर, आप अभी तक सोए नहीं"?

लिली को एकदम देख एडेन सिगरेट बुझा कर चौंकते हुए बोला "अरे बेटा तुम...! तुम इतनी रात में कैसे आई... क्या कोई साथ में आया था"?

"हां फादर, लव आया था ड्रॉप करने, जिसका बर्थ डे था। जिस–जिस के पास अपनी गाड़ी नहीं है, उन सबको वही एक–एक करके उनके घर ड्रॉप करता जायेगा"।

"तो क्या गया वह" एडेन ने पूछा?

"हां फादर, अभी वह रोज़ी, रितु को भी उनके घर पर ड्रॉप करेगा। लेकिन आप, अभी तक क्यों जाग रहे हो? आप की तबीयत तो ठीक है ना"!

"हां बेटा मैं बिल्कुल ठीक हूं, मेरी अभी थोड़ी देर पहले ही आंख खुली है, फिर नींद नहीं आ रही थी, इसलिए उठ कर बैठ गया"।

"चलो ठीक है फादर, गुड नाईट अब मैं सोने जा रही हूं, मुझे नींद आ रही है, आप भी सो जाओ"। कहते हुए लिली अपने कमरे की ओर चली गई।

"ओके बेटा" कहते हुए एडेन भी कुर्सी से उठकर अपने बिस्तर पर लेट गया।

इधर कमरे के बाहर खड़े होकर लिली ने बॉबी को दरवाज़ा खोलने के लिए आवाज़ लगानी चाही, लेकिन तब ही उसे क्या सूझा कि वह बाहर से खुद ही गेट खोलने की कोशिश करने लगी। लेकिन लाख कोशिशों के बाद भी वह बाहर से दरवाजे को खोलने में असमर्थ रही। फिर उसने बॉबी को आवाज़ दी, इसके लिए उसे ज्यादा देर इंतज़ार नहीं करना पड़ा बस दो–तीन आवाज देने

पर ही बॉबी ने उठकर दरवाज़ा खोल दिया। और नींद में बड़बड़ाते हुए दोबारा सो गई। लिली भी दरवाज़ा लॉक करके लेट गई।

अब वह बिस्तर पर पड़े–पड़े सोचने लगी कि, 'बॉबी चाहे कितनी भी गहरी नींद में क्यों ना सो रही हो, वह हमेशा दो–तीन आवाज़ में जाग ही जाती है। लेकिन, जिस रात मेरे साथ कुछ गलत होता है, जब मैं कितना चीखती— चिल्लाती हूं तब यह बंदी टस से मस नहीं होती। और इधर इस दरवाज़े को मैंने हर तरह से चैक करके देख लिया। यह किसी भी हालत में बाहर से नहीं खुलता, तो फिर रात में फादर अन्दर घुस कैसे आते हैं? कहीं यह सब सच में ही... वो बॉबी की हेल्प से तो नहीं करते'? इस तरह एक बार फिर बॉबी संदेह के घेरे में आ गई। लेकिन वह फ़िर यह भी सोचने लगी 'कि यह सब तो फादर बीमारी के असर में आकर करते हैं कोई जानबूझ कर तो करते नहीं तो फिर यह कैसे पॉसिबल है। उन्हें तो खुद सुबह उठकर कुछ याद नहीं रहता कि रात में उन्होंने क्या किया, क्या नहीं। फिर वह, बॉबी की हेल्प कैसे ले सकते हैं। इधर बॉबी को भी फादर के बारे में कुछ नहीं पता तो वह उनकी हेल्प कैसे कर सकती है'। इस तरह लिली ने थोड़ा और दिमाग दौड़ाया 'हां ऐसा हो सकता है, कि बॉबी को किसी तरह फादर की बीमारी के बारे में पता चल गया हो जिसका वह फायदा उठा रही हो। और इस तरह वह मुझसे किसी बात का बदला ले रही है या किसी कारण मुझे अपने रास्ते से हटाना चाह रही है। उसे करना ही क्या है, मेरे सोने के बाद बस गेट ही तो खोलना है। लेकिन अगर ऐसी बात है तो फादर ने कभी उस पर अटैक क्यों नहीं किया, वह हमेशा मुझे ही क्यों शिकार बनाते हैं? जबकि वह दरवाज़े के ठीक सामने और मैं दीवार के किनारे सोती हूं। दरवाजा खुलते ही सबसे पहले तो वही सामने पड़ती है'। यही सब सोचते– सोचते उसका दिमाग खराब हो गया लेकिन, वह किसी निष्कर्ष तक नहीं पहुंची। उसे कोई भी बात तार्किक नहीं लगी। और फिर वह बुदबुदाते हुए उठी और नींद की टैबलेट खा कर सो गई।

लिली आज फिर कई दिन बाद कॉलेज गई। क्योंकि बीच में दो, तीन दिन कॉलेज बंद रहा। क्लास खत्म होने के बाद वह, लव और बाकी के दोस्तों के साथ गप्पें मारते हुए कैंटीन पहुंची। सब, लव के बर्थ डे पार्टी की बातें कर रहे थे। क्योंकि, पार्टी के बाद आज ही उन सबकी मुलाकात हो रही थी। सब अपने–अपने तरीके से बता रहे थे, "कि उस दिन कितना मज़ा आया और इस सब की वजह थी, लिली! जी हां... अगर वह उस दिन लव का सपोर्ट नहीं करती तो लव भी खुश नहीं रहता और भाई जब दूल्हा ही खुश न हो तो बारात कैसे इंजॉय कर पायेगी"! इस तरह की बातें सुन लिली शरमा गई। कुछ देर बाद एक–एक करके उनके सभी दोस्त कैंटीन से उठ कर चले गए अब वहां सिर्फ लव और लिली ही बैठे रह गए। लिली भी लव से घर जाने की बोल कर खड़ी हो गई। लव ने उसे हाथ पकड़ कर कुछ देर और बैठने के लिए कहा। वह उसके कहने पर कुछ देर तक के लिए बैठ गई।

लव बोला "अच्छा यह बताओ कभी–कभी तुम्हें हो क्या जाता है? कभी—कभी तुम ऐसी हरकत करती हो, कि जिसे देख मैं डर जाता हूं"!

"अच्छा जी, अब ऐसा क्या कर दिया मैंने"? वह बोली।

"अभी तो कुछ नहीं किया तुमने... मैं बात कर रहा हूं पार्टी वाली रात की। उस रात तुम ज़िद करके मेरे लाख समझाने के बाद भी आधी रात को घर चली गईं। तुम्हारे मुंह से एक बार जो निकल जाए, बस तुम उसी की रट लगा जाती हो। फ़िर जिसे जो करना हो सो करले पर तुम अपनी बात से पीछे नहीं हटती"। लव ने नाराजगी जताते हुए कहा।

लिली ने उसका चेहरा अपनी ओर करते हुए कहा "मेरे जाने के बाद तुम्हें अकेले नींद नहीं आई होगी"। कहते हुए उस पर हंस दी।

लव उसकी बात सुन चिढ़ गया लेकिन, वह गुस्से में शांत बैठा रहा। लिली ने उसे गाल पर एक किस करते हुए कहा "यार ऐसे थोड़ी होता है, भला तुम्हारी

तरह इन छोटी–छोटी बातों पर कौन गुस्सा करता है? अच्छा एक बात बताओ, तुम्हें टाइम दिया था ना मैंने, फिर यह नाराज़गी किस लिए? और फिर मुझे घर तो जाना ही था ना, इसलिए मैं रात में ही चली गई"!

"बात यह नहीं है, कि तुम घर क्यों चली गईं। बात यह है, कि सब कुछ ठीक–ठाक चल रहा था, हम दोनों ही एक—दूसरे के साथ खुश थे। तब ही न जाने तुम्हें क्या हुआ, कि तुम अचानक से उठकर घर जाने के लिए ज़िद पकड़ गईं? जबकि उससे पहले तुमने एक बार भी नहीं बताया था, कि तुम्हें घर भी जाना है। लेकिन पता नहीं तुम्हें अचानक से क्या हो गया, कि बातें करते—करते ही एकदम से घर जाने के लिए रट लगा दी"।

"अब छोड़ो भी यार, अच्छा यह बताओ कि उस रात तुम्हें मेरे साथ कैसा लगा"? लिली ने बात बदलते हुए कहा।

लव उसकी इस बात पर चुपचाप एक तरफ मुंह लटकाए बैठा रहा। लिली उसे सही से कोई कारण नहीं बता रही थी। वह इसलिए उससे नाराज़ था।

फिर उसे ज़्यादा नाराज़ होता देख बोली "अरे तुम बुद्धू हो पूरे, कुछ भी नहीं समझते! ज़रा सोचो कि अगर मैं सुबह घर जाती, तो मेरे घर वालों को तो यही लगता न कि मैं पूरी रात बाहर रही। अब भले ही मैं रात को कितनी भी लेट घर पहुंची, लेकिन सब को यह तो लगा न कि मैं रात में ही पार्टी से वापस आ गई थी। इसलिए मैं रात में ही घर चली गई थी... समझे"! कहते हुए लिली ने उसे एक और बार समझाने की कोशिश की।

लेकिन वह, उसकी इस बात से भी संतुष्ट नहीं था। क्योंकि, वह जनता था, कि लिली उससे असल बात छिपा रही है। और उसके इस तरह अचानक से घर जाने की वजह तो कुछ और ही रही होगी।

तब ही लिली एकदम चौंकते हुए बोली जैसे उसे कुछ याद आया हो "अरे हां, उस रात तुम मुझ से कुछ पूछने वाले थे, लेकिन पूछते–पूछते रह गए। चलो अब बताओ, क्या पूछने वाले थे तुम उस रात"? कहते हुए लिली ने उससे ही उल्टा एक नया सवाल कर दिया।

"अरे छोड़ो यार तुम, मुझे कुछ नहीं पूछना। वैसे भी तुम ज़रा–ज़रा सी बातों पर तो गुस्सा हो जाती हो। कहीं वह बात गलत लग गई तो तुम मेरा जीना मुश्किल कर दोगी"। लव की इस बात से लिली का मुंह लटक गया।

इस बात के बाद दोनों कुछ देर तक चुप बैठे रहे। फिर लव ही चुप्पी तोड़ते हुए बोला "क्या हुआ अब, चलो कहीं घूमने चलते हैं"। कहते हुए वह खड़ा हो गया और उसने लिली को भी हाथ पकड़ कर उठा लिया। फिर दोनों कैंटीन से बाहर आ गए। लव ने दोबारा से पूछा "बताओ कहां चलोगी, मूवी देखने चलें"?

लिली ने इस सब के लिए मना कर दिया और बोली "जब मुझे सुनने में कोई प्रॉब्लम नहीं है तो तुम्हें बताने में क्या प्रॉब्लम है"।

"अरे तुम वहीं अटकी हो अभी तक। मैं तो सोच रहा था, कि तुम इतनी देर से शांत हो तो मन ही मन कहीं घूमने का प्लान बना रही होगी" लव ने उसे चिढ़ाते हुए कहा।

"मुझे कहीं नहीं जाना, मुझे पहले वही बात बताओ, जो उस रात तुम मुझसे पूछने वाले थे"।

"यार तुम फिर बच्चों की तरह ज़िद कर रही हो। हो सकता है वह बात तुम्हें बुरी लग जाए और तुम नाराज़ हो जाओ। वैसे भी तुम्हारे गुस्से से मुझे बहुत डर लगता है"।

“उस दिन मैं नाराज़ नहीं होती क्या, जब तुम मुझसे यह बात पूछने वाले थे”। वह गुस्से में बोली।

“उस रात मैं थोड़ा नशे में था इसलिए वो फजूल की बात मेरे दिमाग़ में आ गई। । और वह कोई ज़रूरी बात नहीं थी, नहीं तो मैं इतना थोड़े ही कहलबाता...! इसलिए उस बात पर ध्यान मत दो और कोई दूसरी बात बताओ”?

“...कुछ भी सही, अब मैं पूछ रही हूं तो बता ही दो। ज्यादा खुशामद मत करवाओ ठीक है” लिली उसकी बात काटते हुए बोली।

“नाराज़ मत होना, पहले ही बता रहा हूं! क्योंकि, उस रात वह सब मैं मज़ाक के तौर पर पूछ रहा था। उस बात को सीरियस लेने की ज़रूरत नहीं है” लव ने उसे सावधान करते हुए कहा।

“नहीं हूंगी ना नाराज़ यार, तुम पूछो तो सही” लिली ने कहा।

“पक्का...”? लव ने पूछा।

“हां पक्का...”! लिली ने कहा।

“देख लो...? लव ने फिर पूछा।

“हां देख लिया बाबा, अब कुछ बोलोगे भी”! वह झल्लाते हुए बोली!

“आर यू वर्जिन”? लव ने तपाक से बोला।

“कहां यार अभी दो–तीन दिन पहले ही तो मैंने अपनी वर्जिनिटी खोई है, वह भी मिस्टर गोलू के साथ”। कहते हुए लिली ने भी झट से जबाव दिया।

“लिली, आई एम सीरियस! सो आई एम आस्किंग यू ट्रूली! क्या तुमने मुझसे पहले कभी किसी और के साथ फिजिकली रिलेशन बनाए हैं”? लव ने इस बार थोड़ा गंभीरता से पूछा!

लव के मुंह से यह सवाल सुनकर लिली के चेहरे की हवाइयां उड़ गईं वह इधर–उधर ताकने लगी। उसने तो कभी सपने में भी नहीं सोचा था, 'कि उसे कभी इस तरह के सवाल का सामना करना पड़ेगा और यह सवाल करने वाला लव होगा... इसकी तो उसने कल्पना भी नहीं की थी। लिली के तो कुछ समझ में ही नहीं आ रहा था, कि आखिर वह उससे क्या कहे, क्या जबाव दे।

उसकी ऐसी हालत देख लव दोबारा से बोला "क्या हुआ लिली, चुप क्यों हो? चलो ठीक है अगर कोई प्रॉब्लम है या ऐसा कुछ है जो तुम नहीं बता सकती, तो 'इट्स ओके नो प्रॉब्लम'! वैसे भी मैंने तुमसे पहले ही कहा था कि यह बात मेरे लिए इतनी इंपॉर्टेंट भी नहीं है। इसलिए इतना सीरियस होने की ज़रूरत नहीं। और फिर मेरे लिए यह सब मायने नहीं रखता। मैं तो बस इसलिए पूछ बैठा कि बाकी लड़कियों का तो समझ में आता है, कि उनके साथ तो कुछ भी हो सकता है। क्योंकि, उनका तो वैसा करेक्टर होता है। लेकिन तुम्हारे साथ 'यह सब सोचने में ही बड़ा अजीब लगता है..."!

वह अभी बोल ही रहा था कि तब ही लिली जोरों से चिल्लाई "बस बहुत हो गया, बहुत बोल लिए तुम, अब अगर एक लफ़्ज़ भी आगे बोले तो..."! कहते हुए वह वहां से चल दी।

लव उसकी गुस्सा को देख कर हक्का बक्का रह गया। उसे यह तो पता था कि उसकी बात सुन कर वह नाराज़ हो जायेगी। लेकिन वह, इस तरह गुस्से से लाल–पीली हो जायेगी, इस बात का अंदाज़ा नहीं था उसे।

वह फिर उसके पीछे दौड़ते हुए गया और प्यार से समझाने की कोशिश करने लगा, लेकिन वह तो उसकी सुनने को तैयार ही नहीं थी। काफी समझाने के बाद भी जब वह नहीं मानी तो फिर लव ने भी उसका हाथ झटक कर उसे रोकते हुए कहा "मैंने तुमसे क्या कहा है? जो तुम इतना गुस्सा कर रही हो! मैंने तुमसे एक नॉर्मल सी बात पूछी थी... वह भी तुम्हारी ज़िद करने पर। अगर तुम्हें

उसका जवाब नहीं देना था तो मना कर देती, इसमें इतना लाल—पीले होने की क्या ज़रूरत थी। जबकि मैं बार—बार तुमसे कहता जा रहा था कि यह एक नॉर्मल सी बात है इसे इतना सीरियस मत लेना, फिर भी तुम गुस्से से भड़क उठीं। और फिर सौ बात की एक बात है... जिस तरह मेरे बारे में तुम्हें सब कुछ पता है, जैसे मैं तुमसे कुछ भी नहीं छिपाता, ठीक वैसे ही मेरा भी हक बनता है, तुम्हारे बारे में सब कुछ जानने का। लेकिन, आज तक तुमने अपने बारे में बताना तो दूर मेरी आंखों के सामने कुछ घट जाए वह भी छिपाने की कोशिश करती हो। तुमसे कभी कुछ पूछो भी, तो तुम तुरंत बिगड़ जाती हो, आज तक तुमने कभी किसी बात का सही से जबाव दिया है। पता नहीं, क्या चलता रहता है तुम्हारे दिमाग में। पिछले तीन सालों से, एक पहेली बनी हुई हो तुम मेरे लिए। कभी तो तुम साला हाथ तक टच नहीं करने देती और कभी तुम खुद ही सब कुछ करने को तैयार हो जाती हो। तुम कभी–भी कहीं से भी अचानक से उठ कर चली जाती हो, ना दिन देखो ना रात। अरे अगर कोई प्रॉब्लम है तो बताओ उसे, दोनों मिल कर उसका सॉल्यूशन ढूंढेंगे। लेकिन नहीं तुम्हें तो बस घर भागना होता है। और तो और मुझे आज तक तुम्हारे बारे में यह तक पता नहीं है कि तुम किस बात से खुश होती हो और किस बात से गुस्सा, तुम्हें क्या पसंद है क्या नहीं? और अब मैंने एक छोटी सी बात क्या पूछ ली तुम तो इस तरह गुस्सा हो गई जैसे न जाने मैंने कभी न माफ़ करने वाला गुनाह कर दिया हो। अरे यार नहीं बताना था तो मत बताती, लेकिन इस तरह गुस्सा करना ज़रूरी था क्या? अरे तुमसे जबरदस्ती थोड़े ही कर रहा था कोई"। कहते हुए लव चुप हो गया।

"क्या जानना चाहते हो तुम? यही ना कि मैं तुमसे पहले किसी के साथ फिजिकली हुई हूं या नहीं, हां मैं हुई हूं। एक दो बार नहीं बहुत बार, समझे। और अब तुम मेरे पीछे आने की कोशिश मत करना और ना ही मुझसे कभी

बात करना, नहीं तो... अच्छा नहीं होगा मिस्टर लव"! कहते हुए वह वहां से तिलमिलाती हुई चली जाती है। लव वहीं खड़ा उसे जाता देखता रह गया।

घर पहुंच कर लिली ने देखा कि घर पर अभी तक कोई नहीं आया है। इसलिए वह दुःखी हो रहे मन को थोड़ा सुकून देने के लिए शावर लेने लगी और लव के असली चेहरे को देखकर ख़ुद को कोसने लगी। वह परेशान होते हुए सोचने लगी 'क्या सभी लड़के एक जैसे ही होते हैं, सबकी एक जैसी ही सोच होती है? कम से कम उसे लव से तो यह उम्मीद नहीं थी। और फिर उसके बर्थ डे पर मैंने, उसकी खुशी के लिए सब कुछ तो किया था। लेकिन वह, उसके बारे में ऐसी सोच रखता है यह उसे नहीं पता था, वह उसे कभी माफ़ नहीं करेगी'। शावर लेने के बाद वह अपने कमरे में चली गई उसकी आंखों से आसुओं का बहना बंद नहीं हो रहा था। और इसी तरह सोचते–सोचते उसकी कब आंख लग गई, पता ही नहीं चला।

किसी के आवाज़ देने पर अचानक लिली की आंख खुल गई। उसने उठ कर देखा तो बॉबी शाम की कॉफी के साथ उसके पास खड़ी मुस्करा रही थी।

"फादर आ गए" लिली ने पूछा?

"अभी नहीं, दी जल्दी से आप कॉफ़ी टेस्ट करके बताओ, कैसी बनी है? मुझे तो बहुत टेस्टी लगी"!

लिली ने उसके हाथ से कॉफ़ी का मग लिया और सिप लगाते हुए बोली "कॉफी तो तू मुझसे भी अच्छी बनाती है"। कहती हुई कमरे से बाहर निकल गई और हाथ में मग लिए वह अपनी मां के कमरे की ओर चल दी। अपनी मां के कमरे के पास पहुंच कर वह दरवाज़े को धकेलते हुए कमरे में अंदर घुसी। कमरे में घुसते ही उसने देखा कि उसकी मां दूसरी तरफ मुंह करके अलमारी के सामने खड़ी है, जिसके हाथों में एक पेपर लगा हुआ है। लिली वहीं एक तरफ़ मग रख दवे पांव आगे बढ़ी और उसने पीछे से जाकर देखा कि, उसकी मां उस

पेपर को बड़े ध्यान से देख रही है। इतने में ही उसने पीछे से जाकर अपनी मां को दबोच लिया जैसे कि किसी को चोरी करते दबोच लिया जाता है। और बोली "हैलो मॉम, कैसी हो आप और यह आप क्या पढ़ रही हो"?

एलिना ने अपने हाथ में लगे पेपर की ओर इशारा करते हुए उसके बारे में कुछ बताना चाहा।

लिली ने अपनी मां की ओर देखा जिसकी आंखों में आंसू थे। उसे समझते देर न लगी कि मां की ज़रूर पुरानी यादें इस पेपर से जुड़ी हुई हैं। उसने झट से अपनी मां के हाथ से वह पेपर लिया और देखने लगी, तो पता चला कि वह तो उनका 'मैरिड सर्टिफिकेट' है। वह अपनी मां के आंसुओं को साफ़ करते हुए बोली "मॉम यह तो आपका 'मैरिड सर्टिफिकेट' है। अच्छा मैं समझ सकती हूं, आप उस दिन को कितना मिस कर रही हो"!

तब ही मैन दरवाज़ा खुलने की आहट हुई, वह समझ गई कि उसके डैड ऑफिस से आ चुके हैं। वह जल्दी से एलिना को सर्टिफिकेट पकड़ाते हुए बोली "मॉम, लगता है फादर आ गए हैं, आप इसी तरह यहीं खड़ी रहना मैं उन्हें अभी बुला कर लाती हूं, फादर आपको इस तरह देख बहुत खुश होंगे"! कहती हुई वह कमरे से निकल कर मुख्य दरवाजे की ओर दौड़ी।

दरवाज़े पर पहुंच कर उसने देखा कि अब तक उसके डैड आगे निकल कर हॉल तक पहुंच चुके हैं। उसने उन्हें पीछे से आवाज़ लगाई "फादर रुको...!

एडेन ने पीछे पलट कर देखा तो लिली उसकी ओर दौड़ी चली आ रही थी। इससे पहले कि वह कुछ समझ पाता, तब तक लिली उसके पास आ गई। और उत्साहित होकर बोली "फादर जल्दी से इधर आओ, आज आपको एक ऐसी न्यूज दिखाऊंगी, कि जिसे देख कर आपका मन खुश हो जायेगा"। कहते हुए वह एडेन का हाथ पकड़कर एलिना के रूम की ओर खींचने लगी।

"ऐसा क्या देख लिया बेटा तुमने, जो इतनी सरप्राइज हो रही हो? और मुझे कहां खींचे लिए जा रही हो"?

"अरे पहले आप आओ तो सही"। कहते हुए वह, अपने पिता को खींचते हुए एलिना के कमरे में ले गई। जैसे ही वह एडेन के साथ कमरे में दाखिल हुई, तो उसने देखा कि उसकी मां तो अब बिस्तर पर लेट चुकी है। उसकी सरप्राइज़ भरी न्यूज खत्म हो गई। वह हिचकिचाते हुए बोली "फादर अभी मॉम यहां, इस अलमारी के पास खड़ी थीं और पता है सबसे शॉकिंग बात क्या है! इनके हाथ में एक पेपर था, जिसे ये पढ़ने की कोशिश कर रहीं थीं"।

कहते हुए वह इधर–उधर उस पेपर को ढूंढने लगी, उसने उसके बारे में अपनी मां से भी पूछा लेकिन एलिना ने कोई जबाव नहीं दिया। तब ही उसकी नज़र अपनी मां के तकिए पर गई जिसके नीचे छिपे हुए पेपर का कोना नज़र आ रहा था। लिली ने लपक कर वह पेपर एलिना के सिर के नीचे से खींचा और अपने डैड को पकड़ाते हुए कहा "यह देखो फादर...! यह मॉम और आपकी शादी का मैरिड सर्टिफिकेट है जिसे मॉम उधर खड़े होकर पढ़ने की कोशिश कर रही थीं। इसका मतलब फादर! मॉम को अब पिछली बातें याद आने लगीं हैं, है न कितनी खुशी की बात"! कहते हुए लिली प्यार से अपनी मां के पास जाकर बैठ गई।

लेकिन एलिना को शायद उसकी यह बात पसंद नहीं आई और उसने पास बैठी लिली से मुँह फेर लिया।

इधर बेटी की बातें सुन एडेन कमरे में लगी जीजस की तस्वीर के सामने हाथ जोड़ते हुए प्रार्थना करने लगा। "हे गॉड, आज मेरी बेटी ने एलिना के बारे में जो कुछ बताया है, वह सब इसकी सेहत को लेकर अच्छे संकेत हैं। धीरे–धीरे हो रहे उसकी तबियत में सुधार से मैं बहुत खुश हूं और चाहता हूं कि मेरी

एलिना जल्द से जल्द ठीक हो जाए! मुझे उम्मीद है कि आप मेरी एलिना को इसी तरह से ठीक कर दोगे"!

उसके बाद एडेन, लिली से "कि अब वह अपनी मां को आराम करने दे"। बोल कर कमरे से बाहर निकल गया। उसके बाद लिली भी अपनी मां को 'बाए' करते हुए उसके पीछे–पीछे कमरे से बाहर निकल आई।

एडेन, अपनी बेटी से कपड़े बदलने की बोल कर अपने कमरे में चला गया। कमरे में जाकर सबसे पहले उसने दरवाज़ा बंद किया। फिर गौर से एलिना के कमरे से लाए हुए सर्टिफिकेट को देखने लगा। जो एलिना के न चाहते हुए भी लिली ने उससे लेकर अपने पिता को दे दिया था। वह उसकी शादी का सर्टिफिकेट था। जिस पर मोटे—मोटे अक्षरों में 'एडेन वॉग' और 'एलिना ऐलब्स' नाम लिखा हुआ था। वह बड़े प्यार से सर्टिफिकेट पर हाथ फिराने लगा, हाथ फिराते हुए जैसे ही उसकी उंगली 'एलिना ऐलब्स' नाम पर गई तो उसकी उंगली तुरंत वहीं थम गई जिसे देख उसकी आंखे भर आई। शायद, उसे भी अपनी शादी के खूबसूरत बीते हुए पल याद आ गए होंगे। तब ही अचानक, उसके चेहरे पर छाई मायूसी एक अजीब सी मुस्कान में बदल गई, ऐसा लगा जैसे उसके दिमाग पर अचानक से किसी शैतान ने कब्जा कर लिया हो।

थोड़ी देर बाद एडेन आवाज़ देते हुए सभी को डिनर टेबल पर उपस्थित होने के लिए कहता है। दोनों लड़कियां टेबल पर खाना लगा देख कर दंग रह जाती हैं। बॉबी पूछती है "फादर क्या आज आप बाहर से खाना लाए हो"?

"हां बेटा आज ऑफिस में काम ज्यादा कर लिया था, तो सोचा कि घर क्या बनाऊंगा, होटल से ही पैक करवा लेता हूं"।

"तो फादर बाहर से खाना लाने की क्या ज़रूरत थी, खाना तो अब हम दोनों बना ही लेते हैं! आप ऑफिस से आकर आराम करते इतनी देर में हम खाना तैयार कर देते" लिली थोड़ा नाराज़गी दिखाते हुए बोली!

“अरे बेटा, अब मैं कहां कुछ करता हूं सब तुम दोनों बहनें ही तो करती हो। मैं तो बस टाइम पास के लिए लगा रहता हूं तुम्हारे साथ”। एडेन ने प्लेट में खाना लगाते हुए कहा।

लिली टेबल पर बैठने की बजाय दूसरी तरफ चली गई। फिर कुछ देर बाद वह अपनी मां के साथ लौटी। यह देख बॉबी भी अपनी मां को सहारा देने के लिए दौड़ी। फिर दोनों बहनों ने सावधानी से अपनी मां को चेयर पर बिठाया। एलिना को देख सब खुश थे, वह सालों बाद आज डिनर टेबल पर बैठी थी।

एडेन भी जल्दी से सूप बाउल लिए एलिना के बराबर में खड़े होकर उसे चम्मच से सूप पिलाने की कोशिश करने लगा। लेकिन, हमेशा की तरह इस बार भी एलिना ने उसे निराश किया। उसने अपना मुंह दूसरी तरफ फेर लिया। यह सब अपनी कुर्सी पर बैठी देख रही लिली उठकर अपनी मां के पास आई और बोली “गुस्सा मत करो मॉम प्लीज़! लो थोड़ा सा सूप पीलो! देखो अगर आप कुछ नहीं खाओगी तो ठीक कैसे होगी। आपको जल्दी से ठीक होना है ना? तो लो गर्म–गर्म सूप पियो”।

इसी तरह अपनी बेटी के बार—बार कहने पर एलिना उसकी ही ओर देखते हुए एडेन के हाथों से सूप पीने लगी।

आज उसकी सेहत में काफी सुधार दिख रहा था। लग रहा था, अगर ऐसे ही चलता रहा तो वह जल्द ही ठीक हो जाएगी। उसकी सुधरती सेहत को देखकर आज सब खुश थे, सभी ने खुशी–खुशी डिनर खत्म किया। और खाने के बाद दोनों लड़कियां अपनी मां को उसके कमरे में छोड़ आई। फिर बॉबी अपने कमरे में आकर पढ़ाई करने लगी। और कुछ देर तक पढ़ने के बाद वह सो गई।

लेकिन, लिली बिस्तर पर पड़ी पड़ी करवटें बदल रही थी, उसकी आंखो में नींद का नामोनिशान नहीं था। वह बस लव के साथ हुई कॉलेज में बहस के बारे में ही सोच रही थी, ‘कि किस तरह उसने मेरा बिना मतलब की बात के

लिए दिल तोड़ा है। उसे इतनी जल्दी यह सब बातें दिमाग़ में नहीं लानी चाहिए थी, अरे कुछ वक्त तो साथ में गुज़रने देता। सही वक्त देख कर मैं ख़ुद उसे सब कुछ बता देती। अरे एक ही बार तो हम सही से मिले और उसमें भी उसने न जाने कहां–कहां दिमाग़ दौड़ा लिया। कितनी छोटी सोच है उसकी, बिलकुल बाकी के लड़कों की तरह। मैं उसके बारे में क्या सोचती थी और वह क्या निकला। यही सोचते हुए अब उसे एक और बात का डर सताने लगा, कि कहीं ऐसा न हो वह हम दोनों के मिलन की बात पूरे कॉलेज में फैला दे और मैं कहीं मुंह दिखाने के लायक न रहूं'। इसी तरह धीरे–धीरे रात के 2:00 से ऊपर बज गए। और यही सोचते–सोचते आखिर उसकी भी आंख लग गई।

अभी लिली की आंख लगी ही थी, कि एक अजीब सी आहट से उसकी नींद टूट गई, उसे कुछ असमान्य सा महसूस हुआ जिससे उसकी आंख खुल गई। उसने बिस्तर से उठकर लाइट ऑन करके देखा, तो बराबर में बॉबी चैन की नींद सो रही थी। वह उठी और सधे पांव दरवाज़े तक गई, उसने गेट का लॉक चेक किया जो ओके था। फिर उसने धीरे से दरवाज़ा खोला और बाहर झांककर देखा, चारों तरफ सन्नाटा पसरा हुआ था। वह अपने कमरे से बाहर निकली और दवे पांव अपने पिता के कमरे की तरफ बढ़ी। जहां उसे दूर से ही उनके खुले हुए दरवाज़े से बाहर आती रोशनी दिखाई दी। वह बड़बड़ाते हुए बोली 'क्या फादर अभी तक सोए नहीं'? कहते हुए वह आगे बढ़ी ही थी कि तब ही पीछे से उसके कानों में किसी की एक दबी हुई सी आवाज़ आई। वह तुरंत पीछे मुड़ी, उसने अंदाज़ा लगाया कि यह आवाज़ तो उसकी मां के कमरे की तरफ से आ रही है। वह तुरंत आवाज़ का पीछा करते हुए उसी ओर दौड़ी। कमरे के नज़दीक पहुंचते—पहुंचते अब "घर्र... घर्र..." की आवाजें आने लगीं। उसने झटके से अपनी मां के कमरे का दरवाज़ा खोला। दरवाज़ा खुलते ही उसने अंदर का जो नज़ारा देखा, उसे देख उसके पैरों तले जमीं खिसक गई, डर के मारे उसकी चीख निकल पड़ी। एडेन ने सोती हुई एलिना की गर्दन पकड़ रखी

थी और वह पूरी ताकत से दबाए जा रहे था। दम घुटने की वजह से एलिना के मुंह से घर्र... घर्रर... की आवाज़ें निकल रही थी जिससे अब उसकी जीभ और आंखें बाहर निकलने लगीं थीं। यह नज़ारा देखते ही लिली को मारे डर और घबराहट के बेचैनी होने लगी थी। लेकिन, देर न करते हुए वह दोनों के बीच कूद पड़ी और हिम्मत जुटाकर अपने पिता के हाथों से अपनी मां को बचाने की भरपूर कोशिश करने लगी। लेकिन, शायद वह भूल गई थी कि एडेन अपनी बीमारी की वजह से और भी ज़्यादा जिद्दी और ताकतवर हो जाता है। ऐसे में उसे अकेले काबू कर पाना लिली के लिए संभव नहीं था और यह बात उसे जल्द ही समझ में आ गई। अपने हाथों से वक्त निकलते देख वह बॉबी को चिल्लाने लगी। वह उसे लगातार आवाज़ देती रही, लेकिन इस बार भी बॉबी उसकी मदद के लिए नहीं आई। और इस तरह एक बार फिर उसकी आवाज़ पूरे घर में ही गूंजकर रह गई। बॉबी ने आज फिर उसे धोखा दिया, वह आज भी उसके पुकारने पर मदद के लिए नहीं पहुंची थी। इधर इस अकेली की कोशिश बेकार गई और थोड़ी ही देर में एलिना की गर्दन एडेन के हाथों में झूल गई। उसके हाथ–पैर अकड़ते हुए एकदम से शांत हो गए तब जाकर एडेन की पकड़ ढीली हुई। एलिना की आंखे और जीभ बाहर निकलकर, मुंह खुला का खुला रह गया था। अपनी मां की ऐसी हालत देख लिली, उससे लिपट कर जोर–जोर से चीखने चिल्लाने लगी। अब एडेन अपना काम खत्म कर वहां से जा चुका था। लिली ने रोते हुए अपनी मां की आंखो पर हाथ फेर कर उन्हें बंद किया। अब बस बहुत हो गया वह चीख–चीख कर अपने डैड और बॉबी को पुलिस के हवाले करने की बात कर रही थी। क्योंकि, आज उसकी आंखों के सामने उसकी मां के साथ जो हुआ है उसे वह बर्दाश्त नहीं कर सकती थी। फ़िर इसी तरह रोते–रोते, उसका चीखना—चिल्लाना अब सिसकियों में बदल गया और कुछ देर बाद वह वहीं बेहोश हो गई।

सुबह स्कूल के लिए जाते हुए बॉबी बोली "बाए फादर..."।

“बाए बेटा, अपनी दी को भी जगाती जाओ वह भी नाश्ता कर लेगी”! एडेन ने ग्लास में दूध डालते हुए कहा।

“दी...? दी तो रूम में नहीं है फादर! आप देख लो, कहीं वो बाहर तो नहीं निकल गई। मैं जा रही हूं, मेरी बस छूट जायेगी। ड्राइवर अंकल हॉर्न पर हॉर्न दिए जा रहे हैं”। कहते हुए बॉबी अपना बैग उठा कर स्कूल के लिए निकल गई।

“ठीक है बेटा, तुम जाओ मैं देख लूंगा” कहते हुए एडेन ने किचेन में जाकर चूल्हा बंद किया और गुनगुनाते हुए बाहर की ओर जाने लगा।

तब ही गेट खोलते हुए बॉबी की आवाज़ आई “फादर गेट तो अंदर से ही लॉक है तो दी बाहर कैसे गई होंगी, वह अंदर ही होंगी देख लेना”!

जब तक एडेन दरवाज़े तक पहुंचा तब तक बॉबी इतना बोलकर जा चुकी थी। अपनी छोटी बेटी की बात सुन चिंतित हो चुका एडेन अपनी बड़ी बेटी को इधर–उधर खोजने लगा। बाथरूम, गेस्टरूम और अन्य रूम को देखने के बाद वह आवाज़ देते हुए एलिना के रूम के पास जा पहुंचा। जहां उसकी आवाज़ सुन कर लिली की आंख खुल गई। वह कुछ समझ पाती उससे पहले ही एडेन भी कमरे में घुस आया। वह, उसे वहां देख एकदम चौंक गया। लिली उल्टी—सीधी जमींन पर बैठी थी। उसके बाल बिखरे, आंखें लाल और सूजी हुईं थीं वह बिल्कुल पागलों की तरह दिख रही थी।

एडेन ने हैरानी से पूछा “बेटा तुम यहां क्या कर रही हो? मैं, तुम्हें घर में चारों तरफ देख कर आ रहा हूं। और तुमने अपनी यह हालत क्या बना रखी है? चलो उठो और नहा धोकर नाश्ता करो”!

लिली का वैसे भी दिमाग़ ठिकाने पर नहीं था। उसे ख़ुद ठीक से कुछ याद नहीं था कि वह यहां क्यों बैठी है और आखिर यहां हुआ क्या है? वह, अपने पिता

की बात का कोई जवाब न देते हुए चुपचाप उठी और अपनी मां की ओर देखने लगी। उसने, एडेन की बात को इस तरह नज़रंदाज़ कर दिया जैसे उसके कानों तक उसकी आवाज़ पहुंची ही न हो। लिली, अपनी मां की ओर इस तरह देखे जा रही थी, जैसे उसकी मां अभी सो रही है और वह अभी उससे बात करने वाली है। लेकिन, तब ही अचानक उसे रात का सीन याद आ गया और वह दहाड़ मारते हुए अपनी मां से लिपट कर रोने लगी।

उसका एकदम से एलिना से इस तरह लिपट कर रोना एडेन के बिलकुल भी समझ में नहीं आया। वह, लिली के पास जाकर उसके सिर पर हाथ फेरते हुए बोला "क्या हुआ बेटा, तुम इस तरह रो क्यों रही हो? मुझे बताओगी कुछ"?

लिली ने अपने पिता के सवाल का कोई जवाब नहीं दिया। क्योंकि, उसके मुताबिक तो उसके डैड ने ही उसकी मां को मारा है, तो उन्हें तो सबकुछ पता होगा ही। लेकिन शायद वह यह भूल गई थी, कि इस बीमारी में उसके डैड के द्वारा कुछ भी किया हुआ उन्हें सुबह तक याद नहीं रहता।

अपनी बेटी से कोई जबाव न मिलने पर एडेन का ध्यान एलिना पर गया जो इतनी देर से खामोश पड़ी हुई थी। फिर उसने, उसे पुकारा "एलिना, एलिना..."!

जब उसकी तरफ़ से भी कोई जवाब नहीं मिला, तो एडेन ने झटके से एलिना का हाथ पकड़कर उसकी नब्ज़ देखी, जो बिल्कुल शांत पड़ी हुई थी। यह देख उसे समझते देर न लगी 'कि उसकी बेटी इतना बिलख-बिलख कर क्यों रो रही है, उसे पता चल गया कि उसकी एलिना अब इस दुनिया में नहीं रही। जिंदगी के इस सफ़र में वह अब उसे हमेशा के लिए अकेला छोड़ कर जा चुकी है।

यह देख एडेन को एकदम धक्का सा लगा और वह भी अपना-आपा खो बैठा। वह एलिना को गोद में उठा कर पागलों की तरह चीखने-चिल्लाने लगा। वह

कभी उसके चेहरे की ओर देखता तो कभी उसे अपने सीने से लगाता तो कभी उसके साथ बिताए हुए समय को याद कर रोता।

लिली को यह सब देख एडेन पर गुस्सा आ रहा था, उसे यह सब ढोंग लग रहा था। एक बार तो उसका मन हुआ कि वह उसे धक्का देते हुए अपनी मां से दूर कर दे। क्योंकि, इस बेरहम इंसान ने उसकी आंखों के सामने ही तो उसकी मां को मारा था। लेकिन, एडेन को काफी देर से परेशान होता देख, न चाहते हुए भी वह बोली "फादर अब अपने आप को संभालो, अब मॉम हमें छोड़ कर जा चुकी हैं। और अगर आप भी इसी तरह परेशान होते रहेंगे तो हमारा क्या होगा, फ़िर हमें कौन संभालेगा"?

अपनी बेटी की बात सुन वह बोला "बेटा यह सब कब और कैसे हुआ? और मुझे कुछ कैसे पता नहीं चला। जब तुम्हारी मॉम की तबीयत बिगड़ी, तो तुमने मुझे क्यों नहीं बुलाया? कम से कम मैं उससे एक आखिरी बार बात तो कर लेता"।

लिली को अपने डैड की बातें, उसके सीने में कटाक्ष की तरफ चुभ रहीं थीं, लेकिन फिलहाल वह शांत थी। क्योंकि, वह मौका मिलते ही पुलिस को ख़बर करने वाली थी। उसने उससे कहा "मुझे भी कुछ पता नहीं चला कि मॉम को कब, क्या हुआ? मैं तो रात को नींद न आने के कारण अचानक से यहां आई थी। तब मैंने इनके पास आकर देखा तो पता चला कि, मॉम हमें छोड़ कर जा चुकी हैं"। उसने बताया।

फिर एडेन, अपनी बेटी को अपने गले लगाकर समझाने लगा। अपने डैड को काफ़ी देर से परेशान होता देख लिली एक बार फिर सोच में पड़ गई 'कि क्या फादर ने यह सब जानबूझ कर किया है या फिर यह सब उनसे अपनी उसी बीमारी के कारण हुआ है? अगर ऐसा है तो फ़िर फादर निर्दोष हुए। यही सब

सोचते हुए वह थोड़ी नॉर्मल हो गई, उसे लगा जल्दबाजी में फ़ैसला लेना सही नहीं होगा।

अगले दिन एलिना का विधि-पूर्वक अंतिम संस्कार किया गया। उसके अंतिम-संस्कार में काफ़ी लोग शामिल हुए। सबको पता ही था कि वह लंबे समय से बीमार थी, इसलिए शक या किसी तरह के संदेह की तो कोई गुंजाइश ही नहीं थी। फ्यूरनल में आए लोग एडेन को सांत्वना देते हुए उसे, ख़ुद के साथ अपनी बेटियों का भी ध्यान रखने की बोल कर चले गए। एडेन अपनी पत्नी की मौत से बुरी तरह टूट चुका था। उसने दो दिन में ही अपनी बुरी हालत बना ली थी। वह बेजान सा शरीर लिए एलिना के गम में एकांत में बैठा रोता रहता। कमज़ोरी की वजह से अब उससे सही से उठा-बैठा तक नहीं जा रहा था, उसका शरीर कमज़ोर होता जा रहा था।

अपने डैड की ऐसी हालत देख लिली को भी अब उन पर तरस आने लगा। उसे भी अहसास हो गया 'कि उसके फादर से जो कुछ भी हुआ इसके लिए वह ज़िम्मेदार नहीं हैं, इसमें उनकी कोई गलती नहीं है। अपने फादर के बारे में उसने जो भी सोचा वह सब गलत था। ऐसे इंसान को क्या सज़ा दिलाई जाए जिसे अपने कसूर के बारे में ही कुछ पता न हो। उन्हें जेल की नहीं बल्कि देखभाल की ज़रूरत है, इसलिए मैं अपने फादर के साथ हूं, मैं उन्हें इस हालत में अकेला नहीं छोड़ सकती। और फिर अगर मैंने बॉबी और फादर को जेल भेज भी दिया, तो बाद में मेरा अपना यहां कौन है, मैं अकेली किसके लिए जियूंगी? नहीं... नहीं... मैं ऐसा नहीं कर सकती'।

शाम को दोनों बहनों ने मिल कर उल्टा सीधा खाना बनाया। बॉबी को खाना खाता छोड़ लिली थोड़ा सा खाना लेकर एडेन के कमरे में जा पहुंची। उसने देखा, कि उसके फादर गुमसुम से एक गहरी सोच में लेटे हुए हैं। वह, उनके पास जाकर बैठ गई और उनसे थोड़ा बहुत खाना खाने के लिए आग्रह करने

लगी, लेकिन एडेन ने खाना खाने के लिए मना कर दिया। पर उसके मना करने पर भी लिली ने सहारा देते हुए उसे जबरदस्ती उठाया और बोली "फादर यह सब क्या है इतना समझाने के बावजूद भी आपने अपनी क्या हालत बना रखी है? माना मॉम का हमें इस तरह छोड़कर जाना सबके लिए काफ़ी दुखदाई है। लेकिन जो होना था सो हो गया कम से कम आप तो अपने आप को संभालो। अगर आप इसी तरह से परेशान रहोगे तो हमारा क्या होगा? हमारा तो आपके सिवाय इस दुनिया में कोई नहीं है। चलो थोड़ा बहुत खाना खाओ फिर दवा लेकर आराम करना"। कहते हुए वह अपने फादर को अपने हाथों से खाना खिलाने लगी।

एडेन भी इस बार उसके हाथों से चुपचाप खाने लगा। खाना खिलाने के बाद उसने अपने डैड को दवा दी और फिर वहीं उनके पास बैठ गई। दवा और खाने के असर से एडेन को नशा सा महसूस होने लगा और जल्द ही उसकी आंख लग गई। वह थका हारा होने के कारण जल्द ही गहरी नींद में सो गया।

अपने डैड के सो जाने के बाद लिली वहीं बैड के पास ही कुर्सी डाल कर सो गई। अभी उसकी आंख लगी ही थी कि बॉबी उसके पास आई और उसे जगाते हुए बोली "दी... सो गईं क्या"?

लिली ने बॉबी को देखाते हुए कहा "नहीं अभी नहीं सोई, बोलो क्या बात है"?

"दी फादर ने खाना खा लिया"?

लिली ने हां में उत्तर दिया।

"तो दी चलो तुम भी थोड़ा बहुत खा लो उसके बाद ही सोना" बॉबी ने कहा।

"नहीं, मुझे अभी भूख नहीं है अगर लगेगी तो मैं उठकर खा लूंगी! तू जा चल कर आराम कर"। कहते हुए वह कमरे में पड़े सोफे पर चादर ओढ़ कर लेट गई और बोली "बॉबी लाइट ऑफ करते जाना"!

बॉबी कमरे की लाइट ऑफ करके अपने कमरे में चली गई।

इधर, मेरे एक बात समझ में नहीं आ रही, कि जब लिली को एडेन की खतरनाक बीमारी के बारे में पता है, तो फिर वह उसके कमरे में क्यों सो गई? जबकि हाल ही में उसके डैड ने उसकी आंखों के सामने ही उसकी मां को मारा था, फिर भी...!

आधी रात के समय एडेन की आंख खुली। उसने करवट बदलते हुए टेबल लैंप ऑन की और देखा कि उसकी बेटी सोफे पर सिकुड़ी हुई सो रही है। सोफा छोटे होने के कारण उस पर लिली के सही से पैर नहीं फैल रहे थे। उसने चादर ओढ़ रखी थी लेकिन उसका चेहरे से चादर हट गई थी। एडेन बैड से बैठे–बैठे ही अपनी बेटी को निहारने लगा और उसे देख उसके चेहरे पर हल्की सी मुस्कान आ गई।

कहीं एडेन अपनी उसी जानलेवा खतरनाक बीमारी के असर में तो नहीं है, अगर ऐसा हुआ तो लिली आज फिर मुसीबत में पड़ सकती है। एडेन बैड से उठने लगा वह बड़ी मुश्किल से बैड से उठ कर नीचे खड़ा हो पाया। उसका शरीर एकदम शक्तिहीन नज़र आ रहा था। वह दीवार का सहारा लेते हुए कमरे से बाहर चला गया और कुछ देर बाद पानी पीता हुआ वापस लौटा। फ़िर उसने टेबल–लैंप बंद कर कमरे की दूसरी लाइट जलाई।

लिली के पास जाकर उसने उसे एक दो आवाज़ दी ताकि वह, उस तंग जगह से उठकर बैड पर लेट जाए, लेकिन वह गहरी नींद में थी इसलिए सोती रही। एडेन भी वहीं अपनी बेटी के पास बैठ गया और कुछ सोचते हुए उसके चहरे पर आ रहे बालों को संभालता रहा। कुछ देर बाद उसने लिली को मुश्किल से उठाकर अपने बैड पर सीधा लिटाया और चादर ओढ़ा दी। उसके बाद खुद दूसरी चादर ले कर सोफे पर सो गया। वास्तव में ही एडेन अपनी बेटी से बहुत

प्यार करता था। यह तो लिली की बदकिस्मती थी जिस कारण उसकी बीमारी ने उसे कहीं का नहीं छोड़ा था।

लगभग दो घंटे बाद एडेन की एक बार फिर आंख खुली। इस बार उसकी आंखें लाल थीं जैसे मानो उनमें ख़ून उतर आया हो। अब ना तो वह पलकें झपका रहा था और ना ही आंखों की पुतलियां इधर-उधर घुमा रहा था, ऐसा लग रहा था जैसे उसकी आंखें न होकर पत्थर के बटन हों। सोफे पर सीधा पड़ा वह छत की ओर टकटकी लगाए देखे जा रहा था। थोड़ी देर बाद एडेन उठ कर सोफे पर ही बैठ गया और कुछ देर तक सामने वाली दीवार पर आंखें गड़ाए देखता रहा। फिर वहां से उठ कर कमरे से बाहर चला गया। जब एडेन को गर्दन घुमाने या मोड़ने की ज़रूरत पड़ती तो वह पूरा शरीर ही घुमाता। इस बार वह अपने शरीर से भी बिल्कुल कमज़ोर नहीं लग रहा था। उसकी लाल आंखें और फूले हुए नथूनों से उठ रही हुंकार आने वाले तूफ़ान की गवाही दे रहे थे। और ऐसा ही हुआ, एडेन जब बाहर से आया तो उसके हाथ में चाकू था।

वह, सोती हुई लिली के पास गया और खड़े होकर उसे घूरने लगा। कुछ देर उसे घूरने के बाद चाकू की नोक से उसने लिली के ऊपर से चादर हटा दी। बैड पर सीधी लेटी लिली को कुछ भी अंदाज़ा नहीं था, कि उसके साथ क्या होने वाला है वह सपनों में खोई हुई आने वाले तूफ़ान से अंजान थी। चादर हटाने के बाद एडेन उसके शरीर को पागलों की तरह सूंघने लगा जिससे उसके बदन के गंध का नशा धीरे-धीरे उसके दिमाग़ पर छाने लगा। फिर अपनी बीमारी के कारण पागल हो चुका एडेन चाकू को पकड़ लिली के चेहरे से लेकर, उसकी गर्दन से होते हुए नीचे तक ले गया। हालांकि, चाकू की नोक ने अभी तक लिली को छुआ नहीं था। फिर उसने चाकू को मजबूती से पकड़ा और दांत पीसते हुए लिली की गर्दन पर चलाने लगा, लेकिन अभी भी चाकू लिली की गर्दन से कुछ सेंटीमीटर दूर हवा में ही चल रहा था। लेकिन, चाकू को ज़रा सा

भी इशारा मिलते ही कुछ भी हो सकता था और ऐसा ही हुआ। चाकू की बेताबी देख एडेन ने उसे इज़ाजत दे दी, लेकिन ख़ुद के शरीर पर।

हां उसने अपना बायां हाथ चाकू से गोद डाला। हाथ की नस कटते ही ख़ून की एक लंबी सी फुआर चलने लगी। बहती हुई ख़ून की फुहार को उस पागल इंसान ने अपने ही मुंह पर कर लिया। जिससे उसका पूरा चेहरा खून से तरबदर हो गया। फिर उसने कटा हुआ हाथ सोती हुई लिली के चेहरे के ऊपर कर दिया। जिससे बहता हुआ खून उसके मुंह और गर्दन पर टप, टप करके गिरने लगा। लिली को नींद में ऐसा महसूस हुआ जैसे उसके चेहरे पर बारिश की बूंदें पड़ रहीं हैं। जिससे अचानक उसकी आंख खुल गई। सीधे लेटे होने के कारण उसकी नज़र सीधे एडेन के हाथ पर गई, जिससे लगातार बहते हुए खून की धार उसके चेहरे पर गिर रही थी। फिर उसकी सीधी नज़र बराबर में खड़े एडेन पर गई, जिसका चेहरा ख़ून से लथपथ हो चुका था। वह लिली को देख एक अजीब तरह से मुस्करा रहा था जिससे उसके ख़ून से भरे लाल दांत साफ़ दिखाई दे रहे थे। वह बिल्कुल एक विकराल राक्षस सा दिख रहा था, जिसे देख लिली की चीख निकल पड़ी।

लिली ने बिस्तर से उठकर भागना चाहा, लेकिन उसके उठने से पहले ही एडेन उछल कर उसके पैरों पर बैठ गया और उसके कपड़े नौंचने लगा। और इस तरह उसके लाख चीखने—चिल्लाने पर भी एडेन ने कुछ ही देर में सारे कपड़े उसके बदन से ज़ुदा कर दिए। और फ़िर अपने हाथ से रिसता हुआ सारा ख़ून उसके चेहरे और बदन से पोत दिया और फिर उसके बाद एक बार फिर उसने बुरी तरह से उसका रेप किया और वह छटपटाने के सिवाय कुछ न कर सकी। आज वह चीखी चिल्लाई ज़रूर लेकिन, उसने बॉबी को एक भी आवाज़ नहीं दी। क्योंकि, उसको पता था कि आज भी उसकी बहन उसकी मदद के लिए नहीं आयेगी इसलिए उसने इतनी बड़ी मुसीबत में भी उसे नहीं पुकारा।

कुछ देर बाद एडेन के अंदर का शैतान शांत हो गया और वह वहीं लिली के बराबर में बेहोश होकर गिर पड़ा। लिली दर्द से कराहते हुए उठी, उसके बदन पर एक भी कपड़ा नहीं था। उसने बराबर में पड़ी चादर उठाई और शरीर से लपेट कर धीरे–धीरे बाथरूम की ओर चल दी। उसे कोई डिस्टर्ब न करे इसलिए वह दूसरे बाथरूम में गई जिसे कभी–कभार ही प्रयोग में लिया जाता था। बाथरूम में उसने आंखे बंद की और बाथ टब में बैठ गई। उसकी आंखों से गुस्सा, डर और बेबसी के आंसू बह रहे थे और इसी तरह कुछ ही देर में वह बेचारी बेहोश हो गई। लिली के साथ यह सिलसिला तो काफ़ी दिनों से चल रहा था, लेकिन आज जिस बर्बरता से उसके साथ रेप हुआ उससे उसकी रूह तक कांप गईं थीं।

सुबह होते ही, बॉबी तैयार हो कर अपने स्कूल के लिए निकल चुकी थी। एडेन भी नहा—धो कर टेबल पर नाश्ता लगाते हुए रोज़ की तरह लिली को पुकार रहा था। उसको आज किसी ज़रूरी काम से बाहर जाना था, जिसके बारे में उसने शाम किसी को नहीं बताया था। इसलिए, वह जाने से पहले लिली को बता कर जाना चाहता था, ताकि शाम को लौटते समय वक्त लगने पर कोई उसके लिए परेशान न हो।

इधर बाथरूम में उसके डैड की आवाज़ गूंजते हुए लिली के कानों में पड़ी जिससे उसकी आंख खुल गई। आंख खुलते ही उसकी सीधी नज़र सामने वाली दीवार पर पड़ी जहां वही खून से लिखा हुआ FATHER वाला कार्ड चिपका हुआ था जो उसकी नजरों के ठीक सामने ही था। जिसे देखते ही लिली बाथटब से निकल "फादर... फादर..."! चिल्लाते हुए बाथरूम से बाहर निकल कर भागी। इस समय उसके शरीर पर एक भी कपड़ा नहीं था।

इधर उसकी चीख सुनकर एडेन भी अपने कमरे से निकल कर बाहर की ओर दौड़ा। और जैसे ही कमरे से निकल कर उसने लिली को इस हालत में अपनी

ओर आता देखा तो सपकपा गया, उसके बढ़ते कदम ठहर गए, मानो जैसे एकदम उनमें किसी ने बेड़ियां डाल दी हों। वह कुछ समझ पाता इससे पहले ही लिली दौड़ कर उसके पास आ गई और "फादर...फादर..." चिल्लाते हुए उससे लिपट गई। उसकी डर की वजह से घिग्गी बंधी हुई थी।

एडेन सकुचाते हुए घबराई हुई अपनी बेटी को तसल्ली देने लगा। उसने चारों ओर नज़र घुमाई, लेकिन उसे वहां आसपास कोई कपड़ा नहीं दिखाई दिया। इधर लिली ने उसे इतनी ज़ोर से पकड़ रखा था कि वह एक कदम भी आगे पीछे नहीं कर पा रहा था। तब ही अचानक वहां कहीं से लव आ पहुंचा। वह लिली को इस हालत में देख कर दंग रह गया। उसे समझते देर न लगी कि वह ज़रूर किसी बड़ी मुसीबत में है। उसे बराबर में पर्दे टंगे दिखाई दिए, उसने आव देखा न ताव उन्हें एक ही झटके में उखाड़ लिया और दौड़ कर लिली के शरीर को ढक दिया। एडेन ने भी उसे अपने शरीर से हल्का सा दूर किया जिससे पर्दा उसके चारों ओर लपेटा जा सके। उसके बाद एडेन ने लव से लिली को अंदर ले जाने के लिए कहा और खुद उसी बाथरूम की तरफ चला गया जिससे लिली अभी बाहर निकल कर आई थी।

लव ने जल्दी से लिली को सांभाला और उसे बराबर वाले कमरे में ले गया। कमरे में पहुंचते ही लिली ने उसे कस कर पकड़ लिया और उससे लिपट कर फफक—फफक कर रोने लगी। लव ने भी उसे तब तक अपने सीने से लगाए रखा जब तक कि उसे शांति नहीं मिल गई। धीरे–धीरे उसका रोना, शांत हुआ और कुछ ही देर में वह नॉर्मल हो गई। लव ने धीरे–धीरे उसे अपने से दूर किया, उसकी आंखें अभी भी नम और बंद थीं। उसके आंसू साफ़ करते हुए लव ने उसे आवाज़ दी जिसके कुछ देर बाद लिली ने अपनी आंखें खोलीं। उसके बाद लव ने उसे वहीं पड़े एक सोफे पर बिठाया और फिर उससे किचन के बारे में पूछते हुए बाहर निकल गया। और कुछ देर बाद वह एक ग्लास पानी के साथ वापस लौटा, लिली को ग्लास पकड़ाते हुए उसके सामने ही जमीन पर नीचे

बैठ गया। लिली ने थोड़ा सा पानी पिया लव के पास होने से उसको अपने डर से काफ़ी राहत मिली उसमें एक नई ऊर्जा सी आई।

लव, उसका हाथ पकड़ कर चूमते हुए बोला "क्या बात है लिली, यहां ऐसा क्या हुआ था? जो ऐसी स्थिति बन गई कि तुम अपने डैड से इस कंडीशन में चिपकी खड़ी थीं? देखो मेरे पूछने पर आज तक तुमने मुझे कुछ नहीं बताया, लेकिन यहां आकर मैं इतना तो समझ ही चुका हूं, कि यहां कुछ तो गड़बड़ है। और तुम भी ज़रूर किसी न किसी बड़ी मुसीबत में फंसी हुई हो"!

लिली बचकुचा पानी ख़त्म कर ग्लास साइड में रख मासूमियत से लव की तरफ़ देखने लगी। फिर उसने उसका हाथ पकड़ कर जमीन से उठाकर अपने पास बिठाया। और उसके कंधे पर सिर रख कर एक बार फिर से रोने लगी, जैसे वह उसे कुछ बताना चाह रही हो लेकिन किसी चीज़ के डर से नहीं बता पा रही हो।

लव भी उसके मन की स्थति जान गया और उसे भरोसा दिलाते हुए बोला "तुम बस एक बार मुझ पर भरोसा करके अपनी सारी प्रॉब्लम बता दो। मैं वादा करता हूं हर मुसीबत में तुम्हारा मरते दम तक साथ दुंगा"।

लिली उसके कंधे से अपना सिर हटाकर सीधी बैठ गई। वह नीचे निगाहें डाले सोचने लगी, उसके मन में अब भी लव को लेकर संशय था। वह अब भी दुविधा में थी कि उस पर भरोसा करके उसे कुछ बताया जाए या नहीं...?

लव उसे चुप देख, फिर से समझाते हुए बोला "यार तुम डरो मत, मुझे सब कुछ बेफिक्र होकर साफ–साफ बताओ। मैं प्रॉमिस करता हूं तुम्हें कुछ नहीं होने दूंगा"।

लव के बार–बार कहने पर लिली को उस पर भरोसा करना पड़ा, क्योंकि उसके पास भी उसके सिवाय कोई दूसरा विकल्प नहीं था। उसने एक गहरी सांस ली

और बोली "ठीक है लव, मैं तुम्हें आज अपनी आप बीती बताने जा रही हूं। क्योंकि, अगर आज मैंने तुम्हें यह सब नहीं बताया तो शायद कभी बताने के लिए जिन्दा ना बचूं"।

लिली की यह बात सुन, उसके बारे में जानने के लिए लव बेचैन हो उठा, साथ ही उसकी उत्सुकता के साथ उसकी चिंता भी बढ़ गई। फिर उसने लिली से सब कुछ जल्द से जल्द और साफ़—साफ़ बताने के लिए कहा।

वह बोली "पहले आप बाहर जाकर फादर को देख कर आओ वो हैं या गए"?

कुछ देर बाद वह वापस लौटा और बोला "तुम्हारे डैड जा चुके हैं, क्योंकि उनकी गाड़ी बाहर नहीं है"!

लिली ने उसे ग्लास में और पानी लाने के लिए कहा। लव किचेन से ग्लास के साथ पानी की बोतल भी उठा लाया। लिली ने पानी पीते हुए कहा "तुम मुझसे हमेशा से कहते आ रहे हो, कि मैं तुम्हारे लिए एक पहेली की तरह हूं, लेकिन आज यह पहेली पूरी तरह सुलझ जायेगी। और तुम्हें, तुम्हारे हर सवाल का जबाव मिल जायेगा। हो सकता है मेरी कहानी सुनने के बाद तुम मुझसे घृणा करने लगो और मुझसे दूरी बना लो। कोई बात नहीं, मैं फ़िर भी तुम्हें आज अपनी ज़िंदगी का एक—एक सच साफ़—साफ़ बताउंगी। पहले मैं तुम्हें इस डर की वजह से कुछ भी बताने की हिम्मत नहीं कर पाती थी, कि कहीं तुम मेरी सच्चाई जान मुझसे दूर न हो जाओ। और सच कहूं तो, तब मैं, तुम पर इतना भरोसा भी नहीं करती थी। अगर किया होता, तो शायद आज मुझे यह दिन नहीं देखना पड़ता"। कहते हुए उसकी आंखो में एक बार फिर आंसू छलक आए।

लव उसके आंसू पौंछते हुए बोला "अब जब तुमने मुझ पर भरोसा कर ही लिया है तो एक बार आजमा कर भी देख लो, कि मैं साथ दुंगा या पीठ दिखा कर भाग जाऊंगा"।

"ठीक है लव, यह सब बताने से पहले मैं तुमसे एक प्रॉमिस चाहती हूं"!

"मैं तुम्हारी हर शर्त हर प्रॉमिस मानने को तैयार हूं, बस तुम जल्दी से अपनी प्रॉब्लम बताओ"? लव ने जोश में आकर कहा।

"मेरी ऐसी कोई खास शर्त नहीं है, मैं बस यही कहना चाहती हूं, कि मेरी आप बीती सुनने के बाद तुम भले ही मेरा साथ मत देना या चाहो तो चुपचाप यहां से उठ कर चले जाना। लेकिन, मेरी यह कहानी कभी किसी से बयां मत करना। मैंने तुमसे कई बार अपनी प्रॉब्लम शेयर करनी चाही, लेकिन कहीं आप मेरी जिंदगी का मज़ाक ना बना दो इसी डर से हिम्मत नहीं हुई"।

उसकी बात सुन लव ने कहा "लिली, मैं ज्यादा कुछ तो नहीं कह सकता, लेकिन इतना ज़रूर वादा करता हूं कि तुम जो भी अपने बारे में मुझे बताओगी वह सिर्फ मेरे तक ही सीमित रहेगा। और इन फ्यूचर मैं चाहे कहीं भी हूं और तुम चाहे कहीं भी हो इस बात को लेकर तुम्हें कभी तकलीफ़ नहीं होगी। और फिर पगली मैं तुम्हारे दर्द को अपना दर्द समझता हूं, तुम्हारी प्रॉब्लम मेरी प्रॉब्लम है, तुमने मुझ पर तब भरोसा नहीं किया तो कम से कम अब तो मुझे अपने इस दुःख का साथी बना लो"।

उसकी बातें सुन लिली के अंदर एक आत्मविश्वास सा जागा उसको नई ताकत सी मिली, आज उसे अफसोस हो रहा था 'कि शायद उसने पहले से उस पर भरोसा न करके कितनी बड़ी गलती कर दी'।

अपने में खोई हुई लिली को लव ने फिर झकझोरा "क्या हुआ, क्या सोच रही हो? क्या तुम्हें मुझ पर अब भी विश्वास नहीं"?

लव के आवाज़ देने पर वह एकदम चौंकी जैसे नींद से जागी हो "नहीं... नहीं... ऐसी बात नहीं है लव। मैं सोच रही हूं कि कहां से शुरू करूं, ताकि तुम मेरे दर्द को सही से समझ सको"!

"शुरू से... शुरू से बताओ मुझे! एक भी पॉइंट मिस नहीं होना चाहिए"? लव ने कहा!

उसकी बात सुन, लिली ने एक गहरी सांस लेते हुए बोलना शुरू किया "अभी आप ने मुझे किस हाल में देखा था? अभी मेरे शरीर पर एक भी कपड़ा नहीं था! यह, वह दशा है कि कोई भी लड़की कितनी भी बड़ी मुसीबत में क्यों न हो, फिर भी वह इस हाल में किसी के सामने नहीं जा सकती, लेकिन मैं फिर भी अपने फादर से ऐसे चिपकी खड़ी थी, जैसे चंदन के पेड़ से सांप... क्यों? क्योंकि मेरे पर जब बीतती है, तो मैं डर से अपने होशो–हवास खो बैठती हूं। तब मैं इतनी घबरा जाती हूं कि मुझमें कुछ करना तो छोड़ो, सोचने समझने की भी शक्ति नहीं रहती। उसे देख मैं इतनी डर जाती हूं, कि मुझे अपने सामने बस अपना अंत नज़र आता है। समझो मैं एकदम पैरालाइज हो जाती हूं। और फ़िर उस समय मुझे मेरे डैड के की ज़रूरत पड़ती है। फिर चाहे मैं कहीं भी, किसी भी हाल में क्यों न हूं, मुझे हरहाल में उनका साथ चाहिए, क्योंकि उनके गले लगने के बाद ही मुझे शांति मिलती है। उनके सिवाय इस दुनिया में कोई दूसरा ऐसा शख्स नहीं है जो मेरे इस डर, मेरी इस घबराहट पर काबू पा सके और मेरे मन को शांति दिला सके"!

"वह इसलिए, क्योंकि शायद आज तक तुमने उनके सिवाय कभी किसी पर भरोसा ही नहीं किया"!

उसकी यह बात सुन लिली चुप हो गई और उसे भी लगा कि शायद लव कहीं तक सही कह रहा है।

फिर लव ने उत्सुकता से पूछा "ऐसा क्या होता है तुम्हारे साथ और ऐसा क्या है, जो तुम्हें इतना डरा देता है"?

इस पर लिली आगे बोली "तुम्हें याद होगा, कि मैं कई बार तुम्हारे पास से अचानक बिना किसी कारण के उठ कर भाग जाती थी। तुम मेरे इस तरह भागने

का कारण जानने की लाख कोशिश करते थे, लेकिन मैं, तुम्हें बिना कुछ बताए ही वहां से भाग जाती और सीधे घर आकर ही दम लेती। इस सब का कारण है... FATHER वाला कार्ड"!

"फादर वाला कार्ड..."? लव ने हैरानी से पूछा!

"हां एक ऐसा साया जो बचपन से मेरे पीछे पड़ा हुआ है, लगभग जब मैं तीन–चार साल की थी तब से। तब से ही वह कार्ड मुझे कहीं ना कहीं दिखाई दे जाता है। बचपन में तो मैं उस कार्ड को देख कर इतना डर जाती थी कि कभी–कभी सदमे में चली जाती, डर से बेहोश तक हो जाती। तब मेरे डैड मुझे संभालते, वह जब तक मुझे सीने से चिपकाये रहते जब तक कि मैं होश में नहीं आ जाती। इसलिए मैं कहीं भी होती भाग कर उनके पास ही आती। और तब से लेकर आज तक मेरा सेम वही हाल है। उस कार्ड को देखते ही मेरे अंदर की सारी शक्ति ख़तम हो जाती है और मैं एक ज़िंदा लाश बन कर रह जाती हूं, मेरे अंदर ज़िंदा रहता है तो सिर्फ़ डर... और उस कार्ड की दहशत"!

"ऐसा क्या होता उस कार्ड में जिसे देखकर तुम इतनी भयभीत हो जाती हो कि अपने होश तक खो बैठती हो? उस कार्ड के बारे में सही से एक्सप्लेन करो, कि कैसा दिखता है वह... या ऐसा क्या है उसमें जिसे देखकर तुम इतनी घबरा जाती हो"?

फिर वह कार्ड के बारे में बताने लगी "एक इतना बड़ा कार्ड..."। लिली ने हाथ से उसका साइज बताते हुए कहा। "...जिस पर कैपिटल वर्ड्स में ख़ून से FATHER लिखा होता है। जो पूरा ख़ून से सना हुआ होता है और जिससे बुरी तरह से ख़ून टपक रहा होता है। उसी कार्ड को देख कर मेरी इतनी हालत खराब हो जाती है, कि मैं शब्दों में बयां नहीं कर सकती। यह देखो उसके बारे में सोचने पर ही मेरे डर से रोंगटे खड़े हो गए"।

उसे घबराते देख लव ने उसे फ़िर से गले से लगाया और बोला "इसका मतलब तुम अभी बाथरूम में थीं, जहां नहाते टाइम तुमने वह कार्ड देख लिया होगा"?

"हां मैं बाथटब में थी जब मेरी आंख खुली तो मेरे ठीक सामने वाली दीवार पर कार्ड चिपका हुआ था"।

"लेकिन तुम्हारे घर में घुसकर, तुम्हारे बाथरूम के अंदर, कोई कार्ड या ऐसी चीज़ कैसे रख सकता है जिससे तुम डरती हो"? वह हैरान होते हुए बोला।

"वह कहीं भी पहुंच सकता है मेरे बैडरूम से लेकर बाथरूम तक, घर से लेकर कॉलेज तक... कहीं भी"! वह थोड़ा हिराश होते हुए बोली। जैसे कि उस कार्ड वाले सख्श को कोई रोकने वाला ही ना हो।

उसकी बात सुन लव कुछ देर शांत रहा फिर ख़ुद से ही बुदबुदाते हुए बोला 'अच्छा तो... कार्ड देखते ही यह बाथरूम से निकल कर बाहर की ओर भागी। जहां इसे इसके डैड खड़े दिखे...'!

"अच्छा एक बात बताओ, कि तुम बचपन से ही डरने पर अपने डैड के पास ही क्यों जाती थीं? अपनी मॉम के पास क्यों नहीं... क्या वो तुम्हें प्यार नहीं करती थीं या इसकी कोई और वजह थी"? लव ने जिज्ञासावसु पूछा!

"मेरी मॉम के बारे में शायद आपको कुछ पता नहीं है। उनका तो इस दुनिया में होना न होना एक समान था। वह बेचारी तो मेरी छोटी सिस्टर के पैदा होते ही एक भयंकर मानसिक बीमारी की चपेट में आ गईं थीं। तब मैं लगभग तीन साल की थी। उनका काफ़ी इलाज़ कराया गया, कई हॉस्पिटल और अच्छे–अच्छे साइकेट्रिस्ट बदले गए लेकिन नतीज़ा ज़ीरो ही रहा। धीरे–धीरे उनकी तबियत इतनी बिगड़ गई कि मेरे होश संभालने तक ही वह पूरी तरह से पागल हो गईं थीं। तब से वो फिर कभी सही दिमाग़ से बिस्तर से उठ ही नहीं पाईं। ऐसी बात नहीं थी कि मॉम चल फिर नहीं सकती थीं, लेकिन उनकी मानसिक

हालत इतनी खराब हो चुकी थी, कि उन्होंने खाना—पीना सब छोड़ दिया था। वह बस बिस्तर पर ही लेटी रहतीं ना किसी से बोलती ना किसी की सुनती। इसलिए उनका तो प्यार हमें कभी नसीब ही नहीं हुआ। उसके बाद डैड पर तीनों की ज़िम्मेदारी आ गई और वह आज तक इस ज़िम्मेदारी को बखूबी से निभा रहे हैं और फिर तीन दिन पहले मेरी मॉम..."!

"एम सॉरी... मुझे पता है कि अब तुम्हारी मॉम इस दुनिया में नहीं रहीं। गॉड उनकी आत्मा को शांति दे"! लव ने उसकी बात काटते हुए कहा।

"तो क्या तुम मॉम की डेथ के बारे में सुनकर ही यहां आए हो"? लिली ने अचंभित होते हुए पूछा!

"हां, मैं आंटी जी की डेथ की खबर सुनकर ही यहां आया हूं। एम सॉरी यार, मुझे तुम्हारी मॉम की डेथ के बारे में थोड़ा लेट पता चला, इसीलिए मैं उनके फ्यूनरल में शामिल नहीं हो पाया। उसके लिए मुझे माफ़ कर देना"! लव ने कहा।

"इट्स ओके लव, इसमें परेशान होने की क्या बात है"।

उसके बाद लव उससे बोला "क्या मैं तुम्हारा बाथरूम चेक कर सकता हूं? कार्ड तो अभी वहीं होगा। चलो एक बार चल कर मुझे अपना बाथरूम दिखाओ"? कहते हुए लव ने उसका हाथ पकड़ कर उसे साथ चलने के लिए कहा।

लेकिन लिली नहीं उठी वह बोली "अब वहां जाने से कोई फायदा नहीं है"।

"क्यों..." लव ने हैरानी से पूछा?

"क्योंकि, अब तक फादर ने उसे कहीं डिस्ट्रॉय कर दिया होगा। वह ऐसा इसलिए करते हैं ताकि मेरी नज़र उस पर दोबारा न पड़े" लिली ने बताया।

"तो क्या तुमने कभी उस कार्ड के बारे में अपने डैड से बात नहीं की या उसके बारे में कभी जानने की कोशिश नहीं की? कि उसे कौन रखता है, क्यों रखता है और ये सब करके किसी को क्या मिलता होगा"? लव ने पूछा।

"हां इस बारे में मैंने कई बार फादर से बात करने की कोशिश की। लेकिन वह, आज कल करके बात को टाल देते हैं। और ज्यादा कहो तो कहते हैं कि अब तुम बड़ी हो गई हो, फिर भी एक कागज़ के टुकड़े से इतना डरती हो। कहते हैं... तुम्हें हिम्मत करके हर उस चीज का सामना करना चाहिए जिससे तुम बेकार में डरती हो"! लिली ने बताया।

"कोई बात नहीं अगर अब की बार तुम्हें वह कार्ड दिखे तो तुम उसे डिस्ट्रॉय मत करने देना! एक बार, मैं उस कार्ड को देखना चाहूंगा"! लव ने कहा।

"क्या...? लव तुम उसके अगली बार देखने का इंतजार कर रहे हो। मुझे लगता है कि, मैंने एकाद बार और उस कार्ड को देख लिया तो मैं जिंदा ही न बचूं"! कहते हुए वह घबरा गई।

लव ने उसे फिर से पानी पीने के लिए दिया और अपने गले से लगाते हुए कहा "अब ऐसा कुछ भी नहीं होगा, मैं तुम्हारे साथ हूं! अच्छा एक बात बताओ? क्या मेरे बर्थ डे वाली रात को भी तुमने वही कार्ड देख लिया था? जिसे देख तुम रात में ही अपने घर भाग आई थीं! लेकिन जब तुमने मुझसे घर चलने के लिए कहा था तब तो रूम में एक सिंपल सी लाइट जल रही थी। उतनी रोशनी में तो कुछ भी क्लीयर देख पाना मुमकिन नहीं था, तो फिर तुम्हें वह कार्ड कैसे दिख गया होगा"? लव ने पूछा!

उसकी यह बात सुन लिली ने उससे थोड़ा दूर होते हुए कहा "उसका जबाव तुम्हारे लिए बहुत कड़वा हो सकता है... जिसे सुन कर शायद तुम्हें अपने कानों पर यकीन न हो और फिर तुम मुझसे घृणा करने लगो। वह एक ऐसी सच्चाई

है जिसे सुन कर कहीं तुम्हारा मन विचलित न हो जाय, डर और व्याकुलता से तुम कहीं घबरा न जाओ"। कहते हुए लिली का गला भर्रा गया।

लव ने उसका चेहरा अपनी ओर कर उसके माथे को चूमते हुए, उसका हर परिस्थिति में साथ देने का वादा किया। उसे हर तरह से भरोसा दिलाते हुए कहा "कि वह बे–झिझक होकर उसे सबकुछ साफ–साफ बताये। मैं तुम्हारी कठोर से कठोर और कड़वी से कड़वी सच्चाई सुनने को तैयार हूं"!

उसके और भरोसा दिलाने पर लिली बोली "घर में अब हम तीन मैंबर हैं– फादर, मैं और बॉबी! बॉबी मेरी छोटी सिस्टर है जिसके बारे में शायद आज आप पहली बार ही सुन रहे हो"!

"हां आज से पहले तुमने मुझे कभी अपने और अपनी फैमिली के बारे में सही से कुछ बताया ही नहीं! और मुझे तो अब भी कुछ पता नहीं चलता, मैं तो अचानक तुम्हारी मॉम की डेथ के बारे में सुन कर चला आया" लव ने कहा।

लिली ने आगे कहा "...बॉबी अभी टेंथ स्टैंडर्ड में पढ़ रही है। जैसा कि मैं पहले ही बता चुकी हूं कि मॉम, बॉबी के जन्म से ही बीमार होती चली गईं थीं। हमने तो होश संभालते ही उन्हें हमेशा बिस्तर पर ही देखा। तब ही से फादर हमारे लिए सब कुछ रहे हैं मां भी बाप भी...! हम दोनों बहन डैड को फादर कह कर ही बुलाते हैं। अब फादर के ऊपर हम तीन लोगों की ज़िम्मेदारी थी। हम दोनों बहनों के साथ—साथ मॉम की देखभाल, साथ ही अपने ऑफिस का काम भी उन्होंने हमें पालने में बड़ी तकलीफें उठाई हैं। फ़िर थोड़ा बड़ा होने पर हमारी स्कूलिंग से लेकर सारी ज़िम्मेदारी फादर ने अकेले ही निभाई। शुरुआत में मेरे डैड, मॉम की इस हालत का जिम्मेदार बॉबी को ठहराते थे। इसलिए मुझे लगता है वह बॉबी के साथ थोड़ा भेदभाव करते थे। फिर बड़े हो जाने पर मैंने यह महसूस किया और उन्हें समझाया कि इसमें बॉबी का कोई दोष नहीं है। आप को बॉबी को भी उतना ही प्यार देना चाहिए जितना कि आप मुझे देते हो।

आपको उसके साथ भी वैसा ही व्यवहार करना चाहिए जैसा कि एक बाप करता है। तब जाकर फादर ने उसके साथ भेदभाव करना बंद किया। और इस तरह फादर ने हम दोनों बहनों को पाल–पोस कर बड़ा किया। हमारी हर ज़रूरत की चीजों के साथ उन्होंने हमें कभी प्यार की भी कमी महसूस नहीं होने दी"।

"फिर अचानक पिछले कुछ दिनों से फादर की तबियत खराब रहने लगी। मैंने उन्हें डॉक्टर से मिलने की सलाह दी, लेकिन वह टाल—मटोल करते रहे और प्रोब्लम बढ़ती रही। एक बार मेरे ज्यादा दबाव डालने पर वह अपनी जानकारी के एक डॉक्टर से मिले। उसने उनके कुछ टैस्ट किए और फादर की सारी रिपोर्टस पॉजिटिव आई। वह एक 'एलियन माइंड सिंड्रोम' नामक बीमारी से इंफेक्टेड हैं"।

"एलियन माइंड सिंड्रोम"! लव ने चौंकते हुए नाम दोहराया।

"हां यह एक मानसिक बीमारी है, इस बीमारी का असर पेसेंट पर सोने के बाद होता है। पेसेंट के सोने के बाद उसकी पूरी बॉडी उसके दिमाग के कंट्रोल में आ जाती है और दिमाग बीमारी के कंट्रोल में...। और फिर जो कुछ भी उसके दिमाग में चलता है पेसेंट वैसे–वैसे करता जाता है। जैसे कि अपने आस–पास तोड़फोड़ करना, ख़ुद को चोट पहुंचाना या किसी दूसरे सोते हुए को घायल करना या... या फिर किसी का रेप..."!! कहते हुए लिली का गला रूंध आया और एक बार फिर से उसकी आंखों में आंसू भर आये। कहते हुए वह शर्म की वजह से लव से नज़रें चुराने लगी।

उसकी यह बात सुन लव के क्या समझ में आया यह उसके उतरे हुए चेहरे से बयां हो गया। लेकिन वह इस बात से बिलकुल भी हैरान या परेशान नहीं हुआ, शायद इसलिए ताकि लिली बेझिझक हो कर उसे सब कुछ साफ़—साफ़ बता सके। क्योंकि, उसे पता था कि अगर मैं उससे ज़्यादा सवाल–जवाब करूंगा, तो वह खुद को असहज महसूस करने लगेगी और फ़िर उसका मुझसे भरोसा

कम होने लगेगा। उसने उसके आंसुओं से भीगे हुए चेहरे को साफ़ कर अपनी बाहों में भरते हुए आगे बताने के लिए कहा।

अपनी इस बात को सुनने के बाद भी लव का साथ मिलता देख लिली ने भी उसे कसकर पकड़ लिया और फूट—फूट कर रोने लगी। लव भी उसे अपने गले से लगा कर शांत करने की कोशिश करता रहा। कुछ देर बाद लिली ने शांत होकर आगे बोलना शुरू किया "फादर का ट्रीटमेंट तो चलता रहा लेकिन उनकी सेहत में पूरी तरह सुधार नहीं हुआ। वह बीमारी के असर में सोते हुए कभी अपना हाथ काट लेते, सिर फोड़ लेते तो कभी कुछ कभी कुछ...! यह सिलसिला पिछले दो—तीन महीनों से चला आ रहा है। बीच–बीच में कभी ऐसा भी लगता कि वो ठीक हो रहे हैं उन्हें आराम मिल रहा है। लेकिन नहीं, दो—चार दिन के आराम के बाद उनका फिर से वही हाल हो जाता। इस बीमारी की सबसे अजीब बात यह है, कि पेसेंट को ख़ुद का रात का किया हुआ सुबह तक कुछ भी याद नहीं रहता..."।

"और एक रात मेरे साथ वही हुआ जिसकी मैंने कभी सपनों में भी कल्पना नहीं की थी। उस रात बीमारी का असर ज्यादा होने के कारण किसी तरह फादर मेरे रूम में घुस आए और उन्होंने मेरा सब कुछ बर्बाद कर दिया"। कहते हुए वह उस रात को याद कर चीख–चीख कर रोने लगी। और लव के पास से उठ कर बैड पर लेट कर फूट–फूट कर रोने लगी। क्योंकि, जिस रात से उसके साथ ये सब हुआ था, तब से लेकर आज तक उसे कोई ऐसा शख्स नहीं मिला था जिससे वह अपने मन की कह सकती और अपने दिल का दर्द बयां कर सकती।

लव ने उसे थोड़ी देर इसी तरह रोने दिया ताकि उसके मन का बोझ थोड़ा हल्का हो सके। फ़िर कुछ देर बाद उसने किसी तरह लिली को समझाकर बुझा शांत किया। और उससे, उसके कमरे के बारे में पूछा। वह उसे अपने कमरे में ले गई। कमरे में जाकर उसने लिली से कपड़े पहनने के लिए कहा। लिली ने उसके

सामने ही पीठ घुमाकर कपड़े पहन लिए और बोली लव "यह था तुम्हारे दूसरे सवाल का जबाव है जो तुमने मुझसे पूछा था। आर यू वर्जिन..."?

लिली की इस बात को सुन लव की नज़रें शर्म से झुक गईं और उसे गले से लगा लिया और फ़िर उसने इस सब लिए उससे माफ़ी मांगी। फिर उससे आगे पूछा "जब यह सब तुम्हारे साथ होता होगा, तब तुम हेल्प के लिए घर में किसी को तो पुकारती होंगी, कोई तो तुम्हारी चीख सुनता होगा! क्या कोई भी तुम्हारी हेल्प के लिए नहीं आता था? अगर तुम्हारी सिस्टर या मॉम अलग कमरों में सोती होंगी तो भी तुम्हारी आवाज़ सुन कर हेल्प के लिए तो आती होंगी! और वैसे भी तुम्हारा घर तो भूत बंगले जैसा है, यहां रात में तो थोड़ी सी आवाज़ भी चारों ओर गूंजती ही होगी"!

"देखो मैं तुम्हें पहले ही बता चुकी हूं, कि मॉम पर तो किसी के पुकारने या चीखने—चिल्लाने का कोई असर नहीं पड़ता था। मॉम तो बीमारी के कारण सोचने—समझने की शक्ति के साथ अपनी याद्दाशत भी खो चुकी थीं। इसलिए मेरे साथ क्या हो रहा है, क्या नहीं और मैं रातों को क्यों चिल्लाती हूं इस बात से उन्हें तो कोई फ़र्क ही नहीं पड़ता था। और रही बात बॉबी की तो मैं बता दूं कि वह तो हमेशा से ही मेरे रूम में, मेरे साथ, मेरे बिस्तर पर सोती है"।

"क्या...?

"हां..."!

"जिस रात तुम्हारे साथ यह सब होता है उस रात भी"? लव ने फिर हैरानी से पूछा!

"हां उस रात भी..."! लिली ने जवाब दिया।

"इंपॉसिबल यार... ऐसे कैसे हो सकता है"? लव ने थोड़ा झल्लाते हुए उसकी बात बीच में ही काटते हुए कहा। वह उसकी बात से हैरान था 'कि दोनों के एक साथ एक बिस्तर पर सोने के बावजूद भी ऐसा कैसे हो सकता है'?

वह, उसकी हैरानी और बौखलाहट को देखते हुए बोली "यह आपको थोड़ा अटपटा ज़रूर लग रहा होगा, लेकिन यह सच है, कि मेरी बहन के मेरे पास सोते हुए भी मेरे साथ यह सब होता रहा"।

"लेकिन कैसे यार...? यह मुझे इंपॉसिबल लग रहा है। बॉबी कोई बच्ची तो है नहीं जब वह टेंथ क्लास में है तो उसकी ऐज 15 के आसपास तो होगी ही। और 15—16 साल का बच्चा क्या नहीं समझता? और ऐसे समय में वह समझने के साथ—साथ बहुत कुछ कर भी सकता है"!

"वह कुछ करती तो तब जब उसे कुछ पता चलता" लिली ने कहा।

"मतलब..."? वह उसकी बात से फिर हैरान रह गया।

"मतलब यह कि जिस रात मेरे साथ यह सब होता है, उस रात बॉबी जागती ही नहीं है"।

"क्या, वह जागती ही नहीं है? लेकिन क्यों..."?

"यही बात तो मेरे आज तक समझ में नहीं आई, कि वैसे तो बॉबी एक छोटी सी आहट से ही जाग जाती है। वह कितनी भी गहरी नींद में क्यों ना सो रही हो उसे दो तीन आवाज़ दो तो वह फट से जाग जाती है। लेकिन जब–जब मेरे साथ गलत हुआ, वह बराबर में सोते हुए भी कभी टस से मस नहीं हुई। जबकि मैं इतना चीखती—चिल्लाती हूं, उसको नोंचती हूं, अपने हाथ—पैर मारती हूं, लेकिन फ़िर भी वह बंदी बेजान की तरह बेहोश पड़ी रहती है। मानो वह ज़िंदा न हो कर एक लाश हो। एक और बात सोते समय हम अपना रूम हमेशा अंदर से लॉक करके सोते हैं, लेकिन फिर भी ना जाने कैसे फ़ादर अंदर घुस आते हैं

और जबकि गेट का लॉक ऐसा है जो सिर्फ अंदर से खोलने पर ही खुलता है…"!

लिली की बातें उसके सिर के ऊपर से जा रहीं थीं। यह जानते हुए भी कि वह सच बोल रही है फिर भी लव उसकी बातों पर विश्वास नहीं कर पा रहा था। उसने टेबल के ऊपर रखी पानी की बोतल उठाकर उससे थोड़ा सा पानी पिया और कुछ सोचते हुए बोला "क्या इस सबके बारे में तुमने कभी बॉबी से बात करने की कोशिश की, 'कि वह, तुम्हारे साथ ऐसा क्यों करती है? जब तुम्हें उसकी सबसे ज्यादा ज़रूरत होती है तब वह पास होते हुए भी उठकर नहीं देखती कि मेरी बहन के साथ क्या हो रहा है क्या नहीं"!

"नहीं इस सब के बारे में मैंने बॉबी से कभी बात नहीं की, क्योंकि एक तो फादर यह सब अपनी बीमारी के कारण करते हैं और जब हमने उसको उनकी बीमारी के बारे में कुछ बताया ही नहीं है तो वह उनकी हेल्प कैसे कर सकती है। और दूसरा अगर सच में ही उसे मेरे साथ हो रहे इस हादसे के बारे में कुछ पता न हुआ और मैं उससे यह सब गुस्से में पूछ बैठूं कि रात में वह मेरी हेल्प क्यों नहीं करती, तो वह क्या सोचेगी, उसका क्या रिएक्शन होगा और इस बात से उसके दिमाग़ पर क्या असर पड़ेगा? इसलिए अब तक मेरी कुछ समझ में नहीं आया कि मैं क्या करूं क्या नहीं"?

"तो तुम बॉबी के बारे में क्या सोचती हो, वह जानबूझकर तुम्हारी हेल्प नहीं करती या उसे इस बारे में कुछ पता ही नहीं है"? लव ने पूछा!

"इस बारे में, मैं कुछ नहीं कह सकती, लेकिन हां उसकी बातों से लगता है कि इसमें उसका कोई हाथ नहीं है। वह भी मुझे बहुत प्यार करती है और मैंने उस पर हर तरह से नज़र रख कर देख ली, लेकिन मुझे कभी नहीं लगा कि वह मेरे ख़िलाफ़ कोई योजना बना रही है"।

"देखो तुम्हारे डैड के अंदर आने का तो समझ में आता है, कि चलो हो सकता है बॉबी या तुम रात में वाशरूम के लिए उठती हों और नींद के कारण दोबारा से गेट लॉक करना भूल जाती हों, लेकिन..."!

"नहीं... वैसे तो हम दोनों बहनों में से कोई भी रात में बाथरूम के लिए नहीं उठता और मैं तो बिलकुल नहीं। लेकिन, फ़िर भी मैं यह मान लेती हूं कि हो सकता है बॉबी कभी—कभार रात में उठती होगी और उससे गलती से गेट खुला रह जाता होगा। क्योंकि, हम पहले कभी—कभार ही अपने रूम का दरवाज़ा लॉक करके सोते थे, लेकिन जब फादर की तबियत ज़्यादा बिगड़ने लगी, तो उन्हें हमारी फ़िक्र हुई। इसलिए उन्होंने एक दिन मुझसे ख़ुद कहा था कि मैं अपने रूम का दरवाज़ा अंदर से लॉक करके सोया करूं। इस बात पर मैं उनसे बेहद नाराज़ हुई, मुझे फादर की ये बात ठीक नहीं लगी। भला उनकी बीमारी में मैं उनसे भेद भाव कैसे कर सकती थी, लेकिन बाद में उनके समझाने पर मैं मान गई। और तब से मैं हर रोज़ दरवाज़ा लॉक करके सोने लगी। लेकिन हां इसके बारे में बॉबी को कुछ पता नहीं है, तो हो सकता है, कि रात में वह कभी—कभार दरवाज़ा दोबारा से लॉक करना भूल जाती हो"! लिली ने लव की इस बात से सहमति जताते हुए कहा।

"हां ऐसा ही होता होगा...। लेकिन मैं तुम्हारी दूसरी बात से हैरान हूं, कि बॉबी तुम्हारे साथ सोते हुए भी कभी कोई प्रतिक्रिया नहीं करती। यार वास्तव में ही यह तो बड़ी अचंभित करने वाली बात है या फ़िर मेरे हिसाब से कुछ न कुछ गड़बड़ तो ज़रूर है"! लव ने उंगली हिलाते हुए कहा।

"एक और बात बताऊं...? जो घर में सिर्फ़ मुझे पता है" लिली बोली।

"देखो लिली मैं तुमसे पहले ही कह चुका हूं कि तुम्हारे साथ जो भी प्रॉब्लम्स या घटना घटी है उसका मुझे एक—एक पॉइंट डिटेल में एक्सप्लेन करो! एक भी पॉइंट मिस नहीं होना चाहिए"! लव ने कहा।

"मॉम की डेथ कोई नेचुरल डेथ नहीं थी। उन्हें मेरे डैड ने मेरी आंखों के सामने अपने हाथों से गला दबा कर मारा था"! लिली ने बताया।

"क्या..."? उसकी बात सुनकर लव चौंका।

अपने सामने इतने राज़ खुलते देख लव को भी पसीना आने लगा।

"हां तब आधी रात का समय था मुझे नींद नहीं आ रही थी, मैं बाहर पानी पीने के लिए गई थी। तब ही मॉम के रूम से अजीब सी आवाज़ आ रही थी, मैंने वहां जा कर देखा तो फादर, मॉम की गर्दन दबोचे खड़े थे। उनकी सही से आवाज़ भी नहीं निकल पा रही, तब ही चीखती हुई मैं उनको बचाने के बीच में कूद पड़ी। लेकिन फादर की पकड़ इतनी मज़बूत थी कि मैं अकेली लाख कोशिशों के बावजूद भी मॉम की गर्दन उनके चुंगल से छुड़ा नहीं पाई। तब भी मैंने बॉबी को कितनी आवाजें दीं, कितना चिल्लाई लेकिन उस दिन भी बॉबी ने मुझे धोखा ही दिया। अगर उस रात वह हेल्प के लिए आ गई होती तो शायद हम दोनों ने मॉम को बचा लिया होता"। कहते हुए लिली रोने लगी।

लव उसे शांत करते हुए बोला "हो सकता है तुम्हारी आवाज़ उसके रूम तक ना पहुंच पाई हो जहां बॉबी सो रही थी"!

"नहीं ऐसा नहीं है हमारा घर इतना आउट साइड पर है, कि आप यहां छोटी सी भी आहट सुन सकते हो। और रात में तो चारों तरफ सन्नाटा सा पसरा रहता है। यहां छोटी सी छोटी आवाज़ भी सुनी जा सकती है"।

"हां वह तो है यहां तो एक छोटी सी आहट भी पूरे घर में गूंजती होगी..."!

"...इसका मतलब तुम्हारी मॉम की मौत के जिम्मेदार तुम्हारे डैड हैं"! लव ने कहा।

"हां आप ऐसा कह सकते हो। पहले मुझे सिर्फ़ शक था कि बॉबी फादर के साथ मिली हुई है। लेकिन, उस रात के बाद से मुझे पक्का यकीन हो गया कि

उसका इसमें हाथ ज़रूर है। इसलिए अगले दिन मैं पुलिस को फोन करने वाली थी। लेकिन सुबह फादर मॉम को मरा देख कर एकदम से पागल हो गए थे, उनकी ऐसी हालत देख मैंने इरादा बदल दिया। और ऊपर से मॉम का फ्यूनरल भी करना था। इसलिए मैंने तुरंत पुलिस को इनफॉर्म करना सही नहीं समझा। इधर मुझे इस बात का भी डर था कि कोई मेरी बात पर विश्वास करेगा भी या नहीं। और फ़िर फादर पर भी तो मुझे तरस आता है। क्योंकि, एक ऐसे इंसान को क्या सजा दी जाए जिसे अपने द्वारा किए गए गुनाह के बारे में कुछ पता ही न हो..''!

"तो फिर यहीं दिमाग लगाओ कि अगर तुम्हारे फादर यह सब बीमारी के कारण करते हैं तो बॉबी उनका साथ कैसे दे सकती है! बॉबी को कैसे पता चलेगा कि तुम्हारे डैड का अगला कदम क्या होगा? एक बात जान लो लिली अगर बॉबी सच में ही उनके साथ मिली हुई है, तो इसका मतलब वह बीमार नहीं हैं! अगर तुम्हारे फादर सच में ही बीमार हैं तो बॉबी का उनसे कोई लेना—देना नहीं है"। वह आगे बोला "लेकिन हां मैं वादा करता हूं कि जल्द ही बॉबी के बारे में सबकुछ पता लूंगा"!

यह बात सुन लिली के दिमाग की नसें तन्ना गईं। उसने बराबर में रखी पानी की बोतल उठाई और एक ही बार में गटागट खाली करते हुए बोली "चलो हम मान लेते हैं, कि फादर यह सब जानबूझ कर कर रहे हैं तो वह सिर्फ़ दूसरे को ही तो नुकसान पहुंचायेंगे जैसे कि उन्होंने मुझे और मॉम को पहुंचाया है। लेकिन, वह ख़ुद को इतना ज़ख्मी कैसे कर सकते हैं, उनके शरीर पर इतने ज़ख्म हैं लव, कि तुम तो उन्हें देख भी नहीं सकते। और कोई भी आदमी अपने होशो—हवास में होते हुए अपने शरीर को इतना छिन्न—भिन्न नहीं कर सकता। कोई भी अपने शरीर के साथ इस तरह तोड़—फोड़ नहीं कर सकता कि उसका एक—एक बॉडी पार्ट लहुलुहान हो जाए। कोई भी अपने हाथ को सिलाई मशीन से कपड़े की तरह सिल नहीं सकता। मुझे तो नहीं लगता कोई भी नॉर्मल

व्यक्ति यह सब कर सकता है। और कल रात उन्होंने मेरे साथ जो किया उसकी तो तुम कल्पना भी नहीं कर सकते..."!

उसकी बात सुन लव सोचने पर मजबूर हो गया और बोला "हां यह बात तो सही कह रही हो तुम! अगर तुम्हारे डैड की यही हालत है तो वह नॉर्मल कंडीशन में तो ये सब नहीं कर सकते, लेकिन मैं कह रहा हूं बिना किसी जांच पड़ताल के बॉबी पर भी शक करना सही नहीं है। ज़रा सोचो अगर उसका इसमें कोई रॉल नहीं हुआ और तुम्हारी गुस्सा और लापरवाही के कारण उसके साथ भी कुछ उल्टा-सीधा हो गया तो फिर, तुम अपने आप को कभी भी माफ़ नहीं कर पाओगी"।

"इसीलिए ही तो... इसलिए मैंने आज तक उससे कुछ नहीं कहा। हालांकि, कुछ बातों से बॉबी पर शक ज़रूर जाता है, लेकिन साथ में उसकी फिक्र भी होती है कि कहीं मेरी गलत फहमी की वजह से उसकी भी जिंदगी बर्बाद न हो जाए। तब ही तो मैं तुम्हारी बर्थ डे पार्टी वाली आधी रात को, तुम्हारे पास से ज़िद करके घर आ गई थी। क्योंकि, उस रात मुझे अचानक से बॉबी की याद आ गई थी कि वह घर पर अकेली है, इसलिए मैं वहां से जल्दी-जल्दी भागी थी। क्योंकि, फादर के बारे में कुछ कहा नहीं जा सकता वह कब क्या कर बैठें। और मैं नहीं चाहती कि मेरे साथ जो दुर्भाग्यवश हुआ है वैसा उसके साथ कभी सपने में भी हो। तो बताओ तुम्हारे पास से मेरा उस दिन आ जाना गलत था क्या"?

"नहीं इस हिसाब से तो तुम्हारा घर आना बिल्कुल सही था, बॉबी का ध्यान रखना तुम्हारी जिम्मेदारी है। अच्छा एक बात बताओ तुम्हारे डैड का ट्रीटमेंट किस हॉस्पिटल से चल रहा है? और यदि उन्हें वहां से फायदा नहीं मिल रहा तो हॉस्पिटल चेंज क्यों नहीं कर देते"!

"फादर का इलाज़... मुझे डॉक्टर का नाम तो याद नहीं आ रहा, नाम मैं फिर बता दुंगी। उनका इलाज़ करने वाला वही डॉक्टर है जिसने उनकी स्टार्टिंग में रिपोर्ट्स वगैरा करवाई थीं, रिपोर्ट पर उसका नाम लिखा हुआ है। मैंने भी कई बार डॉक्टर चेंज करने के लिए कहा, लेकिन वह सुनते ही नहीं कहते हैं इस बीमारी के बारे में जितना कम लोगों को पता चले उतना सही है"।

"क्यों..."? लव चौंका!

"हां... यह बीमारी सीक्रेट रखनी पड़ती है। क्योंकि, इस बीमारी के लिए एक स्पेशल हॉस्पिटल बनाया गया है जो यूरोप में है। उस हॉस्पिटल के रूल के अकॉर्डिंग, अगर आप एक बार उस हॉस्पिटल में एडमिट हो गए तो फिर वहां से तब तक बाहर नहीं आ सकते जब तक कि आप पूरी तरह ठीक नहीं हो जाते या फ़िर आपकी डेथ नहीं हो जाती"!

"क्यों ऐसा क्यों, कोई अगर बीच में ट्रीटमेंट बंद करके घर आना चाहे तो नहीं आ सकता क्या"? लव ने हैरानी से पूछा।

"नहीं, ऐसा नहीं है। क्योंकि, इस बीमारी से इंफेक्टेड व्यक्ति को वहां की गवर्नमेंट समाज में रहने की इजाज़त नहीं देती। फादर तो अपने ट्रीटमेंट के लिए वहीं जा रहे थे, लेकिन जैसे ही मुझे इस सब के बारे में पता चला तो मैंने उन्हें, हमें अकेला छोड़ कर जाने के लिए मना किया था। फादर ने मुझे लाख समझाया कि मैं अपना इलाज़ करवा कर और इस बीमारी से छुटकारा पाकर जल्द ही वापस लौट आऊंगा। लेकिन, मेरा यहां उस कार्ड से डरना और दूसरा उस हॉस्पिटल की शर्त... इन दोनों वज़ह से ही मैंने फादर को वहां नहीं जाने दिया। यह हकीकत है उनके बिना मेरा यहां रहना इंपॉसिबल था। पता है ये बीमारी लाखों—करोड़ों लोगों में किसी एक को होती है। यह बात मैंने आज तक इसलिए किसी को नहीं बताई कि कहीं हमारे यहां की गवर्नमेंट भी इस तरह का रूल फॉलो ना करती हो या बाद में से न करने लग जाए। अब फादर

की इस बीमारी के बारे में सिर्फ चार लोग ही जानते हैं, मैं, फादर, डॉक्टर और अब तुम"!

लिली की ये बातें उसे बड़ी अजीब लग रहीं थीं, लेकिन वह उन्हें चुपचाप ध्यान से सुनता रहा।

लिली ने आगे कहा "यह सब बातें सुनकर शायद आपको मुझसे घृणा हो रही होगी। आप चाहे तो बेशक मुझसे दूर हो सकते हो, मुझसे नफरत कर सकते हो, लेकिन प्लीज! मेरी आपसे एक बार फिर से रिक्वेस्ट है, इस सब के बारे में बाहर किसी को कुछ मत बताना। मेरे फादर जैसे भी हैं ठीक हैं, क्योंकि उनके सिवाय हमारा इस दुनिया में कोई नहीं है"।

लिली की इस बात पर लव ने उससे कहा "देखो मैं पहले ही तुम से कह चुका हूं, कि मैं ऐसा कोई काम नहीं करूंगा जिससे तुम और तुम्हारा परिवार किसी प्रॉब्लम में पड़े और दूसरा मैं आपकी सब बातों से सहमत हूं, मैं आपके डैड पर शक नहीं कर रहा, लेकिन जब तक मुझे पूरा यकीन नहीं हो जाता, तब तक मैं आपके फादर पर अपने तरीके से नज़र रखना चाहूंगा। अगर आप मेरी इस बात से सहमत हो तो मेरे पर विश्वास कीजिए। अगर नहीं हो, तो मैं समझुंगा कि तुम्हें मेरी कोई ज़रूरत नहीं है या तुम्हें मुझ पर भरोसा नहीं है"। लव ने कहा!

लिली ने लव को गले लगाते हुए कहा कि "अब मुझे तुम पर ख़ुद से भी ज्यादा भरोसा है, लेकिन ध्यान रहे, इस बात की फादर को भनक भी ना लगे कि तुम उनपर नज़र रख रहे हो"!

लव ने हां में सिर हिलाया और कहा "सबसे पहले मैं आपके डैड की मेडिकल रिपोर्ट देखना चाहूंगा, उसके बाद सोचेंगे कि आगे क्या करना है! अच्छा वह रिपोर्ट कहां है?

“रिपोर्ट तो फादर के रूम में है, उसे ढूंढना पड़ेगा। चलो चलकर देखते हैं जब तक कि घर पर कोई आए उससे पहले वह रिपोर्ट ढूंढनी पड़ेगी”! लिली ने कहा।

फिर दोनों एडेन के कमरे में पहुंच गए। तब ही लिली को कुछ याद आया उसने लव से कहा “रुको पहले मैं मैन डोर लॉक कर आऊं”। कहते हुए वह दरवाज़ा बंद करने चली गई।

और वापस आकर लव के साथ मिलकर मेडिकल रिपोर्ट ढूंढने लगी। लिली ने एक अलमारी से पेपरों का गट्ठर निकालते हुए कहा “लव ध्यान रहे, जो चीज जिस जगह पर रखी है उसे वापस उसी जगह पर रख देना। नहीं तो फादर को शक हो जायेगा कि किसी ने उनके रूम में छेड़खानी की है”।

लव हां में सिर हिलाते हुए दूसरी अलमारी में रखी फाइलों को पलटने लगा। इसी तरह एक—एक करके दोनों ने सभी अलमारियों और बक्सों को खंगाल लिया, लेकिन उन्हें सफलता हाथ नहीं लगी।

तब ही थक हार कर लिली बराबर में पड़े सोफे पर बैठ गई और बोली “लास्ट टाइम जब मैंने देखा था तब फादर ने वह रिपोर्ट अपनी इन्हीं पेपर्स और फाइलों के बीच लगाकर इसी बीच वाली अलमारी में रखी थी, लेकिन अब वह यहां नहीं है, तो आखिर रिपोर्ट गई कहां...? इसका मतलब या तो फादर ने उसे यहां से हटा दिया या फिर उसे ठिकाने लगा दिया...”!

इधर लव अभी तक बिना हार माने उस रिपोर्ट को खोजने में जुटा था। तब ही अचानक उसकी नज़र एक कागज पर पड़ी जिसे उठाकर पढ़ते हुए बोला “एडेन वॉग’ और ‘एलिना एलेव्स’ ये तुम्हारे मॉम–डैड हैं क्या”?

लिली ने हल्की सी हां में उत्तर दिया “वह मेरे मॉम–डैड का मैरिड सर्टिफिकेट है”। कहते हुए वह उठकर फिर से रिपोर्ट ढूंढने लग गई!

लिली को ज्यादा कुछ ना बोलता देख लव ने उस सर्टिफिकेट को एक नज़र देखा और फिर उसे वापस उसी जगह पर रख दिया। फिर वह भी पानी पीने के लिए बोतल खोल कर बैठ गया। तब ही उसके दिमाग में कुछ रिकॉल हुआ उसे कुछ अजीब सा लगा। उसने जल्दी से पानी की बोतल वापस रखी और उठकर उस सर्टिफिकेट को दोबारा से देखने लगा और सच में ही उसे देख लव को एक झटका सा लगा।

मैरिड सर्टिफिकेट पर पड़ी तारीख को देख लव की आंखें फटी की फटी रह गईं। वह एक नज़र से दीवार पर टंगे कैलेंडर की ओर देखता तो दूसरी नज़र से सर्टिफिकेट पर पड़ी तारीख को।

अचानक लिली का ध्यान काफ़ी देर से शांत पड़े लव पर गया। वह उससे पूछते हुए बोली "क्या हुआ, रिपोर्ट मिली क्या"?

लव बिना कुछ जवाब दिए धीरे से उसके पास गया मानो जैसे कि किसी चीज को देख कर उसे शॉक लगा हो। उसके पास आने पर लिली ने उसे झकझोरते हुए दोबारा पूछा "क्या हुआ तुम्हें, कुछ बताओगे मुझे"?

लव ने सर्टिफिकेट पर पड़ी तारीख पर उंगली रखते हुए कहा "20 जनवरी 1980" और फिर कलेंडर की ओर इशारा करते हुए कहा "आज है 03 मार्च 1997....! यानी मैरिड सर्टिफिकेट के अनुसार तुम्हारे मॉम—डैड की शादी को अभी सिर्फ 17 वर्ष हुए हैं। और तुमने तो कुछ महीनों पहले अपना 18वां बर्थ डे मनाया था"।

ये देख लिली ने झटके से सर्टिफिकेट उसके हाथ से छीन लिया और उसे अपने हाथ में लेकर देखते हुए बोली "ओ माय गॉड! यह कैसे हो सकता है, यह नहीं हो सकता यह सच नहीं हो सकता। हे गॉड यह सब मेरे साथ क्या हो रहा है।"

कहते हुए वह चक्कर खाकर गिर पड़ी। लव ने उसे संभालते हुए सोफे पर लिटाया और तुरंत पानी के कुछ छीटें उसके मुंह पर छिड़के। जिससे कुछ देर बाद लिली को होश आया। फिर लव ने उसे पीने के लिए पानी दिया। लिली ने एक ही सांस में सारा पानी गट—गट करते हुए गले से नीचे उतार लिया। उसे मारे घबराहट के पसीना आ रहा था।

वह, लव को पकड़कर चिल्लाती हुई बोली "यह सब मेरे साथ क्या हो रहा है? दिन ब दिन मेरी लाइफ नर्क बनती जा रही है क्यों? आखिर मैंने किसी का क्या बिगाड़ा है"?

लव ने उसे समझाते हुए हिम्मत से काम लेने के लिए कहा "कि यदि वह इसी तरह टूट जाएगी तो पूरी असलीयत का पता कैसे चल पाएगा? इसलिए उसे अभी सब कुछ जान कर भी अनजान और शांत रहना होगा"!

लिली भी अपने आंसू पोंछते हुए बोली "पता है 16 की तो अब बॉबी ही हो चुकी है। तो फिर उस सर्टिफिकेट में...! बस, अब बहुत हो गया फादर को आने दो आज मैं उनसे सब कुछ पता करके रहूंगी"।

"नहीं, नहीं, नहीं... तुम ऐसी गलती करने की भी गलती मत करना। नहीं तो गड़बड़ हो जायेगी और फिर तुम सच्चाई को कभी नहीं जान पाओगी। मैंने कहा ना तुम अभी अपने डैड या अपनी बहन से इसके बारे में कोई बात मत करना। अब जो कुछ करुंगा मैं करुंगा बस तुम सब्र के साथ मुझ पर थोड़ा भरोसा रखो! बस तुम्हें तो पहले की तरह ही एकदम नॉर्मल रहना है। यदि तुम कभी परेशान भी हुई तो उन्हें लगना चाहिए कि तुम उस कार्ड की वजह से परेशान हो, ना कि इस सबसे जो तुम्हारे साथ हो रहा है ओके...! और हां तुम मेरे साथ मिलकर क्या कर रही हो, तुम्हारे दिमाग में क्या चल रहा है इसके बारे में किसी को ज़रा सी भी भनक नहीं लगनी चाहिए"।

"ठीक है, ठीक है...! अब बॉबी के आने का टाइम हो रहा है। उसके आने से पहले हमें रिपोर्ट ढूंढ कर इस रूम से बाहर निकलना होगा"। लिली ने चिंता जताते हुए कहा!

दोनों एक बार फिर से जल्दी—जल्दी रिपोर्ट ढूंढने लग गए। इस बार उन्हें ज्यादा मेहनत नहीं करनी पड़ी और बहुत जल्द ही लिली को वह रिपोर्ट मिल गई। रिपोर्ट मिलते ही उसने राहत की सांस ली और फिर दोनों ने मिलकर जल्दी–जल्दी फाइल्स, पेपर्स और सारा सामान ज्यों का त्यों सैट कर दिया, ताकि ऐडेन को शक न हो कि यहां क्या हुआ है क्या नहीं।

रिपोर्ट को लेकर लिली, लव के साथ एडेन के कमरे से जाने लगी। तब ही लव ने कहा "सुनो मुझे वो दोनों पेपर चाहिए होंगे"।

"क्यों इनका तुम क्या करोगे? अभी देख कर इन्हें वापस रख देंगे"! लिली ने कहा।

"नहीं! आगे चलकर हमें प्रूफ के तौर पर इनकी ज़रूरत पड़ सकती है। अब हमें बार—बार ओरिजनल कॉपी तो मिलेगी नहीं, न जाने आगे चलकर तुम्हारे डैड इन पेपर्स को कहां से कहां रख दें। इससलिए मैं इन दोनों की फोटो कॉपी करवा के रख लूंगा और कॉपी करवा कर मैं जल्द से जल्द ओरिजिनल वापस लौटा जाऊंगा"। लव ने दोनों पेपर को देख कर एक पॉली बैग में डालते हुए कहा।

इस पर लिली ने थोड़ा सकुचाते हुए कहा "कि अगर फादर ने इन्हें चैक कर लिया तो प्रॉब्लम बढ़ जायेगी, इसलिए मुझे डर लग रहा है"!

इस पर लव बोला "अरे तुम पेपर्स की फ़िक्र मत करो। मैं कोशिश करूंगा कि शाम तक इन्हें वापस कर जाऊं"!

इस पर लिली, उसे बाहर तक छोड़ने आई और थोड़ी चिंतित होते हुए फ़िर बोली "लव प्लीज़, यह दोनों पेपर जल्द से जल्द वापस कर जाना"!

“ठीक है, तुम परेशान मत हो, मैं जल्द ही इन्हें वापस कर जाऊंगा। और हां जब तक सब कुछ क्लीयर नहीं हो जाता बॉबी पर शक करना गलत होगा। और अब अपने साथ–साथ तुम्हें उसका भी अच्छे से ध्यान रखना होगा”। कहते हुए लव वहां से चला जाता है।

लव के जाने के बाद उसके दिमाग में वही मैरिड सर्टिफिकेट वाली बात घूम रही थी ‘क्या एडेन और एलिना मेरे रीयल मॉम डैड नहीं हैं, यदि हैं तो सर्टिफिकेट के अनुसार मैं 18 की कैसे हो सकती हूं’? यही सब सोचते—सोचते वह अब एलिना के कमरे में आ गई। शायद, उसे वहां कोई और सबूत मिल जाए। फिर उसने अपनी मां की अलमारियों को खंगालना शुरू किया, काफ़ी देर तक खोजबीन करने के बाद भी वहां उसे कुछ हाथ नहीं लगा। सिवाय एलिना की मेडिकल रिपोर्टस, दवाओं के बिल और दवा गोलियों के। थक हार कर वह कमरे से जाने लगी, तब ही अचानक उसकी नज़र अलमारी के पीछे टंगे एक पुराने थैले पर पड़ी। उसने लपकते हुए थैले को उतारा और उत्सुकता वश उसमें रखे सारे सामान को बैड पर पलट दिया। जिससे लिली के बचपन की एक ड्रेस, उसका हेयरबैंड और कुछ खिलौने निकले। इन सब चीजों को देख लिली की आंखे भर आईं। उसकी मॉम ने उसके बचपन की खूबसूरत यादों को आज तक संभाल कर रखा था। वह उसे कितना प्यार करती थीं इस बात का उसे आज अहसास हो रहा था। उसी थैले में लिली को एक ड्रॉइंग भी मिली, जिसमें लाल और काली स्कैच से एक औरत और एक बच्ची का स्कैच बना हुआ था। ड्राइंग में बनी औरत के बाल छोटे थे जो उसके कानों तक आ रहे थे, उसी का हाथ पकड़े एक बच्ची खड़ी थी जिसकी दो चोटियां बनी हुई थी। उस स्कैचनुमा चित्र को देख कर लिली समझ गई, कि वह पेंटिंग उसकी मां ने ही बनाई होगी। क्योंकि, पेंटिंग में बनी औरत और बच्ची एलिना और लिली ही थे। बचपन में लिली की ही इस तरह दो चोटियां बनी होती थीं जैसे उस ड्राइंग में बनी हुई थीं।

लिली उस पेंटिंग को लेकर अपने कमरे में आ गई। जहां वह उसको समझने की कोशिश करने लगी। वह पेंटिंग को लेकर इसलिए कन्फ्यूजन में थी क्योंकि, उस ड्राइंग में उसकी मॉम के साथ सिर्फ़ उसकी ही पेंटिंग थी। जबकि, बॉबी भी तो उसकी बहन थी तो उसकी मां ने उसको क्यों स्कैच नहीं किया था। यही बात उसके सिर के ऊपर से जा रही थी, वह काफी देर तक उसमें छिपे राज़ को खोजने की कोशिश करती रही। लेकिन उसे कुछ समझ नहीं आया कि उसकी मॉम ने यह ड्रॉइंग क्यों और क्या सोच कर बनाई होगी? अब काफी देर से दिमाग लगाते—लगाते उसके सिर में भी दर्द होने लगा था। इसलिए उसने एक टैबलेट खाई और सो गई।

रात के लगभग एक बजे लव फ़िर से लिली के घर आया। वह चुपचाप घर में घुसा था, क्योंकि उसने लिली से पहले ही कह दिया था कि रात को वह उसका इंतजार करे। जिस कारण उसने घर के मैन गेट का लॉक खुला छोड़ दिया था। उसने धीरे से लिली के कमरे का दरवाज़ा खटखटाया। लिली ने उठ कर सावधानी पूर्वक दरवाज़ा खोला, उसकी आंखों में नींद साफ झलक रही थी।

वह उससे बोली "आप तो बारह बजे तक आने की कह रहे थे और एक बजे आ रहे हो, अगर टाइम नहीं था तो सुबह आ जाते। पता है मुझे बहुत देर से नींद आ रही है, लेकिन मैं आपकी वजह से अभी तक जागी हुई हूं"। लिली ने आंखे मलते हुए कहा।

"सॉरी डियर, वो अचानक डैड का एक काम निकल आया है और उसी काम के लिए मुझे सुबह बाहर जाना पड़ेगा। हो सकता मैं दो—तीन तक बाहर ही रहूं, इसलिए मैं तुम्हें बताने के लिए चला आया। और फिर यह रिपोर्ट भी तो वापस करना ज़रूरी था, इसलिए मुझे अभी आना पड़ा। जाओ तुम मुंह हाथ धो कर आओ और थोड़ा सा पानी—वानी पी लेना। जिससे तुम्हारी नींद गायब हो जायेगी"। कहते हुए वह कमरे के अंदर सोफे पर बैठ गया।

"नहीं मैं बाहर नहीं जा रही, थोड़ा बहुत शोर तो होगा ही, कहीं फादर जाग गए तो"। कहते हुए वह लव के पास ही बैठ गई और पास में ही रखी बोतल से पानी पीने लगी।

तब ही अचानक बॉबी अपने बिस्तर पर उठ कर बैठ गई और दोनों की ओर देख मुस्कराने लगी। उसे जागता देख दोनों हैरानी से उसकी ओर देखने लगे। लिली बोली "तू अभी तक सोई नहीं क्या"?

"दी... मैं तो सो ही रही थी, लेकिन आपकी बातें सुनकर जाग गई"।

उसकी बात सुन लिली, लव की तरफ देखने लगी। तब ही लव ने बॉबी से पूछा "क्या तुम मुझे जानती हो"?

"नहीं, मैं आपको कैसे जानूँगी? मैंने तो आपको कभी देखा ही नहीं। बट, आई थिंक आप दी के फ्रैंड हो"।

"आपने बिल्कुल सही अंदाजा लगाया। मैं, आपकी दी का कॉलेज फ्रैंड हूं" लव ने कहा।

"अब सो जा तू! स्कूल के लिए तुझे सुबह जल्दी उठना पड़ता है" लिली ने उससे कहा।

"ओके, दी आप बातें करो मैं सो रही हूं"। कहते हुए बॉबी चादर ओढ़ कर दूसरी ओर करवट बदल कर सो गई।

लिली ने फुसफुसाते हुए कहा "देखा, तुमने यह इतनी धीमी आवाज़ में भी कैसे जाग गई। लेकिन, जब—जब मेरे साथ कुछ गलत हुआ है, तब यह टस से मस नहीं हुई। जबकि, मैं इतना चीखती चिल्लाती हूं फ़िर भी इस बंदी ने कभी सांस तक नहीं ली, इसलिए मुझे इस पर शक होता है"।

"देखो लिली जब तक सच्चाई सामने नहीं आ जाती तब तक तुम, बॉबी को सिर्फ शक के आधार पर उसे दोषी नहीं ठहरा सकती या अकेला नहीं छोड़ सकती। तुम्हें उसका उसी तरह से ध्यान रखना है, जिस प्रकार से रखना चाहिए। तुम्हारी किसी गलतफहमी की वजह से इस लड़की के साथ कुछ ग़लत न हो जाए"।

उसकी बात सुन लिली हां में सिर हिलाते हुए बोली "हां वह तो है, मैं बेशक उससे कितनी भी नाराज़ क्यों ना रहूं, लेकिन मुझे अपने साथ उसकी फ़िक्र हमेशा रहती है"।

लव आगे कहता है "यह लो दोनों पेपर्स दोनों की मैंने कोपी करवा ली है। इन्हें वापस अपने डैड के रूम में उसी तरह रख देना जैसे रखे थे।..."! तब ही अचानक किसी ने बाहर दरवाजे से छेड़—छाड़ की। लव चुप हो गया वह उठ कर दरवाजे की ओर बढ़ा।

लेकिन लिली ने घबराते हुए उसे दबी हुई आवाज़ में रोका "फादर...! यह कहीं फादर तो नहीं हैं"?

लव ने उसे मुंह पर उंगली रख कर चुप रहने के लिए कहा। कुछ देर तक चुप रहने के बाद जब उन्हें लगा, कि अब बाहर कोई नहीं है तो दोनों फिर से धीरे–धीरे बात करने लगे। तब ही, एक बार फिर किसी ने दरवाज़े से छेड़—छाड़ शुरू कर दी। ऐसा लग रहा था जैसे कोई बाहर से लॉक खोलने की कोशिश कर रहा हो।

लिली डर कर आवाज़ दबाते हुए बोली "यह पक्का फादर हैं"।

लव ने उसके मुंह पर हाथ रखते हुए उसे बिलकुल चुप रहने के लिए बोला और उसे सोफे के पीछे लिटा दिया। और ख़ुद एक कोने में रखी अलमारी के परदे के पीछे छिप कर खड़ा हो गया। तब ही धीरे से एक 'खट' की आवाज़

के साथ दरवाजे का लॉक खुल गया। लव ने डरी हुई लिली को इशारे से समझाते हुए कहा मैं हूं डरने की कोई बात नहीं है, बस वह अपनी जगह पर आंख बंद कर शांत लेटी रहे, लिली ने ऐसा ही किया।

इधर गेट खोल कर एडेन कमरे में घुसा। लव ने देखा कि, उसके शरीर पर पैंट के अलावा एक भी कपड़ा नहीं है। उसने, एडेन की 'एक लाल आंख के साथ उसके चेहरे पर लगा कट' वाला डरावना चेहरा आज पहली बार इतने नज़दीक और ध्यान से देखा था। उसने एक हाथ में चाकू पकड़ रखा था, जिसकी धीरे—धीरे पकड़ मज़बूत होती जा रही थी। यह सब देख लव की भी हालत पतली हो गई, डर से उसे पसीना आने लगा, लेकिन वह एडेन पर लगातार नज़रें गड़ाए रहा। अगर इस हालत में लिली उसे देख लेती तो ज़रूर चीख पड़ती।

एडेन दांत पीसते हुए लड़कियों के बिस्तर की ओर बढ़ा। जहां उसने देखा कि बिस्तर पर तो सिर्फ़ बॉबी ही सो रही है, वह कुछ देर खड़े होकर उसे घूरने लगा। लव भी उसे, बॉबी की ओर बढ़ता देख चौकन्ना हो गया, वह चुपचाप सांसे थामे पर्दे के पीछे खड़ा रहा। एडेन, लिली को बिस्तर पर ना पाकर इधर—उधर नज़र दौड़ाने लगा। फिर वह दूसरी तरफ पड़े सोफे की ओर बढ़ने लगा जहां लिली अपनी सांसे थामे छिपी हुई पड़ी थी। जमीं से सटे उसके कान अपनी ओर बढ़ते हुए एडेन के कदमों को साफ महसूस कर पा रहे थे। तब ही अचानक वह सोफे के पास तक पहुंच कर रुक गया और फिर एकदम से मुड़कर, दोबारा से बॉबी के पास जाकर खड़ा हो गया। उसने, बॉबी को घूरते हुए चाकू पर पकड़ और मज़बूत बनाई और दांत पीसते हुए कुछ ही दूरी से उसके शरीर पर चलाने लगा।

इधर लव, एडेन पर बिना पलकें झपकाए नज़रें गड़ाए खड़ा था, वह किसी भी अनहोनी के लिए तैयार था। एक बार तो उसे लगा जैसे कि वह, बॉबी को चाकू मारने ही वाला है, वह भी उछल कर उसे पीछे से दबोचने ही वाला था, लेकिन

उसने अपने आप को कंट्रोल में रखा, क्योंकि चाकू हवा में ही चल रहा था उसने बॉबी को अभी तक कोई चोट नहीं पहुंचाई थी। इस प्रकार थोड़ी देर बाद एडेन नॉर्मल सा होने लगा और चाकू बॉबी के पास बिस्तर पर ही छोड़कर कमरे से बाहर चला गया।

उसके जाने के बाद लव ने राहत की सांस ली। लव ने लपकर सबसे पहले बिस्तर पर पड़े चाकू को छिपाया ताकि लिली उसे न देख पाए। फिर वह घबराई हुई लिली के पास गया जो अभी भी डरी हुई थी। उसने धीरे से उसे आवाज़ दी, वह भी फ़ौरन उठकर उसके सीने से लग गई और तब तक लगी रही जब तक कि उसे डर से शांति नहीं मिल गई। लव ने भी उसकी पकड़ से अंदाजा लगा लिया था कि वह कितना डर चुकी है, इसलिए वह लगातार उसे चूमते हुए उसके सिर पर हाथ फिराता रहा।

थोड़ी देर बाद नोर्मल होने के पर लिली गुस्से से बोली "फादर आकर चुपचाप लौट गए ना, क्योंकि बिस्तर पर आज लिली नहीं बॉबी थी इसलिए..."!

लिली की बात सुन लव ने उसे धीरे बोलने के लिए कहा और उस पर थोड़ा झल्लाते हुए बोला "यार तुम तो ऐसे कह रही हो जैसे कि तुम्हारे डैड यह सब जानबुझ कर रहे हैं! अगर वह यह सब जानबुझ कर ही कर रहे हैं तो फिर तुम उन्हें बचाती क्यों आ रही हो"?

लव की बात सुन वह चुप हो गई।

"देखो जो कुछ भी हो रहा है, उसे मैं भी अपनी आंखों से देख रहा हूं और थोड़ा बहुत समझ भी रहा हूं। इस हिसाब से मुझे नहीं लगता कि बॉबी को इस बारे में कुछ भी पता है। इसलिए जब तक सच्चाई सामने नहीं आ जाती तब तक तुम्हे बॉबी को गलत नहीं समझना है। और ज़रूरत पड़ने पर उसकी हेल्प के लिए हमेशा तैयार रहना है"!

"अच्छा फादर ने तुम्हें देखा तो नहीं"? वह बोली!

"नहीं उन्हें कुछ पता नहीं चला"! लव ने जवाब दिया।

"पता है... मन तो मेरा भी इस बात को नहीं मानता, कि बॉबी गलत हो सकती है। इसलिए मैं हमेशा उसका ध्यान रखती हूं, पर क्या करूं कभी—कभी कुछ होता ही ऐसा है जिससे मेरा शक उस पर चला जाता है"।

"नहीं, तुम उसकी बड़ी बहन हो उसे हमेशा तुम्हारी हेल्प की ज़रूरत पड़ेगी। और फ़िलहाल बॉबी को बिना कुछ बताए तुम उसका ध्यान रखो। और यार तुम्हारे डैड... ओ माय गॉड! जब उनपर बीमारी का असर होता है तो वह बड़े ही डेंजर हो जाते हैं"।

"हां, अभी तुमने उनका बीमारी वाला असली रूप देखा कहां है? तुम उन्हें उस हाल में देख लोगे तो डर से कांप उठोगे" लिली ने कहा।

"हां यार उन्हें देख कर तो मेरे सच में ही डर से रोंगटे खड़े हो गए थे। अछा यह बताओ, मेरे आने के बाद तुमने दरवाज़ा अंदर से लॉक किया था या नहीं"?

"हां, किया था...! गेट लॉक करके मैंने दो—तीन बार उसके हैंडल घुमा कर चैक किया था कि सही से लॉक हुआ है या नहीं" वह बोली।

लिली की यह बात सुन लव थोड़ा सोच में पड़ गया, कि क्या सच में ही एडेन बिना किसी की मदद के दरवाज़े को बाहर से खोल लेता है'?

"क्या सोच रहे हो? हो गए ना हैरान...! यही बात तो मेरी आज तक समझ में नहीं आई कि फादर गेट को बाहर से अनलॉक कैसे कर लेते हैं? मैंने कई बार बाहर से इसे खोलने की कोशिश की, लेकिन मेरे से तो यह कभी खुला नहीं"।

लिली ने आगे बताया "कि मैंने एक दिन बातों ही बातों में फादर से पूछा भी था, कि फादर...! अगर मैं कभी अपने रूम का गेट अंदर से लॉक कर के सोती

रह जाऊं और कोई इमरजेंसी आ जाए और मैं तुम्हारे बाहर से आवाज देने या दरवाजा खटखटाने पर भी ना उठूं, तो क्या ऐसी सिचुएशन में ये लॉक बाहर से खुल सकता है? इस पर फादर ने कहा, नहीं ऐसा बिलकुल नहीं हो सकता, ऐसी कंडीशन में यह दरवाजा ही तोड़ना पड़ेगा"।

"चलो यह तो क्लीयर हुआ, कि मिस्टर एडेन गेट बाहर से खुद ही खोलते हैं, लेकिन कैसे? क्या मैं भी एक बार बाहर से ट्राई कर सकता हूं"? लव ने लिली से पूछा!

"हां ठीक है...। लेकिन ज्यादा तेज़ खट—पट मत करना। कहीं फादर जाग गए तो प्रॉब्लम हो जायेगी"। लिली ने उसे सहमति के साथ नसीहत देते हुए कहा।

"ठीक है, तुम अंदर से लॉक करो, मैं बाहर से ट्राई करके देखता हूं"। कहते हुए वह बाहर चला गया।

उसके बाहर जाने के बाद लिली ने दरवाज़ा अंदर से लॉक कर लिया। उसके बाद लव ने उसे बाहर से खोलने की भरपूर कोशिश की लेकिन नाकाम रहा। थक—हार के उसने धीरे से दरवाज़ा खटखटाया। लिली ने एक ही बार में दरवाज़ा खोल कर उसे तुरंत अंदर ले लिया।

वह कमरे में आते ही बोला "यार मैंने तो पूरी कोशिश कर ली, लेकिन दरवाज़ा किसी भी तरह नहीं खुला। समझ नहीं आ रहा तुम्हारे डैड इसे कैसे खोल लेते हैं, कुछ तो गड़बड़ है...! चलो यह सब छोड़ो, यह सब तो बाद में देखेंगे। कल तुम्हें एक काम करना है, कल कॉलेज से आते टाइम मार्केट से एक चैन और लॉक लेते आना"।

"चैन और लॉक! लेकिन क्यों...? लिली ने हैरानी से पूछा।

"हां, क्योंकि अब मुझे लगता है तुम्हारे डैड की बीमारी से हालत और खराब होती जा रही है, इसलिए एक चैन वाला लॉक ज़रूरी है। उनका कुछ पता नहीं

है वह कब क्या कर बैठें। मैं तुम्हें डरा नहीं रहा... लेकिन तुम दोनों बहनों की जान भी खतरे में हो सकती है...! इसलिए फिलहाल मैं जो कह रहा हूं वह करो। वापस लौट कर मैं सब संभाल लूंगा और कोशिश करना कि उसके बारे में बॉबी को भी पता न चले। तुम्हें वह चैन, अंदर से अपने दरवाज़े के दोनों कुंडों में फंसा कर, उसमें लॉक लगाना होगा। यह काम हर रोज़ बॉबी के सोने के बाद और उसके उठने से पहले करना पड़ेगा। हालांकि, यह सब करना तुम्हारे लिए थोड़ा मुश्किल है, लेकिन मेरे हिसाब से यह तुम्हें करना होगा। अपने लिए और अपनी छोटी बहन के लिए"!

"ठीक है मैं एक—दो दिन में लॉक का इंतज़ाम कर लूंगी"!

"ठीक है ज्यादा दिन मत लगाना लॉक लाने में। मैं डैड का काम कंप्लीट करके जल्दी ही वापस लौट आऊंगा। अब मुझे चलना चाहिए रात काफ़ी हो चुकी है अपना ध्यान रखना! दोनों पेपर्स की मेरे पास कॉपी है और इस रिपोर्ट से जुड़ी जानकारी के साथ मैं जल्द ही वापस लौटूंगा। वैसे मैं इस लैब में गया था और वहां एक डॉक्टर से भी मिला था, उस सबके बारे में, मैं तुम्हें फ़िर बताऊंगा। आज मेरे पास ज़्यादा टाइम नहीं था, इसलिए इसके बारे में ज़्यादा जानकारी हासिल नहीं कर पाया। डैड का काम ख़त्म करके और पता करूंगा"! यह सब बोल कर लव, लिली के साथ उसके घर के मैन गेट तक आ गया।

लिली ने कहा "अभी रात को यहीं रुको सुबह फादर के उठने से पहले निकल जाना"!

"तुम मेरी फ़िक्र मत करो, मैं आराम से चला जाऊंगा। उस टी पॉइंट पर मेरा ड्राइवर गाड़ी के साथ मेरा वेट कर रहा है। अगर मैं उसके पास टाइम से नहीं पहुंचा तो वह आवाज़ देता हुआ यहां आ जायेगा। और हां एक और बात, अगर तुम्हारे डैड आज रात के बारे में तुमसे कुछ भी घुमा फिरा कर पूछें या यह जानने की कोशिश करें, कि रात में तुम कहां थीं, अगैरा—वगैरा। तो समझ

जाना कि या तो वो नाटक कर रहे हैं या फिर वह बीमारी की हालत में जो कुछ भी करते हैं सब याद रहता है। और हां सिचुएशन कोई भी हो तुम्हें नोरमल ही रहना है"। इतना बोल कर उसने लिली को प्यार से एक किस किया और 'लव यू' बोल कर चला गया।

एक दिन एडेन गुनगुनाते हुए किसी काम से अपने कमरे में कुछ ढूंढ़ रहा था। वह ढूंढते—ढूंढते अलमारियों में रखी फाइल्स तक पहुंच गया। वह फाइल्स को इधर—उधर पलटता और देख कर रख देता। तब ही उसकी नज़र अपनी मेडिकल रिपोर्ट पर गई, जिसे उसने हाथ में उठाकर देखा और वापस रख दिया। फिर वह अलमारी के दूसरे खाने में ढूंढ़ने लग गया। तब ही अचानक वह कुछ सोचते हुए रुक गया और वापस अपनी मेडिकल रिपोर्ट देखने लगा। काफी देर तक ध्यान से देखने पर उसे याद आया कि लास्ट टाइम उसने टेप किस तरह लगाई थी, और अब किस तरह लगी हुई है। इसका मतलब रिपोर्ट के साथ किसी ने छेड़—छाड़ की है। ये देख उसके चेहरे पर तुरंत चिंता की लकीर खिंच आई। एडेन अपनी रिपोर्ट उठा और गाड़ी लेकर तुरंत शहर की तरफ निकल पड़ा।

कुछ ही देर में वह एक 'पैथोलॉजी लैब' में पहुंच जाता है। जहां वह चारों ओर घूम—घूम कर किसी को खोजने की कोशिश करने लगा। काफी देर तक इधर—उधर घूमने के बाद जब उसे वह शख़्स नहीं दिखा तो, उसने एक स्टाफ से पूछा कि, "आजकल 'डॉक्टर एल्सा द कोस्टा' कहां बैठते हैं, मतलब उनका कैबिन कहां है..."?

उस कर्मचारी ने जबाव दिया "कि उनका तो कुछ दिन पहले एक्सीडेंट हो गया था, जिसमें उनकी डेथ हो गई। आप उनकी जगह आए नए 'डॉक्टर जोसेफ' से मिल लीजिए। वहां उस तरफ़ उनका केबिन है, आज कल वही इस पूरी लैब को देख रहे हैं"।

उसे 'थैंक्यू' बोल कर एडेन, डॉक्टर जोसेफ के केबिन की ओर चलने लगा। केबिन के बाहर से उसने दरवाज़े में लगे ग्लास से अंदर झांक कर देखा, तो पता चला कि मिस्टर जोसेफ अकेले ही बैठे हैं, जो पास में रखे पेपर्स पर साइन करने में लगे हुए हैं। एडेन नोक करते हुए उनके केबिन में दाखिल हुआ। डॉक्टर ने उसे बैठने के लिए कहा।

"थैंक्यू डॉक्टर..." कहते हुए एडेन चेयर पर बैठ गया। और कुछ देर डॉक्टर के चेहरे को देखते हुए पढ़ने की कोशिश करने लगा, जो अभी तक पेपर्स पर साइन करने में व्यस्त थे।

चुप्पी तोड़ते हुए डॉक्टर ने कहा "हां तो कहिए मिस्टर, मैं आपकी क्या सहायता कर सकता हूं"?

एडेन ने सकुचाते हुए पूछा "आप से पहले यहां डॉक्टर ऐल्सा द कोस्टा..."!

"जी मिस्टर...

"एडेन नाम है मेरा..."!

"हां मिस्टर एडेन, पहले वही इस लैब को देखते थे, लेकिन कुछ समय पहले उनकी एक एक्सीडेंट में डेथ हो गई...। तब से मैं ही इस लैब को देख रहा हूं" डॉक्टर ने कहा।

"अच्छा, तो ठीक है फिर... मैं चलता हूं"। एडेन ने झिझकते हुए कहा। और कुर्सी से उठने लगा।

उसे झिझकते देख डॉक्टर बोला "देखिए घबराने की कोई बात नहीं है, आप मुझे बे झिझक अपनी प्रॉब्लम बता सकते हैं"!

डॉक्टर की बात सुन एडेन ने अपनी रिपोर्ट निकाल कर देते हुए कहा "डॉक्टर, देखना क्या यह रिपोर्ट आज से पहले आपने कभी देखी है। मेरा मतलब, क्या यह रिपोर्ट अभी कुछ ही दिनों में आपके पास आई है?

डॉक्टर ने रिपोर्ट को देखते ही पहचान लिया और बोला "जी हां इस रिपोर्ट को लेकर एक लड़का यहां आया था, अभी एक दो दिन पहले की तो बात है"। डॉक्टर रिपोर्ट पर लिखे नाम को पढ़ते हुए बोला 'मिस्टर एडेन...!

"जी डॉक्टर..." एडेन ने जवाब दिया।

"ओह, तो क्या आप ही इस रिपोर्ट वाले एडेन वॉग हो"? डॉक्टर ने चौंकते हुए पूछा!

"जी हां डॉक्टर...." एडेन बोला!

"लेकिन, उस लड़के ने तो कहा था कि यह रिपोर्ट मेरे अंकल की है और इसी बीमारी के कारण अब उनकी डेथ हो चुकी है"! डॉक्टर भी यह सब देख सोच में पड़ गया।

इधर यह सब सुन एडेन एकदम से बौखलाया सा खड़ा हो गया और "थैंक्यू डॉक्टर, अब मैं चलता हूं"। कहते हुए अपनी रिपोर्ट उठा डॉक्टर के कैबिन से बाहर निकल आया।

डॉक्टर ने पूरी बात जानने के लिए, उसे रोकने की कोशिश की लेकिन एडेन हड़बड़ाहट में वहां से निकल गया। उसके जाने के बाद डॉक्टर जोसेफ भी सोच में पड़ गए कि 'आखिर बात क्या है, कोई अपने अंकल को जी ते जी मरा हुआ क्यों बताएगा'!

क्लीनिक से बाहर निकलते ही एडेन ने अपनी गाड़ी स्टार्ट की और घर की तरफ निकल पड़ा। तब ही बाज़ार के रास्ते उसे लिली दिखी जो बस स्टॉप की तरफ जा रही थी। कुछ दूर तक उसका पीछा करने के बाद एडेन ने बस स्टॉप

आने से पहले हॉर्न देते हुए गाड़ी उसके पास रोक दी। अपने फादर की गाड़ी देख लिली एकदम से चौंक गई, उसका चेहरा सफेद पड़ गया... जैसे उसकी चोरी पकड़ी गई हो। झूठी मुस्कराहट के साथ लिली अपने फादर की बराबर वाली खिड़की खोल कर सीट पर बैठ गई।

"फादर आप यहां"? उसने घबराते हुए पूछा!

"हां बेटा, मैं क्लिनिक से दवा लेकर आ रहा हूं। और तुम, तुम क्या करने आई हो यहां इतनी दूर बाजार में"? एडेन ने पूछा!

"इस बार भी वही दवाएं हैं या कुछ बदलाव किया है डॉक्टर ने"?

"नहीं इस बार दवा बदल कर दी है और डॉक्टर ने कहा है कि ये दवाएं थोड़ी हैवी हैं, लेकिन आराम जल्दी पहुंचाएंगी। और तुमने बताया नहीं कि तुम इधर क्या करने आई हो"? वह बोला।

"कुछ नहीं फादर, वो... वो मेरी एक फ्रैंड ने काफी रिक्वेस्ट की थी मुझसे, कि मैं उसको उसके बर्थ डे की शॉपिंग करा दूं" लिली ने जवाब दिया।

इसी तरह रास्ते भर दोनों एक—दूसरे से बातें करते रहे और एक—दूसरे को शक की निगाहों से देखते रहे। साथ में ही दोनों ने एक दुसरे को नोटिस किया कि दोनों आपस में बातें तो कर रहे हैं, लेकिन दोनों का दिमाग कहीं और ही है। लिली मानो अपने आप को जबरदस्ती नॉर्मल दिखाने की कोशिश कर रही थी। तो वहीं एडेन अंदर से डॉक्टर की बातों से परेशान लग रहा था।

घर आकर रात के समय, लिली पड़े—पड़े अपनी छोटी बहन के सोने का इंतजार कर रही थी। लेकिन, बॉबी अभी स्टडी टेबल पर ही चिपकी बैठी थी। वह पढ़ाई करते हुए बीच—बीच में अपनी बहन से बातें कर लेती।

तब ही बॉबी ने पूछा "कि दी... कल आपके फ्रैंड जो घर पर आए थे, वह कितनी देर बाद वापस चले गए थे"?

जब कुछ देर तक लिली का कोई जबाव नहीं आया तो बॉबी ने पलट कर लिली की ओर देखा। तो पता चला कि उसकी बड़ी बहन तो सो चुकी है। फिर वह भी अपनी किताब बंद करते हुए कुर्सी से उठ खड़ी हुई। और अंगड़ाई लेते हुए उसने घड़ी की ओर देखा जिसमें 12 से ऊपर का समय हो रहा था। बॉबी ने टेबल लैंप ऑफ किया और कूदकर बिस्तर पर आ गई। उसने लिली के सीने पर रखे नोबेल को उठाकर देखा और बुदबुदाते हुए बोली 'वैसे इन्हे डर लगता है, लेकिन फिर भी यह पढ़ेंगी डरावने नॉबेल ही'! इस तरह उसने नॉवेल को उठा कर बैड की ड्रा में रख दिया और बिस्तर पर लेट गई। उसके बिस्तर पर लेटने के कुछ ही देर बाद उसे नींद आ गई।

उसके सोते ही लिली ने आंख खोली, इसका मतलब अभी तक वह सोई नहीं थी। उसने उठकर दरवाजे का लॉक चैक किया जो ओके था। फिर अपने बैग से मार्केट से लाया हुआ चैन और ताला निकाला और बड़ी ही सावधानी से गेट के लॉक में फंसा दिया। और चुपचाप लाइट ऑफ करके सो गई।

रात में लगभग दो बजे के आसपास बॉबी की आंख खुली, उसने उठकर जैसे ही दरवाज़ा खोलना चाहा। लेकिन दरवाज़ा नहीं खुला वह अभी आधी नींद में थी। उसने फिर कोशिश की और इस बार भी सिर्फ़ दरवाज़े का हैंडल ही घुमा। उसने लॉक को हाथ से टटोलते हुए चैक किया तो वहां चैन जैसी कोई चीज अटकी देख बॉबी सोच में पड़ गई। उसकी नींद अब गायब हो चुकी थी उसने तेज़ रोशनी वाली लाइट ऑन की और देखा कि गेट पर तो चैन के साथ एक चाभी वाला ताला लटका हुआ है। यह देख बॉबी चौंक गई कि आखिर आज दरवाज़े पर यह ताला क्यों लटका हुआ है। यही जानने के लिए उसने, लिली को आवाज़ दी "दी... दी... दी सुनो तो..."। जब एक दो आवाज़ देने के बाद भी लिली नहीं जागी तो बॉबी ने उसे झकझोरते हुए जगाया।

बॉबी के झकझोरने पर लिली ने हड़बड़ाते हुए आँखें खोली और उसको अपने सामने खड़ा देख झट से उठ बैठी। वह, उस पर थोड़ा झल्लाते हुए बोली "क्या है, क्यों जगाया मुझे? तू अभी तक सोई नहीं क्या..."?

"दी बाथरूम जाना है मुझे, लेकिन यह गेट खुल ही नहीं रहा। यह चैन वाला ताला आप ही ने फंसाया है क्या"?

"हां... हां... यह लॉक मैंने ही लगाया है, रुक खोलती हूं"। कहते हुए उसने बैग से चाभी निकाल कर गेट खोल दिया। उसके बाद बॉबी बाहर चली गई। उसके बाहर जाते ही लिली ने घड़ी की ओर देखा, जिसके मुताबिक अभी रात काफ़ी बाकी थी। वह सोचने लगी 'कि बॉबी तो कभी आधी रात में बाथरूम के लिए जाती नहीं है, लेकिन फिर आज क्यों? कहीं ऐसा तो नहीं मेरे सोने के बाद वह इसी तरह से हर बार गेट खोल देती हो। लेकिन कल क्या, कल तो मैंने और लव ने ख़ुद अपनी आंखों से देखा था, कि फादर ने किस प्रकार बाहर से ही लॉक खोल लिया था तो फिर उन्हें इसकी क्या ज़रूरत। कहीं ऐसा तो नहीं कि कल मैं ही लव के आने के बाद गेट को लॉक करना भूल गई हूं और फादर ने सोचा होगा कि हर बार की तरह गेट बॉबी ने ही खोला है'!

यह सब सोचते हुए अब उसकी बेचैनी बढ़ने लगी, उसे समझ में नहीं आ रहा था कि वह क्या करे। वह घबराते हुए दरवाज़े की ओर लपकी। और जल्दी—जल्दी से चैन वापस गेट की कुंडी में फंसाने लगी, वह चैन फंसा कर अभी उसे लॉक कर ही रही थी कि उससे पहले ही उसे लगा कि जैसे कोई बाहर से दरवाज़े में धक्का दे रहा है। लिली भी अपनी तरफ से जोर लगा के गेट को लॉक करने की कोशिश करने लगी इसी हड़बड़ाहट में उसके हाथ से लॉक छूट कर नीचे गिर गया। उसने महसूस किया कि जैसे बॉबी और फादर मिल कर गेट को खोलने की कोशिश कर रहे हैं। जब उसकी पेश नहीं पड़ी तो वह दरवाज़े से पीठ लगा कर खड़ी हो गई और दोनों हाथों से कस कर दरवाज़े की चौखट

पकड़ ली। लेकिन बाहर से कोई बराबर धक्का दिए जा रहा था। लिली के साथ पहले जो हो रहा था वह उसे एक हादसा लगता था, लेकिन अब उसे वह एक षडयंत्र लगने लगा था, जिसमें उसे अपनी जान का भी खतरा लग रहा था, इसलिए वह घबरा रही थी और दरवाज़ा नहीं खोलना चाहती थी। ज़ोर लगाने से उसकी धड़कनें तेज और जोर सांसें फूलने लगी थीं।

तब ही दरवाज़ा खटखटाते हुए बॉबी ने आवाज़ देते हुए कहा "दी क्या हुआ? गेट खोलो ना..."!

बॉबी की आवाज़ सुन लिली दुविधा में पड़ गई, 'कि वह गेट खोले या नहीं! क्या बाहर सिर्फ बॉबी है या साथ में फादर भी...? कहीं दोनों मिलकर उसे कोई नुकसान तो नहीं पहुंचाना चाहते...! यही सोचते हुए वह घबराने लगी कि अब वह करे तो करे क्या? गेट तो खोलना ही था। तब तक बॉबी गुस्से से एक और बार चिल्लाई।

इस बार लिली ने धीरे—धीरे ख़ुद को रिलैक्स किया। फिर उसने चैन निकाल कर गेट को अनलॉक कर उसकी दराज से बाहर देखना चाहा, कि बाहर का क्या माहौल है, लेकिन जैसे ही कुंडी से चैन अलग हुई, वैसे ही बॉबी ने दरवाजे में धक्का दिया, दरवाजा खुल गया। लिली एकदम से पीछे हट गई वरना उसके मुंह में चोट लग सकती थी।

अंदर आते ही बॉबी झल्लाते हुए बोली "दी, तुम्हें भी क्या आधी रात में मज़ाक सूझ रहा है। मैं घंटे भर से बाहर खड़े होकर गेट खोलने की बोल रही हूं और तुम हो कि उसे..."। कहते हुए फ़िर उसने चैन वाले लॉक के बारे में पूछा "दी यह सब क्या है और किसलिए है? ...पहले तो आपने कभी यह लॉक नहीं लगाया था, फिर अब क्यों..."?

लिली, बॉबी के इस सवाल से घबरा गई, फिर उसने कुछ सोच कर झिझकते हुए कहा "अरे वो ना... आजकल मुझे एक अजीब सा डर लगने लगा है,

इसलिए मन की तसल्ली के लिए लगा देती हूं! अब तू शांत हो जा प्लीज! और ये लॉक वाली बात फादर को मत बताना"!

बॉबी को यह लॉक वाली कहानी कुछ समझ नहीं आई, लेकिन वह फिर बिना कुछ ज्यादा कहे सुने चुपचाप सो गई। इधर अब लिली की आंखो से नींद गायब हो चुकी थी। वह सोचने लगी 'लव ने कहा था कि किसी को पता नहीं चलना चाहिए, लेकिन यहां तो पहले दिन ही बॉबी को सब पता चल गया'। फिर वह बैड से उठी और एक बार फिर से उसने वही लॉक लगा दिया। और अपनी मॉम के द्वारा बनाई गई पेंटिंग को लेकर सोफे पर बैठ गई और उसे समझने की कोशिश करने लगी।

थोड़ी देर बाद बाहर से दरवाज़े के साथ छेड़छाड़ शुरू हुई। लिली चुपचाप सोफे से उठकर दरवाज़े की ओर टकटकी लगाए देखने लगी उसे समझते देर न लगी कि बाहर उसके फादर हैं। एडेन बाहर से दरवाज़ा खोलने की कोशिश कर रहा था। थोड़ी देर तक एडेन ने लॉक को इधर—उधर घुमाया और कुछ ही देर में एक खट की आवाज़ के साथ लॉक खुल गया। अब रह गया तो सिर्फ लिली का लगाया हुआ चैन वाला लॉक! घबराई हुई लिली उसी से आस लगाए गेट पर नज़रें गड़ाए खड़ी रही। आज वो अपने द्वारा लगाए गए लॉक की परीक्षा अपनी आंखो से देख रही थी, लेकिन उस चैन वाले लॉक ने अपनी ड्यूटी बखूबी निभाई। एडेन ने दरवाज़े को अंदर की ओर धकेला लेकिन चैन के फंसे होने के कारण दरवाज़ा नहीं खुला। उसने एक—दो बार और कोशिश की लेकिन वह गेट खोलने में सफल नहीं हो पाया। और फिर कुछ देर तक बाहर से कोई प्रतिक्रिया ना होने पर लिली ने दोबारा से गेट लॉक किया और सो गई।

एक—दो दिन बाद लव, उसके घर वापस आया। वह मैन गेट को धकेल कर सीधे लिली के कमरे की ओर जाने लगा। उसी समय लिली भी किसी काम से अपने कमरे से बाहर निकली अचानक उसकी नज़र लव पर पड़ी जो उसी ओर

चला आ रहा था। इससे पहले कि लव उसे देख कर कुछ बोल पाता लिली ने दूर से ही अपने मुंह पर उंगली रख उसे शांत रहने और वहीं रुकने का इशारा दिया। लव समझ गया कि घर पर ज़रूर उसके डैड हैं वह भी पीछे हटते हुए वापस जाने लगा। तब ही लिली दौड़ते हुए उसके पास आई और उसे खींचते हुए अपनी मॉम के कमरे में ले गई और बोली “जब तक मैं आवाज़ ना दूं तब तक चुपचाप यहीं बैठे रहना, क्योंकि फादर अभी घर पर ही हैं, वह जल्द ही बाहर निकलने वाले हैं”!

लव, उससे कुछ कहने ही वाला था कि तब तक एडेन ने लिली को आवाज़ लगा दी और वह उसकी बिना कुछ सुने फटाफट वहां से निकल गई। एडेन के बाहर जाने के कुछ देर बाद वह लव के पास वापस लौटी, जो पसीने से लथपथ हो चुका था, क्योंकि आज गोआ का मौसम थोड़ा उमस भरा था।

लिली ने जल्दी से पंखा चालू करते हुए कहा “अरे फैन तो ऑन कर ही सकते थे, इसकी आवाज़ बाहर तक थोड़े जाती है”।

लव ने कहा “अरे मैं तुमसे यही तो पूछने वाला था, लेकिन जब तक तुम भाग गईं”।

लिली हंसते हुए बोली “सॉरी यार...!”

फिर लव गंभीरता से बोला “इट्स ओके यह सब छोड़ो और अब मैं जो कहने जा रहा हूं उसे ध्यान से सुनो...”!

उसकी बात सुन लिली उसके पास बैठ गई और बोली “अच्छा बताओ क्या बात है, जिसे लेकर आप इतना परेशान लग रहे हो”?

वह उसे बताता है, “कि लंदन में तुमने जो हॉस्पिटल बताया था मैंने उसके बारे में पता किया। यह सच है कि वहां एक ऐसा हॉस्पिटल है जिसमें इसी तरह की

मानसिक बीमारियों का इलाज होता है, लेकिन उस हॉस्पिटल के बारे में बाकी की बातें झूठ हैं जो तुमने मुझे बताई थीं।"

"क्या..."? लिली चौंकी।

"हां... जैसे कि तुमने बताया था, कि वहां एक बार जो इलाज के लिए जाता है, तो वह तब तक बाहर नहीं आ सकता, जब तक कि वह पूरी तरह से ठीक नहीं हो जाता। और दूसरा कि वहां ऐसा रूल है कि वहां की गवर्नमेंट ऐसे पेसेंट को बाकी के लोगों के साथ सोसाइटी में नहीं रहने देती। ऐसा कुछ नहीं है ये दोनों बातें ही सरासर झूठ हैं वहां ऐसा कुछ नहीं है"!

"लेकिन फादर ने तो मुझे यही बताया था! आखिर वह मुझसे झूठ क्यों बोलेंगे"? लिली उसकी बातें सुन कर शॉक थी। उसे, उसकी बातों पर यकीन नहीं हो रहा था, लेकिन उसे पता था लव जो कर रहा है वह साफ और सही है इसलिए उसे अब उसकी बातों पर विश्वास करना पड़ेगा।

"हां लिली... यह सच है! और सच में ही वहां इस तरह का कोई हॉस्पिटल नहीं है जिसके बारे में तुम्हारे डैड ने तुम्हें बताया है। मैंने इसके बारे में इंटरनेट और अपने एक जानकार से पता किया जो लंदन में ही रहते हैं उन्होंने ही मुझे सही और सटीक जानकारी दी है"!

उसकी बातें सुन परेशान हो रही लिली को उसने सीने से लगाते हुए कहा "तुम थोड़ा धैर्य रखो और मुझ पर विश्वास करो, सब कुछ ठीक हो जायेगा। मैं वादा करता हूं तुम्हें कुछ नहीं होने दूंगा"!

"पता है लव... मैंने भी तब इंटरनेट पर उस हॉस्पिटल के बारे में जानने की कोशिश की थी। क्योंकि, फादर ने मुझे उसका नाम तो बताया नहीं था, इसलिए मैंने यूरोप और ऑल वर्ल्ड में जितने भी बड़े साइको और मैंटल से रिलेटेड हॉस्पिटल थे सबके बारे में पढ़ा। लेकिन हैरान करने की बात थी कि किसी भी

हॉस्पिटल के बारे में मुझे ऐसी जानकारी नहीं मिली जैसा मुझे फादर ने बताया था। फिर मैंने यह सोच कर रहने दिया, कि हो सकता है यह सब रूल और कंडीशन हॉस्पिटल मैनेजमेंट की तरफ़ से गुप्त रखे गए हों इसलिए मैंने इस बात पर ज्यादा ध्यान नहीं दिया"। लिली ने कहा।

वह फिर बोली "क्या लव ऐसा हो सकता है कि यह सब झूठ फादर से डॉक्टर ने बोला हो। ताकि वह उन्हें डराकर—धमकाकर उनसे फालतू के पैसे ऐंठता रहे" लिली ने दिमाग चलाते हुए कहा।

"नहीं... नहीं... नहीं...! इतना बड़ा डॉक्टर ऐसा काम नहीं करेगा, अगर ऐसा हुआ भी होगा तो मैं और पता लगा लूंगा। अरे हां, एक और बात जो शायद तुम्हें पता नहीं कि जो डॉक्टर तुम्हारे डैड का इलाज कर रहा था उसका पिछले महीने एक्सीडेंट हो गया था जिसमें उसकी तत्काल ही मौत हो गई थी"!

"क्या... डॉक्टर की मौत हो गई? वह चौंकी!

"हां जैसे ही मैं क्लीनिक गया, तो मैं तुम्हारे डैड का इलाज़ कर रहे डॉक्टर एल्सा दी कोस्टा को ढूंढने लगा। जब काफ़ी देर तक भी मुझे उनका केबिन नहीं मिला तो मैंने वहां किसी स्टॉफ से उनके बारे में पूछा, तो उसने मुझे बताया कि इनकी तो लास्ट मंथ एक एक्सीडेंट में डैथ हो गई। फ़िर मैं उसकी जगह आए दूसरे नए डॉक्टर से मिला और मैंने उसे तुम्हारे डैड की रिपोर्ट दिखाई तब उसने मुझे इस बीमारी के बारे में विस्तार से बताया। लेकिन उस डॉक्टर की बातों से तो मुझे ऐसा कहीं नहीं लगा कि इस बीमारी का असर इतना ज़्यादा हो जाता है कि पेसेंट मर्डर या रेप जैसे कुकर्मों को अंजाम दे सके"!

"ऐसे कैसे हो सकता है, अभी दो–तीन दिन पहले तो फादर उसी डॉक्टर से अपनी दवा लेकर आए थे। उन्होंने मुझे ख़ुद बताया था कि इस बार डॉक्टर ने दवाएं चेंज करके दी हैं..."! वह घबराते हुए बोली।

वह आगे बोली "मेरे एक बात समझ में नहीं आ रही कि आखिर वह मुझसे यह सब छिपा क्यों रहे हैं और इस सबके पीछे क्या कारण है? अब मुझे फादर पर शक हो रहा है। तुमने सही कहा था कुछ न कुछ तो गड़बड़ ज़रूर है। और अभी तुमने बताया कि उस डॉक्टर ने भी तुमसे इस बीमारी में रेप और मर्डर जैसी बातों से इंकार किया था"?

"हां... मतलब मैंने उससे इस सब बारे में डायरेक्ट तो पूछा नहीं था, लेकिन उसकी बातों से लग रहा था कि इस बीमारी में ऐसा होना संभव नहीं है। और फ़िर वह डॉक्टर भी मुझे थोड़ा अनएक्सपीरियंस सा लग रहा था। मुझे लगता है कि शायद उसने ऐसे केस पर ज़्यादा काम नहीं किया होगा"!

वह आगे बोला "अच्छा एक बात बताओ तुम्हारे डैड कब गए थे डॉक्टर के पास"?

"अभी कल परसों, जिस दिन मैं तुम्हारे कहने पर चैन और ताला लेने गई थी"!

"ओह गॉड फ़िर तो प्रॉब्लम हो सकती है"! वह थोड़ा चिंतित होते हुए बोला।

"क्या प्रॉब्लम हो सकती है, बताओ मुझे"?

"प्रॉबलम यह हो सकती है कि उससे एक, दो दिन पहले ही मैं उस डॉक्टर से मिला था। तो कहीं ऐसा न हो कि उस डॉक्टर ने मेरे बारे में तुम्हारे डैड को बता दिया हो"!

"ओ माई गॉड! मैंने तुमसे पहले ही कहा था कि जो कुछ भी करो सोच-समझ कर करना, हो गई प्रॉब्लम"! लिली घबराते हुए बोली।

"लेकिन एक काम मैंने सही किया जिससे शायद तुम्हारे डैड को हमारे बारे में पता नहीं चले"। लव बोला।

"क्या..."?

"जब मैंने डॉक्टर को वह रिपोर्ट दिखाई थी तो कहा था कि यह मेरे अंकल की रिपोर्ट है, जो अब इस दुनिया में नहीं रहे"!

"तो इससे क्या हुआ होगा"? उसने पूछा।

"इससे यह हुआ होगा, कि ज़रूरी नहीं तुम्हारे डैड उस डॉक्टर के पास अपनी रिपोर्ट लेकर गए होंगे। हो सकता है वह डॉक्टर से वैसे ही मिलने गए हों, क्योंकि मेरे हिसाब से तुम्हारे डैड इस नए डॉक्टर से मुझसे पहले कभी नहीं मिले। क्योंकि जब मैंने उस डॉक्टर को वह रिपोर्ट दिखाई और तुम्हारे डैड को मरा हुआ घोषित किया तो उसका रिएक्शन बिलकुल सामान्य था। इससे ये सिद्ध होता है कि न उसने मेरे दिखाने से पहले कभी वह रिपोर्ट देखी और ना ही वह कभी तुम्हारे डैड से मिला। अगर तुम्हारे डैड उसके पास गए भी होंगे तो वह नॉर्मल मुलाक़ात करके लौट आए होंगे। ज़्यादा से ज़्यादा उन्होंने अपना नाम वगैरा या बीमारी के बारे में उसे बताया होगा। लेकिन, एक एडेन को तो मैं अपना अंकल बना कर डॉक्टर के दिमाग़ में पहले ही मार चुका हूं, इसलिए डॉक्टर के दिमाग में ज़्यादा कुछ नहीं आया होगा। और इससे पहले कि वह रिपोर्ट लेकर दोबारा उस डॉक्टर के पास जाएं, हमें कुछ करना होगा"!

"जो भी करना है लव जल्दी करो, मुझे तो बहुत डर लग रहा है"! वह उसके गले लगते हुए बोली।

"अच्छा एक बात बताओ? कि उस रात जब मैं तुम्हारे घर आया था। और अचानक तुम्हारे डैड अंदर रूम में आ गए थे, लेकिन वहां उन्हें तुम तो दिखी नहीं थीं। तो मैंने तुमसे कहा था कि आज रात के बारे में वो अगर तुमसे कुछ भी घुमा कर पूछें तो..."!

"अच्छा... अच्छा...! नहीं मुझे अच्छी तरह से याद है फादर ने उस रात के बारे में मुझसे आज तक किसी तरह की कोई बात नहीं की"! लिली ने बताया।

उसकी बात सुन वह चुप हो गया और फिर कुछ सोचते हुए बोला "एक बात बोलूं..."?

"...हां बोलो"। लिली ने हामी भरते हुए कहा!

"कुछ नहीं बस मैं यह कह रहा था, कि आपका इतना बड़ा घर है, क्यों न हमें अंदर चल कर देखना चाहिए। हो सकता है सबूत के तौर पर हमें कुछ मिल ही जाए"!

उसकी बात सुन लिली बोली "हां लव, हमारे घर में जितने भी ऊपर के फ्लोर हैं, उनमें बहुत सारे रूम्स हैं। जिन्हें स्टोर रूम का नाम देकर बंद कर दिया गया है। हालांकि, कुछ रूम पर लॉक है और कुछ ऐसे ही हैं। क्यों न पहले हमें, वहीं पर सर्चिंग करनी चाहिए"।

"हां ठीक है, चलो वहीं पर देखते हैं"। लव कहते हुए खड़ा हो गया।

तब ही लिली को कुछ याद आया उसने लव से कहा "इधर आओ उससे पहले तुम्हें, मैं कुछ दिखना चाहती हूं"।

कहते हुए वह लव को अपने कमरे में ले गई। जहां जाकर उसने उसे अपनी मां के द्वारा स्कैचनुमा बनाई पेंटिंग दिखाई और बोली "यह पेंटिंग मेरी मॉम ने बनाई थी, जो मुझे उनके कमरे से मिली है। देखो इसमें उन्होंने अपने साथ सिर्फ़ मेरा स्कैच तैयार किया था। क्योंकि, वो इसी तरह छोटे बाल रखा करतीं थीं और मेरी बचपन इसी तरह दो चोटियां हुआ करती थीं"।

तब ही उसने लव को अपने बचपन का एक फोटू दिखाया जिसमें वह और बॉबी थे। जिसमें उसकी उम्र लगभग 7 साल और बॉबी की 5 के आसपास होती।

"यह देखो इस फोटू में मेरे दो चोटियां हैं जबकि बॉबी की गोल कटिंग हेयरस्टाइल है। लेकिन मेरे एक बात समझ में नहीं आ रही कि उन्होंने अपने

साथ मेरा ही स्कैच क्यों बनाया बॉबी का क्यों नहीं? जबकि उनकी बेटी तो हम दोनों ही है न"!

लव उस ड्राइंग पेपर को हाथ में देखते हुए बोला "हो सकता है, कि तुम्हारी मॉम का लगाव तुमसे ज़्यादा हो। अक्सर ऐसा होता है कि कुछ पेरेंट्स अपने पहले बच्चे को ज़्यादा मान्यता देते हैं। हालाँकि वो चाहते दोनों को एक समान हैं, लेकिन पहले बच्चे से उन्हें कुछ खास लगाव होता है। और फ़िर तुमने ही तो बताया था कि बॉबी के पैदा होते ही तुम्हारी मॉम बीमार होती चली गईं थीं और जैसे—जैसे वह बड़ी हुई होगी उनकी याद्दाश्त जाती रही होगी। इसलिए हो सकता है कि उन्हें, बॉबी के बारे में ज़्यादा कुछ याद न हो। और उनके दिमाग में सिर्फ़ तुम्हीं रह गईं"!

लव की यह बात कहीं तक लिली ठीक लगी। लेकिन वह कुछ सोचने लगी।

लव ने उससे फिर पूछा "कि अब क्या सोच रही हो? मेरे हिसाब से तो यही कारण हो सकता है बॉबी की ड्रॉइंग न बनाने का"!

"हां मुझे भी यही लग रहा है, लेकिन फिर फादर...? तो क्या मॉम उन्हें भी भूल गईं। उन्होंने उनका स्कैच क्यों नहीं बनाया"?

उसकी यह बात सुन कर लव चुप हो गया। और कुछ सोचते हुए उसके चेहरे की ओर देखने लगा।

तब ही अचानक लिली खड़ी हुई और बोली "चलो इस टॉपिक पर बाद में बात करेंगे। पहले ऊपर चलते हैं"।

कहते हुए दोनों ऊपर वाली मंज़िल पर चल दिये। ऊपर पहुंच कर लिली मैन स्टोर रूम के बड़े से दरवाज़े को देख कुछ सोचने लगी। उसको इस तरह सोचते देख लव बोला "क्या हुआ... कैसे रुक गईं"?

"कुछ नहीं लव, पहले यहां एक बड़ा सा लॉक हुआ करता था, जो अब नहीं है। कुछ दिन पहले फादर की तबियत खराब हुई थी, जब वह मुझे इसी रूम में बेहोश पड़े मिले थे। हो सकता है, बाद में फादर को इसे लॉक करने का ध्यान न रहा हो"।

कहते हुए वह कुंडी खोल कर स्टोर रूम के अंदर घुस गई। उसके पीछे—पीछे लव भी अंदर घुस गया। वह स्टोर रूम को देख कर हैरान रह गया, क्योंकि वह काफी बड़ा था, ऐसा लग रहा था जैसे वह पुराने समय में पूरा हॉल हुआ करता होगा। क्योंकि, हुबहु इसी तरह का हॉल नीचे वाली मंज़िल पर भी है। उन्होंने आगे चलकर देखा कि वहां चारों तरफ बड़े—बड़े सोफे, बैड, अलमारियां इत्यादि तरह का ढेर सारा सामान रखा हुआ है। ऐसा लग रहा था जैसे कि वह पूरा सामान किसी रईस परिवार का हो जो पुराना होने के बावजूद एकदम सही सलामत था। बस धूल ने उस पर अपनी सफेद चादर की परत चढ़ा रखी थी, कुछ सामान कपड़े से ढका हुआ था, तो कुछ ऐसे ही पड़ा हुआ था। दोनों वहां मौजूद इतने सारे सामान को देख कर हैरान थे और बातें करते हुए इधर—उधर की चीजों को देख रहे थे। जैसे—जैसे वो आगे बढ़ रहे थे वैसे—वैसे लिली लाइट ऑन करती जा रही थी। तब ही अचानक लव की नज़र अंदर की तरफ़ दीवार पर लगे एक बड़े से परदे पर पड़ी। वह लिली को लेकर उसी ओर आगे बढ़ा, वहां पहुंच कर उसने पर्दे को हटा कर देखा तो पता चला कि पर्दे के पीछे एक बड़ा सा दरवाजा है। दरवाज़े को देख दोनों एक दूसरे के मुंह की तरफ देखने लगे। फिर दोनों ने कुछ बोले बिना उसे धकेलते हुए खोला। तो उन्हें उसके पीछे एक और बड़ा सा कमरा दिखाई दिया, उस कमरे में भी सामान भरा पड़ा था। अब वो हॉल से उस कमरे में आ गए। तब ही लव की नज़र वहां की दीवारों पर टंगे अनेकों फोटू फ्रेम्स पर पड़ी।

जिन्हें देख वह बोला "देखो लिली! यहां जितनी भी फोटू फ्रेम टंगी हुई हैं, किसी में एक भी फोटू नहीं हैं"!

"हां मैं भी वही देख रही हूं और देखो, किसी–किसी फ्रेम से तो शीशा तोड़ कर उससे फोटू निकाल लिया गया है"।

लिली अपने घर में छिपे इस भूल–भलैया जैसे स्टोर रूम को देख हैरान थी। वह दोबारा से बोली "फादर ने आज तक हमसे इस फ्लोर के बारे में बात नहीं की और ना ही इसके बारे में कभी कुछ बताया। हमें तो बस इतना ही पता था कि ऊपर एक स्टोर रूम है जिसमें कुछ पुराना सामान भरा पड़ा है। लेकिन, हमारे घर में स्टोर रूम इतना बड़ा और रहस्यमई है, यह तो मुझे आज पता चल रहा है"!

लव ने हैरानी से पूछा "मेरी समझ में एक बात नहीं आ रही कि आखिर तुम्हारे घर में इतना सारा सामान आया कहां से? क्योंकि देखो, अभी तुम जो नीचे सामान यूज कर रहे हो, उसमें से कुछ को छोड़ कर बाकी का सब सामान लगभग उतना ही पुराना है जितना कि ये। और सोचने वाली बात यह है, कि इतनी छोटी सी फैमिली के लिए तुम्हारे डैड ने इतना सारा सामान लिया ही क्यों होगा? या यह हो सकता है कि तुम्हारे डैड ने यह घर किसी और से खरीदा हो और पुराना मालिक मकान के साथ–साथ अपना सारा सामान भी छोड़ कर चला गया हो"।

"मेरी तो कुछ समझ में नहीं आ रहा, कि आखिर ये सब है क्या? लव अब हमें चलना चाहिए बॉबी के स्कूल से आने का भी समय हो रहा है"। लिली ने लव से चिंता जताते हुए कहा।

"हां ठीक है चलते हैं"। कहते हुए लव ने थोड़ा और आगे की ओर बढ़ कर देखा। तो उसकी नज़र कमरे के एक अंधेरे कोने में पड़ी जहां उसे लोहे की सीढ़ियां नज़र आईं। उसने आगे बढ़ कर लाइट ऑन की और उन सीढ़ियों के पास जाकर देखा जो ऊपर की मंज़िल की ओर जा रहीं थीं। उसने लिली को

आवाज़ देते हुए अपने पास बुलाया लिली स्टोर रूम के अंदर सीढ़ियां देख दंग रह गई।

लव ने कहा "लिली, ज़रा ध्यान से इन सीढ़ियों को देखो! इन पर जमी धूल के कारण इन पर किसी के पैरों के निशान साफ़ नज़र आ रहे हैं। ऐसा लग रहा है जैसे यहां कोई आता—जाता रहता है"!

यह सब देख लिली तो डर से घबराने लगी। वह, उससे जल्द से जल्द वहां से निकलने की कहने लगी। लव, उसे समझाते हुए सीढ़ियों पर चढ़ने लगा और बोला "शायद यह सीढ़ियां ऊपर की मंज़िल से कनेक्टेड हैं"। कहते हुए वह ऊपर की मंज़िल पर चला गया।

लिली नीचे से उसे आवाज़ देती रही, लेकिन उसने ना तो नीचे झांककर देखा और ना ही उसे कोई जवाब दिया। ऊपर की मंजिल पर चारों ओर घना अंधेरा था वह ऊपर की मंज़िल के अंधेरे में पता नहीं कहां गुम हो गया। इधर उसका कोई जबाव न मिलने पर लिली घबराते हुए सीढ़ियों से ऊपर चढ़ने लगी। उसने ऊपर जाकर देखा तो पाया कि वहां तो सिर्फ अंधेरा ही अंधेरा है। उसने थोड़ा सा आगे बढ़ कर लव को एक और आवाज़ दी। लेकिन वहां उसकी ही आवाज़ गूंजती हुई वापस आई।

तब ही एक दम से उस मंज़िल की लाइट जली। लिली की एकदम से घिग्गी बंध गई और उसने डर से अपनी आँखें बंद कर लीं। तब ही दूर से लव की उसे आवाज़ आई उसकी आवाज़ सुन लिली की जान में जान आई। वह उसी ओर दौड़ी और उसके पास जाकर उससे बोली "कहां थे तुम? मैंने कितनी आवाजें दी थीं तुम्हें पता है"।

"अरे जैसे ही मैं ऊपर आया तो मैंने देखा कि यहां तो चारों ओर अंधेरा ही अंधेरा है। और फिर स्विच ढूंढते—ढूंढते मैं यहां तक चला आया"। उसने बताया।

"लव प्लीज अब चलो यहां से कोई आ गया तो प्रॉब्लम हो जायेगी"। उसने विनती करते हुए कहा।

"हां... ठीक है चलते हैं"। कहते हुए वह लिली का हाथ पकड़ कर वापस आने लगा। तब ही उसकी नज़र दूर एक कोने में पड़ी, जहां एक बड़ी सी अलमारी रखी हुई थी। वह लिली का छोड़कर धीरे—धीरे उसी ओर बढ़ने लगा। तब ही उसे एक दुर्गंध सी महसूस हुई जो ज़्यादा तेज़ तो नहीं थी, लेकिन फिर भी वह उसका ध्यान अपनी ओर खींचने में कामयाब रही। वह आगे बढ़ते हुए अलमारी के पास जा कर रुक गया। उस अलमारी पर कुछ मक्खियां भिन–भिना रही थीं। वह समझ गया दुर्गन्ध यहीं से आ रही है। उसने बराबर में लगे स्विच को ऑन करते हुए एक और बल्ब जलाया। और फ़िर लिली को पास आने के लिए कहा।

लेकिन गुस्से में खड़ी लिली उसके पास नहीं आई और झल्लाते हुए बोली "यार तुम्हारे समझ में नहीं आ रहा क्या? मैं घण्टे भर से कह रही हूं कि चलो यहां से कोई आ जायेगा...। फिर भी तुम्हारे कुछ समझ में नहीं आ रहा। कुछ आज देख लिया कुछ बाद में देख लेना कि आज ही सारी खोजबीन करके रहोगे"!

वह, लिली को नाराज़ होता देख उसके पास आया और बोला "बस अभी तुरंत चल रहे हैं, प्लीज एक बार बस उस अलमारी को खोल कर देख लेते हैं। मुझे उसमें कुछ लग रहा है। आओ प्लीज..."!

कहते हुए लव, उसे अलमारी के पास ले गया। जहां से आ रही दुर्गंध अब लिली को भी महसूस हो रही थी। लव ने अपना रुमाल निकाल कर उसको अपने मुंह पर रखने के लिए दिया और फिर वह धीरे–धीरे अलमारी खोलने लगा। उसके खुलते ही दोनों ने अलमारी में जो देखा, उसे देख दोनों के होश

उड़ गए। लिली की तो चीख निकल पड़ी, मारे डर और घबराहट के उसने वहीं दूसरी ओर उल्टी कर दीं।

अलमारी के अंदर प्लास्टिक की एक ट्रे में दो कटे हुए सिर रखे हुए थे। जिन पर एक अजीब तरह का लेप चढ़ा हुआ था। वह लेप शायद, उन कटे हुए सिर को खराब होने से बचाने के लिए था। और वह दुर्गन्ध उसी लेप से आ रही थी।

यह देख लव के भी डर से रोंगटे खड़े हो गए, लेकिन उसने जल्दी से ख़ुद को संभालते हुए लिली पर ध्यान दिया। जिसकी यह सब देख हालत खराब हो चुकी थी उसने घबराकर एकदम से लव को पकड़ लिया। वह उसे बार—बार चूमते हुए समझाने की कोशिश करने लगा, "कि लिली अपने आप को संभालो, हमें हिम्मत से काम लेना होगा। अगर तुम इसी तरह से हिम्मत हार जाओगी तो आगे कैसे काम चलेगा? चलो हम अभी पुलिस के पास चलते हैं, वहां चलकर हम पुलिस को सबकुछ बता देंगे और फिर सब ठीक हो जाएगा"।

लव अभी लिली को समझा ही रहा था, कि तब ही पीछे से आवाज़ आई "पहचाना...?

उन्होंने पीछे मुड़कर देखा तो सामने एडेन खड़ा था। जिसे देख दोनों की हालत पतली हो गई। लिली का तो डर से कलेजा मुंह में आ गया।

लव ने उसकी हिम्मत बढ़ाते हुए कहा "लिली अब तुम्हें इससे डरने की कोई जरूरत नहीं, अब यह खूनी तुम्हारा कुछ नहीं बिगाड़ सकता"।

एडेन ने लव की बात को नजरंदाज करते हुए दोबारा से पूछा "क्यों लिली बेटा, पहचाना नहीं तुमने इन दोनों कमीनों को..."?

लिली की तो जैसे आवाज़ ही नहीं निकल रही थी। मारे डर के वह न तो हां कह पा रही थी और न ही ना।

"कोई बात नहीं मैं ही बता देता हूं। ये वही दोनों कमीने हैं। जिन्होंने तुम्हारे साथ उस दिन बदसलूकी की थी जिस दिन तुम मेरे कहने पर अपनी मॉम और बॉबी के साथ बाहर गईं थीं। याद करो तब कहीं इन्होंने रास्ता पूछने के बहाने तुमसे बदतमीजी की थी" एडेन ने कहा।

यह सुन लिली को कुछ याद आ गया और वह समझ गई कि ये दोनों सिर किसके हैं। वह हिम्मत करके बोली "इनकी इतनी भी बड़ी गलती नहीं थी फादर, जिसके लिए तुमने इन्हें इतनी बर्बरता से मार डाला। आप हत्यारे कब से हो गए फादर, आप हत्यारे कब से हो गए..."? वह चीखते हुए रोने लगी।

"देख लिया ना लिली तुमने, अपने डैड के काले कारनामे! अब तो आपको यकीन हो गया होगा कि यह शख्स कितना निर्दयी और खतरनाक है"! लव ने कहा।

तब ही एडेन बीच में बोला "इन दोनों की तो सिर्फ़ इतनी सी गलती थी, कि इन्होंने तुम्हारे साथ बदतमीजी करने की कोशिश की, तो मैंने इनका यह हाल किया। और इस कमीने ने... इसने तो बहला—फुसलाकर तुम्हारा इस्तमाल किया है तो इसका क्या हाल होगा ज़रा सोचो..."! वह, लव की ओर इशारा करते हुए गुर्राया।

"नहीं फादर... आप इससे कुछ नहीं कह सकते। आपको जो कुछ कहना है मुझसे कहिए, क्योंकि ना ही इसने मुझे बरगलाया है और ना ही इसने मेरा इस्तमाल किया है। बल्कि इस मुसीबत की घड़ी में यह तो मेरे साथ खड़ा था, क्योंकि आपको पता नहीं आपकी इस बीमारी ने मेरा क्या हाल कर दिया है"। वह गिड़गिड़ाते हुए बोली।

"उस षड़यंत्र को बीमारी का नाम मत दो लिली! इतना सब देखने के बाद भी तुम्हें यकीन नहीं हो रहा, जो तुम उस ढोंग को अब भी इसकी बीमारी बता रही

हो या फिर तुम इस दरिंदे की दरिंदगी देख डर गई हो?" लव ने उसकी हिम्मत बढ़ाते हुए कहा।

"बकवास बंद कर लड़के! तू मेरी बेटी को इस तरह बरगला नहीं सकता...! लिली बेटा, यह तुम्हें, गुमराह करने की कोशिश कर रहा है। यह तुम्हें मेरे खिलाफ़ भड़का रहा है" एडेन ने कहा।

"यह बकवास नहीं सच है फादर, कि तुम्हारी बीमारी, तुम्हारी रिपोर्ट्स, तुम्हारा डॉक्टर सब झूठ था और अब तुम्हारे इस झूठ से पर्दा उठ चुका है"।

"नहीं लिली बेटा... यह सच नहीं है, तुम बेकार में इस मक्कार की बातों में आ रही हो और इस पर आँखें बंद करके भरोसा कर रही हो। मैं इस जैसे लड़कों को अच्छी तरह से जानता हूं... यह प्यार के नाम पर तुम जैसी इनोसेंट लड़कियों को इस्तमाल करके बाद में उन्हें रास्ते से हटा देते हैं, मेरी बात का विश्वास करो बेटा। मैं मानता हूं कि बीमारी की वजह से मुझसे कुछ ऐसे काम हो गए होंगे जो नहीं होने चाहिए थे। पर उसमें मेरा क्या दोष... मेरा यकीन करो बेटा, तुम चुपचाप मेरे पास आओ, फिर से सब कुछ ठीक हो जायेगा"! एडेन ने अपनी बेटी को समझाते हुए कहा।

उसकी बात सुन लिली हंसते हुए बोली "नहीं फादर नहीं... अब कुछ भी ठीक नहीं हो सकता। शायद आप यह भूल रहे हो कि मुझे आपके इस षड्यंत्र की एक—एक बात, इसकी हर एक सच्चाई पता चल चुकी है। और मुझे यह भी पता चल चुका है... कि तुम मेरे रीयल डैड नहीं हो! यह सब तुम्हारा प्लान था फादर... मुझे भी कभी—कभी यह सब फ्रॉड लगता था और तुम पर शक होता था। आपकी एक अजीब सी बीमारी ऊपर से उसके लिए एक अलग से हॉस्पिटल और उसके अजीब से रूल, लेकिन तुम्हारे भरोसे के आगे मैं सब बातों को नजरंदाज करती रही। कैसे बाप हो तुम जिसने हवस मिटाने के लिए, अपनी बेटी को भी नहीं बक्शा..."!

"नहीं... इसे हवस का नाम मत दे लड़की! यह हवस नहीं मेरी वर्षों की मेहनत थी जिसे इस लव के बच्चे ने बरबाद कर दिया, इसलिए इसका अंत होना ज़रूरी है"। एडेन गुस्से से चीखा।

"क्यों इसे हवस का नाम क्यों न दूं? ऐसा कौन अपनी बेटी के साथ करता है? कौन उसके भरोसे को जीत कर उसका इस तरह इस्तमाल करता है? माना कि मैं आपकी सगी बेटी नहीं हूं! फिर भी पालपोष कर बड़ा तो मुझे आप ही ने किया है! फिर क्यों तुमने मेरे साथ ऐसा किया..."? कहते हुए वह रोने लगी।

तब ही बीच में लव बोला "अब पूछो इससे, इसे पता होगा तुम्हारे मां—बाप कहां हैं? मैं यकीन से कह सकता हूं उनका इसी ने ज़रूर कुछ न कुछ किया होगा"!

"ओह, इसका मतलब तू बहुत आगे निकल गया लड़के, तूने मेरे घर में घुसकर सारे राज़ जान लिए। मैंने तुझे स्कूली बच्चा समझ कर बहुत बड़ी गलती कर दी। अब तुझे ज़िंदा छोड़ना खतरे से खाली नहीं होगा" एडेन बोला।

लिली बोली "नहीं फादर! अब आप किसी का कुछ नहीं बिगाड़ सकते, इसलिए चुपचाप मुझे मेरे मॉम—डैड के बारे में बता दीजिए! आपने उनके साथ क्या किया? क्या वो अब भी ज़िंदा हैं? अगर हां तो वो कहां हैं? मैं वादा करती हूं चुपचाप यहां से चली जाऊंगी और इस सब के बारे में किसी को कुछ नहीं बताऊंगी"!

उसकी बात सुन एडेन बोला "ठीक है तुझे अपने मॉम—डैड के बारे में जानना है ना, तो पहले इस लव के बच्चे को मेरे हवाले कर! मैं फिर तुझे सब कुछ बता दूंगा"!

एडेन की बात सुन वह बोली "नहीं फादर ऐसा नहीं हो सकता... मैं ऐसा नहीं कर सकती! और फिर इस बेचारे ने आपका क्या बिगाड़ा है, जो आप इसके

पीछे हाथ धोकर पड़ गए हो। आप इसे कुछ नहीं कहोगे, क्योंकि मैं इसे प्यार करती हूं और अब जिंदगी भर इसके साथ ही रहूंगी...''!

प्यार वाली बात सुन एडेन एकदम से बौखला उठा और बोला "क्या कहा... क्या कहा... प्यार करती हूं"? फिर जोर से हंसा और बोला "प्यार... प्यार तो तुम किसी से कर ही नहीं सकती"?

"क्यों...? मुझे प्यार करने का हक़ नहीं है क्या? जब मैंने कहा ना कि मैं लव से प्यार करती हूं और अब सारी ज़िंदगी इसी के साथ रहूंगी"। लिली ने फिर वही बात दोहराते हुए साफ़ शब्दों में कहा!

"इसके साथ तो तू तब ही रहेगी पागल लड़की, जब यह ज़िंदा रहेगा! इसे तो मैं अभी ख़त्म कर दूंगा" एडेन ने कहा।

"अब तो तुम समझ ही गई होंगी लिली, कि यह मुझे रास्ते से क्यों हटाना चाहता है"।

"अब तुम्हारा खेल ख़त्म हो चुका है मिस्टर एडेन...! तुम्हारा मैरिड सर्टिफिकेट, तुम्हारी रिपोर्ट्स बयां कर चुके हैं कि तुम कितने बड़े फ़रेबी और ख़तरनाक इंसान हो। वैसे तुम जैसा दरिंदा मैंने आज तक इस दुनिया में नहीं देखा, कैसे तुमने एक झूठी बीमारी का षड्यंत्र रच कर, एक इनोसेंट लड़की को इमोशनली ब्लैकमेल किया और कैसे उसका इस्तमाल किया। तुमने उसके साथ इतना घिनौना काम किया है, जिसके बदले तुम्हें मौत की सज़ा दी जाए वह भी कम है"।

"तू मेरा कुछ नहीं बिगाड़ सकता बेटा! क्योंकि यह सब सिद्ध करने के लिए तुझे सबूतों की ज़रूरत पड़ेगी और अफ़सोस कि उन्हें इकट्ठा करने के लिए तू ज़िंदा नहीं रहेगा"!

"मैंने पहले से ही तुम्हारा सारा इंतज़ाम कर रखा है मिस्टर! बस मुझे चलकर सारे प्रूफ पोलिस को सौंपने हैं उसके बाद जल्द ही तुम्हारी फांसी का फंदा तैयार हो जायेगा"। लव ने उसकी बीच में बात काटते हुए कहा।

"फांसी का फंदा और मेरे गले में"। एडेन ठहाका मारकर हंसा।

और बोला "चलो ठीक है मानता हूं कि तुम्हारे पास मेरे ख़िलाफ़ सबूत भी होंगे, लेकिन मुझे फांसी के फंदे तक तो तुम तब ही पहुंचाओगे जब तुम यहां से ख़ुद ज़िंदा वापस जाओगे"!

"ज़िंदा तो मैं जाऊंगा और वह भी लिली के साथ"! उसने उसका हाथ पकड़ते हुए कहा।

दोनों की बातें सुन लिली गिड़गिड़ाते हुए बोली "फादर तुम पहले ही मेरा सबकुछ बरबाद कर चुके हो, मेरी आपसे रिक्वेस्ट है प्लीज! मुझे लव के साथ जाने दो और चैन से जीने दो प्लीज़ फादर"!

"अब इस हैवान से क्यों विनती कर रही हो तुम? ना ही यह तुम्हें कुछ दे सकता और ना ही यह अब तुम्हारा कुछ बिगाड़ सकता! चलो..." कहते हुए लव उसे लेकर जाने लगा।

यह देख गुस्से से पागल हो चुका एडेन लव पर टूट पड़ा और उसको पुरी ताकत से पकड़ कर अलमारी में दे मारा। फ़िर दांत पीसते हुए बोला "मैं सोच रहा था कि तू लिली का कॉलेज फ्रेंड है तो वहीं तक सीमित रहेगा, लेकिन तूने तो हदें पार कर दीं। हमारे बीच आकर हमारी फैमिली के हर काम में इंटरफेयर करने लगा। मेरी बेटी के घर के साथ—साथ तू उसके बैड रूम तक भी पहुंच गया, इसलिए अब तेरी मौत तो निश्चित है यहां तुझे मुझसे कोई नहीं बचा सकता"। कहते हुए उसने लव को दोबारा से पकड़ लिया और बोला "मेरी परी जैसी

नाज़ुक बेटी को छूने की तेरी हिम्मत कैसे हुई"? और फिर लव को दोबारा से दूसरी तरफ दे मारा।

लेकिन इस बार लव जल्द ही उससे मुकाबला करने के लिए खड़ा हो गया। और फ़िर इसी तरह कुछ देर तक दोनों में हाथापाई होती रही। लिली दोनों के बीच—बचाव में कूद पड़ी, वह लव को समझाने की कोशिश कर रही थी कि तुम लड़ाई में फादर से नहीं जीत सकते। और हुआ भी ऐसा ही एडेन अपने गठीले और ताकतवर शरीर की वजह से लव पर भारी पड़ रहा था उसने लव की पीट–पीट कर हालत ख़राब कर दी थी। लिली भी शैतान बन चुके अपने बाप से लव को बचाने की भरपूर कोशिश कर रही थी। एडेन ने कई बार उसको उठा—उठा कर अलमारी और दीवार में दे मारा, जिससे लव बुरी तरह घायल हो गया। उसकी ऐसी हालत देख लिली रुआंसी होकर चिल्लाई "फादर...! क्या मार ही डालोगे इसे..."?

लिली की पुकार सुन एडेन का एकदम से ध्यान भटका और इसी का फायदा उठा कर लव ने फुर्ती से बराबर में पड़ी लोहे की रॉड उठाकर उसके सिर में दे मारी। रॉड एकदम सही तरीके से एडेन के सिर पर जा लगी जिससे उसका शरीर सुस्त पड़ गया। फिर लव ने ताकत का इस्तमाल करते हुए एडेन को एक ज़ोरदार धक्का दिया जिससे उसका सिर एक लोहे की अलमारी में जा लगा। उसने दोनों वार एडेन के सिर पर ही कीए जिससे उसके हाथ—पैरों ने काम करना बंद कर दिया और वह वहीं बेहोश हो कर गिर पड़ा। लव ने एक और जोरदार रॉड उसके सिर पर मारनी चाही जिससे उसकी कहानी समाप्त हो सके, लेकिन लिली ने उसे ऐसा करने से रोक दिया।

वह इतना सब कुछ होने के बावजूद भी एडेन से नफ़रत नहीं कर पा रही थी। शायद वह नहीं चाह रही थी कि उसके पिता की बुरी दशा हो। इसलिए उसने, लव से जल्दी पुलिस स्टेशन चलने के लिए कहा। लव उसके कहने पर एडेन

को उसी हालत में छोड़ कर जल्दी—जल्दी वहां से निकलने लगा ताकि वह समय पर पोलिस ला सके। वह अभी दोनों स्टोर रूम की दूसरी मंज़िल पर ही थे जो निकल कर सीढ़ियों तक पहुंच गए थे। लिली आधी सीढ़ियां उतर चुकी थी लव अभी ऊपर ही था कि तब ही पीछे से किसी ने उसके सिर पर जोरदार प्रहार किया। वह तुरंत वहीं लड़खड़ाकर गिर पड़ा और धीरे—धीरे उसकी आंखें बंद हो गईं, प्रहार इतना ताकतवर था कि लव को छटपटाने का भी मौका नहीं मिला।

लिली ने सीढियों पर ऊपर की ओर मुड़कर देखा तो वह चीख पड़ी, ऊपर एडेन हाथ में रॉड लिए खड़ा मुस्करा रहा था। उसके सिर से बहता हुआ खून पूरे मुंह पर आ रहा था। लव के साथ हुई हाथापाई में उसके चश्मे का एक ग्लास टूट कर निकल गया था। जिसमें से उसकी लाल आंख और उसके ऊपर—नीचे लगा कट साफ़ दिख रहा था। एडेन का यह पागलपन वाला रूप इतना भयानक लग रहा था, कि उसे देख डर से कोई भी कांप जाए। अभी लिली नीचे सीढ़ियों पर ही खड़ी थी। तब ही एडेन ने लव के एक और रॉड मारने के लिए हाथ ऊपर किया। यह देख वह दौड़ कर ऊपर आई और लव से लिपट गई।

वह चीखते हुए बोली "नहीं फादर नहीं, इसे मत मारो, इसे क्यों मार रहे हो? इस बेचारे ने तुम्हारा क्या बिगाड़ा है"?

तब ही उसने लव के सिर से बहते हुए खून को देखा, जिसे देख वह डर गई। क्योंकि, सिर में गंभीर चोट के कारण वह बेहोश हो गया था। ऐसा लग रहा था, जैसे शायद उसमें जान ही न हो। यह देख लिली पागल सी हो गई। वह गुस्से से चीखती हुई एडेन से बोली "मिल गई तसल्ली हत्यारे, पड़ गई कलेजे को ठंडक...! अरे तुमने इसे क्यों मार डाला, इस बेचारे की क्या गलती थी? जो तुमने इसे भी बेरहमी से मार डाला। तुम इंसान नहीं... राक्षस हो राक्षस! तुमने चार–चार खून किए हैं, मैं तुम्हें छोड़ूंगी नहीं। तुमने मेरा सबकुछ छीन लिया,

सबकुछ बर्बाद कर दिया। तुम बाप नहीं, जल्लाद हो जल्लाद..."! कहते हुए वह ज़ख्मी शेरनी की तरह एडेन पर झपट पड़ी।

लेकिन, पहले से ही सावधान खड़े एडेन ने अपने आप को संभालते हुए उल्टा उसी को अपनी बांहों में जकड़ लिया और पागलों की तरह हंसते हुए उसके बदन से अपना मुंह रगड़ने लगा। लिली उसके हाथों से छूट कर पीछे हट गई। एडेन के सिर पर भूत सवार था वह फ़िर से उसे पकड़ने की कोशिश करने लगा और उसे अपने पास बुलाने के लिए कहने लगा।

वह बोला "सबकुछ ठीक—ठाक चल रहा था, बिल्कुल मेरी स्क्रिप्ट के अनुसार। कितनी मेहनत से मैंने कहानी लिखी थी, कितनी मेहनत से मैंने उसे अपनी रीयल लाइफ में उतारा था। लाख विनती और ढेर सारा पैसे लेने के बाद वह डॉक्टर माना। उसके बाद काम रह गया तुम्हें अपनी झूठी और मीठी बातों में उतारने का जो बिल्कुल आसान था। क्योंकि, तुम हो ही इतनी साधारण और बेवकूफ कि ये सब तो मेरे लिए बिल्कुल आसान रहा। अरे तुम्हें तो तब ही समझ जाना चाहिए था कि जब मैं कभी नॉर्मल स्थिति में तुम्हारे कमरे का गेट बाहर से खोल कर अंदर नहीं घुसा तो फ़िर बीमारी या दूसरी कंडीशन में कैसे घुस सकता हूं जबकि बीमार इंसान को तो कुछ पता ही नहीं रहता"!

"मुझे पता है आप इस सबके लिए बॉबी की हेल्प लिया करते थे, इसलिए जब तुम मेरे साथ वो घिनौना खेल खेलते तो मेरे लाख उठाने पर भी वह मेरी हेल्प के लिए नहीं उठती थी"। लिली ने कहा।

नहीं, नहीं, नहीं...! तुम हमेशा दूसरों को गलत जज करती रहती हो, किस पर भरोसा करना चाहिए किस पर नहीं ये तुम्हें आज तक समझ नहीं आया। तुम्हारे कमरे का दरवाज़ा बाहर से खोलने के लिए उसे अपने तरीके से सैट करने के लिए ही तो वो प्लम्बर वाली टीम आई थी। इसी तरह तुम्हें पाने के लिए और न जाने क्या—क्या किया मैंने, लेकिन बाद में तेरे इस यार ने मेरी इस स्टोरी में

जबरदस्ती घुस कर सबकुछ बिगाड़ दिया। इसलिए मैं इस स्टोरी का हीरो और यह विलेन! इसलिए इसे तो मरना ही था..."! कहते हुए एडेन चीखा...।

"और भला बॉबी बेचारी वह मेरी क्या हेल्प करती, वह मेरे किसी लायक नहीं थी, बल्कि वह तो मेरे गले की हड्डी थी। इसलिए तुम्हारे पास आने से पहले, हर बार उसे तो मैं गहरी नींद सुला देता था"। इस पर वह बुरा सा बनाते हुए बोला।

"वह अभी बच्ची है और उसे जवान होने में अभी वक्त लगेगा"। कहते हुए उसके चेहरे पर अजीब सी मुस्कान आ गई।

उसके मुंह से ये बातें सुनकर लिली को पूरी कहानी समझ में आ गई। वह समझ गई, 'कि कैसे उसको इमोशनली ब्लैकमेल करके उसकी जिंदगी के साथ खेला गया और फ़िर कैसे उसकी जिंदगी बरबाद कर दी गई। उसे लव के रूप में एक सहारा मिला भी था, लेकिन इस दरिंदे ने उसे भी मुझसे छीन लिया'। ये इंसान तो क्या राक्षस भी कहलाने के लायक नहीं है। लिली ये भी समझ गई, 'कि वह उसकी सारी सच्चाई जान चुकी है, इसलिए वह उसे जिंदा नहीं छोड़ेगा। उसके बाद उसका अगली शिकार होगी बॉबी... लेकिन मैं इस साइको को अब किसी और की जिंदगी बरबाद नहीं करने दूंगी। इसे मैं पुलिस के हवाले करके ही रहूंगी'!

तब ही वह बोला "क्या सोच रही हो बेटा! ज़रा पीछे मुड़कर तो देखो..."!

लिली ने जैसे ही पीछे मुड़ कर देखा तो वह कुछ देर के लिए सुन्न पड़ गई। उसके पीछे खिड़की थी जहां पर वही ख़ून से लतपथ फादर वाला कार्ड टंगा हुआ था। वह कुछ देर टकटकी लगाए उसे देखती रही, लेकिन वह ज्यादा देर तक उसका सामना नहीं कर सकी और 'फादर... फादर...' चिल्लाते हुए भागकर कर एडेन के सीने से चिपक गई। डर से कंपकपाते हुए उसने अपने डैड को कसकर पकड़ लिया, मारे घबराहट के उसकी आंखे बंद हो गईं थीं। लिली

जो कुछ देर पहले जिसे दरिंदे और राक्षस का नाम दे रही थी अब वह उसी की बाहों में लंबी—लंबी सांसे लेते हुए सुकून ढूंढने की कोशिश कर रही थी।

एडेन ने भी देर न करते हुए उसे बाहों में भर लिया और सहलाते हुए बोला "आओ लिली आओ... आओ मेरे पास! अभी भी वक्त है तुम अभी भी मेरे पास आ जाओ। तुम्हारे बिन तुम्हारा फादर बिल्कुल अकेला रह जायेगा। ज़रा सोचो अगर तुम मुझे पुलिस के हवाले कर दोगी, तो ऐसी स्थिति में फ़िर कौन तुम्हें संभालेगा, इस डर से तुम्हें कौन राहत देगा? इसलिए कह रहा हूं ज़िद छोड़ो और अपने फादर की बात मान लो। जो हुआ सो हुआ अब सब ठीक हो जाएगा। मैं अब भी तुम्हें प्यार करता हूं"!

कहते हुए वह, पागलों की तरह उसके बदन को सूंघने और चूमने लगा। वह कसकर लिली को अपनी बाहों में जकड़े हुए था। अब उसका पागलपन बढ़ता जा रहा था और वह बड़बड़ाते हुए उसके कपड़े फाड़ने लगा। इधर लिली की अब चेतना लौटी, लेकिन वह सुस्त शरीर के साथ चुपचाप खड़ी रही जैसे वह अब भी बेसुध खड़ी हो। इधर एडेन उसके शरीर से खेलता रहा और जैसे ही उसका ज़रा सा ध्यान भटका, उसकी पकड़ ढीली हुई।

तब ही लिली ने ख़ुद में जोश भरते हुए अपने दोनों हाथ एडेन के सीने से लगाए और एक जोरदार धक्का दिया, जिससे कि वह पागल हो चुके एडेन के चुंगल से छुटकारा पा सके। और ऐसा ही हुआ अचानक से लगे धक्के से एडेन ख़ुद को संभल नहीं सका और उससे दूर हो गया, लिली भी उससे छिटक कर दूर खड़ी हो गई। इस पर एडेन खिसियाता रह गया।

लिली उससे गिड़गिड़ाते हुए बोली "फादर आपको मेरा जो करना है सो कर लेना अब वैसे भी मैं जीना नहीं चाहती। लेकिन मरने से पहले बस एक बार मैं अपने मॉम–डैड के बारे में जानना चाहती हूं। बस एक बार आप मुझे उनके बारे में बता दो प्लीज़"!

लिली की बात सुन एडेन ने गुस्से में आकर बराबर में खड़ी एक लकड़ी की अलमारी में दो—तीन रॉड मारी। जिससे अलमारी की खिड़की में लगा शीशा टूट गया। अलमारी पर ताला लगे होने के कारण उसने टूटी हुई खिड़की से एक हाथ अंदर डाला, जिसमें से उसने एक मोटी सी किताब निकाली।

जिसमें सदियों पुराने दो फोटू रखे हुए थे। जिसमें से वह एक फोटू को देख कर भावुक हो गया जिससे उसकी आंखे भर आई। फ़िर वह दूसरे फोटू को देख गुस्से से चीखा फ़िर बाद ज़ोर—ज़ोर से हंसने लगा। उसके बाद उसने दोनों फोटू लिली की ओर बढ़ाए, वह डरती हुई सुस्त कदमों से उसकी ओर बढ़ी। उसे इस तरह धीरे—धीरे आता देख एडेन ने दोनों फोटुओं को फाड़ने की धमकी दी।

यह देख लिली दौड़ कर उसके पास आई और चिल्लाते हुए बोली "नहीं फादर नहीं...! इन्हें मत फाड़ो प्लीज़! आखिर इनमें है क्या मुझे भी एक बार फोटुओं को देखने दो...!" कहते हुए वह दोनों फोटुओं पर झपट कर पड़ी।

इससे पहले कि फोटू उसके हाथ लगते एडेन ने फुर्ती से फोटू वाला हाथ पीछे खींचा और दूसरे हाथ से उसके कान और गर्दन समेत एक जोरदार थप्पड़ मारा। झन्नाटेदार थप्पड़ पड़ते ही वह ख़ुद को संभाल न सकी और जाकर एक मेज़ से टकरा गई। एडेन का यह थप्पड़ इतना ताकतवर था, कि वह एक ही वार में लड़खड़ाते हुए वहीं गिर पड़ी। मेज़ से टकराने से उसके सिर से ख़ून बहने लगा। वह दर्द से बिलबिलाते हुए तड़पने लगी। एडेन ने दोनों फोटू उसकी आंखों के सामने वहीं ज़मीन पर फेंक दिए।

उससे कुछ ही दूरी पर पड़े उन फोटुओं को वह बेबस नज़रों से देखती रही, लेकिन लिली में अब इतनी भी हिम्मत नहीं थी, कि वह अपने शरीर को हिला—डुला भी सके। इसलिए वह आंखों से आंसू बहाने के सिवाय कुछ न

कर सकी और धीरे—धीरे उसकी आंखें बंद होती चली गईं। वहीं एडेन उसके चारों ओर घूम-घूम कर न जाने क्या-क्या बकता रहा।

कुछ देर बाद लिली ने आंखें खोलीं और शरीर में सांस भरते हुए ताकत इकट्ठी की। उसके नथुनों की सांसों से फर्श पर पड़ी धूल उड़ने लगी। वह हिम्मत कर उठी और रेंगते हुए फोटुओं के पास पहुंची जहां उसने कंपकंपाते हुए हाथों से फोटू उठाए। पहले उसने एक फोटू देखा जिसमें तीन लोग थे एक आदमी, एक औरत और एक बच्ची। उस औरत को देख वह तुरंत पहचान गई कि वह उसकी मां एलिना है। वहीं एलिना की गोद में एक 3 साल के आसपास की बच्ची बैठी थी जिसे भी उसने तुरंत पहचान लिया कि वह ख़ुद लिली ही है, क्योंकि बचपन में वह उस फोटू वाली बच्ची की तरह ही दो चोटी बनवाया करती थी। वह फोटू लगभग 15-16 साल पुराना था, क्योंकि उसमें उसकी मां काफ़ी यंग थी। लेकिन लिली उस फोटू में बैठे तीसरे शख्स को नहीं पहचान पा रही थी, क्योंकि आज से पहले उसने कभी उस आदमी को नहीं देखा था।

फिर उसने जल्दी से दूसरा फोटू देखा, उस फोटू में भी तीन लोग थे। एक औरत दूसरा एडेन और उस औरत की गोद में बैठी एक बच्ची शायद... बॉबी! जिसकी उम्र लगभग दो साल के आस पास होगी। उसने बॉबी को उसकी हेयर कट से पहचान लिया, क्योंकि बचपन में उसकी गोल कटिंग हुआ करती थी। लिली अब दोनों फोटुओं को देख कर कन्फ्यूज थी। क्योंकि, वह दोनों फोटुओं से एक, एक शख्स को नहीं पहचान पा रही थी।

जहां वह पहले फोटू से अपनी मां एलिना और ख़ुद को पहचान रही थी, तो उसमें साथ में बैठे उस आदमी को नहीं पहचान पा रही थी। और वहीं दूसरे फोटू से वह अपने पिता एडेन और बॉबी को पहचान रही थी तो उस फोटू में बैठी वह औरत उसकी समझ से बाहर थी।

दोनों फोटुओं को हाथ में लिए वह धीरे—धीरे उठ कर बैठ गई और एडेन से बोली “फादर यह सब क्या है, मेरे तो कुछ समझ में नहीं आ रहा। और इन फोटुओं से मेरे मॉम–डैड का क्या लेना–देना है? मुझे कुछ बताओ ना प्लीज़! मेरे मॉम—डैड कौन हैं और कहां हैं, क्या वे अब भी जिंदा हैं”?

उसके मुंह से अपने मॉम—डैड जिंदा हैं वाली बात सुन कर एडेन एक जोर का ठहाका लगाकर हंसा और बोला “सॉरी लिली बेटा मुझे नहीं लगता है तुम्हारे डैड, अब इस दुनिया में होंगे और रही तुम्हारी मॉम की बात, उसे तो मैंने तेरे सामने ही मारा था। याद कर उसने तो तेरे हाथों में ही दम तोड़ा था”!

“नहीं वह मेरी मॉम नहीं थी, एलिना मेरी मॉम नहीं हो सकती” लिली चिल्लाई।

वह फिर हंसते हुए बोला “तो मैं कब कह रहा हूं कि एलिना तुम्हारी मां थी। ज़रा याद करो, एलिना के पेट पर बना टैटू जिसे वह अक्सर तुम्हें दिखाया करती थी। कभी तुमने उस टैटू को ध्यान से देखा हो, तो पता होगा कि उस टैटू में एक ज़ैड बनी हुई थी! हमेशा ज़ैड फॉर... जेब्रा ही नहीं होता बच्चे, याद आया कुछ”। कहते हुए एडेन फिर ज़ोर से हंसा।

यह सुन तुरंत लिली को अपनी मां के पेट पर बना टैटू याद आ गया। जिसे अक्सर एलिना उसे दिखाया करती थी, लेकिन उसने तो कभी उसे ध्यान से देखने की कोशिश ही नहीं की। इस बात पर उसकी एक बार फिर से आंखें नम हो गईं वह सोचने लगी, ‘कि कैसे वह ज़िंदगी भर लापरवाह और अनजान रही? और उसे होश आया भी तो तब, जब उसका सब कुछ बरबाद हो गया’। इसी तरह लिली अब कभी फोटुओं को देखती तो कभी अपनी मां के उस टैटू को याद करती।

उसे इस तरह कन्फ्यूज देख एडेन ने एक जोरदार रॉड उसके सिर में दे मारी और बोला “तू अब कन्फ्यूजन में ही मर...”! उस रॉड की चोट से लिली वहीं ढेर हो गई शायद अब उसकी लीला समाप्त हो चुकी थी। अपनी तसल्ली के लिए

एडेन ने एक और रॉड उसके सिर में मारनी चाही, ताकि उसकी बची—कुची सांसे भी थम सके और वह ज़्यादा देर न तड़पे। इसके लिए उसने जैसे ही रॉड ऊपर उठाई और वह जैसे ही दूसरी रॉड मारने को हुआ तब ही उसे एक दर्दभरी चीख सुनाई पड़ी। उसके हाथ वहीं के वहीं ठहर गए उसने पीछे मुड़ कर देखा, तो उसे दूर खड़ी एक अलमारी के पीछे से बॉबी भागती हुई नज़र आई। जो उसी अलमारी के पीछे से उसे देख रही थी। उसे देख एडेन के हाथों से वहीं रोड छूट गई और वह उसके पीछे आवाज देते हुए दौड़ा "बॉबी... बॉबी बेटा सुनो, मैं तुम्हारा फादर हूं। तुम्हें मुझसे डरने की ज़रूरत नहीं है"!

बॉबी उसकी बातों को अनसुना कर अपनी जान बचाते हुए भागी। उसने अभी अपनी आंखो से जो देखा जो सुना, उसके बाद वह कैसे उस पर यकींन कर सकती थी। वह समझ चुकी थी कि अब उसे शैतान बन चुके बाप से अपनी जान बचानी है नहीं तो यह मुझे भी मार डालेगा। इसलिए वह भागती हुई एक बैड के नीचे जाकर छिप गई।

एडेन आवाज देता हुआ धीरे—धीरे उसके नज़दीक पहुंच गया। डरी, सहमी बॉबी सांसे थामे बैड के नीचे छिपी रही।

एडेन उसे इधर—उधर देखते हुए बोला "बॉबी बेटा, तुम मुझे गलत समझ रही हो। तुमने अभी अपनी आंखो से जो देखा वह सच नहीं था। लिली मेरी बेटी नहीं थी और न ही वह तुम्हारी बहन थी तुम मेरी अपनी सगी बेटी हो। सच्चाई क्या है अभी तुम्हें पता नहीं है। तुम मेरे पास आओ मैं तुम्हें सब कुछ साफ़—साफ़ बताऊंगा। बॉबी... बेटा कहां हो तुम"?

कहते हुए वह एकदम से बैड के नीचे की ओर झुका जहां सांसे रोके हुए बॉबी छिपी पड़ी थी। उसे देख वह एक अजीब सी हँसी हँसा और उसे पकड़ने के लिए बैड के नीचे घुसने की कोशिश करने लगा। लेकिन बैड की ऊंचाई ज्यादा न होने के कारण वह बैड के नीचे नहीं घुस पाया। और उसने अपने लंबे हाथों

से बॉबी के पैर पकड़ लिए, लेकिन बॉबी चीखती—चिल्लाती पैर मारती हुई बैड के दूसरी ओर से निकल कर भाग खड़ी हुई। और इसी तरह वह एडेन से छिपते—छिपाते ऊपर की मंज़िल से उतरकर नीचे की मंज़िल पर आ गई और भागते हुए जल्दी से स्टोर रूम के गेट तक पहुंच गई। वह एक ही छलांग में स्टोर रूम से बाहर हो जाना चाहती थी, लेकिन वह पहले से ही वहां खड़े एडेन को देख एकदम ठिठक गई, उसके बढ़ते कदम वहीं के वहीं ठहर गए।

एडेन भी उसकी ओर झपटा लेकिन फुर्तीली बॉबी अपने—आप को संभालते हुए बाल—बाल उसके चंगुल में फंसने से बची। वह वहीं से पीछे की ओर वापस लौट गई। एडेन की चालाकी धरी की धरी रह गई। उसने गुस्से में अपना हाथ बराबर में पड़ी टेबल में मारा। उसके बाद उसने स्टोर रूम का मेन दरवाज़ा अंदर से लॉक कर दिया और गुस्से से दांत पीसते हुए फ़िर से बॉबी को खोजने लगा।

यह सब बॉबी एक जगह छिप कर देख रही थी, अब उसके पास वहां से बाहर निकलने का कोई दूसरा रास्ता नहीं था। वह अभी वहां से निकलने के बारे में सोच ही रही थी कि अचानक उसके डैड की नज़र उस पर पड़ गई। वह उसे पकड़ने के लिए फिर उसके पीछे दौड़ा, लेकिन वह फिर से उसके हाथों से बच निकली। इधर एडेन घायल होने की वजह से अब पूरी ताकत से भाग भी नहीं पा रहा था, शायद इसी कारण बॉबी अभी तक बची हुई थी! बॉबी अपनी जान बचाने के लिए इधर—उधर भाग रही थी। एडेन उसे चिल्ला—चिल्ला कर हर तरह से समझाने की कोशिश कर रहा था। लेकिन वह उसकी बातों पर यकीन करना तो दूर उन्हें सुनने तक को भी तैयार नहीं थी।

इसी तरह भगते—भागते बॉबी दोबारा से स्टोर रूम के अंदर वाली सीढ़ियों से ऊपर की मंज़िल पर चढ़ गई। और जल्दी—जल्दी कदम रखते हुए तीसरी मंज़िल की सीढियों तक पहुंच गई और फिर उन सीढियों से ऊपर चढ़ने लगी।

एडेन भी लंगड़ाता हुआ उसके पीछे—पीछे आ रहा था। वह उसे और ऊपर जाता देख वहीं रुक गया और बोला "बस बेटा बस! अब वहीं रुक जाओ! देखो अब मैं भी तुम्हारे पीछे नहीं आ रहा। यह देखो... मैं भी यहीं रुक जाता हूं, तुम अब जा सकती हो! लेकिन जाने से पहले एक सच्चाई है जिसके बारे में किसी को नहीं पता मैं चाहता हूं वह तुम्हें ज़रूर जान लेनी चाहिए। उसके बाद तुम भले ही चली जाना"। कहते हुए ज़ख्मी एडेन दर्द से कराहता हुआ वहीं उसके सामने वाली दीवार से पीठ लगाकर बैठ गया।

उसके एक जगह बैठ जाने से बॉबी भी एक–दो सीढ़ियां चढ़कर ऊपर की ओर बैठ गई और हांफते हुए उसकी ओर देखने लगी।

एडेन बोला "बेटा यह बात लगभग 15—16 साल पुरानी है। मेरा एक दोस्त हुआ करता था, जिसका नाम था 'डेमन निक'। वह नाम से ही नहीं कर्मों से भी डेमन था। यह मुझे तब पता चला जब उसने मेरी पीठ में खंजर घोंपा। हम एक अच्छे दोस्त हुआ करते थे। वह एक कंस्ट्रक्शन कंपनी में काम करता था। उसकी वाइफ का नाम था 'जेनिफर' जिसने कुछ दिनों बाद एक लड़की को जन्म दिया। उसका नाम रखा गया... 'लिली'। हां बेटा... लिली ना तो मेरी बेटी थी और ना ही वह तुम्हारी बहन है। उसके पैदा होने के बाद से ही डेमन की वाइफ जेनिफर बीमार रहने लगी। और धीरे—धीरे उसकी बीमारी बढ़ती गई और फिर उसकी बीमारी एक मानसिक बीमारी में बदल गई। जब लिली तीन साल की हुई तब तुम लगभग दो साल की थीं। तब ही हमने अपनी—अपनी फैमिली के साथ फोटो कराए जो अभी उधर पड़े हुए हैं"।

"तुम्हारी मॉम का नाम 'एलिना' था, जो बहुत ही खूबसूरत थी। हम एक दूसरे से बहुत प्यार किया करते थे"। एलिना को याद करते हुए एडेन के चेहरे पर हल्की सी मुस्कान बिखर गई। "इधर जेनिफर अब तक 80% से ज्यादा पागल हो चुकी थी। उसका काफ़ी इलाज़ कराने के बावजूद भी उसकी बीमारी में कोई

सुधार नहीं हो रहा था। बल्कि धीरे—धीरे उसकी दिमागी हालत और बिगड़ती जा रही थी। यह देख डेमन अपनी वाइफ और उसकी बीमारी से तंग आ चुका था, इसलिए अब वह दोनों से छुटकारा पाना चाहता था। लेकिन जेनिफर के नाम काफी प्रॉपर्टी होने के कारण वह उसका कुछ कर न सका। जेनिफर की वसीयत के अनुसार उसे, लिली के 18 होने तक जिंदा रखना ज़रूरी था।

तब ही डेमन की गंदी नज़र तुम्हारी मॉम यानि एलिना पर पड़ी। हमारी दोस्ती अच्छे होने के कारण हमारा एक दूसरे के घर आना जाना लगा रहता था। छुट्टी वाले दिन हम दोनों साथ बैठ कर ड्रिंक वगैरा किया करते थे। इसका डेमन फायदा उठाना चाहता था वह इसी बहाने तुम्हारी मॉम के साथ नजदीकियां बढ़ाने की कोशिश करने लगा। वह अक्सर किसी ना किसी बहाने मेरी अनुपस्थिति में घर आया करता और तुम्हारी मॉम से बातें किया करता।

एक बार किसी काम के सिलसिले, मैं एक दिन के लिए बाहर गया हुआ था। इस बात का फायदा उठाकर वह ड्रिंक करके रात में मेरे घर जा पहुंचा। पहले तो उसने तुम्हारी मॉम को सिड्यूस करना चाहा और उसे अपनी बात मानने के लिए कहा। लेकिन जब एलिना ने उसकी बात मानने से इन्कार कर दिया तो उस दरिंदे ने पूरी रात तुम्हारे सामने तुम्हारी मॉम के साथ रेप किया"!

कहते हुए एडेन रोने लगा और फिर गुस्से में पागल सा होकर चिल्लाते हुए बराबर में रखे सामान को उठा—उठा कर फेंकने लगा। डरी हुई बॉबी उसे ऐसा करते देख और भी ज्यादा डरने लगी वह अपनी जगह पर सतर्क हो खड़ी हो गई। उसको डरता देख एडेन शांत हो कर बैठ गया और बोला "अगली सुबह जब मैं घर लौटा तो मैंने देखा कि एलिना गले में फंदा डाले एक पंखे से लटकी हुई है। और वहीं उसके पैरों के पास एक दो साल की छोटी सी बच्ची उसके नीचे बैठी—बैठी रो रही है। वह बच्ची बार—बार उठकर अपनी मां को पकड़ने की कोशिश कर रही थी। लेकिन वह सिर्फ पैरों को छू कर रह जाती"।

यह सुन कर बॉबी की भी आंखें भर आईं।

ये बताते हुए एडेन बेचैन और विचिलित सा हो गया जैसे कि यह सब अभी उसकी आंखों के सामने ही हुआ हो। फिर वह अपने आप को संभालते हुए आगे बोला "लेकिन तुम्हारी मॉम ने मरने से पहले सुसाइड नोट में सारी कहानी बयां कर दी थी, ताकि मैं डेमन की असलियत जान सकूं और उसे पुलिस के हवाले कर सकूं। लेकिन मैंने सुसाइड नोट वाली बात किसी को नहीं बताई। डेमन भी ये जान कर बहुत खुश हुआ कि एलिना बिना किसी सबूत के ही मर गई।

लेकिन उसे यह नहीं पता था कि मैं उससे ऐसा बदला लेना चाहता हूं जिससे उसकी रूह तक कांपने वालीं थीं!

काफ़ी दिन हो गए लेकिन मुझे मौका नहीं मिला। इस कारण मेरे अंदर बदले की आग भी अब धीरे—धीरे शांत होने लगी थी। लेकिन एक दिन उससे बदला लेने का मुझे मौका मिल गया और मैंने धोखे से उसे एक सुनसान जगह बुला लिया। मैं चाहता था कि वह अपना गुनाह कबूल करे और माफ़ी मांगे, तो शायद मैं उसे माफ़ कर दूं। लेकिन उसने कहा कि मैं पैसों के लिए उसे ब्लैकमेल कर रहा हूं और जो मैं कह रहा हूं, वह उस पर लगाया गया महज़ एक झूठा इल्ज़ाम है। तब मैंने उसे एलिना के लिखे सुसाइड नोट के साथ कुछ और सबूत दिखाये जिन्हें देख वह घबरा गया"।

"फिर वह मुझ से चिकनी चुपड़ी बातें करने लगा और अपनी बीमार पत्नी और बेटी के वास्ते दया की भीख मांगने लगा। उसकी फैमली की खातिर मैं उसे माफ़ करने के लिए भी तैयार हो गया। मैंने सोचा इसके कर्मों की सजा उन बेचारे बेकसूरों को क्यों दी जाए, जो इसके बिना जीते जी ही मर जायेंगे। अब मेरे अंदर से बदले की भावना ख़त्म हो गई थी। मैंने सोचा इसके बाद मैं अपनी बेटी को लेकर इससे दूर चला जाऊंगा"।

"लेकिन उसने मौका देख मेरे ऊपर हमला कर दिया। यह देख मैं भी उस पर टूट पड़ा। हम दोनों मैं काफी देर तक हाथापाई होती रही। तब ही अचानक उसने कहीं से उठाकर मेरे मुंह पर एक लोहे की पत्ती दे मारी। जिससे मैं वहीं चक्कर खा कर गिर पड़ा। यह जो मेरी एक आंख लाल है न, यह किसी बीमारी की वजह से नहीं बल्कि उसकी मारी हुई उसी चोट के कारण हुई है। और यह मेरी आंख के ऊपर नीचे जो बड़ा सा कट है ये उसी की देन है"।

बोलते—बोलते एडेन का गला सूख गया। जिस कारण वह अब साफ नहीं बोल पा रहा था। उसकी जीभ नमी के अभाव में तालु से चिपक रही थी। उसे बॉबी को और आगे बताने के लिए पानी की सख़्त ज़रूरत थी। लेकिन उसे पता था कि यहां पर कहीं भी पानी मौजूद नहीं है। और वह वहां से बॉबी को पूरी कहानी बताए बिना कहीं जा नहीं सकता था। 'क्या पता बॉबी को अभी उसकी बातों पर यक़ीन नहीं हुआ हो? क्या पता वह मौका मिलते ही भाग जाए और सीधा पुलिस के पास पहुंच जाए'।

यही सोच कर उसने बॉबी की तरफ़ अपनी पीठ घुमाई और अपने ज़ख्मी हाथ से बहते हुए खून को चाटकर अपने गले को नम करने लगा। उसे ऐसा करते देख बॉबी ने अपनी जगह से ही उठकर देखने की कोशिश की, कि आखिर उसका बाप कर क्या कर रहा है, लेकिन उसे ठीक से कुछ दिखाई नहीं दिया।

एडेन वापस बॉबी की ओर मुंह घुमाकर बैठ गया और आगे बोला "हां बेटा! जब मुझे होश आया तो डेमन मुझ पर हंस रहा था। उसने उस रात तुम्हारी मॉम के साथ जो किया था, वह उसे बड़े ही मज़े के साथ बता रहा था। यानी उसे अपने द्वारा किए हुए कुकर्म पर बिलकुल भी अफ़सोस या पछतावा नहीं था। मेरी चोट इतनी गहरी थी कि मैं अपना शरीर भी नहीं हिला पा रहा था, मैं खून से लथपथ आखिरी सांस गिन रहा था। उसे भी लगा कि मैं अब बस कुछ ही देर का मेहमान हूं। और फिर उसने तुम्हारी मॉम का सुसाइड नोट और सभी

सबूत फाड़ कर हवा में उछाल दिए और बोला "फिक्र मत करना आज से मैं तेरी बेटी का बड़ा होने तक ख्याल रखूंगा। और फिर इस तरह वह बाए करते हुए मुझे वहीं तड़पता हुआ छोड़ कर चला गया।

तब ही मैं जोश में उठा मुझे पता था, कि यदि मैं अब भी नहीं उठ सका तो बाद में इसका कभी कुछ नहीं कर पाऊंगा। मैं चुपचाप एक रॉड उठाकर दौड़ते हुए उसके पीछे गया और फिर मैंने पीछे से जाकर वह रॉड पूरी ताकत से उसके सिर में दे मारी। मेरा वह प्रहार इतना ताकतवर था कि डेमन एक ही वार में नीचे आ गया। फिर मैं एक के बाद एक लगातार बिना सांस लिए उसके सिर में तब तक रॉड बजाता रहा जब तक कि उसका सिर टूट—टूट कर जमीं पर चारों ओर बिखर ना गया। उसके बाद मैं वहीं जोर—जोर से चिल्लाने लगा, मैंने मरे हुए डेमन से कहा "अब तू देख आगे होता है क्या? अब आगे जो होगा उसे देख तेरी रूह भी कांप उठेंगी और मैं अब कभी तेरी रूह को भी सुकून से नहीं रहने दूंगा"!

उसके बाद मैं गुस्से में जेनिफर के पास गया मैंने उसे सबकुछ बता दिया, यह सब सुनने के बाद भी वह शान्त थी, लेकिन जैसे ही मैंने उसे छुआ तो उसने मेरे हाथ पर काट लिया। तब मैं समझ गया कि मैंने उससे जो कुछ भी कहा है उसे वह अच्छी तरह से समझ रही है। फिर मैंने जेनिफर को अपनी पत्नी एलिना का नाम दिया और लिली को अपनी पहचान। जेनिफर की बीमारी के साथ— साथ उसकी याददाश्त जाती रही, लेकिन वह मुझे और अपनी बेटी लिली को कभी नहीं भूली। इसी तरह मैंने डेमन की सारी प्रॉपर्टी हथिया ली"।

"अब धीरे—धीरे लिली बड़ी हो रही थी मैं हमेशा तुमसे ज्यादा उसे टाइम देता, उसे प्यार करता। क्योंकि, मैं चाहता था कि वह मेरे अधीन हो जाए। वह मेरे अलावा इस दुनिया में कभी किसी पर भरोसा न करे। इसलिए बचपन से ही मैं ख़ुद, उसे एक तरफ से डराता, तो दूसरी तरफ से उसे तसल्ली देता। मैं दिन—

रात उसे नई—नई तरकीबों से डराता और फ़िर दूसरी तरफ से उसका मसीहा बन कर उसे गले लगाता और ऐसा ही हुआ मेरी योजना काम कर गई। तुमने देखा होगा, कि वह मेरे सिवाय कभी किसी और पर भरोसा नहीं करती थी। और फिर उसके जवां होने के बाद अब समय आ चुका था जिसका मैंने वर्षों से इंतजार किया था... डेमन से बदला लेने का। और फिर मैंने एक षड्यंत्र रचा शायद जिसके बारे में तुम्हें पता नहीं होगा और मेरा ये प्लान भी काम कर गया। मेरे इस प्लान में लिली फंसती चली गई मैं जब भी लिली को छूता तो मुझे सुकून मिलता और डेमन की रूह को तड़प...! और फ़िर इसी तरह उसकी रूह को तड़पाने के लिए मैंने लिली के साथ जो किया आगे वह सब तुम्हें बताने लायक नहीं है। लेकिन इस सब के चक्कर में, मैं तुम्हे कभी प्यार नहीं दे पाया उसके लिए मैं तुमसे माफी मांगता हूं बेटा"।

कहते हुए एडेन आगे बोला "बेटा ये थी मेरी पूरी कहानी! अब तुम ही बताओ कि इसमें मेरा क्या दोष था"? कहते हुए वह अपनी जगह से उठकर थोड़ा बॉबी की तरफ बढ़ा तो सीढ़ियों पर बैठी बॉबी भी सतर्क हो गई। एडेन समझ गया कि अगर मैं इसके पास गया तो यह और इधर—उधर भागेगी, इसलिए वह उसे बातों उलझाकर उसके और नज़दीक चला गया। और उसे बातों में लगाते हुए एकदम से चीखा, जैसे कि बॉबी के पीछे की ओर से कोई उसे पकड़ने आ रहा हो। इधर बॉबी ने जैसे ही घबरा कर पीछे की ओर देखा तो इस सब में उसका संतुलन बिगड़ गया और उसकी सीढ़ियों से पकड़ ढीली हो गई। मौका देख एडेन, बॉबी की ओर झपटा और उसने उसके दोनों पैर पकड़ लिए और हंसते हुए सीढ़ियों से नीचे की ओर खींचने लगा। बॉबी बुरी तरह चीखते हुए अपने पैरों को छुड़ाने की कोशिश करने लगी उसके चीखने की आवाज़ पूरे घर में गूंज रही थी।

तब ही अचानक एडेन के सिर में किसी ने पीछे से जोरदार रॉड दे मारी। एडेन एक दम सुन्न हो गया उसके हाथों से बॉबी के पैर छूट गए। धीरे—धीरे उसने

पीछे की ओर मुड़कर देखा तो सामने लव खड़ा था। उसने गुस्से से अपने दोनों हाथ लव को पकड़ने के लिए उसकी ओर बढ़ाए, लेकिन उसके शरीर ने उसका साथ नहीं दिया और वह वहीं गिर पड़ा। लव ने एक और जोरदार रॉड उसके सिर में मारी जिससे उसकी लीला समाप्त हो सके। एडेन की कहानी अंत होने के कगार पर थी अब बस उसकी आंखें खुली हुई थीं।

इधर बेहोश पड़ी लिली के कानो में भी बॉबी के चीखने की आवाज पहुंची थी। उसकी तेज़ चीखें लिली के कानों से होते हुए सीधे उसके दिमाग से टकराई थीं जिससे उसके शरीर में हलचल सी पैदा हुई। लिली जोश में उठी और जिधर से बॉबी की आवाज़ आई थी उसी ओर लड़खड़ाती हुई दौड़ी। हालांकि, बॉबी की चीखों का आना अब बंद हो गया था। ज़ख्मी होने की वजह से लिली अपने आप को काफ़ी कमज़ोर महसूस कर रही थी, लेकिन उसे पता था कि उसकी छोटी बहन खतरे में है और यही समय है हिम्मत दिखाने का। वह डर और दर्द की परवाह न करते हुए आगे बढ़ी और उसी जगह पहुंच गई।

उसकी दूर से ही लव पर नज़र पड़ी जो सही सलामत था, उसे ज़िंदा देखकर उसकी खुशी का ठिकाना नहीं रहा। फिर वह लपकते कदमों से उसके पास पहुंची जहां उसने देखा कि डरी हुई बॉबी लव से चिपकी खड़ी हुई है। वह काफी घबराई हुई थी लव उसके सिर पर हाथ फिराते हुए उसे तसल्ली देने की कोशिश कर रहा था और वहीं बराबर में एडेन बुरी तरह से घायल पड़ा हुआ था। उसके सिर से रिसते हुए खून ने सिर के चारों ओर फैल कर एक घेरा सा बना लिया था ऐसा लग रहा था जैसे उसके शरीर से खून की एक—एक बूंद निचुड़ गई हो।

तब ही लव की नज़र भी लिली पर पड़ी जो उसे ही देख रही थी। उसे देख वह भी बहुत खुश हुआ खुशी से उसकी आंखों में आंसू छलक आए। वह उससे कुछ कह पाता तब तक लिली ख़ुद उसके पास आकर उससे लिपट गई। उसने

जैसे ही बॉबी के सिर पर हाथ रखते हुए उसे पुकारा, तो बॉबी ने एकदम से आँखें खोली जैसे वह नींद से जागी हो, फ़िर वह लिली से लिपट कर फ़फ़क—फ़फ़क रोने लगी और कुछ देर बाद उसे अपनी बड़ी बहन की बाहों में अच्छा महसूस होने लगा।

सब एक—दूसरे को सही सलामत देखकर काफ़ी खुश थे, लेकिन बॉबी दुःखी नज़र आ रही थी। शायद उसे समझ नहीं आ रहा था कि आखिर अचानक ये हो क्या गया। तब ही वह लिली से बोली "दी आप ठीक तो हो ना..."?

"हां बेटा मैं बिलकुल ठीक हूं! तू अब चिंता मत कर सब ठीक हो जाएगा। मैं हमेशा तुम्हारे साथ रहूंगी अब हमें किसी से डरने की जरूरत नहीं"। कहते हुए वह लव से बोली "तुम ठीक हो.."? और उसे चूमते हुए उसके सीने से लग गई।

तब ही अपनी आखिरी सांसें गिन रहा एडेन की करकारहाट महसूस हुई। लिली भाग कर उसके पास गई और उसने, उसके सिर को अपनी गोद में उठाना चाहा, लेकिन जैसे ही उसने उसके सिर से हाथ लगाया तो एडेन दर्द से तड़प उठा, दर्द से बिलबिलाते हुए उसकी आंखें बाहर निकल आईं। क्योंकि लव की रॉड से उसका सिर इतना घायल हो चुका था कि उसे छूने मात्र से ही वह दर्द से छटपटा रहा था। लिली उसके सिर से अपना हाथ हटाते हुए बोली "फादर अब भी बता दो कि मेरे मॉम—डैड कौन हैं? अगर तुम मुझे अब भी उनके बारे में बता दोगे तो मैं सब कुछ भूल कर तुम्हें माफ कर दूंगी। फादर प्लीज"!

उसकी बात सुन एडेन ने कुछ बोलने की कोशिश की, पर उसके होंठ कंपकपा कर रह गए और वह कुछ बोल नहीं पाया। तब ही उसने अपनी आंखों की पुतली बॉबी की ओर घुमाई जैसे वह उससे कुछ कहना चाह रहा हो। यह देख बॉबी चुपचाप लव के पीछे सरक गई और फ़िर एडेन ने एक अजीब सी मुस्कान के साथ वहीं दम तोड़ दिया।

उसके मरते ही लिली अपने को ठगा सा महसूस करने लगी वह चिल्लाई "फादर प्लीज़ बताओ मुझे, फादर प्लीज मेरे मॉम डैड के बारे में बता दो..."!

लव ने जैसे ही उसके पास जाकर उसे समझाना चाहा वैसे ही वह गुस्से से उस पर चिल्लाई "फादर को किसने मारा बताओ मुझे... फादर को किसने मारा"? वह रोते हुए बार—बार एक ही बात दोहरा रही थी। "अब मेरे मॉम—डैड के बारे में मुझे कैसे पता चलेगा, कौन बतायेगा मुझे कि वो कहां हैं"?

लव ने उसे पकड़ कर उसे कंट्रोल में रहने को कहा। और बताया "कि अगर मैं इसे नहीं मारता तो यह हम सब को मार डालता। पता है मैंने आखिरी समय पर आकर बॉबी को बचाया था, अगर मेरे यहां पहुंचने में ज़रा सी भी देर हो जाती तो पता नहीं बॉबी के साथ क्या हो जाता"!

लव की यह बात सुन लिली ने अपनी छोटी बहन को फिर से गले लगा लिया।

वह आगे बोला "मुझे इस बात का अफसोस है लिली, कि यही एक ऐसा शख्स था जो तुम्हारे मॉम डैड के बारे में जानता था और अब वह भी नहीं रहा, लेकिन तुम दुःखी मत हो गॉड ने चाहा तो हम मिलकर तुम्हारे मॉम डैड के बारे में पता लगा लेंगे, फिलहाल तुम अपने साथ बॉबी को संभालो। और मैं तो कहूंगा कि तुम ये सब एक बुरा सपना समझ कर जल्द ही भूलने की कोशिश करो और आज से ही एक नई ज़िंदगी की शुरुआत करो। हां एक और बात मेरे विचार से अब तुम्हें किसी से डरने की ज़रूरत नहीं, मैं यकीन से कह सकता हूं कि तुम्हें बचपन से उस कार्ड से डराने वाला शख्स कोई और नहीं बल्कि तुम्हारा यह फादर ही था"।

उसकी यह बात सुन बॉबी अपनी बहन की तरफ़ इस तरह देखती है जैसे वह भी लव की बात से सहमत हो। और फ़िर वह भी अपनी बड़ी बहन से इस बारे में कुछ कहने को होती है, लेकिन फ़िर पता नहीं जाने क्या सोच कर चुप रह जाती है। उसके बाद लव दोनों लड़कियों को वहां से लेकर चला जाता है।

फिर हमें कुछ दिनों बाद दोनों बहनें एक नए घर में दिखाई देती हैं। यह घर शहर में बॉबी के स्कूल के आसपास और लिली की कॉलेज से भी ज्यादा दूर नहीं था।

एक बार रात के समय लिली स्टडी रूम में अपनी टेबल पर बैठी थी। उसकी टेबल पर उसकी मां के कमरे से मिली स्कैच पेंटिंग, एलिना और एडेन का मैरिड सर्टिफिकेट, एडेन के द्वारा दिए गए दोनों पुराने फोटू और उनके साथ हाल ही कुछ साल पहले खींचा गया एक और फोटू था। जो आज से लगभग 10 साल पुराना था, जिसमें एडेन की गोद में सिर्फ लिली और बॉबी थीं। वहीं टेबल पर दूसरी तरफ एलिना नाम की कुछ मेडिकल रिपोर्ट भी थीं। और वहीं एक कागज पर लिली ने एलिना के पेट पर बने टैटू का हूबहू डिजाइन ड्रा कर रखा था। जिसके नीचे उसने जैड फॉर... ज़ारा, ज़ैली, जैफिरा, जेनिफर, आदि नाम लिख रखे थे।

लिली कभी इस पेपर को उठाती तो कभी उस पेपर को, कभी फोटुओं को देखती तो कभी ख़ुद से ड्रा किए हुए उस टैटू को डिकोड करने की कोशिश करती, इसी तरह कभी कुछ तो कभी कुछ...। वह उन सब के आपस में जुड़े कनेक्शन को ढूंढने की कोशिश कर रही थी, लेकिन काफी देर तक कोशिश करने के बाद भी वह उन सब के बीच के कनेक्शन और टूटी हुई कड़ी को जोड़ने में नाकामयाब रही। दिमाग पर ज्यादा ज़ोर डालने से अब उसके सिर में दर्द भी होने लगा था। तब ही बॉबी वहां आई और अपनी किताबें उठाकर दूसरी टेबल पर लेकर बैठ गई। लिली ने उससे पुछा "क्या फादर ने मरने से पहले तुमसे कुछ कहा था या तुम्हें कुछ बताया था"?

बॉबी ने कुछ देर तक सोचने के बाद ना में जवाब दिया। और बोली "दी फादर को क्या बीमारी थी जिसके बारे में आप सब बात कर रहे थे और उन्हें क्यों मार डाला गया? और आप उनके मरते समय यह क्यों कह रहीं थीं, कि फादर

प्लीज मेरे मॉम डैड के बारे में बता दो? तो क्या दी, वो हमारे रीयल मॉम डैड नहीं थे"?

बॉबी की बात सुन लिली उसके मुंह की तरफ देखने लगी और सोचने लगी 'कि इसे सारी कहानी बताना सही रहेगी या नहीं'!

तब ही उसे बॉबी ने आवाज़ देते हुए कहा "दी क्या हुआ"?

"कुछ नहीं! अभी तुम स्टडी करो इसके बारे में फ़िर कभी बात करेंगे। मैं सोने जा रही हूं और तुम भी जल्दी सो जाना" कहते हुए लिली सभी पेपर्स और फोटो वगैरा समेट कर टेबल की ड्रा में रख कर अपने कमरे में चली गई।

उसके जाने के बाद बॉबी अपनी चेयर से उठी और लिली के द्वारा ड्रा में रखे हुए सारे सामान को टेबल पर निकालकर बैठ गई। सबसे पहले उसने मैरिड सर्टिफिकेट उठाया, उसके बाद दोनों फोटू और फ़िर एलिना की पेंटिंग और सबसे बाद में लिली के द्वारा ड्रॉ किया गया टैटू। उन्हें देखते ही वह सबके बीच के संबंध को सही से समझ पा रही थी। उसके बाद उसने दोनों पुराने फोटुओं से एडेन और डेमन वाले हिस्से को कैंची से काटकर अलग कर दिया। और दोनों फोटुओं के कटे हुए हिस्से को हाथ में लेकर उन्हें देखते हुए बोली "दी... फादर तो दोनों के ही बुरे थे"!

एक दिन लिली अपनी मां की कब्र पर गई...। जहां आज भी कब्र पर उसकी मां का नाम 'एलिना ऐलेक्स' लिखा हुआ था। कब्र के सामने फूलों का गुलदस्ता लिए खड़ी लिली इस नाम से सहमत नहीं थी। क्योंकि, वह जानती थी, कि या तो यह उसकी असली मां नहीं थी या यह उनका असली नाम नहीं था। कब्र के पास खड़ी लिली के दिमाग़ में वही ज़ैड वाला टैटू घूम रहा था। निराश लिली के मन में हमेशा अपने रीयल मॉम—डैड को जानने की बेचैनी सी रहती। इसके बावजूद कि अब ऐसा मुमकिन नहीं है, क्योंकि इस राज़ से पर्दा उठाने वाला शख्स अब इस दुनिया में नहीं है और इस तरह अब उसे

अपनी बाकी की जिंदगी इसी दुविधा में गुजारनी पड़ेगी....! इसी तरह लिली नम आंखों के साथ कब्र पर फूलों का गुलदस्ता रख कर चली गई।

एक दिन लव घर पर ही था। तब ही उसका नौकर राजू बाहर से आवाज़ देते हुए घर के अन्दर आया और बोला "भईया, अभी पोस्टमैन आया था जो यह लिफाफा दे कर गया है"।

लव ने राजू के हाथ से लिफाफा लिया और उसे वापस जाकर अपना काम करने के लिए कहा। फिर उसने वह लिफाफा देखा जो 'फॉरेंसिक डिपार्टमेंट' से आया था। उसने उत्सुकता से लिफाफा खोला जिसमें उसी FATHER वाले कार्ड की रिपोर्ट थी। जिसकी जांच लव ने अपने एक दोस्त के ज़रिए कराई थी जो फॉरेंसिक डिपार्टमेंट में काम करता था।

रिपोर्ट के अनुसार कार्ड पर फिंगर प्रिंट्स 'एडेन वॉग' नामक शक्स के थे और उस कार्ड पर लगा खून, किसी इंसान का था। लव का शक सही निकला उसे पहले से ही एडेन पर शक था। वह खुद से बोला 'मैं तो पहले ही कह रहा था, कि यह सब एडेन ही करता है'। फिर उसने यह सोचते हुए 'कि अब एडेन तो मर ही चुका है तो फिर क्यों लिली को पुरानी बातें याद दिलाऊं' रिपोर्ट के बारे में उसे कुछ बताना ज़रूरी नहीं समझा। उसके बाद उसने वह रिपोर्ट अपने घर में ही छिपा कर रख ली।

सुबह हो चुकी थी, लिली अपनी रोज़ की आदत के मुताबिक़ अभी तक सोए पड़ी थी। किचेन से किसी महिला के गुनगुनाने की आवाज आ रही थी। अब लिली के बिस्तर पर एक नया बदलाव देखने को मिला, कि उसके बिस्तर पर एक ही तकिया था जो उसके सिर के नीचे लगा हुआ था। इसका मतलब अब वह अकेली सोती है अगर बॉबी भी उसके साथ सोई होती तो उसका हल्के आसमानी रंग का तकिया जो उसे सफ़ेद चादर के साथ बहुत पसंद है वह भी बिस्तर पर होता।

शायद लिली अब निश्चिंत और निडर हो चुकी थी, उस कार्ड को लेकर और हर उस डर को लेकर जिससे वह डरा करती थी। तब ही किचेन से उस महिला ने आवाज़ लगाई "दीदी उठ जाओ! आपका नाश्ता तैयार है, जल्दी से फ्रेश होकर नाश्ता कर लो"!

उस महिला के आवाज़ देते ही ही लिली अंगड़ाई लेते हुए बिस्तर पर उठ कर बैठ गई। बेशक अभी तक उसकी सही से आंख खुली भी नहीं खुली थी, लेकिन रात में अकेले सोने की खुशी उसके चेहरे से किसी जीत की तरह साफ झलक रही थी। तब ही अचानक उसकी नज़र सामने वाली दीवार पर पड़ी, जहां उसे फिर से वही खून से लिखा हुआ फादर वाला कार्ड चिपका हुआ दिखाई पड़ा। कुछ देर तो वह चुपचाप टकटकी लगाए उसी ओर देखती रही जैसे वह उसे भूल गई हो और पहचानने की कोशिश कर रही हो, लेकिन फिर वह जोरों से चीख पड़ी और उसकी उसी पुरानी दर्दनाक चीख से पूरा घर गूंज उठा...!!

www.ingramcontent.com/pod-product-compliance
Lightning Source LLC
La Vergne TN
LVHW091635070526
838199LV00044B/1078
9789358197082